HEYNE<

Das Buch
Der Krieg der Bruderschaft der Black Dagger gegen die *Lesser* tobt unerbittlich in den Straßen von Caldwell, New York. Nachdem die Vampirgesellschaft schwere Verluste hinnehmen musste, hat nun Rehvenge – Nachtclubbesitzer, Drogendealer, Aristokrat – den Vorsitz über den Rat übernommen. Doch Rehv ist ein halber Symphath, und damit Teil einer gefürchteten und gejagten Spezies. Nur mit äußersten Anstrengungen kann er seine dunkle Seite in Schach halten. Und er ist erpressbar … Dann trifft Rehv auf die schöne Krankenschwester Ehlena – und erkennt plötzlich, dass sie der Schlüssel dazu ist, seine Symphathenseite zu kontrollieren. Aber wie wird Ehlena reagieren, wenn sie herausfindet, wer er wirklich ist?

Die BLACK DAGGER-Serie
Erster Roman: Nachtjagd
Zweiter Roman: Blutopfer
Dritter Roman: Ewige Liebe
Vierter Roman: Bruderkrieg
Fünfter Roman: Mondspur
Sechster Roman: Dunkles Erwachen
Siebter Roman: Menschenkind
Achter Roman: Vampirherz
Neunter Roman: Seelenjäger
Zehnter Roman: Todesfluch
Elfter Roman: Blutlinien
Zwölfter Roman: Vampirträume
Sonderband: Die Bruderschaft der BLACK DAGGER
Dreizehnter Roman: Racheengel
Vierzehnter Roman: Blinder König

Die FALLEN ANGELS-Serie
Erster Roman: Die Ankunft

Die Autorin
J. R. Ward begann bereits während ihres Studiums mit dem Schreiben. Nach ihrem Hochschulabschluss veröffentlichte sie die BLACK DAGGER-Serie, die in kürzester Zeit die amerikanischen Bestseller-Listen eroberte. Die Autorin lebt mit ihrem Mann und ihrem Golden Retriever in Kentucky und gilt seit dem überragenden Erfolg der Serie als neuer Star der romantischen Mystery.

J. R. Ward

Racheengel

Ein BLACK DAGGER-Roman

WILHELM HEYNE VERLAG
MÜNCHEN

Titel der Originalausgabe
LOVER AVENGED (Part 1)

Aus dem Amerikanischen übersetzt von Corinna Vierkant

Verlagsgruppe Random House FSC-DEU-0100
Das für dieses Buch verwendete FSC-zertifizierte Papier
Holmen Book Cream liefert Holmen Paper, Hallstavik, Schweden.

2. Auflage
Deutsche Erstausgabe 05/2010
Redaktion: Natalja Schmidt
Copyright © 2009 by Jessica Bird
Copyright © 2010 der deutschen Ausgabe
und der Übersetzung by
Wilhelm Heyne Verlag, München,
in der Verlagsgruppe Random House GmbH
Printed in Germany 2010
Umschlagbild: Dirk Schulz
Umschlaggestaltung: Animagic, Bielefeld
Autorenfoto © by John Rott
Satz: Buch-Werkstatt GmbH, Bad Aibling
Druck und Bindung: GGP Media GmbH, Pößneck

ISBN: 978-3-453-53349-3

www.heyne-magische-bestseller.de

Gewidmet: Dir.
Nie waren die Begriffe von Gut *und* Böse *so relativ wie in dem Moment, als sie auf deinesgleichen angewendet wurden. Aber ich schließe mich an. Für mich warst du immer ein Held.*

DANKSAGUNG

Ein Riesendankeschön an alle Leser der Bruderschaft der Black Dagger und ein Hoch auf die Cellies!

Vielen Dank an: Steven Axelrod, Kara Cesare, Claire Zion, Kara Welsh und Leslie Gelbman.

Dank an Lu und Opal sowie an unsere Cheforganisatoren und Ordnungshüter für alles, was ihr aus reiner Herzensgüte tut!

Und natürlich wie immer Danke an meinen Exekutivausschuss: Sue Crafton, Dr. Jessica Andersen und Betsey Vaughan. Meine Achtung gilt der unvergleichlichen Suzanne Brockmann und der stets brillanten Christine Feehan (plus Familie).

An D. L. B. – dass ich zu dir aufblicke, muss ich eigentlich nicht sagen, aber so ist es nun mal. Ich liebe dich unendlich, Mummy.

An N. T. M. – der immer Recht hat und trotzdem von uns allen geliebt wird.

An LeElla Scott – du bist die Größte.

An die kleine Kaylie und ihre Mama – weil ich sie so liebe.

Nichts von alledem wäre möglich ohne: meinen liebevollen Mann, Ratgeber, Helfer und Visionär; meine wundervolle Mutter, deren Übermaß an Liebe ich unmöglich zurückzahlen kann; meine Familie (sowohl blutsverwandt als auch selbstgewählt) und meine liebsten Freunde.

Oh, und in Liebe zur besseren Hälfte von WriterDog, wie immer.

Glossar der Begriffe und Eigennamen

Ahstrux nohtrum – Persönlicher Leibwächter, der vom König ernannt wird

Die Auserwählten – Vampirinnen, deren Aufgabe es ist, der Jungfrau der Schrift zu dienen. Sie werden als Angehörige der Aristokratie betrachtet, obwohl sie eher spirituell als weltlich orientiert sind. Normalerweise pflegen sie wenig bis gar keinen Kontakt zu männlichen Vampiren; auf Weisung der Jungfrau der Schrift können sie sich aber mit einem Krieger vereinigen, um den Fortbestand ihres Standes zu sichern. Sie besitzen die Fähigkeit zur Prophezeiung. In der Vergangenheit dienten sie alleinstehenden Brüdern zum Stillen ihres Blutbedürfnisses, aber diese Praxis wurde von den Brüdern aufgegeben.

Bannung – Status, der einer Vampirin der Aristokratie auf Gesuch ihrer Familie durch den König auferlegt werden kann. Unterstellt die Vampirin der alleinigen Aufsicht ihres Hüters, üblicherweise der älteste Mann des Haushalts. Ihr Hüter besitzt damit das gesetzlich verbriefte Recht, sämtliche Aspekte ihres Lebens zu bestimmen und nach eigenem Gutdünken jeglichen Umgang zwischen ihr und der Außenwelt zu regulieren.

Die Bruderschaft der Black Dagger – Die Brüder des Schwarzen Dolches. Speziell ausgebildete Vampirkrieger, die ihre Spezies vor der Gesellschaft der *Lesser* beschützen. Infolge selektiver Züchtung innerhalb der Rasse besitzen die Brüder ungeheure physische und mentale Stärke sowie die Fähigkeit zur extrem raschen Heilung. Die meisten von ihnen sind keine leiblichen Geschwister; neue Anwärter werden von den anderen Brüdern vorgeschlagen und daraufhin in die Bruderschaft aufgenommen. Die Mitglieder der Bruderschaft sind Einzelgänger, aggressiv und verschlossen. Sie pflegen wenig Kontakt zu Menschen und anderen Vampiren, außer um Blut zu trinken. Viele Legenden ranken sich um diese Krieger, und sie werden von ihresgleichen mit höchster Ehrfurcht behandelt. Sie können getötet werden, aber nur durch sehr schwere Wunden wie zum Beispiel eine Kugel oder einen Messerstich ins Herz.

Blutsklave – Männlicher oder weiblicher Vampir, der unterworfen wurde, um das Blutbedürfnis eines anderen zu stillen. Die Haltung von Blutsklaven ist heute zwar nicht mehr üblich, aber nicht ungesetzlich.

Chrih – Symbol des ehrenhaften Todes in der alten Sprache.

Doggen – Angehörige(r) der Dienerklasse innerhalb der Vampirwelt. *Doggen* pflegen im Dienst an ihrer Herrschaft altertümliche, konservative Sitten und folgen einem formellen Bekleidungs- und Verhaltenskodex. Sie können tagsüber aus dem Haus gehen, altern aber relativ rasch. Die Lebenserwartung liegt bei etwa fünfhundert Jahren.

Dhunhd – Hölle

Ehros – Eine Auserwählte, die speziell in der Liebeskunst ausgebildet wurde.

Exhile Dhoble – Der böse oder verfluchte Zwilling, derjenige, der als Zweiter geboren wird.

Gesellschaft der *Lesser* – Orden von Vampirjägern, der von Omega zum Zwecke der Auslöschung der Vampirspezies gegründet wurde.

Glymera – Das soziale Herzstück der Aristokratie, sozusagen die »oberen Zehntausend« unter den Vampiren.

Granhmen – Großmutter

Gruft – Heiliges Gewölbe der Bruderschaft der Black Dagger. Sowohl Ort für zeremonielle Handlungen wie auch Aufbewahrungsort für die erbeuteten Kanopen der *Lesser*. Hier werden unter anderem Aufnahmerituale, Begräbnisse und Disziplinarmaßnahmen gegen Brüder durchgeführt. Niemand außer Angehörigen der Bruderschaft, der Jungfrau der Schrift und Aspiranten hat Zutritt zur Gruft.

Hellren – Männlicher Vampir, der eine Partnerschaft mit einer Vampirin eingegangen ist. Männliche Vampire können mehr als eine Vampirin als Partnerin nehmen.

Hohe Familie – König und Königin der Vampire sowie all ihre Kinder.

Hüter – Vormund eines Vampirs oder einer Vampirin. Hüter können unterschiedlich viel Autorität besitzen, die größte Macht übt der Hüter einer gebannten Vampirin aus.

Jungfrau der Schrift – Mystische Macht, die dem König als Beraterin dient sowie die Vampirarchive hütet und Privilegien erteilt. Existiert in einer jenseitigen Sphäre und besitzt umfangreiche Kräfte. Hatte die Befähigung zu einem einzigen Schöpfungsakt, den sie zur Erschaffung der Vampire nutzte.

Leahdyre – Eine mächtige und einflussreiche Person.

Lesser – Ein seiner Seele beraubter Mensch, der als Mitglied der Gesellschaft der *Lesser* Jagd auf Vampire macht, um sie auszurotten. Die *Lesser* müssen durch einen Stich in die Brust getötet werden. Sie altern nicht, essen und trinken nicht und sind impotent. Im Laufe der Jahre verlieren ihre Haare, Haut und Iris ihre Pigmentierung, bis sie blond, bleich und weißäugig sind. Sie riechen nach Talkum. Aufgenommen in die Gesellschaft werden sie durch Omega. Daraufhin erhalten sie ihre Kanope, ein Keramikgefäß, in dem sie ihr aus der Brust entferntes Herz aufbewahren.

Lewlhen – Geschenk.

Lheage – Respektsbezeichnung einer sexuell devoten Person gegenüber einem dominanten Partner.

Lielan – Ein Kosewort, frei übersetzt in etwa »mein Liebstes«.

Lys – Folterwerkzeug zur Entnahme von Augen.

Mahmen – Mutter. Dient sowohl als Bezeichnung als auch als Anrede und Kosewort.

Mhis – Die Verhüllung eines Ortes oder einer Gegend; die Schaffung einer Illusion.

Nalla – Kosewort. In etwa »Geliebte«.

Novizin – Eine Jungfrau.

Omega – Unheilvolle mystische Gestalt, die sich aus Groll gegen die Jungfrau der Schrift die Ausrottung der Vampire zum Ziel gesetzt hat. Existiert in einer jenseitigen Sphäre und hat weitreichende Kräfte, wenn auch nicht die Kraft zur Schöpfung.

Phearsom – Begriff, der sich auf die Funktionstüchtigkeit der männlichen Geschlechtsorgane bezieht. Die wörtliche Übersetzung lautet in etwa »würdig, in eine Frau einzudringen«.

Princeps – Höchste Stufe der Vampiraristokratie, untergeben nur den Mitgliedern der Hohen Familie und den Auserwählten der Jungfrau der Schrift. Dieser Titel wird vererbt; er kann nicht verliehen werden.

Pyrokant – Bezeichnet die entscheidende Schwachstelle eines Individuums, sozusagen seine Achillesverse. Diese

Schwachstelle kann innerlich sein, wie zum Beispiel eine Sucht, oder äußerlich, wie ein geliebter Mensch.

Rahlman – Retter.

Rythos – Rituelle Prozedur, um verlorene Ehre wiederherzustellen. Der Rythos wird von dem Vampir gewährt, der einen anderen beleidigt hat. Wird er angenommen, wählt der Gekränkte eine Waffe und tritt damit dem unbewaffneten Beleidiger entgegen.

Schleier – Jenseitige Sphäre, in der die Toten wieder mit ihrer Familie und ihren Freunden zusammentreffen und die Ewigkeit verbringen.

Shellan – Vampirin, die eine Partnerschaft mit einem Vampir eingegangen ist. Vampirinnen nehmen sich in der Regel nicht mehr als einen Partner, da gebundene männliche Vampire ein ausgeprägtes Revierverhalten zeigen.

Symphath – Eigene Spezies innerhalb der Vampirrasse, deren Merkmale die Fähigkeit und das Verlangen sind, Gefühle in anderen zu manipulieren (zum Zwecke eines

Energieaustauschs). Historisch wurden die Symphathen oft mit Misstrauen betrachtet und in bestimmten Epochen auch von den Vampiren gejagt. Sind heute nahezu ausgestorben.

Tahlly – Kosewort. Entspricht in etwa »Süße«.

Trahyner – Respekts- und Zuneigungsbezeichnung unter männlichen Vampiren. Bedeutet ungefähr »geliebter Freund«.

Transition – Entscheidender Moment im Leben eines Vampirs, wenn er oder sie ins Erwachsenenleben eintritt. Ab diesem Punkt müssen sie das Blut des jeweils anderen Geschlechts trinken, um zu überleben, und vertragen kein Sonnenlicht mehr. Findet normalerweise mit etwa Mitte zwanzig statt. Manche Vampire überleben ihre Transition nicht, vor allem männliche Vampire. Vor ihrer Transition sind Vampire von schwächlicher Konstitution und sexuell unreif und desinteressiert. Außerdem können sie sich noch nicht dematerialisieren.

Triebigkeit – Fruchtbare Phase einer Vampirin. Üblicherweise dauert sie zwei Tage und wird von heftigem sexuellem Verlangen begleitet. Zum ersten Mal tritt sie etwa fünf Jahre nach der Transition eines weiblichen Vampirs auf, danach im Abstand von etwa zehn Jahren. Alle männlichen Vampire reagieren bis zu einem gewissen Grad auf eine triebige Vampirin, deshalb ist dies eine gefährliche Zeit. Zwischen konkurrierenden männlichen Vampiren können Konflikte und Kämpfe ausbrechen, besonders wenn die Vampirin keinen Partner hat.

Vampir – Angehöriger einer gesonderten Spezies neben dem Homo sapiens. Vampire sind darauf angewiesen, das Blut des jeweils anderen Geschlechts zu trinken. Menschliches Blut kann ihnen zwar auch das Überleben sichern, aber die daraus gewonnene Kraft hält nicht lange vor. Nach ihrer Transition, die üblicherweise etwa mit Mitte zwanzig stattfindet, dürfen sie sich nicht mehr dem Sonnenlicht aussetzen und müssen sich in regelmäßigen Abständen aus der Vene ernähren. Entgegen einer weit verbreiteten Annahme können Vampire Menschen nicht durch einen Biss oder eine Blutübertragung »verwandeln«; in seltenen Fällen aber können sich die beiden Spezies zusammen fortpflanzen. Vampire können sich nach Belieben dematerialisieren, dazu müssen sie aber ganz ruhig werden und sich konzentrieren; außerdem dürfen sie nichts Schweres bei sich tragen. Sie können Menschen ihre Erinnerung nehmen, allerdings nur, solange diese Erinnerungen im Kurzzeitgedächtnis abgespeichert sind. Manche Vampire können auch Gedanken lesen. Die Lebenserwartung liegt bei über eintausend Jahren, in manchen Fällen auch höher.

Vergeltung – Akt tödlicher Rache, typischerweise ausgeführt von einem Mann im Dienste seiner Liebe.

Wanderer – Ein Verstorbener, der aus dem Schleier zu den Lebenden zurückgekehrt ist. Wanderern wird großer Respekt entgegengebracht und sie werden für das, was sie durchmachen mussten, verehrt.

Whard – Entspricht einem Patenonkel oder einer Patentante.

Zwiestreit – Konflikt zwischen zwei männlichen Vampiren, die Rivalen um die Gunst einer Vampirin sind.

Alle Könige sind blind.
Die guten unter ihnen wissen das und führen durch
mehr als ihre Augen an.

1

»Der König muss sterben.«

Vier einfache Worte. Für sich betrachtet war keines besonders. Doch aneinandergereiht sorgten sie für jede Menge unerwünschten Mist: Mord. Betrug. Verrat.

Tod.

Rehvenge vernahm die Worte und schwieg, ließ das Quartett in der spannungsgeladenen, muffigen Luft des Arbeitszimmers nachhallen, vier Markierungen eines dunklen, bösartigen Kompasses, der ihm nur allzu vertraut war.

»Hast du darauf irgendetwas zu sagen?«, fragte Montrag, Sohn des Rehm.

»Nö.«

Montrag blinzelte und fummelte an seiner silbernen Krawatte herum. Wie die meisten Angehörigen der *Glymera* stand er mit beiden Samtschühchen fest auf dem Aubusson-Teppich. Will heißen: An ihm war einfach alles vom Feinsten, rundherum. Mit seinem Smoking-Jackett und der Nadelstreifenhose und ... Scheiße, waren das wirklich Gamaschen? ... sah er aus, als wäre er direkt aus den Hochglanzseiten der *Vanity Fair* herausspaziert. Und zwar vor hundert Jahren. Und mit seinem blasierten Gehabe und seinen schwachsinnigen Visionen war er ein Kissinger ohne Präsident, was politisches Taktieren betraf: alles Analyse, null Autorität.

Was diese Zusammenkunft erklärte, oder etwa nicht?

»Sprich nur weiter«, ermunterte ihn Rehv. »Du bist schon von der Klippe gesprungen. Die Landung wird nicht weicher.«

Montrag verzog das Gesicht. »Ich kann deine Komik nicht nachvollziehen.«

»Wer ist hier komisch?«

Es klopfte. Montrag drehte den Kopf und präsentierte sich von der Seite. Er hatte das Profil eines Irish Setters: Das gesamte Gesicht bestand aus Nase. »Herein.«

Die *Doggen,* die der Aufforderung folgte, wankte unter dem Gewicht des Silberservice. Auf einem Ebenholztablett von der Größe einer Veranda hievte sie die Last durch den Raum.

Bis sie den Kopf hob und Rehv erblickte.

Sie erstarrte wie ein Standbild.

»Wir nehmen unseren Tee hier.« Montrag deutete auf den niedrigen Tisch zwischen den zwei seidenbezogenen Sofas, auf denen sie saßen. »*Hier.*«

Die *Doggen* rührte sich nicht vom Fleck, sondern starrte nur in Rehvs Gesicht.

»Was gibt es?«, herrschte Montrag sie an, als die Teetassen zu zittern begannen und dabei ein klirrendes Geräusch erzeugten. »Bring uns den Tee, jetzt.«

Die *Doggen* verbeugte sich leicht, murmelte etwas und kam langsam auf sie zu, indem sie einen Fuß vor den anderen setzte, als würde sie auf eine eingerollte Schlange zugehen. Sie hielt sich so weit wie möglich von Rehv entfernt, und als sie das Tablett abgestellt hatte, zitterten ihre Hände so heftig, dass sie nur mit Mühe die Tassen auf die Untertassen stellen konnte.

Als sie nach der Teekanne griff, war offensichtlich, dass sie das Getränk überall verschütten würde.

»Das übernehme ich«, meinte Rehv und streckte die Hand aus.

Als die *Doggen* zurückzuckte, entglitt ihr der Henkel und die Kanne segelte durch die Luft.

Rehv fing die kochend heiße Silberkanne mit den Händen auf.

»Was hast du getan!« Montrag sprang von seinem Sofa auf.

Mit eingezogenen Schultern wich die *Doggen* zurück und hielt sich die Hände vors Gesicht. »Ich bitte um Vergebung, Herr. Wahrlich, es tut mir –«

»Ach, halt den Mund und bring uns etwas Eis –«

»Es ist nicht ihre Schuld.« In aller Ruhe fasste Rehv die Kanne am Henkel an und goss ihnen ein. »Und mir ist nichts passiert.«

Seine beiden Gegenüber starrten ihn an, als erwarteten sie, dass er gleich aufspringen und einen kleinen Tanz vollführen würde.

Rehv setzte die Kanne ab und blickte Montrag in die blassen Augen. »Ein Würfel Zucker oder zwei?«

»Darf ich ... darf ich dir etwas für die Verbrennung besorgen?«

Rehv lächelte und präsentierte seinem Gastgeber seine Fänge. »Mir ist nichts passiert.«

Es verstimmte Montrag, dass er nichts tun konnte, und diese Unzufriedenheit ließ er postwendend an seiner Dienerin aus. »Du bist eine Schande. Geh.«

Rehv blickte unauffällig zu der *Doggen*. Ihre Gefühle waren für ihn ein dreidimensionales Gebilde aus Furcht, Beschämung und Panik, und das Geflecht war so stofflich für ihn wie ihre Knochen, Muskeln und die Haut.

Mach dir keine Sorgen, dachte er in ihre Richtung. *Ich bringe das in Ordnung.*

Verwunderung blitzte in ihrem Gesicht auf, doch die Anspannung wich aus ihren Schultern, und als sie sich abwandte, wirkte sie viel ruhiger.

Als sie weg war, räusperte sich Montrag und setzte sich wieder. »Ich glaube nicht, dass wir sie halten können. Sie ist völlig inkompetent.«

»Warum probierst du es nicht erst mit einem.« Rehv ließ einen Zuckerwürfel in seinen Tee fallen. »Und entscheidest dann, ob du einen zweiten willst.«

Er hielt ihm die Tasse hin, aber nicht zu weit, so dass Montrag gezwungen war, noch mal vom Sofa aufzustehen und sich über den Tisch zu beugen.

»Danke.«

Rehv ließ die Untertasse nicht los, als er einen veränderten Gedanken in das Hirn seines Gastgebers schob. »Frauen reagieren nervös auf mich. Es war nicht ihre Schuld.«

Abrupt ließ er los, und Montrag musste aufpassen, dass ihm das zarte Porzellan nicht entglitt.

»Hoppla. Nicht verschütten.« Rehv lehnte sich wieder auf seinem Sofa zurück. »Es wäre ein Jammer um deinen schönen Teppich. Aubusson, habe ich Recht?«

»Äh … ja.« Montrag stellte seine Tasse ab und runzelte die Stirn, als könnte er sich seinen Gesinnungswandel gegenüber der *Doggen* nicht erklären. »Äh … ja, das ist richtig. Mein Vater hat ihn vor vielen Jahren erstanden. Er hatte einen kostspieligen Geschmack. Wir haben diesen Raum dafür entworfen, weil er so riesig ist, und eine Wandfarbe gewählt, die mit den Pfirsichtönen harmoniert.«

Montrag sah sich in dem Arbeitszimmer um und lächelte, während er an seinem Tee nippte, den kleinen Finger akkurat abgespreizt wie ein Fähnchen im Wind.

»Wie ist dein Tee?«

»Ausgezeichnet, aber willst du denn keinen?«

»Ich bin kein Teetrinker.« Rehv wartete, bis sein Gegenüber die Tasse an die Lippen hob. »Also, du hast davon gesprochen, Wrath zu ermorden?«

Montrag verschluckte sich und schüttete Earl Grey über sein blutrotes Jackett und Daddys pfirsichfarbene Auslegwaren.

Als der Mann hektisch auf die Flecken schlug, hielt ihm Rehv eine Serviette hin. »Hier, nimm das.«

Montrag nahm das Damasttuch und tupfte sich ungeschickt die Brust ab, dann rubbelte er über den Teppich, mit ebenso wenig Erfolg. Eindeutig war er ein Mann, der normalerweise Unordnung verursachte und nicht beseitigte.

»Also, was hast du gesagt?«, murmelte Rehv.

Montrag klatschte die Serviette auf das Tablett, stand auf und ließ seinen Tee stehen, als er im Zimmer umherschritt. Vor einer großen Berglandschaft blieb er stehen und bewunderte kurz die dramatische Szene mit dem Kolonialsoldaten, der in einen Sonnenstrahl getaucht zum Himmel betete.

Er sprach zu dem Gemälde. »Du weißt, dass viele unserer Brüder bei den Überfällen der *Lesser* umkamen.«

»Und ich hatte gedacht, der Rat hätte mich allein auf Grund meiner schillernden Persönlichkeit zum *Leahdyre* ernannt.«

Montrag funkelte ihn über die Schulter hinweg an, das Kinn klassisch aristokratisch in die Höhe gehoben. »Ich habe meinen Vater, meine Mutter und sämtliche Cousins und Cousinen ersten Grades verloren. Ich habe jeden Einzelnen begraben. Glaubst du, das macht mir Freude?«

»Ich bitte um Vergebung.« Rehv legte die rechte Hand aufs Herz und neigte den Kopf, obwohl es ihm scheißegal war. Er würde sich nicht von dieser Aufzählung beeindrucken lassen. Insbesondere deshalb nicht, weil die Gefühle seines Gegenübers allein von Gier und nicht von Trauer bestimmt waren.

Montrag drehte sich mit dem Rücken zu dem Gemälde, so dass sein Kopf den Gipfel verdeckte, auf dem der Soldat kniete. Jetzt sah es aus, als versuche der Soldat an seinem Ohr emporzuklettern.

»Noch nie in ihrer Geschichte musste die *Glymera* derartige Verluste hinnehmen wie bei diesen Überfällen. Nicht nur Todesopfer, sondern auch Besitztümer. Häuser wurden geplündert, Antiquitäten und Kunst entwendet, Bankkonten leergeräumt. Und was hat Wrath unternommen? *Nichts.* Er äußerte sich auch nach wiederholten Anfragen nicht zu dem Zustand, in dem man die Häuser der Familien vorfand … Warum die Bruderschaft diese Angriffe nicht gestoppt hat … Und was aus all diesen Besitztümern wurde. Es gibt keinen Plan, um derlei Geschehnisse in Zukunft zu verhindern. Keine Schutzzusicherung für Adelige, sollten die paar Überlebenden nach Caldwell zurückkehren.« Montrag steigerte sich nun richtig in seine Rolle hinein, seine Stimme hob sich und wurde von der vergoldeten Kuppeldecke zurückgeworfen. »Unsere Spezies *stirbt aus*. Wir brauchen einen zuverlässigen Anführer. Doch laut Gesetz ist Wrath König, solange sein Herz in seiner Brust schlägt. Ist denn das Leben eines Mannes wirklich das Leben so vieler anderer wert? Ergründe dein Herz.«

Oh ja, Rehv ergründete es, den schwarzen, bösen Muskel. »Und weiter?«

»Wir übernehmen das Ruder und schlagen den richtigen Kurs ein. In seiner Regierungszeit hat Wrath Dinge umstrukturiert ... Schau dir doch an, was mit den Auserwählten geschehen ist. Sie dürfen sich jetzt auf unserer Seite herumtreiben. Das ist unerhört. Und die Sklaverei wurde verboten, genauso wie die *Bannung* von Frauen. Gütige Jungfrau der Schrift, als Nächstes wird es Röcke für die Bruderschaft geben. Wenn wir die Dinge in die Hand nehmen, können wir diese Veränderungen rückgängig machen und die Gesetze wieder umschreiben, um die alten Bräuche zu erhalten. Wir können eine neue Verteidigung gegen die Gesellschaft der Lesser bilden. Wir können triumphieren.«

»Du redest die ganze Zeit von ›wir‹, aber irgendwie glaube ich nicht, dass dir genau das vorschwebt.«

»Nun, natürlich muss es einen Ersten unter Gleichen geben.« Montrag strich sich das Revers glatt und streckte Rücken und Kopf durch, als stünde er Modell für eine Bronzestatue oder vielleicht für einen Dollarschein. »Einen ausgewählten Mann von Ansehen und Status.«

»Und auf welche Weise sollte dieses Musterbeispiel an Führungskraft ausgewählt werden?«

»Wir werden uns in eine Demokratie verwandeln. Eine lange überfällige Demokratie, die mit den ungerechten und ungesetzmäßigen Konventionen der Monarchie aufräumt ...«

Es folgte eine Menge Bla-bla. Rehv lehnte sich zurück, schlug die Beine übereinander und bildete eine Pyramide mit den Fingern. Während er so auf Montrags Sofa saß, rangen innerlich seine beiden Seiten miteinander, der Vampir und der *Symphath*.

Das einzig Gute an dem seelischen Schlachtgetümmel war, dass es Montrags näselndes Gesülze übertönte.

Die Gelegenheit war günstig: Den König beseitigen und die Macht über die Spezies ergreifen.

Die Gelegenheit war indiskutabel: Einen anständigen Mann töten, der ein guter Anführer und ... irgendwie auch ein Freund war.

»... und wir könnten wählen, wer die Führung übernimmt. Er müsste sich vor dem Rat verantworten. Sicherstellen, dass man unseren Bedürfnissen entgegenkommt.« Montrag kehrte zu seinem Sofa zurück, setzte sich und machte es sich bequem, als könnte er noch stundenlang heiße Luft von sich geben. »Die Monarchie hat versagt, und Demokratie ist der einzige Ausweg –«

Rehv unterbrach: »Demokratie bedeutet normalerweise ein Wahlrecht für alle. Nur für den Fall, dass dir die Definition nicht geläufig ist.«

»Aber das hätten wir doch. Alle, die dem Rat dienen, wären stimmberechtigt. Jeder würde zählen.«

»Zu deiner Information, ›jeder‹ bedeutet ein paar mehr Leute über und unter ›unseresgleichen‹.«

Sei nicht albern, las Rehv in Montrags Augen. »Würdest du das Schicksal unserer Spezies allen Ernstes der Unterschicht anvertrauen?«

»Das liegt nicht bei mir.«

»Aber das könnte es.« Montrag hob seine Tasse an die Lippen und musterte Rehv durchdringend über den Rand hinweg. »Das könnte es wirklich. Du bist unser *Leahdyre.*«

Als Rehvenge den Blick seines Gegenüber erwiderte, lag der Weg, den Montrag wies, so klar vor ihm, als wäre er gepflastert und von Halogenspots angestrahlt: Mit Wraths Tod wäre die königliche Linie unterbrochen, denn er hatte noch keine Nachkommen in die Welt gesetzt. Eine Gesellschaft im Kriegszustand konnte kein Machtvakuum gebrauchen, also wäre ein radikaler Wandel von der Monarchie zur »Demokratie« nicht so unvorstellbar wie zu ruhigeren Friedenszeiten.

Die *Glymera* weilte vielleicht nicht mehr in Caldwell und versteckte sich in sicheren Häusern in Neuengland, doch dieser Haufen von verweichlichten Pennern hatte Geld und Einfluss und strebte schon seit Ewigkeiten nach der Macht. Mit dem jetzt vorgelegten Plan konnten sie ihren Absichten den Anstrich von Demokratie verleihen und so tun, als seien sie um das Wohl der einfachen Leute bemüht.

Rehvs dunkle Natur bäumte sich auf, ein Verbrecher, der sich gegen die Gitter seiner Zelle warf. Blendung und Machtspielchen waren eine Leidenschaft für Artgenossen vom Blut seines Vaters; und ein Teil von ihm wollte dieses Machtvakuum schaffen … und es dann selbst ausfüllen.

Er unterbrach Montrags selbstgefälliges Geseiere. »Erspar mir die Propaganda. Was genau schlägst du vor?«

Umständlich stellte Montrag seine Teetasse ab, als müsste er sich die Worte erst zurechtlegen. Sollte er nur. Rehv hätte darauf gewettet, dass der Kerl seine Antwort längst parat hatte. Einen derartigen Plan fasste man nicht eben mal spontan, und außerdem waren noch andere daran beteiligt. Mussten es sein.

»Wie du ja weißt, kommt der Rat in ein paar Tagen in Caldwell zusammen, eigens für eine Audienz beim König. Wrath wird kommen und … einem tödlichen Zwischenfall zum Opfer fallen.«

»Er ist mit der Bruderschaft unterwegs. Nicht gerade leicht, da an ihn heranzukommen.«

»Der Tod trägt viele Masken. Und tritt auf vielen Bühnen auf.«

»Und meine Rolle wäre …?« Als ob er das nicht wüsste.

Montrags blasse Augen waren wie Eis, leuchtend und

kalt. »Ich weiß, was du bist. Deshalb weiß ich auch, zu was du fähig bist.«

Das war keine Überraschung. Rehv war seit fünfundzwanzig Jahren Drogenbaron. Zwar hatte er seinen Beruf der Aristokratie nicht extra vorgestellt, aber auch Vampire verkehrten regelmäßig in seinen Clubs, und viele von ihnen gehörten zu seinen Abnehmern.

Außer den Brüdern wusste niemand von seinem *Symphathen*anteil – und hätte er die Wahl, wüssten auch sie nichts davon. In den letzten zwei Jahrzehnten hatte er seine Erpresserin gut bezahlt, damit sie sein Geheimnis für sich behielt.

»Aus diesem Grund komme ich zu dir«, erklärte Montrag. »Du weißt, wie man so etwas am besten macht.«

»Das stimmt.«

»Als *Leahdyre* des Rates wärst du in einer enormen Machtposition. Selbst wenn du nicht zum Präsidenten gewählt wirst, kann der Rat ohne dich nichts entscheiden. Und bezüglich der Bruderschaft der Black Dagger kann ich dich beruhigen: Ich weiß, dass sich deine Schwester mit einem der Brüder verbunden hat. Die Brüder werden sich dadurch nicht beeinflussen lassen.«

»Meinst du nicht, sie wären angepisst? Wrath ist nicht nur ihr König. Sie teilen ihr Blut mit ihm.«

»Sie sind für den Schutz unseres Volkes verantwortlich. Egal, wie wir uns entscheiden, sie müssen sich fügen. Und zurzeit werden vielerorts Stimmen laut, die mit ihren Leistungen nicht zufrieden sind. Vielleicht brauchen sie eine bessere Führung.«

»Von dir. Klar. Natürlich.«

Das wäre, als würde ein Innenarchitekt versuchen, einen Panzerzug zu befehlen: Es gäbe ein lautes Pfeifkonzert, bis einer der Soldaten das Leichtgewicht niedermähen und ein paarmal über die Überreste fahren würde.

Super Plan. Ganz toll.

Und doch … wer sagte, dass Montrag der Auserwählte sein würde? Nicht nur Könige verunglückten, manchmal erwischte es auch andere Aristokraten.

»Es ist«, fuhr Montrag fort, »wie mein Vater immer zu sagen pflegte, eine Frage des richtigen Zeitpunkts. Wir müssen mit Eile vorgehen. Können wir uns auf dich verlassen, mein Freund?«

Rehv erhob sich und überragte nun sein Gegenüber. Mit einem schnellen Zupfen an den Jackettaufschlägen brachte er seinen Anzug in Ordnung, dann griff er nach seinem Stock. Sein Körper war völlig taub, und er spürte weder die Kleidung auf der Haut noch wie sich das Gewicht von seinem Hintern auf die Füße verlagerte oder den Griff des Stocks in seiner verbrühten Hand. Die Taubheit war eine Nebenwirkung des Medikaments, mit dem er seine böse Seite in Schach hielt, das Gefängnis, in dem er seine psychopathischen Impulse einsperrte.

Doch er musste nur eine Dosis verpassen, und schon wäre er ganz der Alte. Eine Stunde später flammte das Böse in ihm auf und steckte voller Unternehmungsgeist.

»Also, was sagst du?«, drängte Montrag.

Tja, was sollte er sagen?

Es gibt Situationen im Leben, da schält sich aus den Myriaden von banalen Entscheidungen, was man essen, wo man schlafen und wie man sich anziehen soll, eine echte Wegscheide. In diesen Momenten, wenn sich der Nebel der Belanglosigkeit hebt und das Schicksal eine Entscheidung des freien Willens verlangt, gibt es nur rechts oder links – und keine Möglichkeit, in das Gebüsch zwischen den Straßen zu fahren, kein Verhandeln mit der Wahl, vor die man gestellt wird. Man muss sich der Entscheidung stellen. Und es gibt kein Zurück.

Dummerweise hatte Rehv sich erst antrainieren müssen, nach moralischen Gesichtspunkten zu entscheiden, um sich bei den Vampiren einzugliedern. Er hatte seine Lektion gelernt, aber es gab Grenzen.

Und seine medikamentöse Ruhigstellung funktionierte nicht hundertprozentig.

Auf einmal wurde Montrags blasses Gesicht in diverse Rosatöne getaucht, sein braunes Haar färbte sich dunkelrot und sein Jackett nahm die Farbe von Ketchup an. Als Rehvs Umgebung ins Rote kippte, verlor er jegliche räumliche Wahrnehmung, so dass seine Welt zur Kinoleinwand mutierte.

Was vielleicht erklärt, warum es den *Symphathen* so leicht fiel, Leute zu benutzen. Als seine dunkle Seite das Ruder übernahm, hatte das Universum die Tiefe eines Schachbretts, und die Leute darauf waren Bauern in seiner allwissenden Hand. Jeder von ihnen. Feinde ... wie Freunde.

»Ich werde mich darum kümmern«, erklärte Rehv. »Wie du schon sagtest, ich weiß, was zu tun ist.«

»Gib mir dein Wort.« Montrag streckte ihm die glatte Hand entgegen. »Dein Wort, dass du es heimlich und diskret ausführst.«

Rehv ließ die Hand im Wind hängen, aber er lächelte und entblößte einmal mehr seine Fänge. »Verlass dich ganz auf mich.«

2

Als Wrath, Sohn des Wrath, eine Gasse in der Innenstadt von Caldwell entlang hetzte, blutete er aus zwei Wunden. Ein Schnitt klaffte an seiner linken Schulter, von einer gezackten Schneide verursacht, und aus seinem Oberschenkel fehlte ein Stück, dank der rostigen Ecke eines Müllcontainers. Der *Lesser* vor ihm, den er wie einen Fisch ausnehmen würde, war für keine dieser Verletzungen verantwortlich: Die zwei hellhaarigen, mädchenhaft riechenden Kumpane des Arschlochs hatten ihn so zugerichtet.

Kurz bevor er sie in zwei Kompostsäcke verwandelt hatte, dreihundert Meter und drei Minuten vorher.

Der Bastard vor ihm war das eigentliche Ziel.

Der Jäger rannte wie verrückt, aber Wrath war schneller – nicht, weil seine Beine länger waren, und obwohl er undicht war wie ein verrosteter Kanister.

Es gab keinen Zweifel, dass der dritte Mann sterben würde.

Es war eine Frage des Willens.

Der *Lesser* hatte heute Nacht den falschen Weg eingeschlagen – obgleich nicht bei der Wahl dieser Gasse. Das war vielleicht die einzig richtige und gute Wahl, die dieser Untote seit Jahrzehnten getroffen hatte, denn Abgeschiedenheit war entscheidend für einen Kampf. Das Letzte, was die Bruderschaft und die Gesellschaft der *Lesser* brauchten, war die Einmischung der menschlichen Polizei oder Zeugen, die mehr als eine blutige Nase von diesen Kämpfen mitbekamen.

Nein, dieser Hund hatte seinen Untergang besiegelt, als er vor fünfzehn Minuten einen Zivilisten getötet hatte. Mit einem Lächeln im Gesicht. Vor Wraths Augen.

Der König war dem Geruch von frischem Vampirblut gefolgt und hatte die drei Jäger dabei ertappt, wie sie einen seiner Zivilisten entführen wollten. Sie hatten eindeutig erkannt, dass Wrath zumindest ein Mitglied der Bruderschaft war, denn der *Lesser*, der jetzt vor ihm wegrannte, hatte den Vampir getötet, damit er und seine Kumpane die Hände frei hatten und sich ganz auf den Kampf konzentrieren konnten.

Es war traurig. Wraths Erscheinen hatte dem Zivilisten einen langsamen, grausamen Foltertod in einem der Überzeugungszentren der Gesellschaft erspart. Aber es zerriss Wrath das Herz, zu sehen, wie ein zu Tode verängstigter Unschuldiger aufgeschlitzt und wie eine leere Brotzeitdose auf den eisigen, aufgeplatzten Gehsteig geworfen wurde.

Also musste dieses Arschloch vor ihm sterben.

Auge um Auge und noch eins drauf.

Als der Weg in einer Sackgasse endete, vollführte der *Lesser* eine Pirouette und drehte sich kampfbereit um, die Füße fest am Boden, das Messer gehoben. Wrath bremste nicht ab. Im Laufen holte er einen seiner Wurfsterne heraus und schickte ihn mit einem Schwung aus dem Handgelenk auf die Reise, ein kleines bisschen überheblich.

Manchmal wollte man, dass der Gegner wusste, was auf ihn zukam. Der *Lesser* folgte brav der Choreographie, verlagerte sein Gewicht und musste seine Angriffshaltung aufgeben. Als Wrath die letzten Meter überwand, warf er einen zweiten Hira Shuriken und dann noch einen dritten, so dass sich der *Lesser* ducken musste.

Der Blinde König dematerialisierte sich direkt auf den Mistkerl und attackierte ihn von oben, die Fänge entblößt, um sie in den Nacken seines Gegners zu rammen. Die beißende Süße des *Lesser*bluts war der Geschmack des Triumphs, und der Siegerchor ließ nicht lange auf sich warten, als Wrath die Oberarme des Mistkerls ergriff.

Es krachte. Zweimal.

Der *Lesser* schrie, als beide Schultern ausgerenkt wurden, doch der Schrei drang nicht weit, weil Wrath ihm die Hand auf den Mund presste.

»Das war nur zum Aufwärmen«, zischte Wrath. »Es ist wichtig, sich vor dem Training zu lockern.«

Der König warf den Jäger zu Boden und starrte ihn einen Moment lang an. Hinter der Panoramasonnenbrille waren Wraths schwache Augen stärker als gewöhnlich, weil Adrenalin durch seine Adern schoss und seine Sicht schärfte. Was gut war. Er musste sehen, was er tötete, aber das hatte nichts damit zu tun, dass er sich der Genauigkeit eines tödlichen Schlags vergewissern musste.

Als der *Lesser* nach Luft schnappte, glänzte seine Gesichtshaut unwirklich wie Plastik – als hätte man die Schädelstruktur mit dem Zeug ausgepolstert, aus dem man Getreidesäcke machte – und die Augen traten hervor. Die Kreatur stank süßlich wie ein überfahrenes Tier am Straßenrand in einer heißen Nacht.

Wrath löste die Stahlkette, die unter der Achsel seiner Lederjacke hing, und entrollte die glänzenden Glieder. Dann hielt er die schweren Gewichte in der rechten Hand, umwickelte seine Faust damit und verbreiterte so die harte Kontur der Knöchel.

»Bitte lächeln.«

Wrath schlug dem Jäger aufs Auge. Einmal. Zweimal. Dreimal. Seine Faust war ein Rammbock, und die Augenhöhle gab schließlich nach wie eine Schwingtür. Mit jedem krachenden Schlag spritzte schwarzes Blut empor und benetzte Wraths Gesicht, die Jacke und die Sonnenbrille. Er spürte den Blutnebel, trotz all des Leders, das er trug, und er wollte mehr.

Bei einem solchen Festmahl konnte er nie genug bekommen.

Mit einem harten Lächeln ließ er die Kette von seiner Faust gleiten, und sie fiel mit einem klirrend metallischen Lachen auf den schmutzigen Asphalt, als hätte es ihr genauso viel Vergnügen bereitet wie ihm. Doch der *Lesser* unter ihm war nicht tot. Obwohl er ohne Zweifel heftige Hirnblutungen hatte, würde er überleben, denn es gab nur zwei Möglichkeiten, einen Jäger zu töten.

Eine davon war, dem *Lesser* einen der schwarzen Dolche in die Brust zu rammen, die die Brüder stets in einem Brusthalfter bei sich trugen. Damit schickte man die Biester zurück zu Omega, ihrem Schöpfer, aber das war nur eine vorübergehende Lösung, denn das Böse würde diese Essenz verwenden, um den nächsten Menschen in eine Mordmaschine zu verwandeln. Das war kein Tod, sondern ein Aufschub.

Die andere Möglichkeit war endgültig.

Wrath zog sein Handy heraus und wählte. Als sich eine tiefe Männerstimme mit Boston-Akzent meldete, sagte er: »Achte Ecke Trade Street. Drei weniger.«

Die Antwort von Butch O'Neal alias *Dhestroyer,* aus der Linie von Wrath, Sohn des Wrath, war wie immer zurückhaltend. Echt besonnen. Locker. Offen für Interpretation:

»Oh Mann, so eine Scheiße. Willst du mich verarschen? Wrath, du *musst* mit diesen Streifzügen aufhören. Du bist jetzt König. Du bist kein Bruder me–«

Wrath klappte das Handy zu.

Ganz genau. Die andere Möglichkeit, sich eines *Lesser* zu entledigen, die endgültige Lösung, würde in fünf Minuten hier sein. Zusammen mit seiner übergroßen Klappe, leider.

Wrath ließ sich auf die Hacken zurücksinken, rollte die Kette wieder ein und blickte zu dem Quadrat Nachthimmel auf, das zwischen den Häuserdächern sichtbar war. Jetzt, wo sich das Adrenalin verflüchtigte, konnte er gerade noch die dunkel aufstrebende Masse der Gebäude vor dem flächigen Universum ausmachen, und er kniff die Augen zusammen.

Du bist kein Bruder mehr.

Den Teufel auch war er das nicht. Das Gesetz konnte ihn mal. Sein Volk brauchte ihn nicht nur als Schreibtischhengst.

Mit einem Fluch in der Alten Sprache machte er sich wieder an die Routinearbeit und durchsuchte Jacke und Hose des Jägers nach irgendeiner Form von Ausweis. In einer Gesäßtasche fand er ein dünnes Portemonnaie mit einem Führerschein und zwei Dollar –

»Ihr hieltet … ihn für einen von euch …«

Die Stimme des Jägers war durchdringend und heimtückisch, und der Horrorfilm-Sound löste bei Wrath erneut Aggressionen aus. Auf einmal sah er wieder klarer und konnte seinen Feind halbwegs erkennen.

»Was hast du gesagt?«

Der *Lesser* lächelte leicht und schien nicht zu bemerken, dass die Hälfte seines Gesichts die Konsistenz eines glibberigen Omelettes hatte. »Er war immer … einer von uns.«

»Wovon redest du?«

»Wie ... glaubst du wohl« – der *Lesser* holte rasselnd Atem, »haben wir im Sommer ... die ganzen Häuser ... gefunden –«

Die Ankunft eines Autos schnitt die Worte ab, und Wrath fuhr herum. Der Hölle sei gedankt war es der schwarze Escalade, auf den er gehofft hatte, und nicht irgendein Mensch mit einem Handy im Anschlag, auf dem schon der Notruf angewählt wurde.

Butch O'Neal kletterte hinter dem Lenkrad hervor, die Kiefer heftig mahlend: »Hast du den Verstand verloren? Was sollen wir bloß mit dir machen? Du wirst noch ...«

Während der Ex-Bulle weiter fluchte, wandte sich Wrath wieder dem Jäger zu. »Wie habt ihr sie gefunden? Die Häuser?«

Der Jäger fing an zu lachen, mit dem schwächlichen Röcheln eines Geisteskranken. »Weil er in allen gewesen ist ... ganz einfach.«

Der Bastard verlor das Bewusstsein und ließ sich durch Schütteln nicht mehr wecken. Auch zwei Ohrfeigen brachten nichts.

Frustriert richtete sich Wrath auf. »Mach deine Arbeit, Bulle. Die anderen beiden liegen hinter dem Container, einen Block weiter.«

Der Ex-Cop sah ihn einfach nur an. »Du darfst nicht kämpfen.«

»Ich bin der König. Ich kann tun, was ich will.«

Wrath wollte gehen, aber Butch packte ihn am Arm. »Weiß Beth, wo du bist? Was du tust? Erzählst du es ihr? Oder bittest du nur mich, es geheim zu halten?«

»Kümmere dich darum.« Wrath deutete auf den Jäger. »Nicht um mich und meine *Shellan*.«

Als er sich losriss, blaffte Butch: »Wo gehst du hin?«

Wrath baute sich vor Butch auf, so dass sich ihre Gesichter fast berührten. »Ich dachte, ich sammele den toten Zivilisten auf und bringe ihn zum Escalade. Irgendein Problem damit, Sohn?«

Butch wich keinen Millimeter zurück. Ein weiterer Hinweis darauf, dass er vom gleichen Blut war. »Wenn wir dich als König verlieren, ist das ganze Volk am Arsch.«

»Und wir haben noch vier Brüder im Gefecht. Gefällt dir diese Rechnung? Mir nämlich nicht.«

»Aber –«

»Mach dein Ding, Butch. Und halte dich aus meinem raus.«

Wrath stapfte die dreihundert Meter zurück zum Anfangspunkt des Kampfes. Die besiegten Jäger hatten sich nicht vom Fleck gerührt: Sie lagen stöhnend am Boden, Arme und Beine standen in unnatürlichen Winkeln ab, und ihr schwarzes Blut sickerte in schmutzigen Bächen unter ihren Leibern hervor. Doch mit ihnen hatte Wrath nichts mehr zu schaffen. Er ging um den Container herum. Als er seinen toten Zivilisten sah, schnürte es ihm die Kehle zu. Der König kniete nieder und strich ihm vorsichtig das Haar aus dem zertrümmerten Gesicht. Ganz offensichtlich hatte sich der Kerl zur Wehr gesetzt und eine Reihe von Schlägen eingesteckt, bevor man ihm das Herz durchstoßen hatte. Tapferer Junge.

Wrath langte unter seinen Nacken und schob den anderen Arm unter seine Knie, dann stand er langsam auf. Das Gewicht des Toten wog schwerer als die Pfunde auf seinen Knochen. Als er den Container hinter sich ließ und zurück zum Escalade ging, war es Wrath, als trüge er sein ganzes Volk im Arm, und er war dankbar für die Sonnenbrille, die er zum Schutz seiner schwachen Augen trug.

Sie verbarg die schimmernden Tränen.

Er ging an Butch vorbei, der zu den niedergestreckten Jägern joggte, um seine Arbeit zu erledigen. Als die Schritte Halt machten, hörte Wrath ein langes, tiefes Luftholen, wie das Zischen eines Ballons, aus dem langsam die Luft entweicht. Das Würgen, das folgte, war viel lauter.

Während sich das Saugen und Würgen wiederholte, legte Wrath den Toten in den Kofferraum des Escalade und durchsuchte seine Taschen. Nichts ... kein Geldbeutel, kein Handy, nicht einmal ein Kaugummipapier.

»Verdammt« Wrath wandte sich um und setzte sich auf die hintere Stoßstange des SUV. Einer der *Lesser* hatte ihn bereits während des Kampfes ausgenommen ... und nachdem die Jäger soeben inhaliert wurden, war auch der Ausweis des Zivilisten Geschichte.

Als Butch durch die Gasse auf den Escalade zugewankt kam, sah er aus wie ein Alkie auf Sauftour und roch auch nicht mehr nach Acqua di Parma. Er stank nach *Lesser*, als hätte er sich mit 4711 übergossen, ein paar Vanille-Wunderbäume unter die Achseln geklebt und sich dann in totem Fisch gewälzt.

Wrath stand auf und schloss den Kofferraum.

»Bist du sicher, dass du fahren kannst?«, fragte er, als Butch sich vorsichtig hinter das Steuer setzte und aussah, als würde er im nächsten Moment kotzen.

»Ja. Müssen los.«

Wrath schüttelte den Kopf, als er die raue Stimme hörte, und blickte sich um. Es gingen keine Fenster auf die Gasse, und es würde nicht lange dauern, Vishous sofort kommen zu lassen, um Butch zu heilen, aber zwischen dem Kampf und dem Aufräumen war eine Menge in der letzten halben Stunde losgewesen. Sie mussten hier verschwinden.

Eigentlich hatte Wrath geplant, den Ausweis des Jägers mit dem Handy zu fotografieren und so weit zu vergrößern, bis er die Adresse lesen konnte, um sich die Kanope des Mistkerls zu schnappen. Aber er konnte Butch jetzt nicht alleine lassen.

Der Bulle schien überrascht, als Wrath sich auf den Beifahrersitz setzte. »Was machst –«

»Wir bringen den Toten in die Klinik. V kann dort hinkommen und sich um dich kümmern.«

»Wrath –«

»Lass uns unterwegs streiten, okay, Cousin?«

Butch legte den Rückwärtsgang ein, stieß aus der Gasse heraus und wendete an der ersten Kreuzung. Dann bog er links auf die Trade Street ein und fuhr in Richtung der Brücken, die über den Hudson River führten. Seine Hände umklammerten das Steuer – nicht, weil er sich fürchtete, sondern weil er gegen den Brechreiz ankämpfen musste.

»Ich kann nicht weiter so lügen«, murmelte Butch, als sie das andere Ende von Caldwell erreichten. Ein leichtes Würgen wurde mit einem Hüsteln kaschiert.

»Doch, das kannst du.«

Der Ex-Cop warf ihm einen Blick zu. »Das macht mich fertig. Beth muss es erfahren.«

»Ich will nicht, dass sie sich Sorgen macht.«

»Das verstehe ich –« Butch röchelte. »Moment.«

Der Bulle fuhr an den vereisten Randstein, stieß die Tür auf und würgte, als würde sich sein gesamter Magen umstülpen.

Wrath ließ den Kopf gegen die Nackenlehne sinken. Hinter seinen geschlossenen Lidern breitete sich Schmerz aus. Das war keine Überraschung. In letzter Zeit wurde er von Migräne heimgesucht wie Allergiker von Niesanfällen.

Butch griff hinter sich und tastete auf der Mittelkonsole herum, während er den Oberkörper aus dem Auto gelehnt ließ.

»Suchst du das Wasser?«

»J–« Ein Würgen schnitt ihm das Wort ab.

Wrath nahm eine Wasserflasche, drehte sie auf und drückte sie Butch in die Hand.

Als das Gekotze kurz aufhörte, spülte der Bulle etwas Wasser herunter, aber das Zeug blieb nicht lange in seinem Magen.

Wrath nahm sein Handy. »Ich rufe V an.«

»Gib mir eine Minute.«

Es dauerte über zehn, doch schließlich zog sich der Bulle wieder zurück ins Auto und fuhr weiter. Ein paar Meilen lang schwiegen sie, während Wraths Hirn auf Hochtouren lief und die Kopfschmerzen immer schlimmer wurden.

Du bist kein Bruder mehr.

Du bist kein Bruder mehr.

Aber er musste einer sein. Sein Volk brauchte ihn.

Er räusperte sich. »Wenn V zur Leichenhalle kommt, sagst du ihm, du hättest den toten Zivilisten gefunden und den *Lessern* die Spezialbehandlung verabreicht.«

»Er wird fragen, warum du dort bist.«

»Wir sagen, ich hätte mich einen Block weiter im *ZeroSum* mit Rehvenge getroffen und hätte gespürt, dass du Hilfe brauchst.« Wrath beugte sich zu Butch und ergriff seinen Unterarm. »Niemand wird davon erfahren, verstanden?«

»Das gefällt mir nicht. Das gefällt mir absolut nicht.«

»Unsinn.«

Während sie wieder in Schweigen versanken, zuckte Wrath beim Licht jedes entgegenkommenden Autos zusammen, trotz geschlossener Lider und Sonnenbrille. Um den blendenden Scheinwerfern zu entgehen, drehte er den Kopf zur Seite und tat, als würde er aus dem Fenster blicken.

»V weiß, dass etwas los ist«, murmelte Butch nach einer Weile.

»Lass ihn spekulieren.«
»Was, wenn du verletzt wirst?«
Wrath bedeckte sein Gesicht mit dem Arm, in der Hoffnung, sich auf diese Art vor den verdammten Scheinwerfern zu schützen. Mann, jetzt wurde auch noch *ihm* schlecht.
»Ich werde nicht verletzt. Keine Sorge.«

3

»Bereit für deinen Saft, Vater?«

Als keine Antwort kam, hielt Ehlena, Tochter des Alyne, im Knöpfen ihrer Uniform inne. »Vater?«

Durch den Gang drangen die lieblichen Töne von Chopin, das Schlurfen von Pantoffeln auf Dielenbrettern und ein sanfter Wasserfall von Worten, wie ein Kartenspiel, das gemischt wird.

Das war gut. Er war alleine aufgestanden.

Ehlena strich ihr Haar zurück, drehte es zu einem Knoten und befestigte diesen mit einem weißen Haargummi an ihrem Hinterkopf. Nach der Hälfte ihrer Schicht würde sie den Knoten erneuern müssen. Havers, der Arzt, verlangte, dass seine Krankenschwestern genauso gebügelt, gestärkt und ordentlich wirkten wie der Rest seiner Klinik.

Die Einhaltung des Standards, sagte er immer, war entscheidend.

Auf dem Weg aus ihrem Zimmer schnappte sie sich eine schwarze Umhängetasche, die sie bei Target ergattert hatte.

Für neunzehn Dollar. Geschenkt. Darin befanden sich der kurze Rock und das Poloshirt-Imitat, das sie ungefähr zwei Stunden vor Dämmerung anziehen würde.

Ein Date. Sie hatte tatsächlich ein Date.

Sie folgte dem Weg nach oben über einen Treppenabsatz in die Küche. Ihr erster Gang führte sie zu dem altmodischen Kühlschrank. Darin standen achtzehn Fläschchen CranRaspberry-Saft in drei Reihen zu je sechs Stück. Sie nahm eines von vorne, dann verschob sie die anderen vorsichtig, bis sie wieder eine ordentliche Reihe bildeten.

Die Tabletten waren hinter einem staubigen Stapel von Kochbüchern versteckt. Sie nahm eine Trifluoperazine und zwei Loxapine und warf sie in einen weißen Becher. Der metallene Teelöffel, mit dem sie die Tabletten zerstieß, war leicht gebogen, so wie alle anderen.

Seit fast zwei Jahren zerstieß sie nun schon Tabletten auf diese Weise.

Der CranRasberry-Saft traf auf das feine weiße Pulver und wirbelte es fort. Um sicherzugehen, dass der Geschmack übertüncht wurde, gab Ehlena noch zwei Eiswürfel in den Becher. Je kälter, desto besser.

»Vater, dein Saft ist fertig.« Sie stellte den Becher auf den kleinen Tisch, genau auf einen Kreis aus Markierband, der den Standpunkt anzeigte.

Die sechs Schränke auf der anderen Seite waren genauso ordentlich und ähnlich leer wie der Kühlschrank. Aus einem holte sie jetzt eine Schachtel Cornflakes, eine Schüssel aus einem anderen. Dann schüttete sie ein paar Flocken in ihre Schüssel, übergoss sie mit Milch und stellte den Milchkarton umgehend dorthin zurück, wo er hingehörte. Neben zwei weitere Milchkartons, Etikett nach vorne.

Ehlena sah auf die Uhr und wechselte in die Alte Sprache: »*Vater, ich muss bald gehen.*«

Die Sonne war untergegangen und das bedeutete, dass sie bald zu ihrer Schicht musste, die fünfzehn Minuten nach Einbruch der Dunkelheit begann.

Sie blickte zum Fenster über der Spüle, obwohl sie dadurch nicht erfuhr, wie dunkel es schon war. Die Scheiben waren mit sich überlappenden Streifen von Alufolie bedeckt, die mit Gewebeband an die Rahmen geklebt waren.

Selbst wenn sie und ihr Vater keine Vampire gewesen wären und Tageslicht vertragen hätten, wäre diese Verdunkelung aller Fenster im Haus nötig gewesen: Sie war der Deckel, der den Rest der Welt aussperrte, sie behütete, so dass dieses schäbige kleine Miethaus geschützt und isoliert war ... vor Bedrohungen, die nur ihr Vater spürte.

Als sie mit dem Frühstück fertig war, wusch und trocknete sie ihre Schüssel mit Papierservietten, weil Schwämme und Geschirrtücher nicht erlaubt waren, und räumte Schale und Löffel an ihre Plätze.

»Vater?«

Sie lehnte sich an die zerschrammte Plastikarbeitsfläche neben der Spüle, wartete und versuchte, nicht zu genau auf die ausgeblichenen Tapeten oder den Linoleumboden mit seinen diversen Gebrauchsspuren zu achten.

Das Haus war kaum mehr als eine Bruchbude, aber etwas anderes konnte sie sich einfach nicht leisten. Die Arztbesuche, Medikamente und Schwesternbetreuung ihres Vaters verschlangen den größten Teil ihres Einkommens, und das bisschen, was ihnen vom Familienerbe übrig geblieben war, das Geld, Silber, die Antiquitäten und der Schmuck, war längst verbraucht.

Sie konnten sich kaum über Wasser halten.

Und doch, als ihr Vater in der Kellertür erschien, musste sie lächeln. Sein feines graues Haar stand vom Kopf ab, ein Heiligenschein aus Daunen, der ihn wie Beethoven aussehen ließ, und seine überaufmerksamen, etwas panischen Augen verliehen ihm zusätzlich den Ausdruck eines verrückten Genies. Dennoch schien es ihm besser zu gehen als seit langer Zeit. Zum einen hatte er seinen abgetragenen Satin-Morgenmantel und den Seidenschlafanzug richtig an – alles war nach vorne ausgerichtet, Unter- und Oberteil passten zusammen, und die Schärpe war zugebunden. Auch war er sauber, frisch gebadet und roch nach Aftershave.

Es war so ein Widerspruch: Seine Umgebung musste tadellos und penibel geordnet sein, doch seine Körperhygiene und Garderobe war überhaupt kein Thema. Obwohl es vielleicht logisch war. Gefangen in seinen verworrenen Gedanken war er zu sehr von seinen Illusionen abgelenkt, um sich seiner selbst bewusst zu sein.

Doch die Medikamente zeigten Wirkung. Das merkte man, als seine Augen ihre trafen, und er Ehlena tatsächlich wahrnahm.

»*Geliebte Tochter*«, sagte er in der Alten Sprache. »*Wie geht es dir heute Nacht?*«

Sie antwortete auf seine bevorzugte Art, in der Muttersprache. »*Gut, mein Vater. Und dir?*«

Er verbeugte sich mit der Anmut des Aristokraten, der er von Geburt her gewesen war. »*Dein Anblick ist wie immer eine Freude. Ah, ja, die Doggen hat mir den Saft bereitgestellt. Wie aufmerksam von ihr.*«

Ihr Vater setzte sich mit einem Rascheln seiner Kleidung und hob den Keramikbecher an, als wäre es feinstes englisches Porzellan. »*Wohin des Weges?*«

»*Zur Arbeit. Ich gehe zur Arbeit.*«

Ihr Vater verzog das Gesicht, während er nippte. »*Du weißt sehr wohl, dass ich deine Beschäftigung außer Haus nicht gutheiße. Eine Dame von Stand sollte ihre Stunden nicht auf dieses Weise füllen.*«

»Ich weiß, mein Vater. Aber es macht mich glücklich.«

Sein Ausdruck wurde weicher. *»Nun, dann ist es etwas anderes. Ich verstehe die junge Generation zwar nicht mehr, aber sei es drum. Deine Mutter leitete den Haushalt und kümmerte sich um die Dienerschaft und die Gärten, und das war mehr als genug, um sie allnächtlich zu beschäftigen.«*

Ehlena senkte den Blick und dachte, dass ihre Mutter weinen würde, wenn sie sie so sähe. *»Ich weiß.«*

»Doch du sollst deinen Neigungen folgen, und ich werde dich dafür nur umso mehr lieben.«

Sie lächelte bei diesen Worten, die sie schon ihr Leben lang hörte. Und wo sie schon dabei waren …

»Vater?«

Er ließ den Becher sinken. *»Ja?«*

»Ich werde heute etwas später heimkommen.«

»Tatsächlich? Warum?«

»Ich trinke Kaffee mit einem Mann –«

»Was ist das*?«*

Der veränderte Tonfall ließ sie aufhorchen. Sie sah sich um, was ihn verursacht – *Oh nein …*

»Nichts, Vater, wirklich, es ist nichts.« Schnell ging sie zu dem Löffel, mit dem sie die Tabletten zerstoßen hatte, und eilte damit zur Spüle, als hätte sie sich verbrannt und bräuchte dringend kaltes Wasser.

Die Stimme ihres Vaters zitterte. *»Was … was hatte dieses Ding dort zu suchen? Ich –«*

Ehlena trocknete den Löffel hastig ab und ließ ihn in die Schublade gleiten. *»Siehst du? Schon weg. Siehst du?«* Sie deutete auf die Stelle, wo er gelegen hatte. *»Die Arbeitsfläche ist sauber. Dort ist nichts.«*

»Es war da … Ich habe es gesehen. Metallobjekte dürfen nicht offen herumliegen … das ist gefährlich … Wer … wer hat ihn liegengelassen? Wer hat diesen Löffel liegengelassen –«

»*Unser Dienstmädchen.*«

»*Das Dienstmädchen! Schon wieder! Sie muss entlassen werden. Ich habe es ihr gesagt – Metall darf nicht offen herumliegen Metall darf nicht offen herumliegen Metall darf nicht offen herumliegen-sie-beobachten-uns-undsiewerdenjenebestrafendiesichwidersetzensies indnäheralswirahnenund–*«

Am Anfang, bei den ersten Anfällen ihres Vaters, war Ehlena zu ihm gegangen, wenn er sich aufregte, weil sie glaubte, eine Berührung an der Schulter oder eine tröstende Hand, die seine hielt, würde ihm helfen. Mittlerweile wusste sie es besser: Je weniger Reize sein Hirn empfing, desto schneller legte sich die Hysterie. Auf Anraten seiner Krankenschwester hin zeigte Ehlena ihm einmal die Realität und verhielt sich dann ruhig und reglos.

Doch es war nicht einfach zuzusehen, wie er litt, und ihm nicht helfen zu können. Insbesondere, wenn es ihre Schuld war.

Der Kopf ihres Vaters wippte vor und zurück, die Erregung stellte sein Haar zu einer Gruselperücke von Krauslocken auf, während der rote Saft in seiner zitternden Hand aus dem Becher schwappte und sich auf die venendurchzogene Hand, den Ärmel seines Morgenmantels und den wackeligen Pressspantisch ergoss. Mit bebenden Lippen presste er das Stakkato der Silben hervor, als sich seine innere Schallplatte immer schneller drehte und der Strom der Worte in seinem Hals aufstieg und in den Wangen brannte.

Ehlena betete, dass es kein schlimmer Anfall war. Die Anfälle waren unterschiedlich stark und lang, und die Medikamente wirkten dagegen an. Doch manchmal gewann die Krankheit gegen den chemischen Cocktail.

Während sich die Worte ihres Vaters immer häufiger überschlugen und unverständlich wurden und der Becher zu Boden fiel, konnte Ehlena nur abwarten und zur Jungfrau der Schrift beten, dass es bald vorüber wäre. Sie zwang sich, die Füße nicht auf dem schäbigen Linoleum zu bewegen, schloss die Augen und schlang die Arme um sich.

Hätte sie doch nur daran gedacht, den Löffel wegzuräumen. Hätte sie doch nur –

Als der Stuhl ihres Vaters zurückgeschoben wurde und krachend umkippte, wusste sie, dass sie zu spät zur Arbeit kommen würde. Mal wieder.

Menschen waren wirklich wie eine Rinderherde, dachte Xhex, als sie über die Köpfe und Schultern blickte, die sich dicht um die Bar im *ZeroSum* drängten.

Es war, als hätte der Farmer gerade den Trog gefüllt und das Milchvieh drängte nun herbei und kämpfte um die besten Plätze.

Nicht dass die Einfältigkeit des Homo sapiens etwas Schlechtes wäre. Die Herde war leicht unter Kontrolle zu behalten, unter Sicherheitsaspekten betrachtet, und in gewisser Weise konnte man sich von ihnen ernähren wie von Rindern: Dieser Run auf die Flaschen war ein einziges Melken von Geldbeuteln, wobei der Segen nur in eine Richtung floss – in die Kasse.

Sprit brachte eine ordentliche Summe ein. Aber bei Drogen und Sex lagen die Margen noch viel höher.

Xhex ging langsam um die Bar herum und dämpfte die heißblütigen Spekulationen heterosexueller Männer und homosexueller Frauen mit harten Blicken. Mann, sie verstand es einfach nicht. Hatte es noch nie verstanden. Für eine Frau, die nichts als Muskelshirts und Leder trug und das Haar militärisch kurz hielt, zog sie viel Aufmerksamkeit auf sich. So viel wie die halbnackten Professionellen in der VIP-Lounge.

Andererseits war harter Sex zurzeit einfach angesagt und

Freiwillige für autoerotische Erstickung, Hintern versohlen und Fesselspielchen waren wie die Ratten in der Kanalisation von Caldwell: überall und nachtaktiv. Was monatlich in über einem Drittel der Einnahmen des Clubs resultierte.

Besten Dank.

Im Gegensatz zu den Prostituierten machte es Xhex nie für Geld. Eigentlich hatte sie gar nichts mit Sex am Hut. Außer mit Butch O'Neal, diesem Bullen. Na ja, dem Cop und ...

Xhex ging an die Samtkordel der VIP-Lounge und warf einen Blick in den Exklusivbereich des Clubs.

Verdammt. Er war da.

Das konnte sie heute Abend gar nicht brauchen.

Ihr Lieblingsobjekt feuchtheißer Tagträume saß im hinteren Teil am Tisch der Bruderschaft, eingekeilt zwischen seinen zwei Freunden, die ihn von den drei Mädels abschirmten, die sich auch auf der Polsterbank drängten. Verdammt, war er groß in dieser Nische, angerichtet in einem schwarzen Affliction-Shirt und schwarzer Lederjacke, halb Bikerstolz, halb kugelsichere Weste.

Darunter waren Waffen. Schusswaffen. Messer.

Wie sich die Dinge doch geändert hatten. Bei seinem ersten Besuch hier hatte er die Größe eines Barhockers gehabt und kaum genug Muskeln, um ein Rührstäbchen zu verbiegen. Doch das war jetzt anders.

Als sie dem Türsteher zunickte und die drei Stufen zum Ruhm erstieg, hob John den Blick von seinem Corona. Trotz des Schummerlichts glühten seine Augen, als er sie sah, und blitzten auf wie zwei Saphire.

Mann, sie suchte sich echt immer die Richtigen aus. Dieser Kerl hatte gerade erst seine Transition hinter sich. Der König war sein *Whard*. Er wohnte bei der Bruderschaft. Und er war verdammt noch mal stumm.

Himmel. Und sie hatte geglaubt, sich in Murhder zu verlieben wäre eine Schnapsidee gewesen? Man sollte meinen, dass sie ihre Lektion in zwei Jahrzehnten mit diesem Bruder gelernt hatte. Aber nein ...

Das Ding war, wenn sie den Jungen ansah, sah sie ihn nackt auf dem Bett liegend, eine mächtige Erektion in der Hand, während seine Faust auf und ab flog ... bis er ihren Namen in einem tonlosen Stöhnen ausstieß und über sein angespanntes Sixpack spritzte.

Das Fatale war, dass diese Vision nicht ihrer Fantasie entsprang. Diese Handarbeit hatte wirklich stattgefunden. Oft. Und woher sie das wusste? Weil sie, mieses Stück, das sie war, in seine Gedanken eingedrungen und auf diese lebhafte Erinnerung gestoßen war.

Angewidert von sich selbst hielt Xhex sich von ihm fern, ging weiter in die VIP-Lounge hinein und erkundigte sich bei der Chefin der Mädels nach dem Rechten.

Marie-Terese war eine Brünette mit großartigen Beinen und teurem Aussehen. Sie verdiente gut und arbeitete hoch professionell. Damit war sie eine Puffmutter, wie man sie sich nur wünschen konnte: Sie war nie in Zickenterror verwickelt, erschien immer rechtzeitig zu ihren Schichten und ließ ihre privaten Sorgen daheim. Sie war eine tolle Frau mit einem schrecklichen Job, die das Geld aus einem verdammt guten Grund zusammenraffte.

»Wie läuft es?«, fragte Xhex. »Brauchst du etwas von mir oder den Jungs?«

Marie-Terese ließ den Blick über die anderen Mädchen schweifen und ihre hohen Wangen fingen das schummrige Licht auf, so dass sie nicht nur verführerisch, sondern schlicht und ergreifend wunderschön aussah. »Bei uns ist im Moment alles in Ordnung. Zwei sind hinten. Bisher lief alles wie gewohnt, abgesehen davon, dass eines unserer Mädchen fehlt.«

Das Gesicht der Sicherheitschefin verfinsterte sich. »Chrissy schon wieder?«

Marie-Terese neigte den Kopf mit dem langen, schwarzen Prachtgeschmeide. »Wir müssen etwas wegen ihres Verehrers unternehmen.«

»Das haben wir schon, aber anscheinend nicht genug. Und wenn er ein Verehrer ist, bin ich Estée Lauder.« Xhex ballte die Hände zu Fäusten. »Dieser Mistkerl –«

»Chef?«

Xhex blickte über die Schulter. Hinter dem Türsteher, der ihre Aufmerksamkeit auf sich zu ziehen versuchte, erhaschte sie einen weiteren Blick auf John Matthew. Der sie immer noch anstarrte.

»Chef?«

Xhex riss sich zusammen. »Was gibt's?«

»Da ist ein Bulle, der dich sehen will.«

Sie ließ den Türsteher nicht aus den Augen. »Marie-Terese, sag den Mädels, dass sie zehn Minuten entspannen sollen.«

»Bin schon dabei.«

Marie-Terese war schnell, auch wenn es so wirkte, als würde sie müßig in ihren Stilettos herumschlendern. Sie ging zu den einzelnen Mädchen und tippte ihnen auf die linke Schulter, dann klopfte sie einmal an jede der Türen zu den privaten Toilettenräumen rechts im schummrigen Flur.

Während die Prostituierten aus der Lounge verschwanden, erkundigte sich Xhex: »Wer und warum?«

»Mordkommission.« Der Türsteher gab ihr eine Karte. »Hat sich als José de la Cruz vorgestellt.«

Xhex nahm die Karte und wusste genau, warum der Kerl hier war. Und Chrissy nicht. »Bring ihn in mein Büro. Ich bin in zwei Minuten bei ihm.«

»In Ordnung.«

Xhex hob ihre Armbanduhr an die Lippen. »Trez? iAm? Wir haben Sturm. Sag den Buchmachern, sie sollen Pause machen, und Rally soll die Waage anhalten.«

Als sie die Bestätigung durch den Ohrstöpsel bekam, versicherte sie sich schnell noch einmal, dass alle Mädchen weg waren, dann ging sie zurück in den allgemein zugänglichen Bereich des Clubs.

Als sie die VIP-Lounge verließ, spürte sie, wie ihr die Blicke von John Matthew folgten, und versuchte, nicht daran zu denken, was sie zwei Morgendämmerungen zuvor getan hatte, als sie heimgekommen war … und was sie heute wahrscheinlich wieder tun würde, wenn sie am Ende dieser Nacht alleine war.

Verdammter John Matthew. Seit sie in sein Hirn gestolpert war und gesehen hatte, was er mit sich anstellte, wenn er an sie dachte … hatte sie es genauso gehalten.

John Matthew. Verdammt.

Als ob sie diesen Scheiß brauchte.

Als sie sich jetzt durch die menschliche Herde drängte, war sie grob und kümmerte sich nicht darum, wenn ihre Ellbogen unsanft ein Paar Tänzer rammten. Fast hoffte sie, einer würde sich beschweren, damit sie ihn rausschmeißen konnte.

Ihr Büro lag im Zwischengeschoss im hinteren Teil des Clubs, so weit wie möglich entfernt von dem Umschlagplatz für käuflichen Sex, den Wettgeschäften und den Drogendeals in Rehvs Privatgemächern. Als Sicherheitschefin war Xhex die erste Ansprechpartnerin für die Polizei, und es gab keinen Grund, die blauen Uniformen näher an den Ort des Geschehens zu lassen als nötig.

Das Gedächtnis von Menschen zu säubern war eine praktikable Maßnahme, aber sie hatte auch ihre Tücken.

Ihre Tür stand offen, und Xhex musterte den Cop von

hinten. Er war nicht sonderlich groß, aber kräftig gebaut, was ihr gefiel. Jackett und Schuhe waren anständig, aber nichts Besonderes, und unter der linken Manschette lugte eine Seiko hervor.

Als er sich zu ihr umwandte, dachte sie beim Anblick seiner braunen Augen unwillkürlich an Sherlock Holmes. Er verdiente vielleicht nicht sonderlich gut, aber er war nicht dumm.

»Detective«, begrüßte sie ihn, schloss die Tür und ging an ihm vorbei, um sich hinter ihren Tisch zu setzen.

Ihr Büro war nahezu nackt. Keine Bilder. Keine Pflanzen. Nicht einmal ein Telefon oder ein Computer. Die Formulare in den drei verschlossenen und feuersicheren Aktenschränken betrafen nur die legale Seite des Geschäfts. Und der Papierkorb war ein Aktenvernichter.

Was hieß, dass Detective José de la Cruz absolut nichts in den 120 Sekunden erfahren hatte, die er alleine in dem Raum verbracht hatte.

De la Cruz nahm seine Dienstmarke und hielt sie ihr hin. »Ich bin wegen einer Ihrer Angestellten hier.«

Xhex gab vor, sich über den Tisch zu lehnen, um sich die Marke anzusehen, doch das brauchte sie nicht. Ihre *Symphathen*-Seite sagte ihr alles, was sie wissen musste: Die Gefühle des Polizisten waren die richtige Mischung aus Misstrauen, Besorgnis, Entschlossenheit und Wut. Er nahm seinen Job ernst und war beruflich hier.

»Welche Angestellte?«, fragte sie.

»Chrissy Andrews.«

Xhex lehnte sich zurück. »Wann wurde sie ermordet?«

»Woher wissen Sie, dass sie tot ist?«

»Sparen Sie sich die Spielchen, Detective. Warum sonst sollte jemand von der Mordkommission nach ihr fragen?«

»Entschuldigen Sie, ich bin auf Verhör-Modus.« Er

steckte seine Dienstmarke wieder in die Brusttasche und setzte sich auf den Stuhl ihr gegenüber. »Der Mieter unter ihr bemerkte beim Erwachen einen Blutfleck an seiner Decke und rief die Polizei. Keiner in dem Haus will Ms Andrews gekannt haben, und wir können keinen nächsten Angehörigen finden. Bei der Durchsuchung ihrer Wohnung stießen wir auf Steuerbescheide, auf denen dieser Club als Arbeitgeber angegeben ist. Um auf den Punkt zu kommen: Wir brauchen jemanden, der die Leiche identifiziert und –«

Xhex stand auf. Das Wort *Wichser* hallte in ihrem Kopf. »Ich übernehme das. Lassen Sie mich nur meinen Männern Bescheid geben, damit ich gehen kann.«

De la Cruz blinzelte, als überrasche ihn ihr Tempo. »Sie ... äh, Sie wollen mit zur Leichenhalle kommen?«

»St. Francis?«

»Ja.«

»Ich kenne den Weg. Ich treffe Sie in zwanzig Minuten dort.«

De la Cruz erhob sich langsam, fasste sie scharf ins Auge und musterte sie prüfend. »Ich schätze, damit sind wir verabredet.«

»Keine Sorge, Detective. Ich werde beim Anblick einer Leiche nicht in Ohnmacht fallen.«

Er musterte sie von Kopf bis Fuß. »Wissen Sie ... irgendwie mache ich mir darum keine Sorgen.«

4

Als Rehvenge zurück nach Caldwell kam, wünschte er sich höllisch, er könnte auf direktem Weg ins *ZeroSum*. Doch er war nicht bescheuert. Er hatte ein Problem.

Seit seiner Abfahrt von Montrags Haus in Connecticut hatte er seinen Bentley zweimal am Straßenrand angehalten und sich Dopamin gespritzt. Doch sein Wundermittel ließ ihn heute im Stich. Hätte er mehr von dem Stoff in seinem Wagen gehabt, hätte er sich eine weitere Spritze aufgezogen, doch es war ihm ausgegangen.

Welch Ironie, dass ein Drogendealer wie er atemlos zu *seinem* Dealer hetzen musste. Es war eine verdammte Schande, dass die Nachfrage nach dem Neurotransmitter auf dem Schwarzmarkt nicht größer war. So wie die Dinge jetzt lagen, konnte sich Rehv nur auf legalem Weg versorgen, aber er würde das ändern. Wenn er clever genug war, Ecstasy, Koks, Methadon, Oxycondon und Heroin durch seine zwei Clubs zu schleusen, musste es ihm doch gelingen, sich sein Fläschchen Dopamin herbeizuschaffen.

»Jetzt komm schon, beweg deinen Arsch. Das ist nur eine verdammte Ausfahrt. So etwas kennst du.«

Auf dem Highway hatte er zügig fahren können, aber hier in der Stadt ging es nur noch schleppend voran. Und das lag nicht nur am Verkehr. Ohne räumliche Wahrnehmung war es nicht einfach, die Entfernung zur Stoßstange des Vordermannes einzuschätzen, also musste Rehv vorsichtiger sein, als ihm lieb war.

Und dann war da dieser Idiot mit seiner zwölfhundert Jahre alten Blechkiste und seinen übertriebenen Bremsgewohnheiten.

»Nein … nein … tu's nicht, nicht die Spur wechseln. Du siehst doch nicht einmal in den Rückspiegel –«

Rehv trat in die Eisen, weil Mr Schnarchnase tatsächlich glaubte, er gehöre auf die Überholspur, und den Spurwechsel mit einer Vollbremsung einleitete.

Normalerweise liebte Rehv Autofahren. Er zog es sogar dem Dematerialisieren vor, denn es war die einzige Gelegenheit, bei der er sich fast wie er selbst fühlte: schnell, wendig, kraftvoll. Er fuhr den Bentley nicht nur, weil er schick war und er ihn sich leisten konnte, sondern hauptsächlich wegen der sechshundert Pferde unter der Haube. Durch seine Taubheit und die Abhängigkeit von einem Stock, um das Gleichgewicht zu halten, fühlte sich Rehv oftmals wie ein greisenhafter Krüppel und es tat gut … normal zu sein.

Natürlich hatte es auch seine Vorzüge, nichts zu fühlen. Wenn er zum Beispiel in ein paar Minuten den Kopf gegen das Lenkrad rammte, würde er nur Sternchen sehen. Ein brummender Schädel? Nicht bei ihm.

Die Behelfsklinik des Vampirvolks lag fünfzehn Minuten hinter der Brücke, auf die er gerade fuhr. Das Hospital genügte eigentlich den Anforderungen nicht, da es lediglich ein sicheres Haus war, das man in ein Feldspital verwandelt hatte. Doch im Moment gab es nichts anderes als diesen Notbehelf – diesen Ersatzspieler, der nur dabei war, weil sich der Mittelstürmer das Bein gebrochen hatte.

Seit den Überfällen im Sommer suchte Wrath zusammen mit dem Arzt ihres Volkes nach einem neuen, dauerhaften Standort, aber wie alles andere brauchte auch dieses Vorhaben Zeit. Nachdem die Gesellschaft der *Lesser* so viele Häuser gestürmt hatte, wollte niemand Grundstücke nutzen, die Vampiren gehört hatten. Gott allein wusste, wie viele weitere Vampirhäuser der Gesellschaft bekannt waren. Der König sah sich nach einem neuen Ort um, den man erwerben konnte, doch es musste abgeschieden sein und ...

Rehv dachte an Montrag.

War es wirklich schon so weit gekommen? Führte dieser Krieg zum Mord an Wrath?

Diese Frage, die den Wurzeln seiner mütterlichen Vampirseite entsprang, blitzte kurz in seinen Gedanken auf, brachte aber keinerlei Ressentiments mit sich. Seine Gedanken wurden von Berechnung bestimmt. Berechnung fern aller moralischer Bedenken. Die Entscheidung, die er bei Montrag getroffen hatte, geriet nicht ins Wanken, seine Entschlossenheit wuchs nur noch.

»Danke, gütigste Jungfrau der Schrift«, murmelte er, als ihm sein Vordermann endlich Platz machte und sich seine Ausfahrt wie ein Geschenk präsentierte, das reflektierende grüne Schild wie der Anhänger mit seinem Namen darauf.

Grün ...?

Rehv sah sich um. Die rote Färbung verblasste langsam aus seiner Sicht, die anderen Farben drangen wieder durch den zweidimensionalen Nebel, und er atmete erleichtert auf. Er wollte nicht verstrahlt in der Klinik ankommen.

Wie auf Bestellung fing er an zu frösteln, obwohl im Bentley ohne Zweifel angenehme zwanzig Grad herrschten, und er drehte die Heizung auf. Das Frösteln war ein weiteres, wenn auch unangenehmes, Zeichen dafür, dass die Medizin zu wirken begann.

Zeit seines Lebens hatte er verheimlichen müssen, was er war. Für Sündenfresser wie ihn gab es nur zwei Möglichkeiten: Entweder gingen sie als normal durch, oder sie wurden in den Norden in die Kolonie geschickt und wie Giftmüll, der sie ja auch waren, gesellschaftlich entsorgt. Dass er ein Mischling war, spielte dabei keine Rolle. Wenn man einen *Symphathen*anteil hatte, galt man als einer von ihnen, und das mit gutem Grund. *Symphathen* waren zu fasziniert von dem Bösen in ihnen, als dass man ihnen trauen konnte.

Himmel nochmal, heute Nacht war das beste Beispiel. Interessant, was er zu tun bereit war. Eine Unterhaltung, und er zog den Abzug – und nicht einmal, weil er musste, sondern nur, weil er es wollte. Oder es *brauchte,* um genau zu sein. Machtspiele waren wie die Luft zum Atmen für seine dunkle Seite, unbestreitbar vorhanden und kräftigend. Und die Motive waren typisch *Symphath:* Seine Entscheidung diente ihm und niemandem sonst, nicht einmal dem König, der in gewisser Weise sein Freund war.

Deshalb war jeder Vampir gesetzlich verpflichtet, Meldung zu erstatten, wenn er einen Sündenfresser bemerkte, der sich unter das Volk gemengt hatte, sonst hatte er ein Strafverfahren am Hals: Psychopathen gesondert zu verwahren und von moralgelenkten und gesetzestreuen Bürgern fernzuhalten, gehörte zum gesunden Überlebensinstinkt jeder Gesellschaft.

Zwanzig Minuten später hielt Rehv vor einem Eisentor, das in seiner Funktionalität industriellen Charme versprühte. Das Ding besaß keinerlei Anmut, nichts als kräftige Streben, verschweißt und mit einer Stacheldrahtspirale obendrauf. Links gab es eine Gegensprechanlage, und als

Rehv das Fenster herunterließ, um zu klingeln, richteten sich Überwachungskameras auf seinen Kühlergrill, die Windschutzscheibe und die Fahrertür.

Daher überraschte ihn der angespannte Tonfall der Frauenstimme nicht, die antwortete. »Entschuldigung ... mir war nicht bekannt, dass Sie einen Termin haben?«

»Habe ich auch nicht.«

Pause. »Wenn es sich nicht um einen Notfall handelt, kann die Wartezeit bei einem unangemeldeten Besuch ziemlich lang dauern. Vielleicht wollen Sie ein andermal ...«

Er funkelte in die nächstgelegene Kamera. »Lass mich rein. Sofort. Ich muss zu Havers. Und es ist ein Notfall.«

Er musste zurück zum Club und nach der Lage sehen. Die vier Stunden, die er an diesem Abend bereits vertan hatte, waren eine Ewigkeit, wenn man das *ZeroSum* und das *Iron Mask* in Schach zu halten hatte. An solchen Orten passierte Scheiße nicht einfach nur, sie war an der Tagesordnung, und nur er hatte die Faust mit dem *Schluss mit Lustig*-Tattoo auf den Knöcheln.

Einen Moment später glitt das sterbenshässliche, bombensichere Tor zur Seite, und Rehv vertrödelte keine Zeit auf der meilenlangen Auffahrt.

Das Farmhaus, das sich nach der letzten Biegung präsentierte, passte nicht so recht zu den Sicherheitsvorkehrungen, zumindest nicht, wenn man nach der Fassade urteilte. Der zweistöckige Schindelbau war ein völlig abgespeckter Kolonialbau. Keine Veranda. Keine Fensterläden. Keine Begrünung.

Verglichen mit Havers altem Familienheim und Klinikbau war es die ärmliche Entsprechung eines Geräteschuppens.

Er parkte gegenüber der freistehenden Reihe von Garagen für Krankenwagen und stieg aus. Die Tatsache, dass die kalte Dezembernacht ihn frösteln ließ, war ein weiteres gutes Zeichen. Er langte auf die Rückbank des Bentleys und holte seinen Stock und einen seiner zahlreichen Zobelmäntel hervor. Neben der Taubheit brachte seine chemische Maske einen weiteren Nachteil mit sich: Sie senkte seine Körpertemperatur und verwandelte seine Adern in ein System von Kühlwasserspiralen. Nacht und Tag in einem Körper zu leben, den er nicht fühlte oder erwärmen konnte, war kein Spaß, aber ihm blieb keine Wahl.

Wären seine Mutter und seine Schwester keine Normalos gewesen, hätte er sich vielleicht zum Darth Vader mausern und ganz in der dunklen Seite aufgehen können. Dann hätte er seine Tage damit verbracht, die Gedanken seiner Artgenossen zu manipulieren. Aber er hatte sich in die Position eines Familienvorstandes gebracht, und das hielt ihn in diesem Niemandsland gefangen.

Rehv ging um das Kolonialhaus herum und zog den Zobel enger um den Hals. Als er zu einer unscheinbaren Tür kam, drückte er die Klingel, die auf eine Aluminiumverschalung geschraubt war, und blickte in ein elektronisches Auge. Einen Moment später öffnete sich eine Luftschleuse mit einem Zischen, und er schob sich in einen weißen Raum von der Größe eines begehbaren Schranks. Nachdem er in eine Kamera geblickt hatte, öffnete sich eine weitere Verriegelung, eine versteckte Trennwand glitt zurück, und er ging eine Treppe herunter. Noch eine Kontrollstelle. Noch eine Tür. Und dann war er drinnen.

Der Empfangsbereich sah nicht anders aus als der Patienten-und-Angehörigen-Parkplatz jeder Klinik: Stuhlreihen, Zeitschriften auf kleinen Tischchen, ein Fernseher und ein paar Topfpflanzen. Er war kleiner als der in der alten Klinik, aber sauber und gut organisiert. Die zwei Frauen, die dort warteten, versteiften sich, als sie Rehv sahen.

»In Ordnung, hier entlang, bitte.«

Rehv lächelte die Schwester an, die um den Empfangstresen geeilt kam. Für ihn fanden »lange Wartezeiten« immer in einem Behandlungszimmer statt. Die Schwestern schätzten es nicht, wenn er andere Wartende verängstigte, und hatten ihn auch selbst nicht gern um sich.

Für ihn war das in Ordnung. Er war nicht der gesellige Typ.

Das Behandlungszimmer, in das man ihn führte, lag nicht im Notfallbereich der Klinik, und er kannte es von früher. Er kannte sie alle.

»Der Doktor ist bei einer Operation, und der Rest der Belegschaft ist mit anderen Patienten beschäftigt, aber ich schicke eine Kollegin, um Ihre Werte zu nehmen, sobald ich kann.« Die Schwester lief davon, als hätte sie jemand im Flur gerufen, den nur sie hören konnte. Rehv behielt den Mantel an und den Stock in der Hand und setzte sich auf die Untersuchungsliege. Um sich die Zeit zu vertreiben, schloss er die Augen und ließ die Emotionen in seinem Umfeld auf sich wirken wie eine Panoramaaussicht: Die Mauern des Kellers lösten sich auf, und die emotionalen Flechtwerke der einzelnen Leute kristallisierten sich aus der Dunkelheit, eine Unzahl verschiedener Verletzlichkeiten, Ängste und Schwächen präsentierte sich dem *Symphathen* in ihm.

Und er hielt die Fernbedienung für sie alle in der Hand und wusste instinktiv, welche Knöpfe er bei der Schwester nebenan drücken musste, die sich Sorgen machte, ihr *Hellren* könnte sie nicht mehr begehren ... und dennoch zu viel zum Ersten Mahl aß. Und der Mann, den sie behandelte, der die Treppe heruntergestürzt war und sich am Arm verletzt hatte ... im Suff. Der Apotheker gegenüber im Gang, der bis vor Kurzem Xanax für den eigenen Hausgebrauch gestohlen hatte … bis er die versteckten Kameras entdeckte, die man installiert hatte, um ihm das Handwerk zu legen.

Anderer Leute Selbstzerstörung war das Lieblingsprogramm des *Symphathen* und besonderen Spaß machte es, wenn man selbst der Produzent war. Und obwohl seine Wahrnehmung jetzt wieder »normal« war und sein Körper taub und kalt, war seine eigentliche Natur nur in Ketten gelegt, aber nicht besiegt.

Denn für die Sorte Show, die er abziehen konnte, waren die Quellen der Inspiration und die Mittel unerschöpflich.

»Scheiße.«

Als Butch den Escalade vor den Garagen der Klinik parkte, stieß Wrath noch eine Reihe weiterer derber Flüche aus. Im Scheinwerferlicht des SUV räkelte sich Vishous wie ein Pin-up Girl im Spotlight auf der Motorhaube eines nur allzu vertrauten Bentleys.

Wrath löste den Gurt und öffnete die Tür.

»Überraschung, Herr«, grüßte V, als er sich aufrichtete und auf die Motorhaube der Limousine klopfte. »Muss ein kurzes Treffen mit deinem Freund Rehvenge in der Stadt gewesen sein, was? Es sei denn, der Kerl hat herausgefunden, wie man an zwei Orten gleichzeitig sein kann. In diesem Fall würde ich sein Geheimnis gern erfahren.«

Verdammter. Arsch.

Wrath stieg aus dem SUV aus und beschloss, den Bruder einfach zu ignorieren. Alternativ hätte er versuchen können, sich herauszureden, aber das würde nerven, weil Dummheit nicht gerade zu Vs Eigenschaften zählte. Oder, noch eine Möglichkeit: eine Prügelei anzetteln, doch das wäre nur eine kurzzeitige Ablenkung und reine Zeitverschwendung, weil man sie beide danach erst wieder zusammenflicken müsste.

Wrath ging um den Escalade herum und öffnete die Fahrertür. »Heile deinen Jungen. Ich kümmere mich um den Toten.«

Als er den leblosen Zivilisten anhob und sich umdrehte, blickte V in das Gesicht eines geschlagenen Mannes.

»Verdammt«, flüsterte V.

In diesem Moment stolperte Butch aus der Fahrertür. Er sah schrecklich aus. Der Geruch von Talkum umwehte ihn, und seine Knie waren so wackelig, dass er fast die Tür verfehlte, als er daran Halt suchte.

Wie der Blitz war V bei ihm, nahm ihn in die Arme und drückte ihn an sich. »Scheiße, Mann, wie geht's dir?«

»Bereit ... zu allem.« Butch klammerte sich an seinen besten Freund. »Ich muss nur ein bisschen unter die Wärmelampe.«

»Heile ihn«, sagte Wrath, als er auf die Klinik zuging. »Ich gehe rein.«

Als er davonging, schlossen sich die Türen des Escalades eine nach der anderen, und dann erschien ein Leuchten, als würden die Wolken den Mond freigeben. Wrath wusste, was die beiden Männer in dem SUV machten, weil er die Prozedur schon ein-, zweimal miterlebt hatte: Sie umschlangen sich, während das weiße Licht aus Vs Hand sie einhüllte und das Böse, das Butch eingesaugt hatte, in V sickerte.

Gott sei Dank gab es eine Möglichkeit, diesen Dreck aus dem Bullen herauszuwaschen. Und V tat es gut, ein Heiler zu sein.

Wrath kam an die erste Tür der Klinik und blickte einfach nur in die Überwachungskamera. Sofort summte der Türöffner, und sobald sich die Schleuse geschlossen hatte, öffnete sich die versteckte Trennwand. Im Nu war er in der Klinik. Der König des Volkes mit einem toten Vampir in den Armen wurde keine Nanosekunde aufgehalten.

Er pausierte am Treppenabsatz, als sich die letzte Tür öffnete. Er blickte in die Kamera und sagte: »Holt erst eine Bahre und ein paar Laken.«

»Wir kommen sofort, Herr«, antwortete eine blecherne Stimme.

Keine Sekunde später öffneten zwei Schwestern die Tür. Eine verwandelte ein Laken in einen schützenden Vorhang, während die andere eine Bahre an den Fuß der Treppe rollte. Mit starken Armen legte Wrath den Zivilisten so vorsichtig auf die Bahre, als lebe er noch und habe sich jeden Knochen gebrochen. Dann faltete die Schwester, die die Bahre geschoben hatte, ein zweites Laken auseinander. Wrath stoppte sie, als sie den Leib einhüllen wollte.

»Das mache ich«, erklärte er und nahm ihr das Laken ab.

Sie überreichte es ihm mit einer Verbeugung.

Unter Beschwörungen in der Alten Sprache verwandelte Wrath das einfache Laken in ein anständiges Leichentuch. Nachdem er für die Seele des Mannes gebetet und ihm einen freien und unbeschwerten Eingang in den Schleier gewünscht hatte, schwiegen er und die Schwestern einen Moment, bevor die Leiche ganz verhüllt wurde.

»Wir haben keinen Ausweis bei ihm gefunden«, meinte Wrath leise und zupfte einen Zipfel des Lakens gerade. »Erkennt eine von euch vielleicht seine Kleidung? Die Uhr? Irgendetwas?«

Die Schwestern schüttelten die Köpfe, und eine murmelte: »Wir bringen ihn in die Leichenhalle und warten. Mehr können wir nicht tun. Seine Familie wird nach ihm suchen.«

Wrath hielt sich im Hintergrund und sah zu, wie die Leiche fortgerollt wurde. Aus irgendeinem Grund fiel ihm auf, dass das rechte vordere Rad wackelte, als wäre es neu in dem Job und noch nervös ... obwohl er das nicht mit den Augen sah, sondern mehr aus dem leisen Klappern schloss.

Es lief nicht rund. Trug das Gewicht nicht richtig.

Genauso fühlte sich Wrath.

Dieser verdammte Krieg mit der Gesellschaft der *Lesser* ging schon viel zu lange. Und selbst mit all seiner Macht und wilden Entschlossenheit gewann sein Volk nicht. Seinem Feind lediglich zu trotzen, war ein Verlieren auf Raten, weil weiterhin Unschuldige starben.

Er wandte sich wieder der Treppe zu und roch die Angst und Ehrfurcht der zwei Vampirinnen auf den Plastikstühlen im Wartebereich. Die Stühle wären beinahe umgestürzt, als sie hektisch aufstanden und sich vor ihm verbeugten. Ihre Ehrerbietung war wie ein Tritt in die Eier. Er lieferte das jüngste, aber ganz bestimmt nicht letzte Opfer des Krieges ab, und die beiden zollten ihm auch noch Respekt.

Er verbeugte sich ebenfalls, brachte aber kein Wort heraus. Alles, was ihm durch den Kopf ging, waren deftige Verwünschungen, und die waren allesamt gegen sich selbst gerichtet.

Die andere Schwester hatte das Laken, das sie als Vorhang verwendet hatte, wieder zusammengelegt. »Mein Herr, vielleicht habt Ihr einen Moment Zeit, um mit Havers zu sprechen. Er müsste in einer Viertelstunde mit der Operation fertig sein. Ihr scheint verletzt.«

»Ich muss zurück in den –« Er stoppte sich, bevor ihm das Wort *Kampf* entschlüpfte. »Ich muss weiter. Bitte gebt mir über die Familie des Toten Bescheid, okay? Ich möchte sie treffen.«

Die Schwester verbeugte sich und wartete darauf, den großen schwarzen Diamanten küssen zu dürfen, der am Mittelfinger seiner rechten Hand steckte.

Wrath kniff die schwachen Augen zu und hielt ihr hin, was sie ehren wollte.

Ihre Finger waren kühl und leicht auf seiner Haut, ihr Atem und ihre Lippen kaum ein Hauch. Und doch war es wie ein Schlag ins Gesicht.

Als sie sich wieder aufrichtete sagte sie voll Ehrfurcht: *»Eine gesegnete Nacht, mein Gebieter.«*

»Und dir gute Stunden, treue Untertanin.«

Damit wirbelte er herum und joggte die Treppen hinauf. Er brauchte mehr Luft, als die Klinik zu bieten hatte. An der letzten Tür rempelte er eine Krankenschwester an, die genauso hastig hereineilte, wie er hinaus. Die Wucht riss ihr die schwarze Umhängetasche von der Schulter, und Wrath konnte sie gerade noch auffangen, bevor sie mit der Tasche zusammen zu Boden ging.

»Oh verdammt«, fluchte er und ließ sich auf die Knie fallen, um ihre Sachen einzusammeln. »Entschuldigung.«

»Mein Herr!« Die Schwester verbeugte sich tief und bemerkte dann, dass er ihre Sachen aufhob. »Das dürft Ihr nicht. Bitte, lasst mich –«

»Nein, es ist meine Schuld.«

Er stopfte etwas, das wie ein Rock und ein Sweatshirt aussah, in die Tasche und hätte ihr dann fast einen Kinnhaken verpasst, als er sich ruckartig wieder aufrichtete.

Erneut hielt er sie am Arm fest. »Scheiße. Nochmals Entschuldigung –«

»Nichts passiert – ehrlich.«

Ihre Tasche wechselte ungeschickt von einem Gehetzten zu einer Verlegenen.

»Hast du sie?«, fragte er, kurz davor, die Jungfrau der Schrift anzurufen, damit sie ihn endlich entkommen ließ.

»Äh, ja, aber …« Ihr Ton wandelte sich von ehrfürchtig zu sachlich. »Ihr blutet, mein Herr.«

Er ignorierte den Kommentar und ließ sie vorsichtig los. Erleichtert, dass sie auf eigenen Füßen stand, verabschiedete er sich in der Alten Sprache.

»Herr, solltet Ihr nicht –«

»Entschuldige, dass ich dich umgerannt habe«, rief er über die Schulter zurück.

Er drückte die letzte Tür auf und sackte in sich zusammen, als frische Luft in seine Lungen drang. Tiefe Atemzüge klärten seinen Kopf, und er ließ sich an die Aluminiumverschalung der Klinik sinken.

Als sich die Kopfschmerzen wieder meldeten, schob er die Sonnenbrille hoch und rieb sich die Nasenwurzel. Okay. Nächster Halt ... Die Adresse auf dem gefälschten Ausweis des Jägers.

Es gab eine Kanope einzusammeln.

Er ließ die Sonnenbrille an ihren Platz zurückfallen, richtete sich auf und –

»Nicht so schnell, mein König«, tadelte V, der sich direkt vor ihm materialisierte. »Wir zwei müssen reden.«

Wrath entblößte seine Fänge. »Ich bin nicht in Plauderstimmung, V.«

»Na, so ein Pech.«

5

Ehlena sah zu, wie sich der König des Volkes umdrehte und beinahe die Tür mitnahm, als er hinausstürmte.

Mann, er war wirklich beängstigend groß. Und beinahe von ihm umgepflügt zu werden, war echt das Sahnehäubchen auf ihrem heutigen Dramadessert.

Sie strich sich das Haar glatt, hängte sich die Tasche um und ging die Treppen hinunter, nachdem sie den nächsten Kontrollpunkt passiert hatte. Sie kam nur eine Stunde zu spät zu ihrer Schicht, weil – oh Wunder – die Krankenschwester ihres Vaters frei gewesen war und früher kommen konnte. Der Jungfrau der Schrift sei gedankt für Lusie.

Verglichen mit anderen Anfällen ihres Vaters war dieser nicht allzu schlimm gewesen, und Ehlena hegte den Verdacht, dass es an den Medikamenten lag, die er kurz vor dem Anfall genommen hatte. Vor den Tabletten hatten ernstere Anfälle die ganze Nacht gedauert, also war der heutige Abend in gewisser Weise sogar ein Fortschritt gewesen.

Dennoch brach es ihr das Herz.

Als sie zur letzten Kamera kam, fühlte sich ihre Tasche immer schwerer an. Sie hatte sich damit abgefunden, ihre Verabredung abzusagen und die Wechselkleidung daheim zu lassen, doch Lusie hatte ihr das ausgeredet. Die Frage, die ihr die Pflegerin ihres Vaters stellte, hatte gesessen: *Wann bist du das letzte Mal aus dem Haus gegangen, um nicht zur Arbeit zu gehen?*

Ehlena hatte nicht geantwortet, weil sie von Natur aus verschwiegen war ... und außerdem absolut keine Ahnung hatte.

Was genau der Zweck von Lusies Frage war. Pfleger mussten auf sich selber achten, und das bedeutete auch, dass man ein Leben jenseits der Krankheit hatte, die einen in die Rolle des Pflegers drängte. Der Himmel wusste, wie oft Ehlena diesen Grundsatz Familienmitgliedern chronisch Kranker eingebläut hatte, und es war ein praktischer und vernünftiger Ratschlag.

Zumindest, wenn sie ihn anderen erteilte. Auf sich selbst angewandt fühlte er sich eigennützig an.

Also war sie sich mit dem Date nicht so sicher. Nachdem ihre Schicht erst eine Stunde vor Dämmerung endete, blieb ihr keine Zeit, erst nach ihrem Vater zu sehen. Sie hätte ohnehin schon Glück, wenn ihr und ihrer Verabredung eine Stunde zum Plaudern in einem Restaurant blieb, das die ganze Nacht geöffnet hatte, bevor die aufgehende Sonne dem Ganzen ein Ende setzte.

Und doch hatte sie sich so übermäßig auf dieses Date gefreut, dass sie ein ganz schlechtes Gewissen hatte.

Himmel ... war das nicht einfach typisch. Das Gewissen zerrte auf der einen Seite, die Einsamkeit auf der anderen.

Im Empfangsbereich ging sie schnurstracks zur Pflegedienstleiterin, die hinter dem Tresen am Computer saß. »Es tut mir so leid, dass ich zu sp-«

Catya unterbrach ihre Tätigkeit und streckte ihr die Hand entgegen. »Wie geht es ihm?«

Einen Sekundenbruchteil konnte Ehlena nur blinzeln. Es behagte ihr gar nicht, dass auf der Arbeit alle von den Problemen ihres Vaters wussten und ein paar ihrer Kolleginnen ihn sogar in seinem schlimmsten Zustand gesehen hatten.

Auch wenn die Krankheit ihrem Vater den Stolz genommen hatte, Ehlena besaß ihn an seiner statt.

Sie tätschelte ihrer Chefin den Handrücken und trat einen Schritt außer Reichweite. »Danke der Nachfrage. Er hat sich wieder etwas beruhigt und seine Pflegerin ist bei ihm. Glücklicherweise hatte ich ihm gerade seine Medizin gegeben.«

»Brauchst du eine Minute für dich?«

»Nein. Was liegt heute an?«

Catya lächelte traurig, als würde sie sich auf die Zunge beißen. Wieder einmal. »Du musst nicht so stark sein.«

»Doch, das muss ich.« Ehlena blickte sich um und musste sich beherrschen. Weitere Kolleginnen kamen aus dem Gang, ein zehnköpfiger Trupp ritt auf einer Welle der Besorgnis auf sie zu. »Wo soll ich hin?«

Sie musste entkomm… zu spät.

Bald waren alle außer den OP-Schwestern, die mit Havers beschäftigt waren, um sie versammelt. Ehlena schnürte sich der Hals zu, als ihre Kolleginnen einen Chor von *Wie geht es dir?* anstimmten. Gott, sie fühlte sich wie eine Schwangere in einem stickigen, steckengebliebenen Aufzug.

»Mir geht es gut, danke allerseits –«

Die Letzte der Belegschaft kam zu ihr. Nachdem sie ihr Mitgefühl ausgedrückt hatte, schüttelte sie den Kopf. »Ich möchte dir eigentlich nicht mit Arbeit kommen …«

»Doch, bitte«, platzte Ehlena heraus.

Die Schwester lächelte respektvoll, als wäre sie von Ehlenas Haltung beeindruckt. »Naja, *er* ist hinten in einem Behandlungszimmer. Soll ich eine Münze holen?«

Alle stöhnten. Es gab nur einen *er* unter den Legionen männlicher Patienten, die sie behandelten, und mit Münzenraten entschied die Belegschaft für gewöhnlich, wer sich um *ihn* kümmern musste. Diejenige, die das Prägedatum am schlechtesten erriet, hatte verloren.

Im Allgemeinen hielten die Schwestern professionelle Distanz zu ihren Patienten, denn das musste man, um nicht auszubrennen. Doch bei *ihm* hielt sich die Belegschaft nicht aus beruflichen Gründen fern. Die meisten Frauen wurden in seiner Gegenwart nervös, selbst die abgebrühtesten.

Und Ehlena? Nicht so sehr. Ja, der Typ hatte etwas *Paten*haftes an sich, diese schwarzen Nadelstreifenanzüge, der kurze Irokesenschnitt und seine amethystfarbenen Augen, die *komm mir nicht blöd, wenn dir dein Leben lieb ist* zu sagen schienen. Und es stimmte, wenn man in einem Behandlungszimmer mit ihm eingeschlossen war, hatte man den Impuls, den Ausgang im Auge zu behalten, nur für den Fall, dass man ihn brauchte. Und dann diese Tattoos auf der Brust ... und dieser Stock, der den Eindruck machte, als wäre er keine Gehhilfe, sondern eine Waffe. Und ...

Okay, auch Ehlena machte der Kerl nervös.

Und doch beendete sie einen Streit darüber, wer das Jahr 1977 haben durfte. »Ich übernehme das. Als Entschädigung für's Zuspätkommen.«

»Bist du dir sicher?«, fragte jemand. »Mir scheint, du hast deine Pflicht heute schon erfüllt.«

»Ich hole mir nur noch einen Kaffee. Welches Zimmer?«

Begleitet von »Ehlena«-Hochrufen ging sie zum Mitarbeiterzimmer, verstaute ihre Habseligkeiten in ihrem Schließfach und goss sich einen dampfenden Kaffee ein. Das Gebräu war stark genug, um als Aufputschmittel zu gelten, und pustete prima ihren Kopf frei.

Zumindest fast.

Als sie Kaffee aus ihrer Tasse schlürfte, starrte sie auf die Reihen senfgelber Schließfächer, die Straßenschuhe, die hier und da standen, und die Wintermäntel an den Haken. Auf der Arbeitsfläche im Pausenbereich standen die Lieblingstassen der Mitarbeiter, mitgebrachte Brotzeiten warteten im Regal und auf dem runden Tisch stand eine Schale mit … was war es heute Nacht? Kleine Smartiespackungen. Über dem Tisch hing ein schwarzes Brett mit Veranstaltungshinweisen, Coupons, albernen Cartoons und Bildern von heißen Kerlen. Daneben hing der Dienstplan, das Whiteboard mit einer Schichtübersicht der nächsten Wochen, gefüllt mit Namen in unterschiedlichen Farben.

Es waren die Gegenstände des normalen Lebens, von denen keiner im Geringsten von Bedeutung schien, bis man an all die Leute auf diesem Planeten dachte, die nicht arbeiten konnten oder unabhängig existieren oder die geistige Kraft für all die Nebensächlichkeiten aufbrachten – wie zum Beispiel die Tatsache, dass Toilettenpapier fünfzig Cent billiger war, wenn man es im Zwölferpack kaufte.

Als Ehlena sich umblickte, wurde sie einmal mehr daran erinnert, dass es ein Privileg und kein Recht war, in die reale Welt hinauszugehen zu dürfen, und es bedrückte sie, dass ihr Vater in diesem schrecklichen kleinen Haus sitzen musste und mit Dämonen kämpfte, die nur in seinem Kopf existierten.

Einst hatte er ein Leben besessen, ein ausgefülltes. Er hatte der Aristokratie angehört, war Mitglied des Rates und ein geachteter Gelehrter gewesen. Er hatte eine *Shellan* gehabt, die er vergötterte, eine Tochter, auf die er stolz war, und ein Herrenhaus, das für seine Festlichkeiten berühmt war. Jetzt hatte er nur noch Wahnvorstellungen, die ihn quälten, und obwohl er sie nur in seinem Kopf hörte, waren die Stimmen nicht weniger Gefängnis, nur weil niemand außer ihm die Eisenstäbe sah oder den Wärter hörte.

Als Ehlena die Tasse ausspülte, stieß ihr wieder einmal auf, wie ungerecht das alles war. Ein gutes Zeichen, nahm sie an. Trotz ihrer Arbeit war sie noch nicht gegen das Leiden abgestumpft, und sie betete, dass es so blieb.

Bevor sie aus dem Mitarbeiterraum ging, warf sie einen kurzen Blick in den mannshohen Spiegel neben der Tür. Ihre weiße Uniform war perfekt gebügelt und sauber wie steriler Verbandsmull. Sie hatte keine Laufmasche in den Strumpfhosen. Ihre Kreppsohlenschuhe waren frei von Kratzern oder Flecken. Ihr Haar war so zerzaust, wie sie sich fühlte.

Sie strich es glatt nach hinten, drehte es ein und steckte es fest, dann ging sie in Richtung Behandlungszimmer drei.

Die Krankenakte des Patienten steckte in einer Klarsichthülle in einer Halterung neben der Tür. Ehlena atmete tief durch, als sie die Karte herausholte und öffnete. Das Ding war dünn, wenn man bedachte, wie oft der Mann hier war, und auf der ersten Seite stand fast nichts, nur sein Name, eine Handynummer und eine weibliche nächste Angehörige.

Nach einem Klopfen ging sie mit einem Selbstbewusstsein, das sie nicht empfand, hinein, das Kinn erhoben, den Rücken durchgedrückt, ihre Befangenheit versteckt hinter einer Kombination aus Haltung und dienstlicher Beflissenheit.

»Wie geht es Ihnen?«, fragte sie und sah ihrem Patienten in die Augen.

In dem Moment, als sie der amethystfarbene Blick traf, hätte sie keiner Seele mehr sagen können, was gerade aus ihrem Mund gekommen war, oder ob er geantwortet hatte. Rehvenge, Sohn des Rempoon, saugte die Gedanken einfach aus ihrem Kopf, als hätte er den Tank ihres Generators ausgetrunken und ihr nichts gelassen, woran sie ihren Geist wieder zünden konnte.

Und dann lächelte er.

Er war eine Kobra, dieser Mann. Das war er wirklich … hypnotisierend, tödlich und wunderschön. Mit dem Irokesenschnitt und dem harten, klugen Gesicht und der muskulösen Statur war er Sex und Macht und Unberechenbarkeit, alles verpackt in … na ja, einen schwarzen Nadelstreifenanzug, der deutlich erkennbar exklusiv für ihn angefertigt worden war.

»Mir geht es gut, danke«, sagte er und löste das Rätsel, was sie ihn gerade gefragt hatte. »Und dir?«

Als sie nicht gleich antwortete, lächelte er ein wenig. Er schien sich vollends bewusst, dass sich keine der Schwestern gern in einem geschlossenen Raum mit ihm befand, und offensichtlich genoss er diesen Umstand. Zumindest deutete sie so seinen kontrollierten, verschleierten Ausdruck.

»Ich habe gefragt, wie es dir geht«, wiederholte er.

Ehlena legte seine Akte auf den Tisch und nahm ihr Stethoskop aus der Tasche. »Mir geht es gut.«

»Bist du da sicher?

»Absolut.« Sie wandte sich ihm zu und sagte: »Ich messe nur Ihren Blutdruck und Ihren Puls.«

»Und meine Temperatur.«

»Ja.«

»Soll ich den Mund für dich öffnen?«

Ehlena errötete und versuchte sich einzureden, es läge nicht daran, dass die Frage durch seine tiefe Stimme so erotisch war wie ein langsames Streicheln über eine nackte Brust. »Äh … nein.«

»Schade.«

»Bitte ziehen Sie Ihr Jackett aus.«

»Was für eine großartige Idee. Ich nehme das ›schade‹ sofort zurück.«

Gute Idee, dachte sie, sonst würde sie ihm das Wort am Ende mit dem Thermometer zurück in den Mund stopfen.

Rehvenges Schulter rollte, als er tat wie geheißen, und mit einem lässigen Schwung aus dem Handgelenk warf er das kostbare Stück Herrenschneiderkunst auf den Zobelmantel, den er sorgfältig über eine Stuhllehne gehängt hatte. Es war merkwürdig: Er trug diese Pelze zu jeder Jahreszeit.

Mäntel, die mehr wert waren als das Haus, das Ehlena gemietet hatte.

Als seine langen Finger zum mit Diamanten besetzten Manschettenknopf des rechten Arms wanderten, hielt sie ihn auf.

»Könnten Sie bitte den anderen Arm freimachen?« Sie nickte in Richtung der Wand neben ihm. »Links habe ich mehr Bewegungsfreiheit.«

Er zögerte, dann machte er sich an der anderen Manschette zu schaffen. Während er die schwarze Seide über den Ellbogen rollte und auf den kräftigen Bizeps schob, hielt er den Am eng am Körper.

Ehlena nahm das Blutdruckmessgerät aus einer Schublade und öffnete den Klettverschluss, als sie auf ihn zuging. Ihn anzufassen, war immer ein Erlebnis, und sie rieb sich die Hand an der Hüfte, um sich darauf vorzubereiten. Es half nichts. Als sie sein Handgelenk berührte, züngelte wie gewöhnlich eine Flamme ihren Arm hinauf bis zu ihrem Herz und schmolz dort, bis sie die Luft anhalten musste, um nicht aufzustöhnen.

Mit einem Stoßgebet, dass es nicht zu lange dauern möge,

schob sie seinen Arm in die richtige Position für die Manschette und – »Gütiger ... *Himmel*.«

Die Adern in der Armbeuge waren durch unzählige Einstiche völlig ramponiert, geschwollen, blau angelaufen und vernarbt, als hätte er Nägel statt Nadeln verwendet.

Sie blickte ihm in die Augen. »Sie müssen solche Schmerzen haben.«

Er entwand ihr den Arm. »Nein. Ich spüre nichts.«

Harter Kerl. Als ob sie das überraschen würde. »Nun, ich kann verstehen, warum Sie zu Havers wollen.«

Demonstrativ nahm sie seinen Arm, drehte ihn zurück, und drückte sanft auf eine rote Linie, die sich seinen Bizeps hinaufzog und in Richtung Herz wanderte.

»Das sind Zeichen einer Entzündung.«

»Das wird schon wieder.«

Sie konnte nur die Augenbraue heben. »Haben Sie schon mal von Sepsis gehört?«

»Die Indieband? Klar, aber ich hätte nicht erwartet, dass du sie magst.«

Sie warf ihm einen abfälligen Blick zu. »Ich meine *Sepsis* im Sinne von Blutvergiftung.«

»Hm, willst du dich vielleicht über den Tisch beugen und es mir anhand einer Zeichnung erklären?« Seine Blicke glitten an ihren Beinen herab. »Ich glaube, ich fände das ... sehr lehrreich.«

Hätte ein anderer Mann sich so etwas erlaubt, hätte sie ihn so geohrfeigt, dass er Sterne sah. Doch leider fühlte sie sich nicht belästigt, als die Worte in diesem himmlischen Bass ertönten.

Es fühlte sich an wie eine Liebkosung.

Ehlena widerstand dem Drang, ihren Gedanken freien Lauf zu lassen. Was zum Donner machte sie hier? Sie hatte heute ein Date. Mit einem netten, vernünftigen, zivilisierten Mann, der ihr gegenüber nichts als nett, vernünftig und sehr zivilisiert gewesen war.

»Ich muss Ihnen nichts aufzeichnen.« Sie nickte in Richtung seines Arms. »Sie sehen es selbst. Wenn Sie das nicht behandeln, wird es systemisch.«

Und obwohl er feinen Zwirn trug und sicher das Traummannequin jedes Schneiders war, würde ihm der graue Schleier des Todes nicht stehen.

Er drückte den Arm an den Körper. »Ich werde darüber nachdenken.«

Ehlena schüttelte den Kopf und erinnerte sich daran, dass sie Leute nicht vor ihrer eigenen Dummheit bewahren konnte, nur weil sie einen weißen Kittel trug und Krankenschwester war. Außerdem würde Havers es in all seiner schrecklichen Pracht sehen, wenn er ihn untersuchte.

»In Ordnung, aber messen wir den Blutdruck am anderen Arm. Und ich muss Sie bitten, das Hemd auszuziehen. Der Doktor wird sehen wollen, wie weit diese Infektion schon vorgedrungen ist.«

Rehvenges Lippen kräuselten sich zu einem Lächeln, als er nach dem obersten Knopf tastete. »Wenn du so weitermachst, bin ich bald nackt.«

Ehlena blickte schnell zur Seite und wünschte sich sehnlichst, sie könnte ihn widerlich finden. Eine gehörige Portion rechtschaffener Empörung wäre jetzt wirklich angebracht gewesen, um ihn in die Schranken zu weisen.

»Ich bin nicht schüchtern, weißt du«, brummte seine tiefe Stimme. »Wenn du willst, kannst du zuschauen.«

»Nein, danke.«

»Schade.« Und noch vertraulicher fügte er hinzu: »Ich hätte nichts dagegen, wenn du zuschauen würdest.«

Während von der Behandlungsliege her das Rascheln von Seide auf Haut drang, beschäftigte sich Ehlena mit seiner Krankenakte und überprüfte Daten doppelt und dreifach, die absolut korrekt waren.

Es war merkwürdig. Soviel sie aus Erzählungen der anderen Schwestern wusste, zog er diese Don-Juan-Nummer bei ihnen nicht ab. Eigentlich redete er kaum mit ihren Kolleginnen, und das war ein weiterer Grund dafür, dass sie sich in seiner Gegenwart so unwohl fühlten. Bei einem Mann seiner Größe wirkte Schweigen immer bedrohlich. So war das nun mal. Und das schon ohne Tattoo und Iro.

»Ich bin fertig«, verkündete er.

Ehlena wirbelte herum und hielt den Blick starr auf die Wand neben seinem Kopf gerichtet. Doch auch aus dem Augenwinkel sah sie ausgezeichnet, und es war sehr schwer, nicht dankbar dafür zu sein. Die Brust von Rehvenge war prächtig, die Haut ein warmes Goldbraun, unter dem sich die Muskeln selbst in entspanntem Zustand deutlich abzeichneten. Auf jedem Brustmuskel prangte ein fünfzackiger roter Stern, und Ehlena wusste, dass es noch mehr davon gab.

Auf seinem Bauch.

Nicht dass sie geschaut hätte.

Natürlich nicht, denn sie hatte gegafft.

»Willst du nun meinen Arm untersuchen?«, fragte er leise.

»Nein, das wird der Doktor machen.« Sie wartete auf ein erneutes »Schade«.

»Ich glaube, dieses Wort habe ich in deiner Gegenwart schon überstrapaziert.«

Jetzt sah sie ihm in die Augen. Die wenigsten Vampire konnten die Gedanken ihrer Artgenossen lesen, aber irgendwie überraschte es sie nicht, dass er zu diesem erlesenen Grüppchen gehörte.

»Ich verbitte mir das«, mahnte sie. »Tun Sie das nie wieder.«

»Es tut mir leid.«

Ehlena legte die Manschette um seinen Bizeps, steckte sich das Stethoskop in die Ohren und maß seinen Blutdruck. Bei dem leisen Pff-pff-pff des Ballons, mit dem sie die Manschette aufpumpte, bis sie eng ansaß, fühlte sie seine Anspannung, seine kaum zu bändigende Kraft, und ihr Herz geriet ins Stolpern. Heute Nacht war er besonders aufgeladen, und sie fragte sich, woran das lag.

Nur dass es sie eigentlich nichts anging, oder?

Als sie das Ventil löste und die Manschette ein langes, langsames Zischen der Erleichterung ausstieß, trat sie einen Schritt von ihm zurück. Er war einfach … zu viel, von allem. Insbesondere gerade jetzt.

»Hab keine Angst vor mir«, flüsterte er.

»Das habe ich nicht.«

»Bist du dir sicher?«

»Absolut«, log sie.

6

Sie log, dachte Rehv. Sie hatte eindeutig Angst vor ihm. Das war wirklich schade.

Sie war die Schwester, auf die Rehv bei jedem seiner Besuche hoffte. Sie war es, die seine Besuche zumindest ansatzweise erträglich machte. Sie war seine Ehlena.

Okay, eigentlich war sie natürlich überhaupt nicht *seine*. Er kannte ihren Namen nur, weil er auf dem blau-weißen Schildchen an ihrem Schwesternkittel stand. Er sah sie nur, wenn er zur Behandlung kam. Und sie konnte ihn nicht ausstehen.

Aber er betrachtete sie dennoch als die seine, so war es nun mal. Denn sie hatten etwas gemeinsam, etwas, das über die Grenzen zwischen den Spezies hinausging, die gesellschaftliche Stellung in den Hintergrund drängte und sie verband, obwohl sie es sicher abgestritten hätte.

Sie war einsam, auf die gleiche Art wie er.

Das Muster ihrer Gefühle glich seinem und dem von Xhex und Trez und iAm: Ihre Gefühle waren losgelöst, umgeben von Leere, wie jemand, der von seinem Volk ausgeschlossen war. Sie bewegte sich in der Gesellschaft, aber im Grunde war sie eine Einzelgängerin. Eine Ausgeschlossene, eine Schiffbrüchige, eine Vertriebene.

Er kannte zwar keine Hintergründe, wusste aber nur zu genau, wie sich das Leben für sie anfühlte. Und das war es gewesen, was ihm bei ihrer ersten Begegnung als Erstes an ihr aufgefallen war. Ihre Augen, ihre Stimme und ihr Duft waren danach gekommen. Und ihre Intelligenz und Schlagfertigkeit hatten die Sache besiegelt.

»Hundertachtundsechzig zu fünfundneunzig. Das ist hoch.« Sie riss den Klettverschluss der Manschette mit einem Ruck auf und wünschte zweifelsohne, es wäre ein Stück seiner Haut. »Ich glaube, Ihr Organismus kämpft gegen die Infektion in Ihrem Arm an.«

Oh ja, sein Organismus kämpfte gegen etwas an, aber es hatte nichts mit den unsauberen Einstichen zu tun. Nachdem sich der *Symphath* in ihm weiter gegen das Dopamin auflehnte, hatte sich der impotente Zustand, in dem er sich normalerweise unter Einfluss des Medikaments befand, noch nicht wieder eingestellt.

Ergebnis?

Sein Schwanz war steif wie ein Baseballschläger. Was, entgegen der gängigen Meinung, kein gutes Zeichen war – insbesondere nicht heute Nacht. Nach seiner Unterhaltung mit Montrag fühlte er sich hungrig, getrieben ... ein bisschen verrückt durch das innere Feuer.

Und Ehlena war einfach so ... wunderschön.

Obgleich nicht auf die Art wie die Mädchen, die für ihn arbeiteten, nicht auf diese aufgedonnerte, implantierte, auf den Effekt gerichtete Art. Ehlena war von Natur aus schön, mit feinen, zarten Zügen, diesem leicht ins Rötliche gehenden Blond und den langen, schlanken Gliedern. Ihre Lippen waren rot, weil sie rot waren – nicht wegen irgendeinem Glosszeug mit achtzehn Stunden Glanzgarantie. Und ihre karamellfarbenen Augen leuchteten, weil sie ein Gemisch aus Gelb und Rot und Gold waren – nicht wegen einer bunten Palette aus Lidschatten und Mascara. Und ihre Wangen waren gerötet, weil sie sich ihm nicht entziehen konnte.

Was ihn, obwohl er spürte, dass sie eine schwere Nacht hatte, nicht im Geringsten störte.

Doch das war eben der *Symphath* in ihm, dachte er spöttisch.

Lustig. Normalerweise hatte er kein Problem mit sich selbst und dem, was er war. Solange er denken konnte, war sein Leben ein sich ständig veränderndes Gebilde aus Lügen und Täuschungen gewesen. So war das nun mal. Aber in ihrer Nähe wünschte er normal zu sein.

»Dann messen wir Ihre Temperatur«, kündigte sie an und nahm ein elektronisches Thermometer vom Tisch.

»Höher als normal.«

Ihr bernsteinfarbener Blick traf seinen. »Das liegt an Ihrem Arm.«

»Nein, an Ihren Augen.«

Sie blinzelte, dann riss sie sich zusammen. »Das bezweifle ich.«

»Dann unterschätzen Sie Ihre Anziehungskraft.«

Als sie den Kopf schüttelte und eine Plastikkappe auf das silberne Thermometer steckte, fing er einen Hauch ihres Duftes ein.

Seine Fänge verlängerten sich.

»Öffnen.« Sie hob das Thermometer und wartete. »Nun?«

Rehv starrte in diese unglaublichen dreifarbigen Augen und öffnete den Mund. Sie beugte sich zu ihm, ganz geschäftig, erstarrte jedoch. Als sie seine Zähne sah, mischte sich etwas Dunkelerotisches in ihren Geruch.

Ein Gefühl des Triumphs schoss durch seine Adern und er knurrte: »Mach's mir.«

Einen langen Moment waren sie in einem unsichtbaren Gewirr aus Hitze und Verlangen gefangen. Dann formte ihr Mund einen dünnen Strich.

»Niemals, aber ich werde Ihre Temperatur messen, weil ich muss.«

Sie stieß ihm das Thermometer zwischen die Lippen, und er musste die Zähne zusammenbeißen, damit ihm das Ding nicht eine Mandel durchbohrte.

Dennoch war alles gut. Selbst wenn er sie nicht haben konnte, fühlte sie sich doch von ihm angezogen. Und das war mehr, als er verdiente.

Es piepste, war still, piepste noch einmal.

»Zweiundvierzigsieben«, las sie ab, trat einen Schritt zurück und ließ die Plastikkappe in den Mülleimer fallen. »Havers wird kommen, sobald er kann.«

Mit dem harten kurzen Klang des F-Worts klappte die Tür hinter ihr zu.

Mann, sie war heiß.

Rehv runzelte die Stirn. Die Sache mit der erotischen Anziehung erinnerte ihn an etwas, woran er nicht denken wollte.

Oder besser gesagt: an jemanden.

Seine Erektion fiel in sich zusammen, als ihm einfiel, dass Montagnacht war. Das hieß, dass morgen Dienstag war. Der erste Dienstag des letzten Monats des Jahres.

Der *Symphath* in ihm kribbelte, als sich jeder Millimeter seiner Haut anspannte, als hätte er die Taschen voller Spinnen.

Morgen würde er seine Erpresserin wiedertreffen. Himmel, wie konnte schon wieder ein ganzer Monat verstrichen sein? Jedes Mal, wenn er sich umsah, war es wieder der erste

Dienstag, und er fuhr in den Norden zu dieser gottverdammten Blockhütte für einen weiteren angeordneten Akt der Vereinigung.

Der Zuhälter wurde zur Hure.

Kräftemessen, Schlagabtäusche und schmutziger Sex waren die Währung bei den Treffen mit seiner Erpresserin, die Grundlage seines »Liebeslebens« der letzten fünfundzwanzig Jahre. Es war schäbig und falsch und erniedrigend, und er tat es wieder und wieder, um sein Geheimnis zu wahren.

Und auch, weil seine dunkle Seite darauf abfuhr. Es war *Liebe à la Symphath,* die einzige Gelegenheit, bei der er seiner wahren Natur freien Lauf lassen konnte, sein eines kleines Stück schrecklicher Freiheit. Schließlich trug er trotz aller medikamentöser Ruhigstellung und mühsam erlernter Anpassung das Erbe seines Vaters in sich, und das böse Blut floss in seinen Adern. Die DNA ließ nicht mit sich handeln, und obwohl er nur ein Mischling war, dominierte in ihm der Sündenfresser.

Bei einer Frau von Wert wie Ehlena würde er also immer hinter der Scheibe stehen, die Nase ans Glas gepresst, die Hände flehentlich ausgestreckt, doch ihr nie nah genug sein, um sie zu berühren. Ihr gegenüber war das nur fair. Anders als seine Erpresserin verdiente sie nicht, was Rehv mit sich brachte.

Das sagte ihm zumindest das moralische Empfinden, das er sich antrainiert hatte.

Wahnsinn, was für eine Erkenntnis.

Als nächstes Tattoo würde er sich einen verdammten Heiligenschein über den Kopf stechen lassen.

Als er sich die Bescherung an seinem linken Arm ansah, erkannte er mit absoluter Klarheit, was dort vor sich hin schwelte. Es war nicht nur eine bakterielle Infektion, die daher rührte, dass er absichtlich keine sterilen Nadeln verwandte oder die Einstichstellen vorher nicht mit Alkohol abrieb. Es war ein langsamer Selbstmord, und deswegen wollte er verdammt sein, wenn er es dem Doktor zeigte. Er wusste genau, was ihm blühte, wenn dieses Gift in seinen Blutkreislauf geriet, und er wünschte, es würde sich etwas beeilen.

Die Tür schwang auf, und er blickte auf, bereit für Havers – nur dass es nicht der Doktor war. Rehvs Lieblingsschwester war zurück, und sie sah nicht gerade glücklich aus.

Vielmehr wirkte sie völlig erschöpft, als wäre er nur eines von vielen Ärgernissen, und sie hätte nicht die Kraft, sich mit dem Scheiß abzugeben, den er in ihrer Gegenwart abzog.

»Ich habe mit dem Doktor geredet«, erklärte sie. »Er ist bald im OP fertig, aber es wird noch eine Weile dauern. Er möchte, dass ich Ihnen Blut abnehme –«

»Es tut mir leid«, platzte Rehv heraus.

Ehlenas Hand fuhr zum Kragen ihrer Uniform und zog die zwei Hälften enger zusammen. »Wie bitte?«

»Es tut mir leid, dass ich mich so aufgeführt habe. Das fehlt dir sicher noch von Seiten der Patienten. Insbesondere in einer Nacht wie heute.«

Sie sah ihn skeptisch an. »Mir geht es gut.«

»Nein, das tut es nicht. Und nein, ich lese nicht deine Gedanken. Du siehst einfach nur müde aus.« Auf einen Schlag wusste er, wie sie sich fühlte. »Ich würde es gerne wieder gutmachen.«

»Nicht nötig –«

»Und dich zum Essen einladen.«

Okay, dieser Satz war eigentlich nicht geplant gewesen. Und angesichts dessen, dass er sich eben noch zu seiner distanzierten Haltung gratuliert hatte, hatte er sich jetzt als Heuchler entlarvt.

Sein nächstes Tattoo würde eindeutig mehr in Richtung Primat gehen. Weil er sich gerade zum Affen machte.

Ehlena starrte ihn an, als hätte er den Verstand verloren. Das überraschte nicht. Wenn sich ein Mann so aufführte wie er, wünschte sich doch keine Frau, noch *mehr* Zeit mit ihm zu verbringen.

»Tut mir leid, nein.« Sie hing noch nicht einmal das obligatorische *Ich gehe grundsätzlich nicht mit Patienten aus* an.

»Okay. Ich verstehe.«

Während sie das Besteck zur Blutabnahme vorbereitete und ein Paar Gummihandschuhe überzog, langte Rehv nach seinem Jackett, holte seine Visitenkarte heraus und versteckte sie in seiner großen Hand.

Sie arbeitete schnell, stach in seinen gesunden Arm und füllte zügig die Aluminiumampullen. Nur gut, dass sie nicht aus Glas waren und Havers die Tests alle selbst ausführte. Vampirblut war rot. *Symphathen* hatten blaues Blut. Bei ihm lag die Farbe irgendwo in der Mitte, aber er und Havers hatten ein Arrangement. Obwohl der Arzt zugegebenermaßen nichts davon wusste, aber das war die einzige Möglichkeit, wie sich Rehv behandeln lassen konnte, ohne Havers zu kompromittieren.

Als Ehlena fertig war, verkorkte sie die Ampullen mit weißen Plastikstöpseln, streifte die Handschuhe ab und ging so hastig zur Tür, als wäre er ein übler Geruch.

»Warte«, rief er.

»Möchten Sie ein Schmerzmittel wegen des Armes?«

»Nein. Ich möchte, dass du das hier nimmst.« Er hielt ihr seine Karte hin. »Und mich anrufst, solltest du jemals in der Stimmung sein, mir einen Gefallen zu tun.«

»Auf die Gefahr hin, unprofessionell zu klingen, aber ich werde nie in der Stimmung für Sie sein. Unter welchen Umständen auch immer.«

Autsch. Nicht dass er es ihr verdenken konnte. »Der Gefallen wäre, mir zu vergeben. Kein Date oder dergleichen.«

Sie blickte auf die Karte, dann schüttelte sie den Kopf. »Die behalten Sie besser. Für jemanden, der vielleicht einmal Verwendung dafür hat.«

Als sich die Tür schloss, knüllte er die Karte zusammen.

Verdammter Mist. Was hatte er sich bloß dabei gedacht? Wahrscheinlich führte sie ein nettes kleines Leben in einem sauberen Haus mit zwei hingebungsvollen Eltern. Vielleicht hatte sie auch einen Freund, der eines Tages ihr *Hellren* sein würde.

Ja, als freundlicher Drogenbaron, Zuhälter und Vollstrecker von nebenan passte er wirklich ausgezeichnet zur Bilderbuchwelt der Normalbürger. Absolut.

Er warf die zerknüllte Karte in den Papierkorb unter dem Schreibtisch und sah zu, wie das Knäuel auf dem Korbrand kreiselte und dann zwischen Taschentücher, Papierfetzen und eine leere Coladose fiel.

Während er auf den Arzt wartete, starrte er auf den Papierkorb und dachte, dass die meisten Bewohner des Planeten für ihn wie dessen Inhalt waren: Dinge, die man benutzte und wegwarf, ohne Reue. Aufgrund seiner dunklen Natur und der seiner Branche hatte er viele Knochen gebrochen, Köpfe eingeschlagen und goldene Schüsse verursacht.

Ehlena hingegen verbrachte ihre Nächte damit, Leute zu retten.

Ja, sie hatten wirklich viel gemeinsam.

Seine Bemühungen lieferten ihr die Kundschaft.

Einfach perfekt.

Draußen vor der Klinik in der frostigen Nacht standen sich Wrath und Vishous gegenüber, Brust an Brust.

»Geh mir aus dem Weg, V.«

Vishous ließ sich nicht beeindrucken. Nichts Neues. Selbst vor Bekanntwerden dieser klitzekleinen Nebensächlichkeit, dass er der Sohn der Jungfrau der Schrift war, hatte der Mistkerl immer schon getan, was er wollte.

Ein Bruder hätte mehr Erfolgsaussichten, einem Felsblock Befehle zu erteilen.

»Wrath –«

»Nein, V. Nicht hier. Nicht jetzt –«

»Ich habe dich gesehen. In meinen Träumen heute Nachmittag.« Den Schmerz in der dunklen Stimme verband man normalerweise mit Beerdigungen. »Ich hatte eine Vision.«

Ohne es zu wollen, fragte Wrath: »Was hast du gesehen?«

»Du standest allein auf einem dunklen Feld. Wir waren alle um dich herum, aber niemand von uns konnte dich erreichen. Du warst von uns gegangen und wir von dir.« Der Bruder hielt ihn fest. »Durch Butch weiß ich, dass du allein in den Kampf ziehst, und ich habe den Mund gehalten. Aber ich kann das nicht mehr zulassen. Wenn du stirbst, ist unser Volk am Arsch, ganz zu schweigen von der Bruderschaft.«

Wrath versuchte, Vs Gesicht scharf zu sehen, aber über der Tür hing eine Neonröhre und das Leuchten stach höllisch. »Du weißt nicht, was der Traum bedeutet.«

»Du aber auch nicht.«

Wrath dachte an das Gewicht des Zivilisten in seinem Arm. »Vielleicht ist es nur –«

»Frag mich, wann ich diese Vision zum ersten Mal hatte.«

»– eine Angst von dir.«

»Frag mich. Wann ich die Vision das erste Mal hatte.«

»Wann?«

»Neunzehnhundertneun. Hundert Jahre seit dem ersten Mal. Und jetzt frag mich, wie oft ich diese Vision im letzten Monat hatte.«

»Nein.«

»Siebenmal, Wrath. Heute Nachmittag hat das Fass zum Überlaufen gebracht.«

Wrath riss sich von V los. »Ich gehe jetzt. Wenn du mir folgst, gibt es einen Kampf.«

»Du kannst nicht allein gehen. Das ist zu gefährlich.«

»Du machst wohl Witze.« Wrath funkelte V durch seine Sonnenbrille hindurch an. »Unser Volk geht zugrunde, und du stresst rum, wenn ich unsere Feinde verfolge? Das ist ein beschissener Witz. Ich setze mich nicht hinter einen dämlichen Schreibtisch und schiebe Formulare hin und her, während meine Brüder draußen auf dem Schlachtfeld die wirkliche Arbeit erledigen –«

»Aber du bist der König. Du bist wichtiger als wir –«

»So ein Schwachsinn! Ich bin einer von euch! Ich wurde geweiht, ich habe von den Brüdern getrunken und sie von mir. Ich will kämpfen!«

»Schau, Wrath ...« V schlug einen sehr vernünftigen Ton an, der jeden Kerl dazu gereizt hätte, ihm die Zähne einzuschlagen. Mit einer Axt. »Ich weiß genau, wie das ist, wenn man nicht sein möchte, als was man geboren wurde. Glaubst du, ich stehe auf diese beschissenen Träume? Glaubst du, mir macht dieses Lichtschwert Spaß?« Er hielt seine behandschuhte Hand hoch, als würde diese Veranschaulichung bei ihrer Diskussion helfen. »Du kannst nicht ändern, was du bist. Du kannst die Vereinigung deiner Eltern nicht rückgängig machen. Du bist der König, und für dich gelten andere Regeln. So ist es nun einmal.«

Wrath gab sich die größte Mühe, Vs ruhigen und beherrschten Ton zu kopieren. »Und ich sage dir, ich kämpfe seit über dreihundert Jahren, also bin ich nicht gerade ein Anfänger auf dem Gebiet. Außerdem möchte ich darauf hinweisen, dass ich auch als König das Recht auf Selbstbestimmung ha–«

»Du hast keine Erben. Und wie ich von meiner *Shellan* gehört habe, bist du Beth über den Mund gefahren, als sie sagte, sie würde es gern in ihrer ersten Triebigkeit versuchen. Und zwar ziemlich unwirsch. Wie sagte sie gleich, hättest du dich ausgedrückt? Ach ja. ›Ich will keine Kinder in der nächsten Zukunft ... wenn überhaupt.‹«

Wrath stieß hörbar die Luft aus. »Ich fasse es nicht, dass du so etwas tust.«

»Und das bedeutet? Wenn du umkommst, wird der Zusammenhalt unseres Volkes zerfallen wie altes Gewebe, und wenn du glaubst, damit wäre uns im Krieg geholfen, hast du so viel Mist im Hirn, dass er zu den Ohren wieder heraus quillt. Finde dich damit ab, Wrath. Du bist das Herz und der Puls deines Volkes ... deshalb kannst du nicht einfach losziehen und im Alleingang kämpfen, wie es dir passt. So läuft das einfach nicht –«

Wrath packte den Bruder am Kragen und rammte ihn gegen die Klinikwand. »Pass auf, V. Du bist nur einen Schritt von einem Kinnhaken entfernt.«

»Wenn du glaubst, es ändere etwas, wenn du mich zusammenschlägst, dann halt dich nicht zurück. Aber ich garantiere dir, wenn wir fertig sind und blutend am Boden liegen, hat sich an der Situation nichts geändert. Vor deiner Bestimmung kannst du nicht weglaufen.«

Hinter ihnen stieg Butch aus dem Escalade und rückte seinen Gürtel zurecht wie jemand, der sich zum Faustkampf bereit macht.

»Dein Volk braucht dich lebend, Arschloch«, zischte V. »Zwing mich nicht, dir das Genick zu brechen, denn ich schrecke vor nichts zurück.«

Wrath lenkte seinen Blick wieder auf V. »Ich dachte, ich soll am Leben bleiben. Außerdem wäre das Verrat und würde mit dem Tod bestraft. Egal, wessen Sohn du bist.«

»Schau. Ich sage nicht, dass du nicht –«

»Halts Maul, V. Halte nur einmal dein verdammtes Maul.«

Wrath ließ die Lederjacke seines Gegenübers los und trat zurück. Himmel, er musste hier weg, oder diese Auseinandersetzung würde genau zu dem führen, worauf sich Butch bereits vorbereitete.

Wrath hielt V einen Finger vor das Gesicht. »Du verfolgst mich nicht, ist das klar? Du verfolgst mich nicht.«

»Du dummer Idiot«, murmelte V resigniert. »Du bist der König. Wir *alle* müssen dir folgen.«

Wrath dematerialisierte sich mit einem Fluch, und seine Moleküle verteilten sich über der Stadt. Auf seiner Reise konnte er nicht glauben, dass V wirklich die Sache mit Beth und dem Nachwuchs angeführt hatte. Oder dass Beth eine derart private Angelegenheit mit Doc Jane besprochen hatte.

Aber wer hatte hier den Kopf voller Mist? V war verrückt, wenn er glaubte, dass Wrath das Leben seiner geliebten Frau aufs Spiel setzen würde, indem er sie schwängerte, wenn sie in ungefähr einem Jahr in die Triebigkeit käme. Es starben mehr Vampirinnen bei der Geburt als überlebten.

Sein eigenes Leben würde er für sein Volk geben, wenn es sein musste, aber auf keinen Fall würde er seine *Shellan* einem derartigen Risiko aussetzen.

Und selbst wenn er die Garantie für ihr Überleben hätte, wollte er keinen Sohn, dem das gleiche Schicksal blühte wie ihm ... gefangen und ohne eine Wahl, schweren Herzens Diener eines Volkes, das nach und nach in einem Krieg starb, gegen den er nur wenig, wenn überhaupt etwas, tun konnte.

7

Das St. Francis war eine kleine Stadt für sich, ein Konglomerat aus architektonischen Einheiten verschiedener Epochen. Jede Komponente formte ein kleines Viertel für sich, und die einzelnen Bezirke waren untereinander durch eine Unzahl von sich windenden Auffahrten und Fußgängerwegen verbunden. Da gab es den aufgeblasenen Administrationstrakt, den vergleichsweise schlichten, niedrigen Ambulanzbau und die hohen Wohnblöcke für die stationär behandelten Patienten mit unterteilten Fenstern. Das einzige verbindende Element auf dem Gelände waren die segensreichen rot-weißen Richtungsschilder mit ihren Pfeilen, die nach links, rechts oder geradeaus zeigten, je nachdem, wohin man wollte.

Xhex' Richtung aber war offensichtlich.

Die Notaufnahme war die neueste Ergänzung des medizinischen Zentrums, ein modernes Gebäude aus Stahl und Glas, wie eine hell erleuchtete, immerzu brummende Disco.

Schwer zu verfehlen. Schwer aus den Augen zu verlieren.

Xhex nahm im Schatten einiger Bäume Gestalt an, die in einem Kreis um ein paar Bänke gepflanzt worden waren. Als sie auf die Reihe von Drehtüren der Notaufnahme zuging, war sie nur halb anwesend. Obwohl sie ein paar Passanten auswich und den Rauch aus dem ausgewiesenen Raucherunterstand roch und die kalte Luft im Gesicht spürte, war sie zu abgelenkt von dem Kampf in ihrem Innern, um ihre Umgebung wirklich zu registrieren.

Als sie in das Gebäude kam, waren ihre Hände klamm und kalter Schweiß bildete sich auf ihrer Stirn. Das Neonlicht und das weiße Linoleum und das geschäftig umherlaufende Krankenhauspersonal in den Uniformen hypnotisierten sie.

»Kann ich Ihnen helfen?«

Xhex wirbelte herum und riss die Arme kampfbereit hoch. Der Arzt, der sie angesprochen hatte, wich nicht zurück, schien aber überrascht.

»He, he, ganz ruhig.«

»Entschuldigung.« Sie ließ die Arme fallen und las das Namensschild an seinem weißen Kittel: DR. MANUEL MANELLO, CHEFCHIRURG. Sie runzelte die Stirn, als sie ihn erfühlte und seinen Duft aufnahm.

»Alles in Ordnung bei Ihnen?«

Egal. Es ging sie nichts an. »Ich muss zur Leichenhalle.«

Der Mann schien nicht verwundert zu sein, dass jemand mit ihrer Reaktion ein paar Kandidaten mit Papiermarkern am Zeh kennen könnte. »Okay, sehen Sie den Gang da drüben? Gehen Sie bis zum Ende. Dort werden Sie ein Schild Richtung Leichenhalle sehen. Ab da folgen Sie einfach den Pfeilen. Sie ist im Keller.«

»Danke.«

»Gern geschehen.«

Der Arzt ging durch die Drehtür, durch die sie hereingekommen war, und Xhex ging durch den Metalldetektor, den er soeben passiert hatte. Kein Piepsen. Sie warf dem Wachmann, der sie kurz musterte, ein verkniffenes Lächeln zu.

Das Messer, das sie im Kreuz bei sich trug, war aus Keramik, und ihre metallenen Büßergurte hatte sie durch ein Set aus Leder und Stein ersetzt. Keine Probleme.

»'n Abend, Officer.«

Der Kerl nickte, behielt aber die Hand am Knauf seiner Waffe.

Am Ende des Ganges entdeckte sie die Tür, nach der sie gesucht hatte, stieß sie auf und ging die Treppe runter, immer den roten Pfeilen nach, wie es ihr der Arzt gesagt hatte. Als sie in einen Bereich mit weiß getünchten Betonwänden gelangte, vermutete sie, dass sie der Sache näher kam, und sie behielt Recht. Detective de la Cruz stand ein Stück weiter vorne im Gang, an einer stählernen Flügeltür mit der Aufschrift LEICHENHALLE und NUR FÜR PERSONAL.

»Danke, dass Sie gekommen sind«, begrüßte er sie. »Wir gehen in den Besucherraum weiter vorne. Ich gebe nur eben Bescheid, dass Sie da sind.«

Der Cop drückte eine Tür auf. Durch den Spalt sah Xhex eine Reihe von Metalltischen mit Blöcken für die Köpfe der Toten.

Ihr Herz setzte aus, dann raste es wie wild, obwohl sie sich immer wieder sagte, dass es nichts mit ihr zu tun hatte. Sie war nicht da drin. Das hier war nicht ihre Vergangenheit. Kein Weißkittel stand über sie gebeugt und vollzog Dinge »im Namen der Wissenschaft«.

Außerdem war sie schon vor einem Jahrzehnt darüber hinweggekommen –

Ein Geräusch fing leise an und wurde immer lauter, hinter ihr. Sie wirbelte herum und erstarrte, die Angst war so mächtig, dass sie ihre Füße an den Boden nietete ...

Aber es war nur ein Putzmann, der mit einem Wäschewagen in der Größe eines Autos um die Ecke bog. Er stemmte sich gegen den Griff und drückte mit dem ganzen Rücken. Ohne aufzublicken kam er an ihr vorbei.

Einen Moment lang blinzelte Xhex und sah einen anderen Schiebewagen. Einen voller verworrener, unbeweglicher Leiber, deren tote Arme und Beine wie Reisig übereinander lagen.

Sie rieb sich die Augen. Okay, sie war über die Vergangenheit hinweg ... solange sie nicht in einer Klinik oder in einem Krankenhaus war.

Gütiger Himmel ... sie musste hier raus.

»Schaffen Sie das?«, fragte de la Cruz, der direkt neben ihr stand.

Sie schluckte mühsam und riss sich zusammen. Der Mann würde sicher nicht verstehen, dass sie ein Berg Laken auf Rädern aus der Fassung brachte und nicht die Leiche, die sie gleich sehen würde. »Ja. Können wir jetzt reingehen?«

Er sah sie einen Moment lang prüfend an. »Hören Sie, wollen Sie sich eine Minute Zeit nehmen? Einen Kaffee trinken?«

»Nein.« Als er sich nicht bewegte, ging sie selbst auf die Tür mit der Aufschrift AUFBAHRUNG zu.

De la Cruz schoss an ihr vorbei und öffnete ihr die Tür. Im Vorzimmer dahinter gab es in einer Ecke drei schwarze Plastikstühle und zwei Türen, und es roch nach chemischen Erdbeeren, das Ergebnis von Formaldehyd, das sich mit einem Raumerfrischer mischte. In der anderen Ecke stand ein kurzer Tisch mit zwei Pappbechern voll pfützenbraunem Kaffee.

Anscheinend gab es rastlose Läufer und Sitzer, und von

den Sitzern wurde erwartet, dass sie ihr Koffein aus der Maschine auf den Knien balancierten.

Als sie sich umsah, hingen die Gefühle der Leute, die hier gewartet hatten, wie Schimmel nach einem Wasserschaden in der Luft. Schlimme Dinge waren Leuten zugestoßen, die durch diese Tür gekommen waren. Herzen wurden gebrochen. Leben zerstört. Welten waren unwiederbringlich dahin.

Eigentlich sollte man den Leuten hier keinen Kaffee anbieten, dachte sie. Sie waren schon nervös genug.

»Hier lang.«

De la Cruz führte sie in einen engen, weiß tapezierten Raum, der wie geschaffen war für klaustrophobische Anfälle, wenn man sie fragte: Schuhkartongroß, kaum Belüftung, flackernde Neonröhren mit Schluckauf und ein Fenster, das auch nicht gerade auf eine Blumenwiese hinausging.

Der Vorhang auf der anderen Seite der Scheibe war zugezogen und versperrte die Sicht.

»Alles in Ordnung?«, erkundigte sich der Detective erneut.

»Können wir das einfach erledigen?«

De la Cruz beugte sich nach links und drückte einen Klingelknopf. Beim Klang des Summers teilte sich der Vorhang in der Mitte in einem langsamen Rascheln und gab die Sicht auf eine Leiche frei, die mit der gleichen Sorte Laken bedeckt war, die auch in dem Wäschekorb gelegen hatte. Ein Mann in einem blassgrünen Kittel stand am Kopfende und zog auf ein Nicken des Cops hin das Laken zurück.

Chrissy Andrews Augen waren geschlossen, die Wimpern lagen auf Wangen vom blassen Grau der Dezemberwolken. Sie sah nicht friedlich aus, wie sie da lag. Ihr Mund war ein blauer Schrägstrich, die Lippen aufgeplatzt, vielleicht von einer Faust oder einer Pfanne oder einer zugeschlagenen Tür.

Die Falten des Lakens, die auf ihrem Hals ruhten, versteckten größtenteils die Würgemale.

»Ich weiß, wer das getan hat«, sagte Xhex.

»Nur damit wir uns verstehen, Sie identifizieren sie als Chrissy Andrews?«

»Ja. Und ich weiß, wer das getan hat.«

Der Detective nickte dem Klinikmitarbeiter zu, der Chrissys Gesicht bedeckte und den Vorhang wieder schloss. »Der Freund?«

»Ja.«

»Es gab viele Anrufe wegen häuslicher Gewalt.«

»Zu viele. Aber das ist ja jetzt vorbei. Der Bastard hat sein Werk vollendet, nicht wahr?«

Xhex ging zur Tür hinaus, und der Detective musste sich beeilen, um mit ihr Schritt zu halten.

»Warten Sie –«

»Ich muss zurück zur Arbeit.«

Als sie in den Kellergang drängte, zwang sie der Detective, stehen zu bleiben. »Sie sollen wissen, dass die Polizei von Caldwell eine ordentliche Mordermittlung durchführt und alle Verdächtigen auf die angebrachte, legale Art verhören wird.«

»Daran zweifle ich nicht.«

»Und Sie haben Ihren Beitrag geleistet. Jetzt müssen Sie uns die Sache überlassen, damit wir sie zu Ende bringen. Lassen Sie ihn uns finden, okay? Ich möchte nicht, dass Sie irgendwelche Rachefeldzüge starten.«

Das Bild von Chrissys Haar kam ihr in den Sinn. Sie war sehr eitel damit gewesen, hatte es immer zurückgekämmt, geglättet und besprüht, bis es aussah wie der Kopf eines Schachbauern.

Melrose Place total, Heather Locklear und ihr Goldhelm. Das Haar unter dem Leichentuch war flach wie ein Schneidebrett gewesen, an beiden Seiten eingedrückt. Sicherlich von dem Leichensack, in dem sie transportiert worden war.

»Sie haben Ihren Teil erledigt«, wiederholte de la Cruz.

Nein, das hatte sie noch nicht.

»Ich wünsche Ihnen einen schönen Abend, Officer. Und viel Glück bei der Suche nach Grady.«

Er musterte sie skeptisch, dann schien er ihr die Ich-bin-ein-braves-Mädchen-Nummer abzukaufen. »Soll Sie jemand zurückfahren?«

»Nein danke. Und ehrlich, machen Sie sich um mich keine Sorgen.« Sie lächelte schwach. »Ich mache keine Dummheiten.«

Ganz im Gegenteil, sie war eine äußerst gewitzte Killerin. Mit bester Ausbildung.

Und *Auge um Auge* war mehr als nur ein einprägsamer kleiner Satz.

José de la Cruz war kein Starprofessor oder Molekulargenetiker. Er war auch kein Mann, der Wetten abschloss, und das nicht nur wegen seines katholischen Glaubens.

Es hatte keinen Anlass, zu wetten. Sein Instinkt war sicherer als die Kristallkugel einer Wahrsagerin.

Deshalb wusste er genau, was er tat, als er Ms Alex Hess in diskretem Abstand aus dem Krankenhaus folgte. Hinter der Drehtür ging sie weder links Richtung Parkplatz noch rechts auf die drei Taxen zu, die vor dem Krankenhaus warteten. Sie ging geradeaus, zwischen den Autos hindurch, die Patienten brachten oder abholten, und um die noch freien Taxen herum. Dann trat sie wieder auf den Bürgersteig und von dort aus auf den gefrorenen Rasen. Schließlich überquerte sie die Straße und trat zwischen die Bäume, die die Stadt vor ein paar Jahren gepflanzt hatte, um die Innenstadt ein bisschen grüner zu gestalten.

Und von einem Lidschlag zum nächsten war sie verschwunden, als wäre sie nie da gewesen.

Was natürlich unmöglich war. Es war dunkel, und de la Cruz war seit vorgestern vier Uhr morgens auf den Beinen, deshalb war seine Sicht so scharf, als befände er sich unter Wasser.

Er würde ein Auge auf diese Frau haben müssen. Er wusste aus erster Hand, wie hart es war, einen Kollegen zu verlieren, und es war offensichtlich, dass ihr die Tote etwas bedeutet hatte. Dennoch brauchte er in dieser Ermittlung keine unberechenbare Zivilistin, die Gesetze brach und am Ende den Hauptverdächtigen tötete.

José ging zu dem Zivilfahrzeug, das er hinter dem Gebäude geparkt hatte, wo die Krankenwagen geputzt wurden und die Mediziner im Bereitschaftsdienst Pausen machten.

Chrissy Andrews Freund Robert Grady alias Bobby G hatte auf Monatsbasis ein Apartement angemietet, seit sie ihn im Sommer vor die Tür gesetzt hatte. Als José gegen dreizehn Uhr dort angeklopft hatte, war niemand da gewesen. Aufgrund der Notrufe, die Chrissy in den letzten sechs Monaten wegen ihres Freundes getätigt hatte, wurde ein Durchsuchungsbefehl bewilligt und erlaubte es José, den Vermieter herzubestellen und die Tür aufzusperren.

Jede Menge verdorbener Lebensmittel in der Küche, schmutziges Geschirr im Wohnzimmer und überall Wäsche.

Außerdem eine Reihe von Zellophantütchen mit – Schockschwerenot! – Heroin. Ach nee.

Von Grady keine Spur. Das letzte Mal hatte man ihn am Abend zuvor gegen zehn in dem Apartement gesichtet. Der

Mieter von nebenan hatte Bobby G herumschreien gehört. Dann das Knallen der Tür.

Und laut Anrufliste, die man bereits von seinem Mobilfunkanbieter eingeholt hatte, hatte er um einundzwanzig Uhr sechsunddreißig Chrissys Nummer gewählt.

Man hatte umgehend eine Überwachung durch Beamte in Zivil angeordnet, und die Detectives schauten regelmäßig herein, jedoch ohne Ergebnisse. Und José glaubte nicht, dass es an dieser Front noch irgendwelche Neuigkeiten geben würde. Die Wahrscheinlichkeit war groß, dass diese Wohnung eine Geisterstadt bliebe.

Also hatte er jetzt zwei Dinge auf seinem Radar: den Freund finden. Und die Sicherheitschefin vom *ZeroSum* überwachen.

Und sein Instinkt sagte ihm, dass es das Beste für alle Beteiligten wäre, wenn er Bobby G vor Alex Hess fand.

Ǫ

Während Havers bei Rehvenge war, bestückte Ehlena einen der Vorratsschränke. Der zufällig ganz nah an Behandlungszimmer drei stand. Sie stapelte elastische Verbände. Baute Türme aus eingeschweißten Mullbinden. Kreierte ein Modigliani-gleiches Gebilde aus Kleenex-Schachteln, Pflastern und Thermometerkappen.

Langsam gingen ihr die Dinge zum Ordnen aus, als die Tür zum Behandlungszimmer mit einem Klicken aufging. Sie steckte den Kopf in den Gang hinaus.

Havers war wirklich ein Arzt wie aus dem Bilderbuch, mit seiner Hornbrille und den exakt gescheitelten braunen Haaren, der Fliege und dem weißen Kittel. Er gab sich auch wie ein Vorzeigedoktor und hatte Mitarbeiter, Klinik und allen voran die Patienten immer ruhig und besonnen im Griff.

Aber als er jetzt im Gang stand, schien er nicht ganz bei sich zu sein. Er runzelte die Stirn, als wäre er verwirrt, und rieb sich den Kopf, als schmerzten seine Schläfen.

»Ist bei Ihnen alles in Ordnung, Doktor?«, erkundigte sich Ehlena.

Er wandte sich zu ihr um, die Augen ungewöhnlich leer hinter den Brillengläsern. »Äh ... ja, danke.« Er schüttelte den Kopf und gab ihr ein Rezept, das oben auf Rehvenges Krankenakte lag. »Ich ... äh ... Wären Sie so freundlich, dem Patienten Dopamin zu bringen, zusammen mit zwei Dosen Skorpion-Antiserum? Ich würde es selbst tun, aber ich glaube, ich muss mir etwas zu essen besorgen. Ich fühle mich ein bisschen unterzuckert.«

»Ja, Doktor. Sofort.«

Havers nickte und steckte die Krankenakte zurück in den Halter neben der Tür. »Vielen Dank.«

Wie in Trance schwebte er von dannen.

Der arme Mann musste völlig erschöpft sein. Er hatte den größten Teil der letzten zwei Nächte und Tage im OP verbracht und sich um eine gebärende Frau, einen Mann, der in einen Autounfall verwickelt gewesen war, und ein kleines Kind mit schlimmen Verbrennungen gekümmert, das nach einem Topf kochenden Wassers auf dem Herd gegriffen hatte. Und dabei hatte er in den zwei Jahren, seit er in der Klinik arbeitete, keinen Tag frei genommen. Er war immer auf Abruf, immer im Dienst.

Ein bisschen wie Ehlena mit ihrem Vater.

Deshalb wusste sie, wie müde er sein musste.

In der Apotheke gab sie das Rezept dem Apotheker, der nie ein Wort verlor und auch heute nicht mit dieser Tradition brach. Der Mann ging nach hinten und kam mit sechs Schachteln Dopamin-Ampullen und etwas Antiserum zurück.

Er gab ihr die Medikamente, stellte ein Schild mit der Aufschrift BIN IN 15 MINUTEN WIEDER DA auf und passierte die Klappe im Ladentisch.

»Warten Sie«, sagte Ehlena, die ihre Fracht kaum halten konnte. »Das kann doch nicht stimmen.«

Der Mann hatte schon Zigarette und Feuerzeug in der Hand. »Doch.«

»Nein, das ist ... wo ist das Rezept?«

Mit nichts zog eine Frau größeren Zorn auf sich, als wenn sie einen Mann von seiner Rauchpause abhielt. Aber das kümmerte sie einen Dreck.

»Bringen Sie mir das Rezept.«

Murrend schob sich der Apotheker wieder durch den Ladentisch und raschelte übertrieben laut mit den Rezepten, als hoffte er, durch die Reibung ein Feuer zu entzünden.

»›Sechs Packungen Dopamin‹« Er hielt ihr das Rezept vor die Nase. »Sehen Sie?«

Sie beugte sich vor. Es stimmte, sechs Schachteln, nicht sechs Ampullen.

»Das verschreibt der Doktor diesem Kerl immer. Das und das Antiserum.«

»Immer?«

Der Ausdruck des Mannes sagte *Komm mal runter, Alte* und er sprach langsam, als verstünde sie kein Englisch. »Ja. Der Doktor holt die Bestellung normalerweise selber ab. Sind Sie zufrieden, oder wollen Sie sich bei Havers beschweren?«

»Nein ... und danke.«

»War mir ein *Vergnügen*.« Er klatschte das Rezept zurück auf den Stapel und stapfte durch den Ladentisch, als fürchte er, sie könnte noch weitere spannende Forschungsprojekte ersinnen.

Welche Beschwerden wurde mit 144 Dosierungen Dopamin behandelt? Und Antiserum?

Es sei denn, Rehvenge plante eine laaaaaaange Reise. An einen unwirtlichen Ort voller Skorpione à la dem Film *Die Mumie*.

Ehlena ging durch den Gang zum Behandlungszimmer und jonglierte mit den Schachteln: Sobald sie eine aufgefangen hatte, geriet die nächste ins Rutschen. Sie klopfte mit dem Fuß an die Tür und hätte beinahe die ganze Ladung verloren, als sie die Klinke hinunterdrückte.

»Ist das alles?«, fragte Rehvenge gepresst.

Was denn, wollte er vielleicht eine ganze Palette von dem Zeug? »Ja.«

Sie ließ die Schachteln auf den Tisch gleiten und stellte sie schnell ordentlich hin. »Ich sollte Ihnen eine Tüte bringen.«

»Nicht nötig. Das geht so.«

»Brauchen Sie Spritzen?«

»Davon habe ich genug«, sagte er ironisch.

Vorsichtig erhob er sich von der Untersuchungsliege und zog sich den Pelzmantel an. Der Zobel machte seine breiten Schultern noch mächtiger, so dass er sie selbst vom anderen Ende des Raums aus zu überragen schien. Den Blick fest auf sie geheftet, nahm er seinen Stock und kam langsam herüber, als traute er seinen Beinen nicht … und seinem Empfang.

»Danke«, sagte er.

Gott, das Wort war so schlicht und gewöhnlich und doch, aus seinem Mund bedeutete es ihr viel mehr, als ihr lieb war.

Eigentlich war es auch weniger das, was er sagte, sondern sein Ausdruck: Es lag Verletzlichkeit in den amethystfarbenen Augen, sehr tief verborgen. Oder vielleicht auch nicht.

Vielleicht fühlte nur sie sich verletzlich und suchte Anteilnahme bei dem Mann, der sie in diese Verfassung gebracht hatte. Und sie war sehr schwach in diesem Moment. Als Rehvenge nahe bei ihr stand und eine Schachtel nach der anderen in den Taschen seines Mantels verstaute, war sie nackt trotz ihrer Uniform, demaskiert, obwohl nichts ihr Gesicht verborgen hatte.

Sie wandte sich ab und sah doch nur diese Augen.

»Pass auf dich auf ...« Seine Stimme war so tief. »Und wie schon gesagt: danke. Du weißt schon. Dass du dich um mich gekümmert hast.«

»Keine Ursache«, sagte sie zur Behandlungsliege. »Ich hoffe, Sie haben bekommen, was Sie brauchen.«

»Einen Teil davon ... auf jeden Fall.«

Ehlena drehte sich nicht wieder um, bis sie das Klicken der sich schließenden Tür hörte. Dann setzte sie sich mit einem Fluch auf den Stuhl am Schreibtisch und fragte sich erneut, ob es irgendeinen Sinn hatte, sich heute mit ihrem Date zu treffen. Nicht nur wegen ihres Vaters, sondern ...

Oh prima. Das war wirklich clever. Warum wies sie nicht einen netten, normalen Vampir ab, nur weil sie sich zu einem absolut unmöglichen Kerl von einem anderen Planeten hingezogen fühlte, wo Leute Mäntel trugen, die mehr als Autos kosteten. Perfekt.

Wenn sie so weiter machte, gewann sie vielleicht noch den Nobelpreis für hirnrissige Ideen, ein Ziel, das sie wirklich anstrebte.

Ihre Augen wanderten herum, während sie sich selbst zurück in die Realität zu reden versuchte ... bis sie am Papierkorb hängen blieben. Auf einer Coladose lag eine zusammengeknüllte cremefarbene Visitenkarte.

REHVENGE, SOHN DES REMPOON

Darunter nur eine Nummer, keine Adresse.

Sie bückte sich, holte die Karte heraus und strich sie auf dem Schreibtisch glatt. Als sie den Handballen ein paarmal darüber streifen ließ, spürte sie keine Unebenheiten der Schrift, nur eine feine Gravur. Geprägt. Natürlich.

Ah, Rempoon. Sie kannte diesen Namen, und jetzt verstand sie auch den Namen von Rehvenges nächster Angehöriger. Madalina war eine gefallene Auserwählte, die sich der spirituellen Beratung anderer angenommen hatte, eine beliebte, angesehene Frau, von der Ehlena gehört hatte, obwohl sie ihr nie persönlich begegnet war. Die Frau hatte sich mit Rempoon vereinigt, einem Mann aus einer der ältesten und prominentesten Blutlinien. Mutter. Vater.

Dann gehörten diese Zobelmäntel also nicht nur zur Show eines neureichen Emporkömmlings. Rehvenge verkehrte in dem Zirkel, dem einst auch Ehlena und ihre Eltern angehört hatten, der *Glymera* – der Crème de la Crème der zivilen Vampirgesellschaft, den Päpsten des guten Geschmacks, den Verteidigern der Etikette … und der grausamsten Enklave von Alleswissern auf dem Planeten. Daneben wirkten Straßenräuber aus Manhattan wie Leute, die man gerne mal zum Abendessen einladen würde.

Sie wünschte ihm viel Vergnügen mit diesen Leuten. Der Himmel wusste, dass sie und ihre Familie nicht sonderlich viel Spaß mit ihnen gehabt hatten: Ihren Vater hatten sie hintergangen und dann fallen lassen wie eine heiße Kartoffel, geopfert, damit ein mächtiger Zweig der Blutlinie finanziell und gesellschaftlich überleben konnte. Und das war erst der Anfang gewesen.

Sie warf die Karte zurück in den Papierkorb, ging aus dem Behandlungszimmer und nahm die Krankenakte aus dem Halter. Nachdem sie sich bei Catya gemeldet hatte, machte Ehlena Pausenvertretung im Empfangsbereich und speiste Havers Rezept und Kurznotizen zu Rehvenge in das System ein.

Es gab keine Erwähnung der zugrunde liegenden Erkrankung. Aber vielleicht wurde sie bereits so lange behandelt, dass sie nur in früheren Aufzeichnungen stand.

Havers traute Computern nicht über den Weg und erledigte seine Arbeit ausschließlich auf Papier, doch Catya hatte vor drei Jahren darauf bestanden, dass sie elektronische Abschriften von allem anfertigten, und es seitdem ein Team von *Doggen* gab, das die Akten der aktuellen Patienten komplett in den Rechner eingab und auf den Server überspielte. Das war ihr großes Glück gewesen. Als sie nach den Überfällen in die neue Klinik zogen, waren die elektronischen Daten alles, was sie von den Patienten besaßen.

Einem Impuls folgend, scrollte sie durch die jüngsten Eintragungen bezüglich Rehvenge. Die Dopamindosis war in den letzten zwei Jahren stetig gestiegen.

Sie loggte sich aus und lehnte sich zurück, verschränkte die Arme vor der Brust und starrte auf den Monitor. Der Bildschirmschoner zeigte den *Millenium Falcon* und Sterne schossen mit Lichtgeschwindigkeit aus den Tiefen des Bildschirms auf sie zu.

Sie würde ihre Verabredung einhalten, beschloss sie.

»Ehlena?«

Sie sah zu Catya auf. »Ja?«

»Patienteneinlieferung mit Krankenwagen. Ankunft in ungefähr zwei Minuten. Drogenüberdosis, unbekannte Substanz. Patient intubiert. Wir zwei assistieren.«

Als eine Kollegin kam, um den Empfang zu übernehmen, sprang Ehlena von ihrem Bürostuhl auf und joggte hinter Catya her den Gang hinunter zur Notaufnahme. Havers war bereits da und verdrückte hastig die letzten Reste von etwas, das wie ein Schinkensandwich mit Roggentoast aussah.

Gerade als er seinen sauberen Teller einem *Doggen* reichte, wurde der Patient durch den unterirdischen Tunnel von den Garagen hergerollt. Die Sanitäter waren zwei männliche Vampire, gekleidet im Stil ihrer menschlichen Pendants, eine notwendige Maßnahme, um nicht aufzufallen.

Der Patient war bewusstlos und wurde nur noch von dem Mediziner am Leben gehalten, der auf Kopfhöhe neben ihm herlief und in langsamem gleichmäßigem Rhythmus einen Ballon zusammenpresste.

»Sein Freund hat uns gerufen«, erklärte der Sanitäter. »Und ihn dann bewusstlos in der Kälte neben dem *ZeroSum* liegengelassen. Pupillen reagieren nicht. Blutdruck zweiundsechzig zu achtunddreißig. Herzfrequenz zweiunddreißig.«

Was für eine Verschwendung, dachte Ehlena, als sie sich an die Arbeit machte.

Drogen waren so ein beschissener Dreck.

Am anderen Ende der Stadt fand Wrath problemlos die Wohnung des Jägers. Sie lag in den Ausläufern von Caldwell in den *Hunterbred Farms*, einer Wohnanlage mit zweistöckigen Gebäuden und Reiterthema, so authentisch wie Wachstischdecken in einem italienischen Billigrestaurant.

Kein Jagdpferd weit und breit. Und bei *Farm* dachte man normalerweise auch nicht an einhundert Einzimmerwohnungseinheiten, eingepfercht zwischen einem Fordhändler und einem Supermarkt. Agrarkultur? Aber sicher doch. Das Verhältnis von Grünfläche zu Asphalt war eins zu vier, und der klitzekleine Teich war eindeutig künstlich angelegt.

Ein Betonrand fasste das verdammte Ding ein wie einen Swimmingpool, und die dünne Eisschicht darauf hatte die Farbe von Pisse, als wäre gerade eine chemische Behandlung im Gange.

Bei so vielen Menschen verwunderte es Wrath, dass die Gesellschaft der *Lesser* Truppen an einem derartig auffälligen Ort unterbrachte, aber vielleicht war es nur vorübergehend. Oder vielleicht steckte ja das ganze verdammte Ding voller *Lesser*.

Jedes Gebäude bestand aus vier Wohnungen, angeordnet um eine gemeinschaftliche Freitreppe. Die Hausnummern an den Wänden wurden vom Boden aus mit Spots beleuchtet. Wrath löste sein Sichtproblem mit der altbewährten Tastmethode. Als er eine Zahlenkombination fand, die sich nach *acht zwölf* in kursiven Ziffern anfühlte, löschte er die Beleuchtung mit seinem Willen und materialisierte sich an den oberen Absatz der Treppe.

Acht zwölf hatte ein windiges Schloss, das sich leicht manipulieren ließ, aber Wrath blieb auf der Hut. Flach an die Mauer gepresst drehte er den Türgriff im Hufeisendesign und öffnete die Tür nur einen Spalt.

Dann schloss er die nutzlosen Augen und lauschte. Keine Bewegung, nur das Summen eines Kühlschranks. Da er mit seinem Gehör selbst Mäuse durch die Nase atmen hörte, folgerte er, dass er sicher war. Er schloss die Hand um einen Wurfstern und drückte sich hinein.

Möglicherweise blinkte irgendwo eine Alarmanlage, aber Wrath wollte ohnehin nicht lange genug bleiben, um sich mit dem Feind zu schlagen. Ein Kampf war ohnehin ausgeschlossen. Hier wimmelte es nur so vor Menschen.

Also würde er sich nur die Kanopen schnappen und wieder abhauen. Schließlich rührte das feuchte Gefühl an seinem Bein nicht daher, dass er in eine Pfütze getreten war. Seit dem Kampf in der Seitenstraße blutete er in den Stiefel, wenn also jemand auftauchte, der nach Talkum roch, würde er verschwinden.

Zumindest redete er sich das ein.

Er schloss die Tür und atmete ein, langsam und bedächtig … und wünschte, er könnte sich Nase und Rachen mit einem Hochdruckstrahler ausspülen. Trotzdem: Obwohl es ihn würgte, war der Geruch ein gutes Zeichen: Drei unterschiedliche süßliche Witterungen vermengten sich in der abgestandenen Luft, was hieß, dass hier drei *Lesser* wohnten.

Im hinteren Teil der Wohnung, wo sich die süßlichen Gerüche konzentrierten, fragte sich Wrath, was hier eigentlich los war. *Lesser* lebten selten in Gruppen, weil sie einander bekämpften – das hatte man davon, wenn man nur mordlustige Irre rekrutierte. Zur Hölle, die Männer, die Omega aussuchte, konnten ihren inneren Michael Meyer nicht einfach abstellen, bloß weil die Gesellschaft Mietkosten sparen wollte.

Vielleicht hatten sie aber auch einen starken Hauptlesser hier.

Nach den Überfällen im Sommer konnte man sich schwerlich vorstellen, dass es den *Lessern* an Geld mangelte, aber warum sonst sollten sie Truppen zusammenlegen? Andrerseits waren den Brüdern, und Wrath insgeheim auch, billigere Waffen bei den *Lessern* aufgefallen. Früher musste man im Kampf gegen die Jäger auf jede Neuigkeit des Waffenmarktes eingestellt sein. Doch in letzter Zeit hatten sie es mit Schnappmessern der alten Schule zu tun gehabt, mit Schlagringen, und letzte Woche mit – man staune – einem Schlagstock. Alles preiswerte Waffen, die weder Munition noch Wartung brauchten. Und jetzt spielten sie *Die Waltons* auf der *Hunterbred Farm?* Was sollte der Scheiß?

Im ersten Zimmer hingen zwei Gerüche, und Wrath entdeckte zwei Kanopen neben den zwei Betten ohne Laken oder Decken.

Das nächste Nest roch ebenfalls nach alter Dame ... und nach noch etwas. Ein kurzes Schnüffeln sagte Wrath, dass es ... Himmel, Old Spice war.

Also wirklich. Als ob man dem Geruch dieser Bastarde noch etwas hinzufügen müsste –

Heilige Scheiße.

Wrath atmete tief ein, und sein Hirn filterte alles, was auch nur entfernt süßlich roch, heraus.

Schießpulver.

Er folgte der metallischen Note und kam zu einem Schrank mit der Sorte Tür, die man an einem Puppenhaus erwartete. Als er sie öffnete, strömte ihm das Eau de Pulver entgegen. Wrath bückte sich und tastete sich voran.

Die Waffen waren ganz eindeutig abgefeuert worden, aber nicht in letzter Zeit, dachte er. Was auf einen Secondhandkauf schließen ließ.

Doch aus wessen erster Hand?

Jedenfalls konnte er den Krempel unmöglich hier lassen. Der Feind würde ihn gegen seine Brüder und die Zivilisten einsetzen, also würde er eher die ganze Wohnung in die Luft jagen, als die Waffen den *Lessern* zu überlassen.

Blöderweise würde sein Geheimnis herauskommen, wenn er das der Bruderschaft meldete. Doch wie sollte er die Kisten allein hier wegschaffen? Er hatte kein Auto, und mit diesem Gewicht konnte er sich unmöglich dematerialisieren, selbst wenn er die Beute aufteilte.

Wrath kroch rückwärts aus dem Schrank und untersuchte das Zimmer durch Tasten und Schauen. Oh, gut. Links gab es ein Fenster.

Er holte sein Handy heraus und klappte es auf –

Jemand kam die Treppe hinauf.

Wrath erstarrte und schloss die Augen, um sich besser konzentrieren zu können. Mensch oder *Lesser*?

Nur eines wäre für ihn interessant.

Er bückte sich zur Seite und stellte die zwei Kanopen auf eine Kommode. Dabei stieß er – hey, cool – sowohl auf die dritte Kanope als auch auf die Flasche Old Spice. Die .40 in der Hand stand er breitbeinig da und richtete die Knarre in den kurzen Flur, direkt auf die Wohnungstür.

Man hörte Schlüssel klimpern, dann ein Scheppern, als wären sie zu Boden gefallen.

Der Fluch kam von einer Frau.

Wrath entspannte sich und ließ die Waffe gegen sein Bein sinken. Wie die Bruderschaft nahm auch die Gesellschaft der *Lesser* ausschließlich Männer auf, daher war es definitiv kein Jäger, der da gerade mit den Schlüsseln spielte.

Die Wohnungstür gegenüber schloss sich, und eine Sekunde später dröhnte ein Fernseher mit *Surround Sound* so laut, dass Wrath von seiner Position aus die Wiederholung von *The Office* verfolgen konnte.

Er mochte diese Folge. Es war die mit der entwischten Fledermaus.

Ein paar Schreie drangen von der Sitcom herüber.

Ganz genau. Jetzt flog das Viech herum.

Da die Frau beschäftigt war, konzentrierte sich Wrath erneut und hoffte, dass die Wohneinheit vielleicht gerade einen Lauf hatte und auch der Feind bald heimkäme. Doch auch stillstehen und flach atmen konnte die *Lesser*quote in der Wohnung nicht erhöhen. Eine Viertelstunde später hatte sich immer noch keiner blicken lassen.

Aber sein Aufenthalt war nicht ganz für die Katz. Immerhin lauschte er einer Comedy und zwar der Szene mit Dwight und der Fledermaus in der Büroküche.

Zeit für Aktion.

Er rief Butch an, gab ihm die Adresse durch und trug ihm auf, mit Bleifuß zu fahren. Wrath wollte diese Waffen hier heraus schaffen, bevor jemand auftauchte. Und wenn sie die Kisten schnell genug ins Auto bekamen und Butch das ganze Zeug wegschaffen konnte, blieb Wrath vielleicht noch eine Stunde, um hier zu warten.

Um sich die Zeit zu vertreiben, durchsuchte er die Wohnung und tastete Oberflächen nach Computern, Handys oder weiteren verdammten Pistolen ab. Er war gerade in das zweite Zimmer zurückgekehrt, als etwas von der Scheibe abprallte.

Wrath entsicherte seine Waffe erneut und drückte sich flach gegen die Wand neben dem Fenster. Dann öffnete er den Riegel und drückte das Fenster einen kleinen Spalt breit auf.

Der Boston-Akzent des Bullen drang so leise wie durch eine Flüstertüte zu ihm. »Hallo, Rapunzel, lässt du jetzt dein verdammtes Haar runter, oder was?«

»Pst, willst du die gesamte Nachbarschaft aufschrecken?«

»Als ob die bei dem Fernsehlärm irgendwas hören könnten. He, ist das nicht die Folge mit der Fleder–«

Wrath überließ Butch seinem Monolog, steckte die Pistole zurück an die Hüfte, öffnete das Fenster weit und ging zum Schrank. Mit einem knappen »Achtung, Baby« schob er die erste Kiste aus dem Fenster.

»Himmelherrg–« Ein Knurren schnitt den Fluch ab.

Wrath steckte den Kopf aus dem Fenster und flüsterte: »Ich dachte, du wärst Katholik. Ist das nicht blasphemisch?«

Butch klang, als hätte jemand ein Feuer auf seinem Bett ausgepinkelt. »Du schmeißt mir ein halbes Auto auf den Kopf und warnst mich mit einem beschissenen Song von U2?«

»Jetzt fang bloß nicht an zu heulen.«

Während sich der Ex-Cop fluchend zum Escalade schleppte, den er unter ein paar Kiefern geparkt hatte, ging Wrath zurück zum Schrank.

Als Butch zurückkam, hievte Wrath die nächste Kiste über die Brüstung.

Wieder knurrte Butch. »Leck mich doch am Arsch.«

»Nie im Leben.«

»Okay. Leck dich.«

Als die letzte Kiste wie ein schlafendes Baby in Butchs Armen ruhte, lehnte sich Wrath aus dem Fenster. »Bye bye.«

»Willst du nicht mit zurück zum Haus fahren?«

»Nein«

Es gab eine Pause, als erwartete Butch zu hören, was Wrath mit dem spärlichen Rest der Nacht vorhatte.

»Geh heim«, forderte er den Bullen auf.

»Was soll ich den anderen sagen?«

»Dass du ein verdammtes Genie bist und die Waffenkisten auf der Jagd gefunden hast.«

»Du blutest.«

»Ich bin es leid, dass mir das jeder sagt.«

»Dann sieh es endlich ein und geh zu Doc Jane.«

»Hatte ich mich nicht schon verabschiedet?«

»Wrath –«

Wrath schloss das Fenster, ging zur Kommode und ließ die drei Kanopen in seiner Jacke verschwinden.

Die Gesellschaft der *Lesser* war an den Herzen ihrer Toten genauso interessiert wie die Brüder. Sobald die Jäger also erfuhren, dass einer ihrer Männer draufgegangen war, würden sie hier aufkreuzen. Bestimmt hatte doch einer der getöteten Loser von heute Nacht Verstärkung gerufen. Sie mussten es wissen.

Sie mussten kommen.

Wrath suchte nach der besten Verteidigungsposition. Er entschied sich für das hintere Zimmer und richtete seine Waffe auf die Wohnungstür.

Er würde nicht gehen, bevor er unbedingt musste.

9

Das Umland von Caldwell unterteilte sich in Farmland und Wald, und die Farmen wiederum in Rinderhaltung und Getreideanbau, wobei das Weideland aufgrund der kurzen Sommer überwog. Auch vom Wald gab es zwei Sorten: Kiefern an den Berghängen, Eichen in den Sumpfausläufern des Hudson River.

Doch ob nun bewirtschaftet oder naturbelassen, die Straßen hier draußen waren weniger befahren und die Häuser weiter voneinander entfernt. Die Nachbarn waren so eigenbrötlerisch und schießwütig, wie man es sich selbst als eigenbrötlerischer und schießwütiger Typ nur wünschen konnte.

Lash, Sohn des Omega, saß an einem alten Küchentisch in einer Blockhütte in einem Waldstück. Über die verwitterte Kieferntischplatte verteilt lagen alle Kontoauszüge der Gesellschaft der *Lesser*, die er finden, ausdrucken oder auf dem Laptop aufrufen konnte.

Eine Riesensauerei.

Er griff nach einem Auszug der Evergreen Bank, den er

schon ein Dutzend Mal gelesen hatte. Auf dem wichtigsten Konto der Gesellschaft lagen hundertsiebenundzwanzigtausendfünfhundertzweiundvierzig Dollar und fünfzehn Cent. Auf den anderen Konten, verteilt auf sechs verschiedene Banken, darunter die Glens Fall National und die Farrell Bank & Trust, schwankten die Kontostände zwischen zwanzig und zwanzigtausend.

Wenn das alles war, was die Gesellschaft hatte, bewegten sie sich am Rande des Bankrotts.

Die Überfälle im Sommer hatten ihnen einen Haufen Antiquitäten und Silber eingebracht, doch diese Objekte in Geld zu verwandeln, war gar nicht so einfach, da der Verkauf viel Kontakt mit Menschen erforderte. Außerdem hatte sie den Zugriff auf einige Konten ergattert, doch auch hier ließen sich die Menschenbanken nur mühsam melken. Wie er auf die harte Tour gelernt hatte.

»Wollen Sie noch einen Kaffee?«

Lash blickte zu seiner Nummer zwei auf. Eigentlich war es ein Wunder, dass Mr D noch da war, dachte Lash. Als er in die Welt der *Lesser* eingetaucht war, neugeboren durch seinen wahren Vater Omega, und sich der Feind plötzlich als Familie entpuppte, war er orientierungslos gewesen. Mr D hatte den Fremdenführer gespielt. Eigentlich hatte Lash angenommen, der Bastard würde überflüssig wie jede Straßenkarte werden, wenn sich der Fahrer erst einmal auskannte.

Weit gefehlt. Heute war der kleine Texaner Lashs Jünger.

»Ja«, sagte Lash, »und wie steht es mit Essen?«

»Sofort, Sir. Ich habe einen guten Rückenspeck und den Käse, den Sie so gerne mögen.«

Der Kaffee wurde sorgsam in Lash's Becher eingeschenkt. Als Nächstes kam der Zucker, und der Löffel klang leise beim Rühren. Mr D hätte Lash mit Vergnügen den Hintern abgeputzt, hätte der ihn dazu aufgefordert, aber er war kein Weichei. Der kleine Bastard konnte töten wie kein anderer, er war die Chucky-Mörderpuppe unter den Jägern. Und außerdem ein ausgezeichneter Schnellkoch. Seine Pancakes waren meterdick und fluffig wie Kissen.

Lash sah auf die Uhr. Seine Jacob & Cousin war mit Diamanten besetzt und glitzerte im schwachen Licht des Computerbildschirms. Aber es war nur eine Nachbildung, die er bei eBay ersteigert hatte. Er wollte eine neue, echte, aber ... gütiger Himmel ... er konnte es sich nicht leisten. Natürlich hatte er sämtliche Konten seiner »Eltern« behalten, nachdem er das Vampirpaar getötet hatte, das ihn aufgezogen hatte wie einen eigenen Sohn, doch obwohl da ein Haufen Scheinchen lagerte, wollte er sie nicht für unnötigen Scheiß ausgeben.

Er hatte laufende Kosten zu decken. Die Ausgaben für Hypotheken und Mieten, Waffen und Munition, Kleidung und Autoleasing läpperten sich. *Lesser* aßen nicht, aber sie hatten andere Bedürfnisse, und Omega kümmerte sich nicht ums Bare. Natürlich lebte er auch in der Hölle und konnte sich herbeizaubern, was er gerade brauchte, von einer warmen Mahlzeit bis hin zu diesen Glitzerroben, in die er seinen schwarzen Schattenleib so gerne hüllte.

Lash gestand es sich nur ungern ein, aber er hatte den Eindruck, dass sein wahrer Vater etwas schwuchtelig war. Ein richtiger Mann würde sich in diesem Glitzerscheiß nicht mal begraben lassen.

Als er den Kaffee an den Mund führte, funkelte ihn seine Uhr an, und er runzelte die Stirn.

Unsinn, das war ein Statussymbol.

»Deine Jungs sind spät«, nörgelte er.

»Sie kommen.« Mr D ging zum Kühlschrank, einem Modell aus den siebziger Jahren. Das Ding hatte nicht nur eine quietschende Tür und die Farbe schimmliger Oliven, es sabberte auch noch wie ein Hund.

Das alles war so erbärmlich. Sie mussten ihre Unterkünfte aufbessern. Und wenn schon nicht alle, dann wenigstens das Hauptquartier.

Wenigstens war der Kaffee perfekt, obwohl er das für sich behielt. »Ich warte nicht gern.«

»Sie kommen, keine Sorge. Drei Eier für Ihr Omelette?«

»Vier.«

Es knirschte und splitterte ein paarmal in der Hütte, und Lash tippte mit dem Waterman-Füller auf den Evergreen-Kontoauszug. Die Ausgaben der Gesellschaft für Handys, Internetanschlüsse, Mieten, Waffen, Kleidung und Autos beliefen sich locker auf fünfzigtausend im Monat.

Als er sich zuerst eingearbeitet hatte, war er sicher gewesen, dass jemand in die eigene Tasche wirtschaftete. Doch jetzt hatte er die Sache monatelang verfolgt und war zu einem traurigen Schluss gekommen: Es gab keinen Bernie Maddock in den Reihen, der Rechnungen frisierte oder Geld veruntreute. Es war ganz einfach: Die Ausgaben überstiegen die Einkünfte. Punkt.

Lash gab sich größte Mühe, seine Truppen zu bewaffnen. Er hatte sich sogar dazu herabgelassen, einer Gruppe von Bikern, die er im Sommer im Gefängnis kennengelernt hatte, vier Kisten Schusswaffen abzukaufen. Aber es reichte nicht aus. Seine Männer brauchten Besseres als alte Luftgewehre, um die Bruderschaft niederzuzwingen.

Und wo er gerade bei seiner Wunschliste war: Er brauchte mehr Männer. Erst hatte er die Biker für eine gute Quelle gehalten, doch ihr Kreis war zu geschlossen. Nachdem er mit ihnen zu tun gehabt hatte, sagte ihm sein Instinkt, dass er sie entweder alle rekrutieren oder die Finger von ihnen lassen musste – wenn er sich nur die Rosinen rauspickte, würden die Erwählten zum Clubheim zurückrennen und den alten Kumpels von ihrem lustigen neuen Vampirkillerjob erzählen. Doch wenn er den ganzen Schwung nahm, lief er Gefahr, dass sie seine Autorität nicht anerkannten.

Einzelrekrutierung wäre die sicherste Vorgehensweise, aber wann sollte er das tun? Neben den Unterrichtsstunden mit seinem Vater – die sich trotz der zweifelhaften Garderobe als immens hilfreich erwiesen –, der Aufsicht über Überzeugungszentren und Beute-Lager und dem Versuch, seine Leute zu befehligen, blieb ihm einfach keine Zeit dafür.

Deshalb wurde es langsam kritisch: Für den Erfolg benötigte ein Militärführer dreierlei. Geldmittel und Rekruten waren zwei davon. Und obwohl er als Sohn von Omega zahlreiche Vorteile genoss, ließ sich die Zeit nicht dehnen, weder für Mensch, Vampir noch den Kronprinzen des Bösen.

In Anbetracht der Kontostände wusste Lash, dass er bei den Geldmitteln beginnen musste. Danach konnte er sich um die anderen beiden Posten kümmern.

Lash horchte auf. Ein Auto fuhr vor und ließ ihn nach seiner Halbautomatik greifen, während Mr D seine .357 Magnum zog. Lash behielt seine Waffe unter dem Tisch, Mr D hingegen hielt seine mit ausgestrecktem Arm auf die Tür gerichtet.

Als es klopfte, antwortete Lash ruppig: »Du solltest lieber der sein, von dem ich glaube, dass er draußen steht.«

Die Antwort des *Lesser* war die richtige. »Wir sind's, ich, Mr A und Ihre Bestellung.«

»Kommen Sie rein«, sagte Mr D, ganz der freundliche Gastgeber, obwohl seine .357 weiter auf die Tür gerichtet blieb.

Die zwei Jäger, die die Blockhütte betraten, waren die

letzten beiden Blassen, das letzte Paar von Altgedienten, die lange genug bei der Gesellschaft waren, um ihre Haar- und Augenfarbe eingebüßt zu haben.

Der Mensch, den sie mit sich zerrten, war nichts Besonderes, ein weißer Junge Anfang zwanzig, eins achtzig groß, Durchschnittsgesicht und schwindendes Haar, das ihm in ein paar Jahren ganz ausfallen würde. Der gleichgültige Gesichtsausdruck erklärte zweifelsohne die Wahl seiner Kleidung: Er trug eine Lederjacke mit aufgeprägtem Adler auf der Rückseite, ein *Rock 'n' Roll Religion*-T-Shirt, Ketten an der Jeans und Ed-Hardy-Sneakers.

Traurig. Wirklich Traurig. Wie breite Schluffen an einem Mitsubishi. Und sollte der Junge bewaffnet sein, dann sicher mit einem Taschenmesser, bei dem der Zahnstocher am meisten gebraucht wurde.

Aber Lash suchte keinen Kämpfer. Die hatte er. Von dieser Null wollte er etwas anderes.

Der Typ sah Mr Ds Willkommensgruß an und schielte zur Tür, als fragte er sich, ob er wohl schneller als die Kugel wäre. Mr A löste das Problem, indem er sich vor den Ausgang stellte.

Der Mensch blickte zu Lash und runzelte die Stirn. »He ... ich kenne Sie. Aus dem Gefängnis.«

»Ja, das tust du.« Lash blieb sitzen und lächelte leicht. »Möchtest du erfahren, was das Gute und das Schlechte an diesem Treffen ist?«

Der Mensch schluckte und konzentrierte sich wieder auf die Mündung von Mr D. »Ja klar.«

»Du warst leicht zu finden. Meine Männer mussten nur ins *Screamer's* gehen, ein bisschen rumstehen und ... da warst du schon.« Lash lehnte sich zurück, und das Korbgeflecht des Stuhls knarzte. Als ihn der gehetzte Blick des Menschen streifte, hätte er ihm fast verklickert, er solle sich nicht um das Knarzen sorgen, sondern lieber um die Vierziger unter dem Tisch, die auf sein bestes Stück gerichtet war.

»Hast du dich aus Problemen rausgehalten, seit ich dich im Gefängnis gesehen habe?«

Der Mensch schüttelte den Kopf und sagte: »Ja.«

Lash lachte. »Willst du das nochmal probieren? Du läufst nicht synchron.«

»Ich meine, ich mach weiterhin mein Ding, aber mir wurden keine Handschellen angelegt.«

»Also gut.« Als der Kerl wieder Mr D ansah, lachte Lash. »An deiner Stelle würde ich wissen wollen, warum man mich hergebracht hat.«

»Ah ... ja. Das wäre cool.«

»Meine Jungs haben dich beobachtet.«

»Jungs?«

»Du unterhältst ein gut laufendes Geschäft in der Stadt.«

»Ich verdiene ganz okay.«

»Wie würde es dir gefallen, mehr zu verdienen?«

Jetzt starrte der Mensch Lash an und ein kriecherischer, gieriger Blick verengte seine Augen. »Wie viel mehr?«

Geld war wirklich ein großartiger Antriebsmotor.

»Du machst dich ganz gut als Dealer, aber du bist eine kleine Nummer. Zu deinem Glück bin ich gerade in der Stimmung, in jemanden wie dich zu investieren, jemanden, der Unterstützung braucht, um die nächste Stufe zu erklimmen. Ich möchte, dass du nicht mehr Dealer, sondern Mittelsmann für große Geschäfte wirst.«

Der Mensch fuhr sich mit der Hand ans Kinn und ließ sie am Hals hinabgleiten, als müsste er sein Hirn anwerfen, indem er sich die Kehle massierte. In der Stille runzelte Lash die Stirn. Die Knöchel des Kerls waren aufgestoßen, und an seinem billigen *Caldwell High School*-Ring fehlte der Stein.

»Das klingt interessant«, murmelte der Mensch. »Aber ... ich muss den Ball eine Weile flach halten.«

»Warum?« Mann, wenn das eine Verhandlungstaktik war, würde Lash ihm nur zu gerne darlegen, dass es hundert andere hässliche geldgeile Pusher gab, die sich diese Chance nicht entgehen lassen würden.

Dann würde er Mr D zunicken, und der Jäger würde Adlerjacke direkt unter dem fliehenden Haaransatz skalpieren.

»Ich, äh, ich muss mich in Caldie ein bisschen zurückhalten. Für eine Weile.«

»Warum?«

»Es hat nichts mit dem Drogendealen zu tun.«

»Hat es was mit den blutigen Knöcheln zu tun?« Der Mensch steckte die Hände hastig hinter den Rücken. »Hab ich es mir doch gedacht. Frage: Was hattest du heute im *Screamer's* zu suchen, wenn du dich verstecken musst?«

»Sagen wir einfach, ich musste einen Einkauf tätigen.«

»Du bist ein Trottel, wenn du selbst Drogen nimmst.« Und kein guter Kandidat für Lashs Vorhaben. Mit einem Junkie wollte er keine Geschäfte machen.

»Es ging nicht um Drogen.«

»Um einen neuen Ausweis?«

»Vielleicht.«

»Hast du bekommen, was du wolltest? Im Club?«

»Nein.«

»Dann kann ich dir helfen.« Mit einem Laminiergerät konnte die Gesellschaft aufwarten, Himmel nochmal. »Hier mein Vorschlag: Meine Männer, links, rechts und hinter dir, arbeiten mit dir zusammen. Wenn du nicht Frontmann auf der Straße sein kannst, besorgst du eben die Ware, und sie lassen sich von dir für den Verkauf einweisen.« Lash warf einen Blick zu Mr D. »Mein Frühstück?«

Mr D legte seine Waffe neben den Cowboyhut, den er

nur drinnen abnahm, und stellte die Flamme unter einer Pfanne auf dem kleinen Herd an.

»Über welche Beträge reden wir hier?«, erkundigte sich der Mensch.

»Hundert Riesen für die erste Investition.«

Die Augen des Kerls blinkten vor Aufregung wie die Lichter beim Einarmigen Banditen, ding, ding, ding. »Also ... Scheiße, damit kann man spielen. Aber wie viel springt für mich raus?«

»Gewinnbeteiligung. Siebzig für mich. Dreißig für dich. Von allen Verkäufen.«

»Woher weiß ich, dass ich Ihnen trauen kann?«

»Das weißt du nicht.«

Als Mr D den Speck in die Pfanne legte, erfüllte ein Zischen und Knistern den Raum, und Lash lächelte.

Der Mensch blickte sich um, und Lash konnte seine Gedanken förmlich lesen: Eine Hütte mitten im Nichts, vier Typen, von denen mindestens einer eine Knarre hatte, mit der man eine Kuh in Hackbällchen verwandeln konnte.

»Okay. Ja. In Ordnung.«

Was natürlich die einzig richtige Antwort war.

Lash sicherte seine Waffe und legte sie auf den Tisch. Die Augen des Menschen traten hervor. »Komm schon, du hast nicht ernsthaft geglaubt, ich hätte dich nicht im Schussfeld, oder? Ich bitte dich.«

»Ja. Okay. Klar.«

Lash stand auf, streckte dem Kerl die Hand entgegen und fragte: »Wie heißt du, Adlerjacke?«

»Nick Carter.«

Lash lachte laut auf. »Versuch es nochmal, du Penner. Ich will deinen richtigen Namen.«

»Bob Grady. Man nennt mich Bobby G.«

Sie schüttelten sich die Hände, und Lash quetschte die

geschundenen Knöchel zusammen. »Freut mich, mit dir ins Geschäft zu kommen, Bobby. Ich bin Lash. Aber du kannst auch Gott zu mir sagen.«

John Matthew blickte sich unter den Leuten in der VIP-Lounge des *ZeroSum* um. Nicht weil er nach weiblichen Reizen suchte wie Qhuinn, oder weil er sich fragte, wen Qhuinn wohl abschleppen würde, wie Blay.

Nein, John hatte seine eigene Fixierung.

Xhex schaute normalerweise jede halbe Stunde vorbei, aber seit sie der Türsteher angesprochen hatte, war sie davon geeilt und nicht mehr aufgetaucht.

Als eine Rothaarige vorbeikam, rutschte Qhuinn auf dem Sofa herum und tippte mit der Spitze des Kampfstiefels den Tisch an. Die Menschenfrau war ungefähr eins fünfundfünfzig groß und hatte die Beine einer Gazelle, lang und zerbrechlich und schön. Und sie war keine Professionelle – sie hing am Arm eines Geschäftsmanns.

Was nicht bedeutete, dass sie es nicht für Geld tat, allerdings auf die legalere Art, die sich Beziehung nannte.

»Scheiße«, murmelte Qhuinn, und seine verschiedenfarbigen Augen funkelten raubtierhaft.

John stupste das Bein seines Freundes an und bedeutete ihm in Gebärdensprache: *Warum gehst du nicht einfach mit jemandem nach hinten? Dein Gezappel macht mich verrückt.*

Qhuinn deutete auf die Träne, die unter sein Auge tätowiert war. »Ich soll dich aber nicht alleine lassen. Nie. Das ist der Zweck eines *Ahstrux nohtrum*.«

Und wenn du nicht bald Sex hast, wirst du zu gar nichts mehr zu gebrauchen sein.

Qhuinn sah zu, wie die Rothaarige ihren kurzen Rock arrangierte, um beim Hinsetzen nicht das Ergebnis ihres Hollywood-Waxings zur Schau zu stellen.

Dann sah sie sich interessiert um ... bis ihr Blick an Qhuinn hängenblieb. Bei seinem Anblick leuchteten ihre Augen auf, als hätte sie ein Schnäppchen bei Neiman Marcus erspäht. Das war nicht Ungewöhnliches. So ging es den meisten Frauen, Vampirinnen oder nicht, und es war nur zu verständlich. Qhuinn kleidete sich schlicht, aber Hardcore: Ein schwarzes Button-down-Hemd in dunkelblaue Z-Brand-Jeans gesteckt. Schwarze Kampfstiefel. Eine Reihe schwarzer Metallstecker führten seitlich an einem Ohr hoch. Das Haar war zu schwarzen Stacheln gelt. Und vor kurzem hatte er sich die Unterlippe in der Mitte mit einem schwarzen Ring piercen lassen.

Qhuinn sah aus wie ein Kerl, der die Lederjacke im Schoß behielt, weil er Waffen darunter verbarg.

Was er auch tat.

»Nein, ist kein Problem«, murmelte Qhuinn, bevor er sein Corona runter stürzte. »Ich steh nicht auf Rothaarige.«

Blay blickte sofort zur Seite und tat, als würde er eine Dunkelhaarige begutachten. In Wahrheit interessierte er sich nur für eine Person, und die hatte ihn so freundlich und nachdrücklich abgewiesen, wie es ein bester Freund eben tun konnte.

Qhuinn stand offensichtlich wirklich nicht auf Rothaarige.

Wann hattest du das letzte Mal Sex?, fragte John.

»Keine Ahnung.« Qhuinn winkte eine Kellnerin herbei, um eine weitere Runde Bier zu ordern. »Ist eine Weile her.«

John versuchte, sich daran zu erinnern. Das letzte Mal war ... Himmel, im Sommer, mit diesem Mädchen bei Abercrombie & Fitch gewesen. Für jemand wie Qhuinn, der es problemlos mit drei Ladies in einer Nacht machte, war das eine höllische Durststrecke. Es war schwer vorstellbar, dass eine strenge Regatta im Einhandsegeln den Kerl lange bei

Laune halten würde. Scheiße, selbst wenn er von der Auserwählten trank, behielt er seine Hände bei sich, obwohl seine Erektion hämmerte, dass ihm der kalte Schweiß ausbrach. Andererseits nährten sich die drei gleichzeitig von derselben Vampirin, und obwohl Qhuinn kein Problem mit Publikum hatte, behielt er die Hosen aus Respekt vor Blay und John an.

Im Ernst, Qhuinn, was sollte mir hier schon passieren? Blay ist doch da.

»Wrath sagte, ich solle immer bei dir sein. Also bleibe ich: Immer. Bei. Dir.«

Ich glaube, du nimmst das zu Ernst. Im Sinne von viel zu ernst.

Ihnen gegenüber rutschte die Rothaarige auf ihrem Sessel herum, so dass ihre Auslage von der Hüfte abwärts voll in den Blick geriet. Die glatten Beine standen unter dem Tisch hervor und waren direkt auf Qhuinn gerichtet.

Als sich der Kerl dieses Mal anders hinsetzte, war es ziemlich offensichtlich, dass er etwas Hartes in seinem Schoß umarrangierte. Und es war keine seiner Waffen.

Himmel nochmal, Qhuinn, ich sage ja nicht mit dieser. Aber wir müssen etwas mit dir machen –

»Er sagte, er ist okay«, mischte sich Blay ein. »Lass ihn einfach in Ruhe.«

»Es gäbe eine Möglichkeit.« Qhuinns verschiedenfarbige Augen streiften John. »Du könntest mitkommen. Wir müssten nichts zusammenmachen, ich weiß, dass du auf so etwas nicht stehst. Aber du könntest ja auch jemanden mitnehmen. Wenn du willst. Wir könnten es in einer der privaten Toiletten tun, und du nimmst die Kabine, so dass ich dich nicht sehe. Sag einfach Bescheid, wenn du das willst, okay? Ich werde es sonst nicht mehr erwähnen.«

Als Qhuinn zur Seite blickte, total beiläufig, war es schwer, den Kerl nicht zu mögen. Rücksichtnahme trat in vielen Variationen auf, genauso wie Unhöflichkeit, und das freundliche Angebot einer Doppel-Aktion war eben eine Art von Rücksichtnahme: Qhuinn und Blay wussten beide, warum John auch acht Monate nach seiner Transition noch mit keiner Frau zusammen gewesen war. Wussten warum und wollten trotzdem mit ihm abhängen.

Die Bombe hochgehen zu lassen, die John so gut verborgen hatte, war Lashs letzter Arschtritt gewesen, bevor er starb.

Und der Grund, warum Qhuinn ihn umgebracht hatte.

Als die Bedienung Nachschub brachte, schielte John zu der Rothaarigen hinüber. Zu seiner Überraschung lächelte sie, als sie ihn dabei ertappte.

Qhuinn lachte leise. »Vielleicht bin ich nicht der Einzige, der ihr gefällt.«

John hob sein Corona an die Lippen und trank, um sein Erröten zu verbergen. Die Sache war, er wollte Sex, und wie Blay wollte er ihn mit jemand ganz Bestimmten. Aber nachdem ihm seine Erektion schon einmal bei einer nackten willigen Vampirin abhanden gekommen war, hatte er es mit dem zweiten Versuch nicht eilig, insbesondere nicht mit der Person, der sein Interesse galt.

Hölle. Nein. Xhex war nicht die Sorte Frau, die man beim heißen Liebesspiel enttäuschen wollte. Aus Angst versagen und zum Schlappschwanz mutieren? Davon würde sich sein Ego nie wieder erholen –

Eine Unruhe in der Menge riss ihn aus seinem Selbstmitleid, und er setzte sich auf.

Ein Typ mit irrem Blick wurde von zwei hünenhaften Mauren durch die VIP-Lounge eskortiert, jeder eine Hand an seinem Oberarm. Seine teuren Schuhen steppten, als seine Füße kaum den Boden berührten, und sein Mund veranstaltete irgendetwas, obwohl John wegen der Musik nicht hörte, was er sagte.

Das Trio ging zum Privatbüro im hinteren Teil.

John kippte sein Corona und starrte die Tür an, als sie sich schloss. Dort passierten schlimme Dinge. Insbesondere mit Leuten, die von den zwei privaten Wachmänner dorthin geschleift wurden.

Auf einen Schlag verstummten alle Gespräche in der VIP-Lounge, wodurch die Musik plötzlich sehr laut erschien.

John wusste, wer es war, noch bevor er den Kopf drehte.

Rehvenge kam durch eine Seitentür herein. Sein Auftritt war leise und hatte doch dieselbe Wirkung wie eine explodierende Granate: Inmitten der gestylten Besucher mit ihren aufgedonnerten Begleitungen und den Professionellen, die nicht mit ihren Reizen geizten, und den Bedienungen, die Tabletts balancierten, wurde der Raum bei seinem Betreten plötzlich kleiner, und das nicht nur, weil er ein Riese im Pelzmantel war, sondern wegen der Art, wie er um sich blickte.

Seine glühenden Amethystaugen sahen alle und scherten sich um niemand.

Rehv – oder der Reverend, wie ihn die menschliche Klientel nannte – war Drogenbaron und Zuhälter, der sich einen Dreck um den größten Teil der Bewohner des Planeten kümmerte. Deshalb konnte er tun, was immer ihm beliebte.

Insbesondere mit Typen wie dem Stepptänzer.

Mann, diese Nacht würde ein übles Ende für diesen Mann nehmen.

Im Vorbeigehen nickte Rehv John und den Jungs zu, und sie nickten zurück und hoben respektvoll ihre Coronas. Denn in gewisser Weise war Rehv ein Verbündeter der Bruderschaft. Nach den Überfällen hatte man ihn zum *Leahdyre* des Rats der *Glymera* gemacht – weil er als einziger Adeliger den Mumm besessen hatte, in Caldwell zu bleiben.

Und so war der Kerl, den wenig kümmerte, verantwortlich für eine ganze Menge.

John wandte sich der Samtkordel zu und gab sich noch nicht einmal Mühe, es unauffällig zu machen. Sicher bedeutete das, dass auch Xhex ...

Sie erschien ganz vorn im VIP-Bereich und sah einfach umwerfend aus, wenn man ihn fragte: Als sie sich zu einem Türsteher hinüberlehnte, um ihm etwas ins Ohr zu flüstern, spannten sich ihre Muskeln, so dass sich die Konturen durch die zweite Haut ihres engen Shirts abzeichneten.

Und wo sie gerade dabei waren, unbehaglich auf dem Sofa hin und her zu rutschen: Jetzt war John derjenige, der etwas umarrangieren musste.

Als sie jedoch zu Rehvs Privatbüro ging, wurde seine Libido auf Eis gelegt. Sie war noch nie der Typ gewesen, der viel lächelte, aber als sie an ihm vorbeikam, war ihre Miene regelrecht versteinert. Genau wie Rehvs Züge es gewesen waren.

Ganz offensichtlich war etwas vorgefallen, und John konnte sich nicht gegen den Beschützerinstinkt wehren, der in seiner Brust aufflammte. Oh Mann, als ob Xhex einen tapferen Ritter bräuchte. Wenn überhaupt, säße sie auf dem Pferd und würde den Drachen bekämpfen.

»Du wirkst etwas angespannt«, bemerkte Qhuinn leise, als Xhex im Büro verschwand. »Denk an mein Angebot, John. Ich bin nicht der Einzige, dem etwas abgeht.«

»Entschuldigt mich bitte.« Blay stand auf und holte seine roten Dunhills und das goldene Feuerzeug heraus. »Ich muss an die frische Luft.«

Der Vampir hatte vor kurzem mit dem Rauchen angefangen, eine Angewohnheit, die Qhuinn verabscheute, obwohl Vampire keinen Krebs bekamen. Doch John konnte ihn verstehen. Der Frust musste irgendwo raus, und es gab nicht so viele Möglichkeiten, allein in einem Schlafzimmer oder mit den Jungs im Trainingszentrum.

Hölle, sie alle hatten in den letzten drei Monaten so viel Muskelmasse aufgebaut, dass sie kaum mit dem Klamottenshoppen hinterherkamen. Ihre Schultern, Arme und Oberschenkel platzten aus allen Nähten. Man konnte fast glauben, dass ein Sexverbot von Sportlern vor dem Wettkampf einen Sinn hatte. Wenn sie weiter so zulegten, würden sie bald wie eine Gang von Profi-Wrestlern aussehen.

Qhuinn starrte in sein Corona. »Willst du abhauen? Bitte sag, dass du abhauen willst.«

John schielte zur Tür von Rehvs Büro.

»Wir bleiben«, murmelte Qhuinn und winkte einer Kellnerin, die sofort zu ihnen kam. »Ich brauche noch eins von diesen Dingern. Oder vielleicht auch einen Kasten.«

10

Rehvenge schloss die Tür seines Büros und lächelte knapp, um seine Fänge nicht zu entblößen. Selbst ohne die Beißerchen zu sehen, wusste der Buchmacher, der zwischen Trez und iAm hing, dass er ganz tief in der Scheiße steckte.

»Reverend, was soll das alles? Warum bringen Sie mich auf diese Weise her?«, brach es stakkatomäßig aus dem Kerl heraus. »Ich erledige gerade meine Geschäfte für Sie, und auf einmal kommen diese beiden –«

»Ich habe etwas Interessantes über dich gehört«, unterbrach Rehv und ging hinter seinen Tisch.

Als er sich hinsetzte, kam Xhex ins Büro, ihre grauen Augen fixierten die Anwesenden. Sie schloss die Tür und lehnte sich mit dem Rücken dagegen, besser als jedes Sicherheitsschloss, wenn es darum ging, betrügerische Buchmacher drinnen zu behalten und neugierige Blicke draußen.

»Das war eine Lüge, eine absolute Lü–«

»Du willst nicht singen?« Rehv lehnte sich zurück, bis sein

tauber Körper seine gewohnte Position im Schreibtischsessel fand. »Warst das nicht du, der letzte Nacht den Tony Bennett gegeben hat?«

Der Buchmacher runzelte verwundert die Stirn. »Na ja ... ich singe ganz gut.«

Rehv nickte iAm zu, der wie immer eine versteinerte Miene zur Schau trug. Dieser Kerl zeigte nie Gefühle, außer vielleicht bei einem perfekten Cappuccino. Dann sah man einen Anflug von Freude über sein Gesicht huschen. »Mein Partner hier drüben sagte, du wärst wirklich gut gewesen. Dein Publikum war begeistert. Was hat er gesungen, iAm?«

iAm klang wie James Earl Jones, die Stimme tief und voll: »›Three Coins in the Fountain‹.«

Der Buchmacher strich sich affektiert die Hose glatt. »Ich habe Volumen. Rhythmusgefühl.«

»Dann bist du ein Tenor wie der gute alte Mr Bennett, hm?« Rehvenge ließ den Zobel von den Schultern gleiten. »Ich liebe Tenöre.«

»Ja.« Der Buchmacher schielte zu den beiden Mauren. »Schauen Sie, wollen Sie mir nicht verraten, worum es hier geht?«

»Ich möchte, dass du für mich singst.«

»Sie meinen, für eine Party oder so etwas? Denn ich tue alles für Sie, das wissen Sie, Boss. Sie hätten doch nur fragen brauchen ... ich meine, das wäre nicht nötig gewesen.«

»Nicht für eine Party, obwohl wir vier deine Darbietung genießen würden. Als Entschädigung für das, worum du mich letzten Monat betrogen hast.«

Der Buchmacher wurde blass. »Ich habe Sie nicht betro–«

»Doch, das hast du. Siehst du, iAm ist ein erstklassiger Buchhalter. Jede Woche gibst du ihm deine Abrechnung. Da steht, wie viel welches Team gewinnt und zu welchen Kursen. Glaubst du, wir können nicht rechnen? Wenn man die Spiele vom letzten Monat anschaut, hättest du – wie viel war es gleich, iAm?«

»Einhundertachtundsiebzigtausendvierhundertzweiundachtzig.«

»Das hättest du einzahlen müssen.« Rehv nickte iAm kurz einen Dank zu. »Doch stattdessen hast du nur ... wie viel?«

»Einhundertdreißigtausendneunhundertzweiundachtzig«, kam es wie aus der Pistole geschossen.

Der Buchmacher unterbrach: »Das stimmt nicht, er hat viel meh–«

Rehv schüttelte den Kopf. »Nun rate, was die Differenz ist – nicht dass du es nicht schon wüsstest. iAm?«

»Siebenundvierzigtausendfünfhundert.«

»Was zufällig fünfundzwanzig Riesen zu einem Zinssatz von neunzig Prozent entspricht. Ist es nicht so, iAm?« Als der Maure einmal nickte, stieß Rehv seinen Stock auf den Boden und stand auf. »Was wiederum der Zinssatz der Caldie-Mafia ist. Trez hat sich ein bisschen umgehört. Was hast du gleich herausgefunden, Trez?«

»Mike hat berichtet, dass er diesem Kerl direkt vor dem *Rose-Bowl*-Football-Spiel fünfundzwanzig Riesen geliehen hat.«

Rehv ließ seinen Stock auf dem Sessel liegen und kam um den Tisch herum, wobei er sich mit der Hand an der Tischplatte abstützte. Die Mauren gingen wieder in Position und hielten den Buchmacher an den Oberarmen fest.

Rehvenge blieb direkt vor dem Kerl stehen. »Und deshalb frage ich dich zum letzten Mal, hast du geglaubt, wir könnten nicht rechnen?«

»Reverend, Boss ... bitte, ich wollte es zurückzahlen –«

»Ja, das wirst du. Und du zahlst dazu meinen Sonderzinssatz für Schwanzlutscher, die mich verarschen wollen. Hundertfünfzig Prozent bis Ende des Monats, oder deine Frau bekommt dich in kleinen Päckchen zugestellt. Ach ja, und du bist gefeuert.«

Der Kerl brach in Tränen aus, und es waren keine Krokodiltränen. Sie waren echt, die Sorte, die die Nase zum Laufen brachte und die Augen anschwellen ließ. »Bitte ... Sie wollten mir wehtun –«

Rehvs Hand schnellte hervor und griff dem Mann zwischen die Beine. Das Pudeljapsen sagte ihm, dass der Buchmacher es spürte, obwohl er es nicht tat, und er den Druck an der richtigen Stelle ansetzte.

»Ich mag es nicht, wenn man mich bestiehlt«, hauchte Rehv ihm ins Ohr. »Das finde ich echt zum Kotzen. Und wenn du glaubst, die Mafia könnte gemein zu dir sein, sei dir *gewiss,* ich bin gemeiner ... Und jetzt ... will ich, dass du für mich singst, Arschloch.«

Rehv packte zu, und der Kerl schrie aus Leibeskräften, laut und hoch, so dass es von der niedrigen Decke hallte. Als das Gekreische nachließ, weil dem Buchmacher die Luft ausging, ließ Rehv locker und gab ihm Gelegenheit, ein wenig zu keuchen. Und dann –

Der zweite Schrei war lauter und höher als der erste und bewies, dass man sich zum Singen erst aufwärmen musste.

Der Buchmacher zuckte und zappelte im Griff der Mauren und Rehv ließ nicht locker, während der *Symphath* in ihm gespannt zusah, als wäre es die unterhaltsamste Sendung im Fernsehen.

Es dauerte ungefähr neun Minuten, bis der Kerl das Bewusstsein verlor.

Als ihm die Lichter ausgegangen waren, ließ Rehv los und ging zurück zu seinem Stuhl. Auf ein Nicken hin brachten Trez und iAm den Menschen in die Seitengasse hinaus, wo ihn die Kälte irgendwann wieder aufwecken würde.

Als sie gingen, hatte Rehv auf einmal das Bild von Ehlena vor Augen, wie sie all die Dopaminschachteln balancierend ins Behandlungszimmer kam. Was würde sie wohl von ihm denken, wenn sie wüsste, mit welchen Mitteln er den Betrieb am Laufen hielt? Was würde sie davon halten, dass die Aussicht für den Buchhalter, bei Zahlungsverzug in bluttriefenden Päckchen stückweise heimzukehren, keine leere Drohung war? Wie fände sie es, dass er das Hacken und Würfeln bereitwillig selbst übernehmen oder Xhex, Trez und iAm damit beauftragen würde?

Nun, er kannte die Antwort, oder etwa nicht?

Ihre Stimme, diese klare, hübsche Stimme, klang wieder in seinen Ohren: *Die behalten Sie besser. Für jemanden, der vielleicht einmal Verwendung dafür hat.*

Klar, sie kannte keine Einzelheiten, aber sie war schlau genug, seine Visitenkarte abzulehnen.

Rehvs Blick fiel auf Xhex, die keinen Zentimeter von der Tür gewichen war. Als sich das Schweigen in die Länge zog, starrte sie auf den schwarzen Teppich, und ihr Stiefelabsatz beschrieb einen Kreis darauf.

»Was?«, fragte er. Als sie nicht aufsah, spürte er, wie sie sich zu sammeln versuchte. »Was zum Donner ist los?«

Trez und iAm kamen zurück und lehnten sich an die schwarze Wand gegenüber Rehvs Schreibtisch. Sie verschränkten die Arme vor den mächtigen Brustkörben und hielten die Klappe.

Schweigen war charakteristisch für Schatten. Aber gepaart mit Xhex' verschlossenem Gesicht und der Zirkelbewegung ihres Stiefels verhieß es nichts Gutes.

»Spuck's aus.«

Xhex sah ihm ins Gesicht. »Chrissy Andrews ist tot.«

»Was ist passiert?« Obwohl er es wusste.

»Sie lag zusammengeschlagen und erwürgt in ihrer Wohnung. Ich musste in die Leichenhalle und sie identifizieren.«

»Mistkerl.«

»Ich werde mich darum kümmern.« Xhex bat nicht um Erlaubnis und egal, was er sagte, sie würde dieses Stück Dreck von einem Freund zur Strecke bringen. »Und ich werde es schnell tun.«

Eigentlich war Rehv dafür zuständig, aber er würde sich ihr nicht in den Weg stellen. Seine Mädchen waren nicht nur eine Einkommensquelle für ihn ... Sie waren Angestellte, die ihm etwas bedeuteten, mit denen er sich identifizierte. Wenn also einer von ihnen etwas zustieß, ob durch Freier, Freund oder Gatten, kümmerte er sich persönlich um die Vergeltung. Huren verdienten Respekt, und seine würden ihn bekommen.

»Erteil ihm eine Lektion«, knurrte Rehv.

»Wird erledigt.«

»Scheiße ... ich fühle mich schuldig«, murmelte Rehvenge und griff nach seinem Brieföffner. Das Ding war wie ein Dolch geformt und auch so scharf wie eine Waffe. »Wir hätten ihn früher umlegen sollen.«

»Sie machte den Eindruck, als ginge es ihr besser.«

»Vielleicht hat sie es nur besser *versteckt*.«

Die vier verfielen in Schweigen. In ihrem Beruf kam es immer wieder zu Verlusten – das Auftauchen einer Leiche war wirklich nichts bahnbrechend Neues –, aber meistens sorgten er und seine Crew für das Minus in der Gleichung: Sie beseitigten Leute. Ein Verlust in den eigenen Reihen war ein harter Schlag.

»Möchtest du den Stand von heute Nacht?«, fragte Xhex.

»Noch nicht. Ich habe euch auch noch etwas mitzuteilen.« Mühsam drehte er den Kopf zu Trez und iAm. »Was ich jetzt sage, wird eine Menge Dreck aufwirbeln, und ich möchte euch beiden die Gelegenheit geben, zu gehen. Xhex, dir steht diese Wahl nicht frei. Tut mir leid.«

Trez und iAm rührten sich nicht vom Fleck, was Rehv nicht überraschte. Trez streckte ihm außerdem den erhobenen Mittelfinger entgegen. Auch das schockierte ihn nicht.

»Ich war heute in Connecticut«, begann Rehv.

»Du warst außerdem in der Klinik«, fügte Xhex hinzu, »Warum?«

Dieses GPS nervte manchmal wirklich. Wo blieb eigentlich die Privatsphäre? »Vergiss die verdammte Klinik. Hör zu, ich brauche dich für einen Job.«

»Welche Sorte Job?«

»Betrachte Chrissys Freund als Cocktail vor dem Dinner.«

Das rang ihr ein eiskaltes Lächeln ab. »Erzähl.«

Er blickte auf die Spitze des Brieföffners und erinnerte sich daran, wie er und Wrath gelacht hatten, weil beide das gleiche Teil hatten: Der König hatte ihn nach den Überfällen im Sommer besucht, um Ratsgeschäfte zu besprechen, und den Öffner auf dem Tisch liegen sehen. Wrath hatte gewitzelt, dass sie ihre Geschäfte beide mit der Klinge führten, selbst wenn sie einen Stift in der Hand hielten.

Und hatte er nicht Recht? Obgleich Wrath die Moral auf seiner Seite hatte und Rehv nur Eigeninteresse.

Deshalb hatte er seine Entscheidung auch nicht aus Tugendhaftigkeit gefällt. Wie üblich ging es darum, was ihm am meisten einbringen würde.

»Es wird nicht leicht sein«, murmelte er.

»Das sind die lustigen Jungs nie.«

Rehv konzentrierte sich auf die Spitze des Öffners. »Bei dem hier ... ist es nicht lustig.«

Als es Morgen wurde und ihre Schicht zu Ende ging, war Ehlena zappelig. Zeit für ihr Date. Zeit für ihre Entscheidung. In zwanzig Minuten wollte sie der Vampir an der Klinik abholen.

Gott, sie geriet schon wieder ins Schwanken.

Er hieß Stephan. Stephan, Sohn des Tehm, obwohl sie ihn und seine Familie nicht kannte. Er war Zivilist, kein Adeliger, und er war mit seinem Cousin hier gewesen, der sich die Hand beim Holzspalten für den Kamin verletzt hatte. Während sie die Formulare ausfüllte, in denen stand, dass er auf eigene Verantwortung die Klinik verließ, hatte sie mit Stephan über die Sorte Dinge geredet, über die Singles eben so reden: Er mochte Radiohead. Sie auch. Sie mochte die indonesische Küche. Er auch. Er arbeitete als Programmierer in der Menschenwelt, dank elektronischer Kommunikation. Sie war Krankenschwester. Er wohnte zu Hause bei seinen Eltern, ein Einzelkind aus einer soliden zivilen Familie – oder zumindest klang es so, sein Vater arbeitete für vampirische Bauunternehmer, seine Mutter unterrichtete freiberuflich die Alte Sprache.

Sympathisch, normal. Vertrauenserweckend.

Bei dem, was die Aristokraten mit dem Kopf ihres Vaters angestellt hatten, erschienen Ehlena all diese Eigenschaften ziemlich positiv, und als Stephan vorschlug, dass man sich ja mal auf einen Kaffee treffen könnte, hatten sie sich auf heute Abend geeinigt und Handynummern getauscht.

Aber was sollte sie jetzt tun? Ihn anrufen und sagen, dass sie aus familiären Gründen nicht konnte? Trotzdem gehen und sich um ihren Vater sorgen?

Ein kurzer Anruf bei Lusie vom Mitarbeiterzimmer aus beruhigte sie jedoch: Ehlenas Vater hatte lange geschlafen und arbeitete nun ruhig an seinem Schreibtisch.

Eine halbe Stunde in einem 24-Stunden-Café. Sich vielleicht ein Rosinenbrötchen teilen. Was konnte das schaden?

Als sie endgültig entschied, zu gehen, war sie nicht begeistert über das Bild, das kurz vor ihrem inneren Auge aufblitzte. Rehvs nackte Brust mit den roten Sterntätowierungen war kein geeigneter Gedanke für ein Date mit einem anderen Vampir.

Worauf sie sich jetzt konzentrieren musste, war das Ablegen der Arbeitskleidung, um wenigstens ein bisschen ansprechend auszusehen.

Als die Tagesbelegschaft langsam eintrudelte, und die Leute von der Nachtschicht gingen, zog sie sich den mitgebrachten Rock und den Pulli an –

Sie hatte die Schuhe vergessen.

Na prima. Weiße Kreppsohlen waren wirklich sexy.

»Stimmt was nicht?«, wollte Catya wissen.

Ehlena drehte sich um. »Ruinieren diese zwei weißen U-Boote an meinen Füßen mein Aussehen komplett?«

»Ähm ... ehrlich? Sie sind nicht so schlimm.«

»Du bist eine schlechte Lügnerin.«

»Ich habe es versucht.«

Ehlena packte ihre Schwesternkleidung in die Tasche, steckte das Haar noch einmal frisch zusammen und überprüfte ihr Make-up. Natürlich hatte sie auch noch Kajal und Wimperntusche vergessen, also war hier auch nichts mehr zu holen.

»Ich bin froh, dass du gehst«, meinte Catya, als sie den Dienstplan der Nacht vom Whiteboard wischte.

»Du bist meine Chefin. Es macht mich nervös, wenn du so etwas sagst. Solltest du nicht froh sein, wenn ich bei Schichtbeginn erscheine?«

»Nein, es geht nicht um die Arbeit. Ich bin froh, dass du heute noch ausgehst.«

Ehlena runzelte die Stirn und sah sich um. Wie durch ein Wunder waren sie allein. »Wer sagt, dass ich nicht heimgehe?«

»Für den Heimweg ziehen sich Frauen normalerweise nicht um. Und sie machen sich auch keine Sorgen, ob die

Schuhe nicht zum Rest ihrer Kleidung passen. Ich werde dich nicht fragen, wer er ist.«

»Da bin ich erleichtert.«

»Es sei denn, du erzählst es mir freiwillig?«

Ehlena lachte laut. »Nein, ich behalte es lieber für mich. Aber wenn etwas daraus wird ... dann werde ich es dir erzählen.«

»Ich werde dich daran erinnern.« Catya ging zu ihrem Schließfach und starrte es einfach nur an.

»Alles okay bei dir?«, fragte Ehlena.

»Ich hasse diesen verdammten Krieg. Ich hasse es, dass Tote hier ankommen und man ihren Schmerz noch in den Gesichtern lesen kann.« Catya öffnete das Schließfach und holte ihren Parka heraus. »Entschuldige, ich wollte dich nicht runterziehen.«

Ehlena ging zu ihr und legte ihr eine Hand auf die Schulter. »Ich weiß genau, wie du dich fühlst.«

Einen Moment lang standen sie sich schweigend gegenüber und blickten einander in die Augen. Und dann räusperte sich Catya.

»Okay, jetzt aber los mit dir. Dein Rendezvous wartet auf dich.«

»Er holt mich hier ab.«

»Oh, vielleicht hänge ich dann noch ein bisschen hier rum und rauche draußen eine Zigarette.«

»Du rauchst nicht.«

»Verflixt, erwischt.«

Auf dem Weg nach draußen sah Ehlena am Empfangstresen nach, ob noch etwas für die Übergabe an die Morgenschicht zu erledigen war. Zufrieden, dass alles in Ordnung war, ging sie durch die Türen und die Treppen hinaus, bis sie schließlich aus der Klinik kam.

Es war inzwischen nicht mehr kühl, sondern eisig, und

die Nacht schien ihr blau zu riechen, wenn man Farben hätte riechen können: Es war einfach so frisch und eisig und klar, als sie tief Luft holte und kleine Wölkchen ausatmete. Mit jedem Atemzug hatte sie das Gefühl, die saphirblaue Weite des Himmels über ihr in die Lunge zu saugen. Und die Sterne waren Funken, die durch ihren Körper hüpften.

Die letzten Schwestern gingen, dematerialisierten sich oder fuhren davon, je nachdem, was sie vorhatten. Ehlena verabschiedete sich von den Nachzüglern. Dann kam Catya und ging.

Ehlena stampfte auf den Boden und sah auf die Uhr. Ihre Verabredung war zehn Minuten zu spät. Keine große Sache.

Als sie sich an die Aluminiumverschalung lehnte, fühlte sie das Blut in ihren Adern rauschen, und ein seltsames Gefühl der Freiheit schwoll in ihrer Brust an, bei dem Gedanken, dass sie allein mit einem Mann ausging –

Blut. Adern.

Rehvenge hatte seinen Arm nicht behandeln lassen.

Der Gedanke kam plötzlich und hallte wie das Echo eines großen Knalls nach. Havers hatte sich nicht um seinen Arm gekümmert. Im Krankenblatt stand nichts von einer Infektion, und mit seinen Aufzeichnungen war Havers so genau wie mit der Kleidung der Belegschaft, der Sauberkeit der Räume und der Ordnung der Vorratsschränke.

Als sie mit den Medikamenten von der Apotheke zurückgekommen war, hatte Rehvenge sein Hemd bereits angezogen und die Manschetten geschlossen gehabt. Ehlena war davon ausgegangen, dass die Untersuchung abgeschlossen war. Jetzt hätte sie darauf gewettet, dass er sein Hemd gleich nach der Blutabnahme wieder angezogen hatte.

Aber das war nicht ihre Sache, oder? Rehvenge war ein erwachsener Vampir, der jedes Recht hatte, fahrlässig gegen seine Gesundheit zu handeln. Genauso wie der Kerl mit der

Überdosis, der gerade so über die Nacht gekommen war, und wie all diese Patienten, die nickten, solange der Arzt vor ihnen stand, und sich zu Hause nicht um Rezepte oder Nachsorge kümmerten.

Wenn sich jemand nicht helfen lassen wollte, konnte sie nichts tun. Nichts. Und das war eine der größten Tragödien ihrer Arbeit.

Sie konnte nur Möglichkeiten und Konsequenzen aufzeigen und hoffen, dass sich der Patient klug verhielt.

Ein kalter Wind wehte um die Klinik und zog ihr direkt unter den Rock, so dass sie Rehvenge um seinen Pelzmantel beneidete. Sie beugte sich zur Seite und schielte um die Klinik herum auf die Einfahrt, auf der Suche nach Scheinwerfern.

Zehn Minuten später blickte sie erneut auf die Uhr.

Und zehn Minuten später wieder.

Er hatte sie versetzt.

Das war keine Überraschung. Das Date war so hastig vereinbart worden, und eigentlich kannten sie einander gar nicht, oder?

Als der nächste Luftzug um das Haus strich, holte sie ihr Handy heraus und schrieb eine SMS: *Hallo Stephan – schade, dass es heute nicht geklappt hat. Vielleicht ein andermal. E.*

Sie steckte das Handy zurück in die Tasche und dematerialisierte sich nach Hause. Doch anstatt gleich hineinzugehen, hüllte sie sich in ihren Wollmantel und ging auf dem rissigen Bürgersteig, der seitlich am Haus bis zum Hintereingang entlangführte, auf und ab. Als der kalte Wind wieder auffrischte, wehte ihr eine Bö ins Gesicht.

Ihre Augen brannten.

Sie drehte den Rücken zum Wind. Einzelne Strähnen flatterten ihr ins Gesicht, als wollten sie der Kälte entfliehen, und sie zitterte.

Großartig. Als ihre Augen wieder tränten, konnte sie es nicht mehr auf den Wind schieben.

Gott, weinte sie etwa? Wegen einer Sache, die vielleicht nur ein Missverständnis war? Mit einem Kerl, den sie kaum kannte? Warum machte ihr das so zu schaffen?

Doch es ging nicht um ihn. *Sie* war das Problem. Es tat weh, wieder so dort zu sein, wie sie das Haus heute verlassen hatte: allein.

Um Halt zu finden, im wörtlichen Sinn, griff sie nach der Klinke des Hintereingangs, konnte sich aber nicht überwinden, sie hinunterzudrücken. Das Bild der schäbigen, penibel ordentlichen Küche und der knarrenden Stufen in den Keller und der staubige, papierne Geruch des Zimmers ihres Vaters waren so vertraut wie ihr Spiegelbild. Heute trat alles zu klar hervor, ein heller Blitz, der sie in beide Augen traf, ein donnernder Lärm in ihren Ohren, ein überwältigender Gestank, der ihre Nase penetrierte.

Sie ließ den Arm sinken. Das Date war wie ein Ausbruch aus dem Gefängnis gewesen. Ein Floß weg von der Insel. Eine Hand, die sich ihr über dem Abhang entgegenstreckte.

Ihre Verzweiflung brachte sie zur Vernunft. In ihrem Zustand sollte sie keine Dates vereinbaren. Es war nicht fair dem Mann gegenüber und ungesund für sie selbst. Wenn sich Stephan meldete, sollte er das überhaupt tun, würde sie sagen, dass sie keine Zeit hatte –

»Ehlena? Alles in Ordnung bei dir?«

Ehlena machte einen Satz zurück von der Tür, die sich gerade weit geöffnet hatte. »Lusie! Entschuldige, ich ... grüble nur zu viel. Wie geht es Vater?«

»Gut, richtig gut. Er schläft jetzt wieder.«

Lusie trat aus dem Haus und blockierte die entweichende Wärme aus der Küche. Nach zwei Jahren war sie eine schmerzhaft vertraute Erscheinung, ihr Ethnostyle und das lange, graumelierte Haar wirkten tröstlich. Wie immer hatte sie ihre Arzttasche in einer Hand, während die große Handtasche an der anderen Schulter hing. In der Arzttasche befanden sich das zum Standard gehörende Blutdruckmessgerät, ein Stethoskop und ein paar milde Medikamente – die Ehlena schon alle in der Anwendung erlebt hatte. In der Handtasche steckte das Kreuzworträtsel aus der *New York Times,* ein paar Kaugummis, eine Börse und der pfirsichfarbene Lippenstift, den sie regelmäßig nachzog. Von dem Kreuzworträtsel wusste Ehlena, weil Lusie und ihr Vater es immer zusammen machten, von dem Kaugummi wegen der Papierchen im Müll, und der Lippenstift war offensichtlich. Was die Börse betraf, konnte sie nur raten.

»Wie geht es dir?« Lusie wartete, ihre grauen Augen waren klar und forschend. »Du bist ein bisschen früh zurück.«

»Er hat mich versetzt.«

An der Art, wie sie Ehlena die Hand auf die Schulter legte, erkannte man die gute Krankenschwester: Mit einer Berührung vermittelte sie Trost und Wärme und Mitgefühl, die allesamt Blutdruck und Herzfrequenz senkten und die Schmerzen linderten.

Und den Geist entwirrten.

»Das tut mir leid«, sagte Lusie.

»Oh nein, es ist besser so. Ich meine, ich wollte zu viel.«

»Wirklich? Du hast so besonnen gewirkt, als du mir davon erzählt hast. Ihr wolltet euch nur auf einen Kaffee treffen –«

Aus irgendeinem Grund erzählte Ehlena ihr die Wahrheit: »Nein. Ich habe nach einem Ausweg gesucht. Den es nie geben wird, weil ich ihn nie verlasse.« Ehlena schüttelte den Kopf. »Jedenfalls, vielen Dank, dass du gekommen bist –«

»Du musst nicht wählen. Dein Vater und du –«

»Ich weiß es wirklich zu schätzen, dass du heute früher gekommen bist. Das war sehr lieb von dir.«

Lusie lächelte auf die gleiche Art wie Catya im Mitarbeiterzimmer, angespannt und traurig. »Okay, ich höre auf, aber in diesem Punkt habe ich Recht. Du kannst auch mit einem Partner eine gute Tochter für deinen Vater sein.« Lusie schielte zur Tür. »Hör zu, du musst diese Verletzung an seinem Bein beobachten, wo er sich an dem Nagel geritzt hat. Ich habe sie frisch verbunden, aber ich mache mir ein bisschen Sorgen. Ich glaube, sie entzündet sich.«

»Das werde ich. Danke.«

Nachdem sich Lusie dematerialisiert hatte, ging Ehlena in die Küche, verschloss und verriegelte die Tür und machte sich in den Keller auf.

Ihr Vater schlief in seinem Zimmer in seinem riesigen viktorianischen Bett. Das massive Kopfteil mit den Schnitzereien wirkte wie der umrahmende Bogen einer Grabstätte. Sein Kopf ruhte auf einem Stapel weißer Kissen, und die blutrote Samtdecke war exakt in der Mitte seiner Brust nach unten geklappt.

Er sah aus wie ein schlafender König.

Mit Auftreten der Geisteskrankheit waren sein Haar und sein Bart weiß geworden. Damals hatte Ehlena befürchtet, sein Ende könnte nahe sein. Doch nach fünfzig Jahren sah er noch genauso aus: keine Falte im Gesicht, die Hände stark und ruhig.

Es war so hart. Sie konnte sich ein Leben ohne ihn nicht vorstellen. Und ein Leben mit ihm auch nicht.

Ehlena zog seine Tür ein Stück zu und ging in ihr eigenes Reich, wo sie duschte und sich umzog und sich dann auf dem Bett ausstreckte. Sie hatte ein einfaches Bett ohne Kopfteil, mit nur einem Kissen und Baumwollbezügen, aber sie machte sich nichts aus Luxusartikeln. Sie brauchte einen

Platz, wo sie ihre müden Knochen ausruhen konnte, mehr nicht.

Normalerweise las sie noch ein bisschen vor dem Schlafen, aber heute nicht. Sie hatte einfach keine Energie. Sie langte nach der Lampe und schaltete das Licht aus, überkreuzte die Beine an den Knöcheln und streckte die Arme seitlich neben dem Körper aus.

Mit einem Lächeln dachte sie an Lusies Besorgnis um die Wunde ihres Vaters. Einer guten Pflegerin lag an der Gesundheit des Patienten, auch wenn sie ging. Sie erklärte den Angehörigen, was zu tun war, und stand helfend zur Seite.

Es war kein Job, den man mit Schichtende hinter sich ließ.

Ehlena knipste die Lampe wieder an.

Sie stand auf und ging zu dem Laptop, den ihr die Klinik vermacht hatte, als das IT-System erneuert wurde. Die Internetverbindung ließ wie immer auf sich warten, aber schließlich konnte Ehlena auf die Datenbank der Klinik zugreifen. Sie loggte sich mit ihrem Passwort ein, führte eine Suche aus … dann eine zweite. Die erste musste sein, die zweite geschah aus Neugier.

Sie speicherte beide, schaltete den Laptop aus und nahm ihr Telefon zur Hand.

11

Sekundenbruchteile vor Tagesanbruch, kurz bevor sich das erste Licht im Osten abzeichnete, materialisierte sich Wrath im dichten Gehölz auf der Nordflanke des Berges der Bruderschaft. Niemand hatte sich in Hunterbred gezeigt, und die nahenden Sonnenstrahlen hatten ihn zum Gehen gezwungen.

Kleine Äste knackten laut unter seinen Stiefeln. Die Kiefernzweige waren brüchig von der Kälte, und es gab noch keinen Schnee, um die Geräusche zu dämpfen, aber Wrath roch ihn bereits in der Luft, fühlte den frostigen Biss tief in den Stirnhöhlen.

Der versteckte Eingang zum Allerheiligsten der Bruderschaft lag am hintersten Ende einer Höhle, ganz tief drinnen. Wraths Hände ertasteten den Griff an dem Steintor, und das schwere Portal glitt hinter die Felswand. Er setzte den Fuß auf glatte schwarze Marmorplatten und folgte ihnen ins Innere, als sich das Tor hinter ihm schloss.

Kraft seines Willens flammten Fackeln zu beiden Seiten

auf. Sie reichten weit, weit in die Tiefe und beleuchteten die massiven Eisentore, die sie Ende des achtzehnten Jahrhunderts angebracht hatten, als die Bruderschaft diese Höhle in die Gruft verwandelt hatte.

Im Näherkommen belebten die flackernden Flammen die dicken Stäbe des Tores und verwischten seine Sicht, so dass Wrath eine Reihe bewaffneter Wächter sah. Kraft seines Geistes öffnete er das Flügeltor und lief weiter durch eine langgezogene Halle, die vom Boden bis zur zwölf Meter hohen Decke mit Regalen ausgestattet war.

Lesser-Kanopen aller Arten und Sorten lagerten hier Seite an Seite und bezeugten Generationen des Kampfes der Bruderschaft. Die ältesten Kanopen waren nichts als primitive, handgedrehte Vasen, die man aus dem Alten Land herübergebracht hatte. Mit jedem weiteren Meter wurden die Gefäße moderner, bis man zum nächsten Flügeltor kam und Massenware aus China fand, wie man sie in Nippesläden bekam.

Es war nicht mehr viel Platz in den Regalen und das deprimierte Wrath. Er hatte eigenhändig mitgebaut an dieser Lagerstatt für erlegte Feinde, zusammen mit Darius, Tohrment und Vishous. Einen ganzen Monat hindurch hatten sie gerackert, bis in den Tag hinein, und auf den Marmorplatten geschlafen. Er hatte damals bestimmt, wie weit sie in die Erde vordrangen, und er hatte die Halle viele Meter länger gemacht, als er für nötig hielt. Als er und seine Brüder fertig waren und die alten Kanopen eingeräumt hatten, war Wrath überzeugt gewesen, dass sie niemals so viel Lagerraum brauchen würden. Er war sich sicher gewesen, der Krieg würde vorbei sein, bevor sie auch nur drei viertel der Regale aufgefüllt hatten.

Und jetzt, Jahrhunderte später, suchte er nach ausreichend Platz.

Mit einem unguten Gefühl maß Wrath den verbleibenden Raum mit seinen schwachen Augen. Es war schwer, es nicht als Hinweis auf ein Ende des Krieges zu deuten, als das in rauen Stein gehauene Vampir-Pendant des Mayakalenders.

Und ihn überkamen keine Visionen des siegreichen Triumphs bei dem Gedanken, wie die letzte Kanope zu den anderen gestellt wurde.

Entweder würde ihnen das Volk ausgehen, das es zu beschützen galt, oder die Brüder, die das Beschützen besorgten.

Wrath holte die drei Kanopen aus seiner Jacke und ordnete sie zusammen in einer kleinen Gruppe an. Dann trat er einen Schritt zurück.

Er war verantwortlich für eine Menge dieser Kanopen. Bevor er König geworden war.

»Ich wusste schon, dass du wieder kämpfst.«

Beim herrischen Tonfall der Jungfrau der Schrift warf Wrath den Kopf herum. Ihre Heiligkeit schwebte kurz vor den Eisenstäben, die schwarzen Schleier hingen einen Fuß über dem Steinboden, ihr Licht schien unter den Säumen hervor.

Einst war er blendend hell gewesen, dieser Glanz, den sie verstrahlte. Jetzt warf er kaum noch Schatten.

Wrath wandte sich wieder den Kanopen zu. »Das meinte V also mit Genickbrechen.«

»Mein Sohn kam zu mir, ja.«

»Aber Ihr wusstet es schon. Und das ist keine Frage.«

»Ja, denn die hasst sie.«

Wrath blickte über die Schulter. V kam durch das Tor.

»Sieh einer an«, murmelte Wrath. »Mutter und Sohn, in Harmonie vereint.«

Die Jungfrau der Schrift kam auf ihn zugeschwebt und

flog langsam an den Kanopen vorbei. Früher – oder Hölle, gerade mal vor einem Jahr – hätte sie die Leitung des Gesprächs übernommen. Jetzt schwebte sie einfach dahin.

V schnaubte abfällig, als hätte er sich auf eine gehörige Standpauke für den König gefreut und sei nun enttäuscht, dass Mamma nicht auf den Tisch haute. »Wrath, du hast mich nicht ausreden lassen.«

»Und du glaubst, das werde ich jetzt?« Er griff nach dem Rand von einer der drei Kanopen, die er der Sammlung eben hinzugefügt hatte.

»Du wirst ihn ausreden lassen«, schaltete sich die Jungfrau der Schrift in desinteressiertem Tonfall ein.

Vishous kam auf Wrath zu und stand breitbeinig auf dem Boden, den er selbst mit gelegt hatte. »Ich wollte sagen, wenn du schon raus gehst, dann mach es mit Deckung. Und erzähle Beth davon. Ansonsten bist du ein Lügner ... und die Chancen erhöhen sich, dass du sie zur Witwe machst. Verflucht nochmal, dann ignoriere meine Vision, fein. Aber denk zumindest praktisch.«

Wrath ging auf und ab und dachte, dass sie sich keinen besseren Ort für diese Unterhaltung hätten aussuchen können: Er war umgeben von Zeugnissen des Krieges.

Schließlich blieb er vor den drei Kanopen stehen, die er heute ergattert hatte. »Beth glaubt, dass ich in den Norden fahre und Phury treffe. Ihr wisst schon, um mit den Auserwählten zu arbeiten. Das Lügen nervt. Aber der Gedanke, dass nur vier Brüder im Kampf stehen, ist noch viel schlimmer.«

Ein langes Schweigen breitete sich aus, und das knisternde Flackern der Fackeln war das einzige Geräusch, das zu hören war.

V brach das Schweigen. »Ich glaube, du musst ein Treffen mit der Bruderschaft einberufen und es Beth beichten. Wie gesagt, wenn du kämpfen musst, dann kämpfe. Aber mach es nicht heimlich.

Auf diese Weise wärst du nicht allein. Und wir auch nicht. Im Moment ist immer einer allein im Einsatz. Wenn du offiziell dabei bist, wäre dieses Problem gelöst.«

Wrath musste lächeln. »Hätte ich gewusst, dass du mir Recht gibst, hätte ich es dir früher gesagt.« Er schielte zur Jungfrau der Schrift. »Aber was ist mit dem Gesetz? Der Tradition?«

Die Mutter der Spezies sah ihn an und sagte in distanziertem Tonfall: »So vieles hat sich gewandelt. Was macht eine Änderung mehr? Alles Gute für dich, Wrath, Sohn des Wrath, und für dich, Vishous aus meinem Schoß.«

Die Jungfrau der Schrift verwehte wie Atem in einer kalten Nacht und wurde eins mit dem Äther, als wäre sie nie da gewesen.

Wrath ließ sich gegen die Regale sinken. Als sein Kopf zu pochen anfing, schob er die Sonnenbrille hoch und rieb sich die nutzlosen Augen. Dann schloss er die Lider und wurde so ruhig, wie der Fels um ihn herum.

»Du siehst müde aus«, murmelte V.

Ja, das war er. Und wie traurig war das denn.

Drogenhandel war ein äußerst lukratives Geschäft.

An seinem Schreibtisch in seinem Privatbüro im *ZeroSum* ging Rehvenge die Einnahmen des Abends durch und überprüfte sie bis auf den letzten Penny. iAm machte das Gleiche drüben in *Sal's Restaurant*. Der erste allabendliche Dienstakt war ein Treffen zum Vergleich der Ergebnisse.

Meistens kamen sie auf den gleichen Endbetrag. Wenn nicht, beugte er sich iAm.

Mit Alkohol, Drogen und Sex kamen sie auf über zweihundertneunzigtausend allein für das *ZeroSum*. Zweiundzwanzig Angestellte arbeiteten auf Gehaltsbasis im Club, darunter zehn Türsteher, drei Leute an der Bar, sechs Prostituierte, Trez, iAm und Xhex. Die Kosten für alle beliefen sich auf ungefähr fünfundsiebzig Riesen die Nacht. Buchmacher und geduldete Drogendealer, also jene, denen Rehv gestattete, in seinem Laden zu verkaufen, arbeiteten auf Kommission. Was übrig blieb, nachdem sie ihren Anteil genommen hatten, gehörte Rehv. Außerdem verkauften er oder Xhex oder die Mauren alle ein, zwei Wochen größere Mengen an einen ausgewählten Kreis von Händlern, die eigene Vertriebsgebiete in Caldwell oder Manhattan abdeckten.

Alles in allem blieben nach Abzug der Personalkosten ungefähr zweihunderttausend pro Nacht, mit denen Rehv Drogen und Sprit einkaufte, Gas und Strom bezahlte und das siebenköpfigen Putzteam entlohnte, das um fünf Uhr morgens einlief.

Jahr für Jahr holte er damit um die fünfzig Millionen aus seinem Geschäft heraus – einen unanständig hohen Betrag, wenn man bedachte, dass er nur für einen Bruchteil davon Steuern bezahlte. Drogen und Sex waren zwar riskante Geschäfte, aber die Gewinnspanne war enorm. Und Rehv brauchte Geld. Dringend. Um seiner Mutter den Lebensstil zu ermöglichen, den sie gewohnt war und verdiente, bedurfte es Millionen. Dann waren da seine eigenen Häuser. Und jedes Jahr kaufte er einen Bentley, sobald das neue Modell herauskam.

Doch die bei weitem höchste Ausgabe wurde in kleinen schwarzen Samtbeutelchen geliefert.

Rehv langte über seine Tabellen nach dem Beutel, den der Kurier heute aus dem Diamantenviertel in New York gebracht hatte. Die Lieferung kam jetzt immer montags – früher war es freitags gewesen, aber seit der Eröffnung des

Iron Mask hatte der Ruhetag des *ZeroSum* auf Sonntag gewechselt.

Er löste die Samtkordel, zog den Beutel auf und schüttete eine glitzernde Handvoll Rubine aus. Eine Viertelmillion in blutig roten Steinen. Er goss sie zurück in den Beutel, knotete ihn fest zu und blickte auf die Uhr. Noch sechzehn Stunden, bis er nach Norden aufbrechen musste.

Der erste Dienstag im Monat war Tag der Übergabe, und er bezahlte die Prinzessin auf zweierlei Art für ihr Schweigen. Zum einen mit Edelsteinen. Und zum anderen mit seinem Körper.

Doch er sorgte dafür, dass auch sie dafür bezahlte.

Der Gedanke daran, wo er hinging, und was er dort tun würde, verursachte ihm ein Ziehen im Nacken, und es überraschte ihn nicht, als sich sein in Schwarz und Weiß gehaltenes Büro plötzlich Rot färbte, während er jegliche räumliche Wahrnehmung verlor.

Er zog eine Schublade auf und holte eine seiner wundervollen neuen Schachteln Dopamin heraus. Dann nahm er die Spritze, die er die letzten dreimal im Büro verwendet hatte, und rollte den linken Ärmel hoch. Er band sich den Bizeps aus Gewohnheit ab, nicht weil es nötig gewesen wäre. Seine Venen waren so geschwollen, dass es aussah, als hätten sich Wühlmäuse unter seiner Haut hindurch gegraben, und dieser bedauernswerte Zustand verschaffte ihm eine gewisse Befriedigung.

Die Nadel hatte keine Schutzkappe, und er füllte die Spritze mit der Routine eines Junkies. Es dauerte eine Weile, bis er eine Vene fand, in die er spritzen konnte. Immer wieder stach er die winzige Stahlspitze in den Arm, ohne auch nur das Geringste zu spüren. Er wusste, dass er schließlich den richtigen Punkt gefunden hatte, als er sie ein Stück weit aufzog und sich Blut in die klare Lösung mischte.

Während er die Bandage löste und den Kolben hinunterdrückte, starrte er auf die Entzündung an seinem Arm und dachte an Ehlena. Obwohl sie ihm nicht traute, sich nicht zu ihm hingezogen fühlen wollte und sich mit Händen und Füßen dagegen wehrte, mit ihm auszugehen, wollte sie ihn retten.

Trotz alledem wollte sie das Beste für ihn und seine Gesundheit.

So etwas nannte man eine Frau von Wert.

Er war halb fertig mit seiner Injektion, als sein Handy klingelte. Ein kurzer Blick auf das Display zeigte eine unbekannte Nummer, also nahm er den Anruf nicht an. Nur Leute, mit denen er reden wollte, hatten seine Nummer, und diese Liste war verdammt kurz: seine Schwester, seine Mutter, Xhex, Trez und iAm. Und der Bruder Zsadist, der *Hellren* seiner Schwester.

Das war es.

Er zog die Nadel aus dem Chaos in seinem Arm und fluchte, als ein Piepsen eine neue Nachricht auf der Mailbox verkündete. Das passierte manchmal, Leute verwählten sich und hinterließen ein kleines Stück ihres Lebens auf seinem akustischen Bahnhof. Rehv rief nie zurück, klärte die Anrufer nie mit einer SMS über ihren Irrtum auf. Sie würden es schon merken, wenn sich ihr Wunschgesprächspartner nicht zurückmeldete.

Er schloss die Augen, lehnte sich zurück und warf die Spritze auf die Aufstellungen. Es war ihm so egal, ob das Medikament wirkte.

Allein in seiner Höhle, in der Stille, nachdem alle gegangen waren und bevor die Putzmannschaft anrückte, war es ihm einfach egal, ob sich seine flächige Wahrnehmung wieder zur Dreidimensionalität wandelte. War es ihm egal, ob er das volle Farbenspektrum zurückerlangte. Fragte er sich nicht mit jeder verstreichenden Sekunde, ob er nun wieder »normal« wurde.

Das war neu, fiel ihm auf. Bisher hatte er nie abwarten können, bis das Dopamin wirkte.

Was hatte die Änderung hervorgerufen?

Er ließ die Frage in der Luft hängen, nahm sein Handy und griff nach dem Stock. Mit einem Stöhnen stand er vorsichtig auf und ging in sein privates Schlafzimmer. Das taube Gefühl kehrte zügig in seine Füße und Beine zurück, schneller als auf der Fahrt von Connecticut, doch das war nicht verwunderlich. Je weniger der *Symphath* in ihm gereizt wurde, desto besser wirkte das Medikament. Und hey, echt seltsam, die Aufforderung, den König umzulegen, hatte ihn echt angemacht.

Allein hier zu sitzen dagegen nicht.

Die Alarmanlage im Büro lief bereits, und jetzt stellte Rehv eine zweite für seine Privaträume an, dann schloss er sich in das fensterlose Schlafzimmer ein, in dem er manchmal übernachtete. Das Bad schloss sich am hinteren Ende an. Rehv warf den Zobel aufs Bett, bevor er hineinging und die Dusche aufdrehte. Als er hin und her ging, breitete sich Kälte bis in die Knochen in ihm aus, von innen nach außen, als hätte er sich flüssigen Stickstoff injiziert.

Das war das Schlimmste. Er hasste dieses permanente Frieren. Scheiße, Mann, vielleicht sollte er sich einfach gehen lassen. Schließlich war er allein.

Ja, aber wenn er zu lange pausierte, war der Wiedereinstieg ganz schön holprig.

Hinter der Glastür quoll Dampf hervor, und Rehv zog sich aus. Anzug, Krawatte und Hemd legte er auf den Marmorwaschtisch. Dann trat er unter die Brause, zitternd und mit klappernden Zähnen.

Einen Moment lang ließ er sich gegen die Marmorrückwand fallen und hielt sich in der Mitte der vier Duschköpfe. Während heißes Wasser, das er nicht fühlen konnte, an seiner Brust und seinem Bauch herabrann, versuchte er nicht daran zu denken, was ihm in der nächsten Nacht bevorstand, und scheiterte kläglich.

Oh Gott … würde er das wirklich noch einmal durchstehen? Dort hoch zu fahren und sich dieser Kreatur anzubieten?

Doch die Alternative war, dass sie dem Rat seine *Symphathen*-Natur meldete und man ihn in die Kolonie deportierte.

Eine klare Wahl.

Ach Scheiße, es war keine Wahl. Bella wusste nichts von seinem Geheimnis, und es würde sie umbringen, von der Familienlüge zu erfahren. Und sie wäre nicht das einzige Opfer. Seine Mutter würde zusammenbrechen. Xhex würde buchstäblich rot sehen, zu seiner Rettung herbeieilen und dabei umkommen. Das Gleiche galt für Trez und iAm.

Das ganze Kartenhaus würde in sich zusammenfallen.

Wie unter Zwang griff er nach der hellgoldenen Seife auf dem Keramikhalter und produzierte einen Berg von Schaum zwischen seinen Händen. Die Seife, die er verwandte, war kein erlesenes Kosmetikprodukt. Es war billiges Discounterzeug und desinfizierte die Haut wie Sandpapier.

Seine Huren verwendeten diese Seife ebenfalls. Auf ihren Wunsch hin stattete Rehv ihre Duschen damit aus.

Dreimal war seine Regel. Dreimal seifte er Arme, Beine, Brust und Bauch ein, Nacken und Schultern. Dreimal griff er zwischen seine Schenkel und wusch Schwanz und Sack. Es war ein unsinniges Ritual, aber so war das nun mal mit Zwängen. Er hätte drei Dutzend Seifenstücke benutzen können und sich immer noch schmutzig gefühlt.

Witzig, seine Mädchen waren immer überrascht über die

Behandlung, die er ihnen angedeihen ließ. Neuanfängerinnen erwarteten immer, auch Rehv befriedigen zu müssen, und alle waren auf Schläge eingestellt. Stattdessen bekamen sie ihr eigenes Umkleidezimmer mit Dusche, feste Stunden, Sicherheitsleute, die sie niemals anrührten, und dieses Ding, das sich Respekt nennt – das hieß, sie wählten ihre Freier selbst aus, und wenn ihnen die Mistkerle, die für die Vorzüge ihrer Gesellschaft zahlten, auch nur ein Haar krümmten, brauchten sie es nur zu sagen, und der Kandidat steckte bis zum Hals in der Scheiße.

Nicht nur eine hatte irgendwann an sein Büro geklopft. Es passierte normalerweise einen Monat nach ihrer Einstellung, und was sie sagten, war immer das Gleiche, vorgebracht mit einer Verwirrung, die ihm das Herz gebrochen hätte, wäre er normal gewesen:

Danke.

Er war kein Freund von Umarmungen, aber er hatte sie dennoch umarmt und kurz gehalten. Keine von ihnen wusste, dass es nicht an seiner Großherzigkeit lag. Es lag daran, dass er zu ihnen gehörte. Das unbarmherzige Leben hatte sie in eine Lage gebracht, in die sie nicht hatten kommen wollen, namentlich die Horizontale für Leute, mit denen sie nicht schlafen wollten. Ok, es gab auch solche, denen der Job nicht viel ausmachte, aber wie jeder andere hatten sie nicht immer Lust auf die Arbeit. Und Gott wusste, dass die Freier immer auftauchten.

Genau wie seine Erpresserin.

Aus der Dusche zu kommen, war die reinste Hölle, und Rehv zögerte es so lange er konnte hinaus. Er ließ das Wasser über sich strömen und konnte sich einfach nicht entscheiden, aufzuhören. Während er mit sich rang, hörte er das Wasser auf den Marmor plätschern und im Messingabfluss verschwinden, doch sein betäubter Körper spürte nichts außer einer leichten Erwärmung seines inneren Alaskas. Als das heiße Wasser aus war, merkte er es daran, dass sein Zittern schlimmer wurde und sich seine Nagelbetten von Blassgrau zu Dunkelblau verfärbten.

Er trocknete sich auf dem Weg zum Bett ab und schlüpfte so schnell er konnte unter die Nerzdecke.

Gerade, als er sich die Decke bis zum Hals hinaufzog, piepste sein Handy. Noch eine Nachricht auf der Mailbox.

Auf seinem Handy ging es zu wie am Hauptbahnhof.

Er überprüfte die verpassten Anrufe und stellte fest, dass der letzte von seiner Mutter stammte. Hastig setzte er sich auf, obwohl dadurch seine Brust entblößt wurde. Seine Mutter rief sonst nie an. Sie war eine Dame und wollte ihn nicht »bei der Arbeit stören«.

Er drückte ein paar Tasten, gab sein Passwort ein und machte sich bereit, die erste Nachricht zu löschen, bei der sich jemand verwählt haben musste.

»*Ihr Anruf von 518 bla, bla, bla ...*« Er übersprang die Nummernansage und sein Finger bewegte sich schon auf die Löschtaste zu, als eine Frauenstimme sagte: »Hallo, ich –«

Diese Stimme ... diese Stimme war ... *Ehlena?*

»Scheiße!«

Doch die Mailbox war unerbittlich und kümmerte sich einen Dreck darum, dass eine Nachricht von Ehlena das Letzte war, was er löschen wollte. Während er noch fluchte, lief die Ansage weiter, bis er die sanfte Stimme seiner Mutter in der Alten Sprache hörte.

»*Sei gegrüßt, geliebter Sohn, ich hoffe, es geht dir gut. Bitte entschuldige die Störung, aber ich wollte fragen, ob du in den nächsten Tagen bei uns vorbeischauen könntest? Ich möchte dich in einer gewissen Angelegenheit sprechen. Ich liebe dich. Auf bald, mein Erstgeborener.*«

Rehv runzelte die Stirn. Die Worte waren so förmlich und

gewählt wie die in ihren handschriftlichen Briefen, doch die Bitte war ungewöhnlich, und das verlieh der Sache Dringlichkeit. Nur dass ihm die Hände gebunden waren. Am nächsten Abend hatte er sein *Date*, also ging es erst in der Nacht darauf, wenn er denn dann schon wieder auf den Beinen war.

Er rief im Haus an und sagte einer ihrer *Doggen*, dass er Mittwochabend kommen würde, sobald die Sonne unterging.

»Sire, wenn mir die Bemerkung gestattet ist«, sagte das Dienstmädchen. »Ich bin froh, dass Ihr kommt.«

»Was ist denn los?« Als eine lange Pause am anderen Ende entstand, wurde ihm noch kälter. »Nun sag schon.«

»Sie ist ...« Die Stimme am anderen Ende klang erstickt. »Sie ist bezaubernd wie immer, aber wir sind alle froh, dass Ihr kommt. Bitte entschuldigt mich, ich werde Eure Nachricht ausrichten.«

Damit war die Leitung tot. In seinem Hinterkopf meldete sich eine Ahnung, doch diesen Gedanken ließ er nicht zu. Er konnte einfach nicht zu ihr. Ausgeschlossen.

Außerdem war vielleicht auch gar nichts. Verfolgungswahn gehörte zu den Nebenwirkungen von zu viel Dopamin, und der Himmel wusste, dass er mehr als genug davon nahm. Sobald er konnte, würde er sie in ihrem sicheren Haus besuchen, und es würde ihr gutgehen – Moment, die Wintersonnenwende. Das musste es sein. Sicher wollte sie die Festlichkeiten planen, zu denen Bella mit Z und der Kleinen kommen würde. Es wäre Nallas erstes Wintersonnwend-Ritual, und Rehvs Mutter nahm diese Dinge sehr ernst. Sie mochte zwar auf dieser Seite leben, doch sie pflegte die Traditionen der Auserwählten mit größter Sorgfalt.

Das musste es sein.

Erleichtert übernahm er Ehlenas Nummer ins Telefonbuch und rief zurück.

Sein einziger Gedanke außer *geh dran, geh dran, geh dran* während es klingelte war, dass er wirklich hoffte, dass es ihr gutging. So ein Unsinn. Als ob sie ihn jemals anrufen würde, weil sie in der Patsche steckte.

Aber warum hatte sie –

»Hallo?«

Ihre Stimme in seinem Ohr bewirkte, was die heiße Dusche, die Nerzdecke und eine Raumtemperatur von 27 Grad nicht vermochten. Wärme breitete sich in seiner Brust aus, drängte Taubheit und Kälte zurück und erfüllte ihn mit … Leben.

Er löschte die Lichter, um sich ganz auf das Einzige zu konzentrieren, was er von ihr hatte.

»Rehvenge?«, fragte sie nach einem Moment.

Er ließ sich in die Kissen sinken und lächelte in die Dunkelheit. »Hi.«

12

»Du hast Blut auf dem Hemd ... und – oh Gott – dein Hosenbein. Wrath, was ist passiert?«

Wrath stand in seinem Arbeitszimmer im Wohnhaus der Bruderschaft vor seiner geliebten *Shellan* und zog sich die Lederjacke enger um die Brust. Nur gut, dass er sich wenigstens das *Lesser*-Blut von den Händen gewaschen hatte.

Beths Stimme wurde tiefer. »Wie viel davon ist deins?«

Sie war schön, wie sie es immer für ihn gewesen war, die eine Frau, die er wollte, die einzige Gefährtin für ihn. In ihren Jeans und dem schwarzen Rollkragenpulli, mit dem dunklen Haar, das ihre Schultern umschmeichelte, war sie das attraktivste Wesen, das er je gesehen hatte. Noch immer.

»Wrath.«

»Nicht alles davon.« Die Schulterverletzung hatte bestimmt in sein Achselshirt gesuppt, aber er hatte den Zivilisten auf den Armen getragen, also hatte sich das Blut des Vampirs sicher mit seinem vermischt.

Unfähig, still zu stehen, schritt er im Arbeitszimmer umher, vom Schreibtisch zum Fenster und wieder zurück. Der Teppich, über den seine Treter gingen, war blau, grau und cremefarben, ein Aubusson, farblich abgestimmt auf die taubenblauen Wände, und mit seinem geschwungenen Muster passend zu den zarten Louis-XIV-Möbeln und den Stuckverzierungen.

Er hatte nie einen Blick für das Dekor gehabt. Und das war auch jetzt nicht anders.

»Wrath ... wie ist es dorthin gekommen?« Ihr harter Ton verriet ihm, dass sie die Antwort kannte, aber dennoch hoffte, es könnte eine andere Erklärung geben.

Er nahm seinen Mut zusammen und wandte sich dem geliebten Gesicht zu. »Ich kämpfe wieder.«

»Du tust was?«

»Ich kämpfe.«

Als Beth verstummte, war er froh über die geschlossene Tür des Arbeitszimmers. Er sah, wie sie im Kopf eins und eins zusammenaddierte und wusste, dass sie auf ein unangenehmes Ergebnis kommen würde: Sie dachte an all die »Nächte oben im Norden« mit Phury und den Auserwählten. All die Male, die er langärmlige, Verletzungen verbergende Hemden im Bett getragen hatte, weil ihm »kalt gewesen« war. All die Ausflüchte von wegen »das Humpeln kommt vom vielen Training.«

»Du kämpfst.« Sie stieß die Hände in die Taschen ihrer Jeans und obwohl er kaum etwas sah, wusste er, dass ihr schwarzer Rollkragen perfekt zu ihrem durchdringenden Blick passte. »Nur, um dich richtig zu verstehen: Heißt das, du wirst in Zukunft kämpfen, oder du hast schon damit *angefangen?*«

Die Frage war rhetorisch, aber offensichtlich wollte sie, dass er ihr die volle Wahrheit gestand. »Habe schon angefangen. Vor ein paar Monaten.«

Wut und Schmerz strömten von ihr aus und rollten auf ihn zu. Für ihn roch es wie verkohltes Holz und schwelendes Plastik.

»Sieh mal, Beth, ich muss –«

»Du *musst* ehrlich zu mir sein«, fuhr sie ihn an. »*Das* musst du tun.«

»Ich hatte nicht vor, länger als ein, zwei Monate zu kämpfen –«

»Ein, zwei Monate! Wie lang zur Hölle –«

Als er es ihr sagte, wurde sie wieder schweigsam. Dann: »Seit August? August.«

Er wünschte, sie würde ihrem Ärger Luft machen. Ihn anschreien. Ihn einen Wichser nennen. »Es tut mir leid, ich ... Scheiße, es tut mir wirklich leid.«

Sie schwieg weiter, und der Geruch ihrer Gefühle verflog, wurde von der warmen Luft verweht, die durch die Lüftungsschächte in den Raum geblasen wurde. Draußen im Flur saugte ein *Doggen*, und man hörte das Auf und Ab der Teppichbürste. Während Beth schwieg, konzentrierte sich Wrath auf dieses normale, alltägliche Geräusch – ein Geräusch, wie man es ständig hörte, ohne es wahrzunehmen, weil man gerade mit Papierkram beschäftigt war oder von Hunger abgelenkt wurde oder sich nicht entscheiden konnte, ob man nun im Trainingszentrum oder vor der Glotze abschalten sollte. Es war ein Geräusch, das Sicherheit vermittelte.

Und an diesem verheerenden Tiefpunkt seiner Partnerschaft klammerte er sich mit dem Griff eines Ertrinkenden an das einlullende Brummen des Staubsaugers und fragte sich, ob er wohl jemals wieder in die glückliche Lage käme, es überhören zu können.

»Ich hätte nie geglaubt ...« Sie räusperte sich noch einmal. »Ich hätte nie geglaubt, dass es etwas gibt, worüber du mit mir nicht reden kannst. Ich bin immer davon ausgegangen, du würdest mir ... alles erzählen, was du kannst.«

Als sie verstummte, drang ihm eisige Kälte bis ins Mark. Sie redete nun mit der Stimme, die Anrufern vorbehalten war, die sich verwählt hatten: Wie mit einem Fremden, ohne Wärme oder sonderliches Interesse.

»Beth, schau, ich muss da raus. Ich muss –«

Sie schüttelte den Kopf und brachte ihn mit erhobener Hand zum Schweigen. »Hier geht es nicht darum, ob du kämpfst.«

Beth sah ihn an. Dann wandte sie sich ab und ging auf die Flügeltür zu.

»*Beth.*« War dieses erstickte Krächzen etwa seine Stimme?

»Nein, lass mich in Frieden. Ich brauche etwas Abstand.«

»Beth, hör zu, wir sind nicht genug Kämpfer –«

»Es geht nicht um die Kämpfe!« Sie wirbelte herum und funkelte ihn an. »Du hast mich angelogen. *Angelogen.* Und nicht nur einmal, sondern vier ganze Monate lang.«

Wrath wollte etwas einwenden, sich verteidigen, erklären, dass er die Zeit vergessen hatte, dass diese 120 Tage wie im Sturm verflogen waren, dass er nur immer an den nächsten Schritt gedacht, versuchte hatte, die Vampire am Leben zu halten, versucht hatte, die *Lesser* zurückzudrängen. Er hatte nicht vorgehabt, dass es so lange dauerte. Er hatte nicht geplant, sie so lange zu betrügen.

»Beantworte mir nur eine Frage«, sagte sie. »Eine Frage. Und sag mir die Wahrheit, sonst, so wahr mir Gott helfe ...« Sie schlug die Hand vor den Mund und unterdrückte ein leises Schluchzen. »Ganz ehrlich, Wrath ... hattest du vorgehabt aufzuhören? Tief in deinem Herzen, hattest du da wirklich vor –«

Er schluckte, als sie verstummte.

Wrath holte tief Luft. Er war schon oft verwundet worden

in seinem Leben. Doch nichts, kein Schmerz, den man ihm zugefügt hatte, hatte auch nur ansatzweise so wehgetan, wie ihr auf diese Frage zu antworten.

»Nein.« Er holte erneut Luft. »Nein, ich glaube nicht … dass ich aufhören wollte.«

»Wer hat heute Nacht mit dir geredet? Wer hat dich dazu gebracht, es mir zu sagen?«

»Vishous.«

»Ich hätte es wissen sollen. Er ist vielleicht der Einzige außer Tohr, der fähig ist, dich zu …« Beth schlang die Arme um sich, und Wrath hätte seine Dolchhand gegeben, hätte er sie jetzt in den Arm nehmen können. »Dass du da draußen bist und kämpfst, jagt mir eine Höllenangst ein, aber du vergisst eines … als ich mich mit dir vereint habe, wusste ich nicht, dass der König nicht kämpft. Ich war bereit, trotz der Angst zu dir zu stehen … weil der Kampf in diesem Krieg in deiner Natur und in deinem Blut liegt. Du Dummkopf –« Ihre Stimme versagte. »Du Dummkopf, ich hätte dich gelassen. Doch stattdessen –«

»Beth –«

Sie schnitt ihm das Wort ab: »Erinnerst du dich an die Nacht zu Anfang des Sommers, als du fortgingst? Als du eingesprungen bist, um Z zu retten und dann in der Stadt geblieben bist und mit den anderen gekämpft hast?«

Aber natürlich erinnerte er sich. Als er heimkam, hatte er sie die Treppe raufgejagt, und sie hatten sich im Wohnzimmer geliebt. Immer wieder. Die Stofffetzen, die er ihr von den Hüften gerissen hatte, bewahrte er als Andenken auf.

Himmel … jetzt, wo er daran dachte … das war das letzte Mal gewesen, dass sie zusammen gewesen waren.

»Du hast mir gesagt, es wäre nur diese eine Nacht«, sagte sie. »Eine Nacht. Nicht mehr. Du hast es geschworen, und ich habe dir geglaubt.«

»Scheiße ... es tut mir leid.«

»Vier Monate.« Sie schüttelte den Kopf und ihr prächtiges Haar wallte um ihre Schultern und fing das Licht auf eine Weise ein, dass selbst seine erbärmlichen Augen den Glanz bemerkten. »Weißt du, was mich am meisten schmerzt? Dass die Brüder es wussten und ich nicht. Ich habe diese Geheimgesellschaft immer akzeptiert, verstanden, dass es Dinge gibt, von denen ich nichts wissen darf –«

»Sie wussten es nicht.« Okay, Butch hatte es gewusst, aber es gab keinen Grund, ihn vor den Bus zu stoßen. »V hat es erst heute Nacht herausgefunden.«

Sie schwankte und suchte Halt an den blassblauen Wänden. »Du warst *alleine* unterwegs?«

»Ja.« Er streckte die Hand nach ihrem Arm aus, aber sie riss ihn weg. »Beth –«

Sie zog die Tür auf. »*Fass mich nicht an.*«

Das Ding fiel hinter ihr zu.

Voller Wut auf sich selbst wirbelte Wrath zu seinem Schreibtisch herum. Als er die Papierberge sah, all die Anfragen, Beschwerden, Probleme, war es, als hätte ihm jemand Starterkabel an die Schulterblätter geklemmt und eine Stromladung durch ihn hindurchgeschickt. Er schoss nach vorne und fegte mit dem Arm über den Tisch, so dass der ganze Scheiß durch die Luft segelte.

Während Zettel hinabschwebten wie Schnee, nahm er die Panoramasonnenbrille ab und rieb sich die Augen. Ein stechender Schmerz fuhr in seine Stirn. Mit stockendem Atem stolperte er herum, ertastete seinen Stuhl und ließ sich auf das verdammte Ding plumpsen. Mit einem erschöpften Schnauben ließ er den Kopf zurückfallen. Diese stressbedingten Kopfschmerzen befielen ihn in letzter Zeit fast täglich und gaben ihm den Rest. Sie schwelten wie eine Grippe in ihm, die einfach nicht weggehen wollte.

Beth. Seine Beth.

Als es klopfte, fluchte er deftig.

Es klopfte erneut.

»Was?«, blaffte er.

Rhage steckte den Kopf zur Tür hinein und erstarrte. »Ah ...«

»Was?«

»Na ja ... nach dem Türknallen – und, wow, der Sturmbö, die hier offensichtlich durchgefegt ist – wollte ich fragen, ob du uns trotzdem sehen willst.«

Oh Gott ... wie sollte er noch so eine Unterhaltung überstehen?

Andrerseits hätte er sich das vielleicht überlegen sollen, bevor er anfing, seine engsten Freunde zu belügen.

»Mein Herr?« Rhages Tonfall wurde weich. »Möchtest du die Bruderschaft sehen?«

Nein. »Ja.«

»Sollen wir Phury über Telefon zuschalten?«

»Ja. Hör zu, ich will nicht, dass die Jungs an diesem Treffen teilnehmen. Blay, John und Qhuinn sind nicht eingeladen.«

»Verstehe. He, kann ich dir beim Aufräumen helfen?«

Wrath blickte auf die verstreuten Blätter auf dem Teppich. »Das mach ich schon.«

Hollywood bewies einen Funken Verstand, indem er sich nicht noch einmal anbot und auf ein *Bist du sicher* verzichtete. Er duckte sich einfach nur und schloss die Tür hinter sich.

In der hinteren Ecke des Raums schlug die Standuhr. Noch so ein vertrautes Geräusch, das Wrath gewöhnlich überhörte, doch jetzt, allein in seinem Arbeitszimmer, klang der Ton, als würde er über Konzertlautsprecher übertragen.

Wrath ließ die Hände auf die zierlichen Armlehnen des Stuhls fallen, die darunter zwergenhaft aussahen. Das Möbelstück war eher für Frauen gedacht, die am Ende einer Nacht die Strümpfe abstreiften.

Es war kein Thron. Deshalb hatte Wrath ihn gewählt.

Es gab viele Gründe, warum er die Krone nicht hatte annehmen wollen. König zu sein war sein Geburtsrecht, aber er verspürte keine Neigung zum Regieren und hatte das Amt in den letzten dreihundert Jahren abgelehnt. Doch dann war Beth gekommen und hatte alles verändert. Schließlich war er zur Jungfrau der Schrift gegangen.

Das war nun zwei Jahre her. Zwei Frühlinge und zwei Sommer, zwei Herbste und zwei Winter.

Er hatte große Pläne gehabt, damals, am Anfang. Große, wundervolle Pläne, wie er die Bruderschaft zusammenführen und unter einem Dach vereinen konnte, die Kräfte bündeln, sich gegen die Gesellschaft der Lesser auflehnen. Siegen.

Retten.

Zurückerobern.

Stattdessen war die *Glymera* hingeschlachtet worden. Weitere Zivilisten waren gestorben. Und es gab noch weniger Brüder.

Sie hatten keine Fortschritte erzielt. Sie hatten Land verloren.

Wieder steckte Rhage den Kopf zur Tür herein. »Wir sind immer noch hier draußen.«

»Verdammt, ich habe doch gesagt, ich brauche etwas –«

Die Standuhr schlug erneut, und als Wrath die Schläge zählte, erkannte er, dass er eine Stunde lang vor sich hin gestarrt hatte.

Er rieb sich die brennenden Augen. »Gebt mir noch eine Minute.«

»Solange du brauchst, mein Herr. Lass dir Zeit.«

13

Als sie Rehvenges »Hi« hörte, setzte sich Ehlena im Bett auf und unterdrückte ein *Ach du Scheiße* ... Dabei sollte sie nicht überrascht sein. Schließlich hatte sie ihn angerufen und so reagierten Leute eben auf Anrufe ... sie riefen zurück. Was für ein Weltwunder.

»Hallo«, sagte sie.

»Ich bin vorher nur nicht drangegangen, weil ich deine Nummer nicht kannte.«

Mann, seine Stimme war sexy. Tief. Klangvoll. So, wie eine Männerstimme sein sollte.

Und warum hatte ich gleich nochmal bei ihm angerufen?, dachte sie in dem Schweigen, das folgte.

Ach ja, richtig. »Ich wollte noch einmal wegen Ihres Besuches in der Klinik nachhaken. Als ich Ihre Krankenakte einordnete, fiel mir auf, dass Sie nichts für Ihren Arm bekommen haben.«

»Ah.«

Die Pause, die folgte, konnte sie nicht deuten. Vielleicht

war er verärgert über die Störung. »Ich wollte mich nur vergewissern, dass es Ihnen gutgeht.«

»Machst du das bei vielen Patienten?«

»Ja«, log sie.

»Weiß Havers, dass du seine Arbeit überprüfst?«

»Hat er sich die Vene überhaupt angesehen?«

Rehvenges Lachen war leise. »Es wäre mir lieber, du hättest aus einem anderen Grund angerufen.«

»Ich verstehe nicht«, antwortete sie spitz.

»Was? Dass jemand außerhalb der Arbeit mit dir zu tun haben möchte? Du bist nicht blind. Du hast dich schon einmal im Spiegel gesehen. Und du weißt, dass du intelligent bist, also bietest du weit mehr als nur eine hübsche Fassade.«

Was sie betraf, sprach er eine fremde Sprache. »Ich verstehe nicht, warum Sie nicht auf sich achtgeben.«

»Hmmm.« Er lachte leise, und sie spürte das Schnurren so deutlich, wie sie es hörte. »Oh ... vielleicht ist das ein Vorwand, um dich wiederzusehen.«

»Hören Sie, der einzige Grund, warum ich angerufen habe, war –«

»Dass du eine Ausrede gesucht hast. Du bist mir im Behandlungszimmer über den Mund gefahren, dabei wolltest du eigentlich mit mir reden. Also hast du wegen meines Armes angerufen, um mich an den Hörer zu bekommen. Und jetzt hast du mich.« Die Stimme sank um eine weitere Oktave. »Darf ich mir aussuchen, was du mit mir machst?«

Sie schwieg, bis er fragte: »Hallo?«

»Sind Sie fertig? Oder wollen Sie noch ein bisschen länger über meine Motive spekulieren?«

Einen Moment lang war es still, dann brach er in ein Baritonlachen aus. »Ich wusste, dass es mehr als einen Grund gibt, warum ich dich mag.«

Sie weigerte sich, geschmeichelt zu sein. Und war es

doch. »Ich rufe wegen Ihres Armes an. Ende. Ich habe mit der Pflegerin meines Vaters geredet, und wir unterhielten uns über ...«

Sie verstummte, als sie bemerkte, was sie gerade preisgegeben hatte. Ihr war, als wäre sie über eine lose Konversations-Teppichecke gestolpert.

»Sprich weiter«, sagte er ernst. »Bitte. Und hör endlich auf, mich zu siezen.«

»Ehlena? Ehlena ...
Bist du noch da, Ehlena?«

Später, viel später, würde sie darüber nachsinnen, was diese vier Worte für ein Abgrund waren. *Bist du da, Ehlena?*

Und tatsächlich war es der Anfang von allem, was folgte, der Beginn einer schmerzlichen Reise, verkleidet als schlichte Frage.

Sie war froh, dass sie nicht wusste, wohin die Reise sie führen würde. Denn manchmal musste man durch die Hölle gehen, weil man zu tief drin steckte, um sich herauszuziehen.

Während Rehv auf eine Antwort wartete, schloss sich seine Faust so fest um das Handy, dass eine der Tasten einen erschrockenen *Mach dich locker*-Piepser ausstieß.

Der elektronische Hilferuf brach den Bann.

»Entschuldigung«, murmelte er.

»Ist schon in Ordnung. Ich, äh ...«

»Was wolltest du sagen?«

Er erwartete nicht, dass sie antwortete, aber dann ... tat sie es doch. »Die Pflegerin meines Vaters und ich unterhielten uns über einen Schnitt, der sich entzünden könnte, und da musste ich an deinen Arm denken.«

»Dein Vater ist krank?«

»Ja.«

Rehv wartete darauf, dass sie weitersprach. Er überlegte,

ob er sie mit einer weiteren Nachfrage zum Verstummen brächte – doch sie löste das Problem.

»Ein paar seiner Medikamente machen ihn fahrig, deshalb stößt er manchmal gegen Möbel und weiß nicht immer, dass er sich verletzt hat. Es ist eine heikle Situation.«

»Das tut mir leid. Es muss schwer für dich sein, dich um ihn zu kümmern.«

»Ich bin Krankenschwester.«

»Und Tochter.«

»Also war es beruflich. Der Grund meines Anrufs.«

Rehv lächelte. »Ich möchte dich etwas fragen.«

»Ich zuerst. Warum willst du deinen Arm nicht behandeln lassen? Und erzähl mir nicht, Havers hätte diese Entzündung gesehen. Wäre das so, hätte er dir ein Antibiotikum verschrieben. Und hättest du die Behandlung abgelehnt, wäre in der Akte erschienen, dass du gegen ärztlichen Rat handelst. So eine Entzündung lässt sich mit ein paar Tabletten behandeln, und dass du kein Medizin-Muffel bist, weiß ich. Du nimmst eine höllische Menge Dopamin.«

»Wenn du dich um meinen Arm gesorgt hast, warum hast du mir das nicht in der Klinik gesagt?«

»Das habe ich, erinnerst du dich?«

»Nicht auf diese Weise.« Rehv lächelte in die Dunkelheit und strich mit der Hand über die Nerzdecke. Er spürte sie nicht, stellte sich aber vor, dass der Pelz so weich war wie ihr Haar. »Ich glaube immer noch, dass du einen Vorwand gesucht hast, um mich anzurufen.«

Als sie schwieg, fürchtete er, sie könne aufgelegt haben.

Er setzte sich auf, als könnte sie das davon abhalten, die rote Taste zu drücken. »Ich sage nur … ach Scheiße, ich will nur sagen, ich bin froh, dass du angerufen hast. Egal aus welchem Grund.«

»Ich habe in der Klinik nichts mehr gesagt, weil du weg

warst, bevor ich Havers Daten in den Computer eingegeben habe. Erst da habe ich es bemerkt.«

Er kaufte ihr immer noch nicht ab, dass der Anruf rein beruflich war. Sie hätte es ihm mailen können. Sie hätte den Arzt informieren können. Sie hätte das Problem einer Schwester der Tagesschicht aufhalsen können.

»Dann besteht also keine Möglichkeit, dass du ein schlechtes Gewissen hast, weil du mich so rüde abgewiesen hast?«

Sie räusperte sich. »Das tut mir leid.«

»Nun, ich vergebe dir. Absolut. Vollkommen. Du sahst aus, als hättest du keine gute Nacht.«

Ihr Seufzer bestätigte ihn. »Ja, es war nicht meine beste.«

»Warum?«

Eine weitere lange Pause. »Du bist viel angenehmer am Telefon, weißt du das?«

Er lachte. »In welcher Hinsicht?«

»Konversation. Eigentlich … kann man ganz gut mit dir reden.«

»Ich bin okay im Privatgespräch.«

Auf einmal verzog er das Gesicht und dachte an den Buchmacher, den er im Büro hatte singen lassen. Verdammt, dieser arme Bastard war nur einer von unzähligen Drogendealern, Wettspielern, Bartendern und Zuhältern, die er im Laufe der Jahre zum Reden gebracht hatte. Für ihn hatte stets der Grundsatz gegolten, dass die Beichte die Seele erleichtert, insbesondere, wenn es um Kanalratten ging, die glaubten, ihn bescheißen zu können. Mit seinem Führungsstil sandte er außerdem ein wichtiges Signal in einem Geschäft aus, in dem jede Schwäche den Tod bedeuten konnte: Illegale Geschäfte verlangten eine starke Hand, und Rehv hatte immer geglaubt, dass dies eben die Wirklichkeit war, in der er lebte.

Doch in diesem stillen Moment, als Ehlena so nahe war,

hatte er das Gefühl, sich für seine Geschäfte entschuldigen zu müssen.

»Und warum war gestern keine gute Nacht?«, fragte er, um seiner inneren Stimme den Mund zu stopfen.

»Mein Vater. Und dann ... na ja, ich wurde versetzt.«

Rehv kräuselte so stark die Stirn, dass es leicht zwischen seinen Augen stach. »Von einem Date?«

»Ja.«

Die Vorstellung, dass sie mit einem anderen Vampir ausging, war ihm ein Graus. Und doch beneidete er den Bastard, wer immer er war. »Was für ein Trottel. Tut mir leid, aber was für ein Trottel.«

Ehlena lachte, und ihm gefiel einfach alles an dem Klang, insbesondere die Art, wie ihm dabei sofort noch etwas wärmer wurde. Zur Hölle mit der heißen Dusche. Dieses leise Glucksen war alles, was er brauchte.

»Lächelst du?«, fragte er leise.

»Ja. Woher weißt du das?«

»Ich hatte es nur gehofft.«

»Du kannst wirklich ganz charmant sein.« Dann wechselte sie schnell das Thema, als wollte sie von dem Kompliment ablenken: »Das Date war keine große Sache. Ich kannte ihn kaum. Wir wollten nur zusammen einen Kaffee trinken.«

»Und jetzt beendest du die Nacht mit mir am Telefon. Was so viel besser ist.«

Sie lachte wieder. »Nun, ich werde nie erfahren, wie es ist, etwas mit ihm zu unternehmen.«

»Nein?«

»Ich ... äh ... habe nachgedacht und ich glaube, ich sollte im Moment nichts anfangen.« Sein Triumph wurde geschmälert, als sie hinzufügte: »Mit niemandem.«

»Hm.«

»Hm. Was bedeutet *hm?*«

»Es bedeutet, ich habe deine Telefonnummer.«

»Ach ja, die hast du –« Ihre Stimme stockte, als er sich anders hinsetzte. »Moment, bist du ... im Bett?«

»Ja. Und bevor du fragst: Du willst es nicht wissen.«

»Was will ich nicht wissen?«

»Was ich alles nicht anhabe.«

»Ähm ...« Als sie zögerte, wusste er, dass sie wieder lächelte. Und wahrscheinlich errötete. »Dann frage ich also nicht.«

»Klug von dir. Es sind ohnehin nur ich und die Laken – ups, habe ich mich etwa gerade verplappert?«

»Ja. Ja, das hast du.« Ihre Stimme wurde etwas tiefer, als ob sie ihn sich nackt vorstellte. Und keinen Anstoß an dem mentalen Pin-up nahm.

»Ehlena ...« Er hielt sich zurück. Seine *Symphath*-Natur verlieh ihm die Beherrschung, um etwas langsamer zu tun. Ja, Rehv wollte, dass sie nackt war wie er. Aber noch mehr wollte er, dass sie am Telefon blieb.

»Was?«, fragte sie.

»Dein Vater ... ist er schon lange krank?«

»Ich, äh ... ja, ja, ist er. Er ist schizophren. Aber er bekommt jetzt Medikamente und das hilft.«

»Ach du ... Scheiße. Das muss wirklich schwer sein. Als wäre er da und doch wieder nicht, oder?«

»Ja ... genauso fühlte es sich an.«

Er kannte dieses Gefühl. Der *Symphath* in ihm war eine ständige Präsenz, die ihn verfolgte, während er versuchte, als Normalo durchs Leben zu kommen.

»Darf ich dich fragen«, fing sie vorsichtig an, »wozu du das Dopamin brauchst? In deiner Akte stand keine Diagnose.«

»Wahrscheinlich, weil Havers mich schon so lange behandelt.«

Ehlena lachte verlegen. »Das ist es wahrscheinlich.«

Verdammt, was sollte er ihr nur sagen.

Seine *Symphathen*seite sagte, *egal, lüg einfach*. Das Problem war nur, dass sich wie aus dem Nichts eine zweite Stimme in seinem Kopf meldete, eine, die neu und leise war, aber unüberhörbar. Weil er jedoch keine Ahnung hatte, was sie zu bedeuten hatte, folgte er der alten Routine.

»Ich leide unter Parkinson. Beziehungsweise dem Pendant für Vampire.«

»Oh ... das tut mir leid. Deshalb brauchst du also auch den Stock.«

»Mein Gleichgewichtssinn ist beeinträchtigt.«

»Aber das Dopamin scheint zu wirken. Du zitterst fast gar nicht.«

Die leise Stimme in seinem Kopf verwandelte sich in einen seltsamen Schmerz in seiner Brust, und für einen Moment ließ er alle Tarnung fahren und sagte einfach die Wahrheit: »Ich weiß nicht, was ich ohne dieses Medikament machen würde.«

»Bei meinem Vater haben die Medikamente Wunder gewirkt.«

»Bist du allein für ihn verantwortlich?« Als sie *Hm-hm* machte, fragte er: »Wo ist der Rest deiner Familie?«

»Wir sind nur zu zweit.«

»Dann trägst du eine höllische Last.«

»Na ja, ich liebe ihn. Und wäre es andersrum, würde er das Gleiche für mich tun. Das tun Eltern und Kinder eben füreinander.«

»Nicht unbedingt. Offensichtlich kommst du aus einer guten Familie.« Bevor er sich bremsen konnte, fuhr er fort: »Aber deshalb bist du wahrscheinlich so einsam, oder? Du hast ein schlechtes Gewissen, wenn du ihn länger als eine Stunde alleine lässt, aber wenn du immer zu Hause bleibst, zieht das Leben an dir vorbei. Du bist gefangen und könntest manchmal schreien, aber du würdest nichts ändern.«

»Ich muss Schluss machen.«

Rehv kniff die Augen zu, der Schmerz in seiner Brust weitete sich wie ein Buschfeuer nach einer Trockenperiode über den ganzen Körper aus. Durch Willenskraft stellte er ein Licht an, als die Dunkelheit zu symbolträchtig für seine Existenz wurde.

»Es ist nur ... ich weiß, wie das ist, Ehlena. Nicht aus denselben Gründen ... aber ich kenne das, wenn man sich ausgegrenzt fühlt. Du weißt schon, wenn man allen anderen zusieht, wie sie durchs Leben gehen ... Ach verflixt, ist ja egal. Ich hoffe, du schläfst gut –«

»So fühle ich mich oft.« Ihre Stimme war jetzt sanft und er war froh, dass sie ihn verstanden hatte, auch wenn er sich so wortgewandt wie ein Metzgerlehrling ausgedrückt hatte.

Jetzt war er an der Reihe, verlegen zu werden. Er war es nicht gewöhnt, so zu reden. Und sich so zu fühlen, wie er es tat. »Hör zu, ich lass dich jetzt schlafen. Ich bin froh, dass du angerufen hast.«

»Weißt du was ... ich auch.«

»Und, Ehlena?«

»Ja?«

»Ich glaube, du hast Recht. Vielleicht solltest du im Moment wirklich nichts mit irgendjemand anfangen.«

»Wirklich?«

»Ja. Guten Tag.«

Es gab eine Pause. »Guten ... Tag. Moment –«

»Was?«

»Dein Arm. Was machst du mit deinem Arm?«

»Mach dir keine Sorgen, das wird wieder gut. Aber danke der Nachfrage. Das bedeutet mir viel.«

Rehv beendete als Erster den Anruf und legte das Handy auf die Nerzdecke. Er ließ das Licht an und schloss die Augen. Und schlief überhaupt nicht.

14

Im Haus der Bruderschaft verabschiedete sich Wrath von der Hoffnung, dass es ihm in Sachen Beth in absehbarer Zukunft besser gehen könnte. Hölle, er konnte den ganzen nächsten Monat hier auf diesem Suhl hocken und sinnieren, aber davon würde ihm nur der Hintern einschlafen.

Und in der Zwischenzeit setzten die Jungs im Flur Rost an und wurden unleidlich.

Er öffnete die Flügeltür mit seinem Willen, und seine Brüder setzten sich wie ein Mann in Bewegung. Als er durch sein blassblaues Arbeitszimmer zu den großen, markanten Gestalten an der Balustrade blickte, erkannte er sie nicht an den Gesichtern, der Kleidung oder ihrem Ausdruck, sondern am Echo jedes einzelnen in seinem Blut.

Die Zeremonien in der Gruft, die sie miteinander verbunden hatten, hallten nach, egal wie lange sie nun her waren.

»Steht da nicht so rum«, brummte er, als die Bruderschaft zurückstarrte. »Ich habe diese beschissene Tür nicht geöffnet, um hier wie ein Zootier zu sitzen.«

Die Brüder kamen mit ihren schweren Stiefeln rein – außer Rhage, der Flip-Flops trug, seine Standardausrüstung im Haus, egal zu welcher Jahreszeit. Dann nahmen sie ihre gewohnten Positionen ein, Z stand am Kamin, V und Butch ließen sich auf einer kürzlich verstärkten Couch mit Bleistiftbeinchen nieder. Rhage schlappte mit einer Serie von *Flips* und *Flops* zum Schreibtisch und drückte auf die Lautsprechertaste am Telefon. Dann tippte er auf den Tasten herum, um Phury an die Muschel zu bekommen.

Keiner kommentierte die am Boden verstreuten Unterlagen. Keiner machte Anstalten, sie aufzuheben. Es war, als wäre die Unordnung gar nicht vorhanden, und Wrath war es am liebsten so.

Als er die Tür mit seinem Willen schloss, dachte er an Tohr. Der Bruder war im Haus, nur ein paar Türen den Gang mit den Statuen hinunter, und dennoch war er in einem anderen Universum. Ihn einzuladen wäre zwecklos gewesen – oder eine Grausamkeit, wenn man bedachte, was sich in seinem Kopf abspielte.

»Hallo?«, meldete sich Phury aus dem Lautsprecher.

»Wir sind alle hier«, sagte Rhage, bevor er einen Lolli auspackte und zu einem hässlichen grünen Armsessel trottete.

Das Ungetüm gehörte Tohr. Man hatte es zum Schlafen für John Matthew hergebracht, nachdem Wellsie ermordet worden und Tohrment verschwunden war. Rhage wählte diesen Sessel, weil es für seine Gewichtsklasse die sicherste Option war, neben Sofas mit Stahlgerüst.

Als sich jeder an seinem Platz befand, wurde es still im Raum, mit Ausnahme von dem Geräusch von Hollywoods malmenden Kiefern auf dem Kirschlutscher in seinem Mund.

»Ach Himmelherrgott noch einmal«, stöhnte Rhage

schließlich an seinem Lutscher vorbei. »Jetzt sag es uns einfach. Was es auch ist. Ich schreie bald. Ist jemand tot?«

Nein, aber Wrath fühlte sich, als hätte er etwas umgebracht.

Er wandte den Blick in Richtung Rhage, dann sah er die Brüder der Reihe nach an. »Ich werde dein Partner sein, Hollywood.«

»Partner? Du meinst …« Rhage sah sich im Raum um, als wolle er sich vergewissern, dass die anderen es auch gehört hatten. »Du sprichst hier nicht von Rommé, nehme ich an.«

»Nein«, sagte Z ruhig. »Ich glaube nicht, dass er das tut.«

»Heilige Scheiße.« Rhage holte einen zweiten Lutscher aus seinem schwarzen Fleecepulli. »Ist das legal?«

»Jetzt schon«, murmelte V.

Phury meldete sich aus dem Lautsprecher. »Moment, Moment, heißt das als Ersatz für mich?«

Wrath schüttelte den Kopf, obwohl der Bruder ihn nicht sehen konnte. »Als Ersatz für eine Menge Leute, die wir verloren haben.«

Auf einmal sprudelten alle los, als hätte man eine Dose Cola geöffnet. Butch, V, Z und Rhage fingen alle gleichzeitig an zu reden, bis eine blecherne Stimme das Geplapper unterbrach:

»Dann will ich auch zurückkommen.«

Alle blickten auf das Telefon, außer Wrath, der Z beobachtete, um seine Reaktion abzuschätzen. Zsadist hatte kein Probleme damit, Wut zu zeigen. Nie. Aber Besorgnis und Verunsicherung versteckte er wie loses Geld in Gesellschaft von Räubern. Und bei den Worten seines Zwillingsbruders schaltete er auf Verteidigungsmodus, verschloss sich komplett und zeigte keinerlei Regung.

Klarer Fall, dachte Wrath. Der dickhäutige Bastard sorgte sich zu Tode.

»Hältst du das wirklich für eine gute Idee?«, fragte Wrath langsam. »Vielleicht ist Kämpfen im Moment nicht das Richtige für dich, mein Bruder.«

»Ich habe seit fast vier Monaten nicht gekifft«, verteidigte sich Phury durch den Lautsprecher. »Und ich habe nicht vor, wieder Drogen zu nehmen.«

»Stress macht so etwas nicht gerade leichter.«

»Ach, aber hier auf meinem Hintern zu sitzen, während ihr euch in die Schlacht stürzt, vielleicht?«

Großartig. Zum ersten Mal in der Geschichte würden König und Primal gemeinsam im Kampf stehen. Und warum? Weil die Bruderschaft aus dem letzten Loch pfiff.

Diesen Rekord musste man erst einmal brechen. Das war, wie Fünfzig-Meter-Bauch-oben-Schwimmen in der Verlierer-Olympiade zu gewinnen.

Himmel.

Doch dann dachte Wrath an den toten Zivilisten. War das etwa besser? Nein.

Er lehnte sich auf seinem zerbrechlichen Stuhl zurück und fasste Z scharf ins Auge.

Als würde er den Blick fühlen, stieß sich Zsadist vom Kamin ab und lief im Arbeitszimmer umher. Sie alle wussten, woran er dachte: Phury nach einer Überdosis auf dem Badezimmerboden, das Spritzbesteck noch neben ihm auf den Kacheln.

»Z?«, meldete sich Phury. »Z? Nimm den Hörer.«

Als Zsadist mit seinem Zwillingsbruder sprach, verzog sich das Gesicht mit der gezackten Narbe zu einer solchen Grimasse, dass selbst Wrath den Zorn sehen konnte. Und der Ausdruck wurde nicht besser, als er sagte: »Ah-ha. Ja. Hm-hm. Ich weiß. Okay.« Es folgte eine lange Pause. »Nein, ich bin noch dran. In Ordnung. Geht klar.«

Pause. »Schwör es mir. Beim Leben meiner Tochter.«

Einen Moment später drückte Z wieder auf den Lautsprecherknopf und legte den Hörer auf die Gabel. Dann stellte er sich wieder an den Kamin.

»Ich bin dabei«, sagte Phury.

Wrath rutschte auf dem schwuchteligen Stuhl herum und wünschte, dass so vieles anders wäre. »Weißt du, in anderen Zeiten hätte ich dir vielleicht geraten, du sollst es bleiben lassen. Jetzt sage ich nur … wann kannst du anfangen?«

»Heute Nacht. Ich lasse Cormia in der Obhut der Auserwählten, während ich im Kampf bin.«

»Wird das für deine Partnerin okay sein?«

Es gab ein Schweigen. »Sie weiß, mit wem sie sich vereint hat. Und ich werde ihr gegenüber ehrlich sein.«

Autsch.

»Jetzt habe ich eine Frage«, zischte Z. »Bezüglich dem eingetrockneten Blut auf deinem Hemd, Wrath.«

Wrath räusperte sich. »Ich bin seit einiger Zeit wieder dabei. Bei den Kämpfen.«

Die Temperatur im Raum fiel schlagartig. Z und Rhage ärgerten sich, dass sie nichts davon gewusst hatten.

Und dann fluchte Hollywood auf einmal. »Moment. Moment. Ihr zwei wusstet … ihr wusstet es vor uns, oder? Ihr zwei wirkt nämlich gar nicht überrascht.«

Butch räusperte sich, als gelte der Zorn ihm. »Er brauchte mich zum Saubermachen. Und V hat versucht, ihn umzustimmen.«

»Wann hat das angefangen, Wrath?«, presste Rhage zwischen den Zähnen hervor.

»Seit Phury nicht mehr mitkämpft.«

»Willst du mich verarschen?«

Z stapfte zu einem der Fenster, die vom Boden bis zur Decke reichten, und obwohl die Rollläden geschlossen waren,

starrte er das Ding an, als könne er in den Garten blicken.
»Nur gut, dass du dich dabei nicht umgebracht hast.«

Wrath bleckte die Fänge. »Glaubst du, ich habe verlernt zu kämpfen, nur weil ich jetzt hinter diesem Schreibtisch sitze?«

Phurys Stimme meldete sich aus dem Telefon: »Okay, Leute, macht euch locker. Jetzt wissen wir alle Bescheid, und von nun an wird es anders. Keiner kämpft allein, selbst wenn wir zu dritt gehen. Aber ich muss wissen, ob das allgemein bekanntgegeben wird? Wirst du es übermorgen beim Ratstreffen verkünden?«

Mann, auf dieses fröhliche Stelldichein freute er sich schon ganz besonders. »Ich glaube, wir behalten es erst einmal für uns.«

»Ja«, presste Z hervor. »Warum auch ehrlich sein.«

Wrath überhörte seinen Kommentar. »Aber Rehvenge werde ich einweihen. Ich weiß, dass einige Angehörige der *Glymera* wegen der Überfälle verstimmt sind. Wenn es zu viel wird, kann er sie mit dieser Sorte Wissen etwas beruhigen.«

»Sind wir hier fertig?«, fragte Rhage tonlos.

»Ja. Das war's.«

»Dann bin ich weg.«

Hollywood stapfte aus dem Zimmer, und Z folgte ihm dicht auf den Versen, zwei weitere Opfer der Bombe, die Wrath heute hatte hochgehen lassen.

»Und wie hat Beth es aufgenommen?«, erkundigte sich V.

»Was glaubst du denn?« Wrath stand auf und folgte dem Beispiel von Rhage und Z.

Zeit, zu Doc Jane zu gehen und sich zusammenflicken zu lassen, vorausgesetzt, die Wunden hatten sich nicht schon von selbst geschlossen.

Morgen musste er wieder einsatzbereit sein.

Im kalten, hellen Morgenlicht materialisierte sich Xhex hinter einer hohe Mauer in die kahlen Äste eines kräftigen Ahornbaums. Das Herrenhaus dahinter thronte in der Gartenanlage wie eine graue Perle in filigraner Fassung. Drahtige, im Winter kahle, gepflegte Bäume erhoben sich rund um das alte Steinhaus, verankerten es mit dem sanft abfallenden Rasen und hielten es auf der Erde fest.

Die schwache Dezembersonne beschien die Szenerie, so dass das nächtlich triste Anwesen nun ehrwürdig und vornehm erschien.

Ihre Sonnenbrille war fast schwarz, doch sie war das einzige Zugeständnis, das sie an ihren Vampiranteil machen musste, wenn sie tagsüber unterwegs war. Hinter den Gläsern blieb ihre Sicht scharf, und sie erkannte jeden Bewegungsmelder, jedes Sicherheitslämpchen und jedes Bleiglas-Fenster, das mit Rollläden geschützt war.

Es würde nicht einfach sein, da hineinzukommen. Die Scheiben dieser Dinger waren ohne Zweifel stahlverstärkt, was bedeutete, dass es selbst bei offenen Jalousien unmöglich war, sich hinein zu materialisieren. Und ihr *Symphath*-Anteil witterte, dass eine Menge Leute in diesem Haus verkehrten: das Küchenpersonal. Die, die oben schliefen. Die anderen, die sich umher bewegten. Es war kein glückliches Haus, das Gefühlsraster der Leute darin steckte voller dunkler, schwermütiger Emotionen.

Xhex materialisierte sich auf das Dach des Haupttrakts und schaltete die *Symphath*-Version eines *Mhis* aus. Es war kein völliges Ausradieren, sondern mehr, als würde sie zu einem Schatten unter den Schatten, die der Kamin warf, aber es reichte, um die Bewegungsmelder auszutricksen.

Als sie auf einen Lüftungsschacht zuging, stieß sie auf eine Platte aus Stahlgitter, dick wie ein Lineal, das in die metallenen Seitenwände genietet war. Das Gleiche beim Kamin. Abgedeckt mit kräftigem Stahl. Keine Überraschung. Sie hatten ausgezeichnete Sicherheitsvorkehrungen hier.

Ihre beste Möglichkeit einzudringen wäre in der Nacht, mit einer kleinen batteriebetriebenen Stichsäge an einem der Fenster. Der Dienstbotenflügel im hinteren Teil wäre ein guter Ort für den Einstieg, vorausgesetzt, das Personal war im Dienst, und dieser Teil des Hauses wäre ruhiger.

Eindringen. Zielobjekt finden. Eliminieren.

Rehvs Weisung lautete, ein Zeichen zu setzen, also brauchte sie sich keine Mühe machen, die Leiche zu verstecken oder wegzuschaffen.

Als sie über den feinen Kies ging, der das Dach bedeckte, gruben sich die Büßergurte mit jedem Schritt in das Fleisch ihrer Oberschenkel. Der Schmerz raubte ihr einen gewissen Teil der Energie und erhielt ihre Konzentration aufrecht – beides trug dazu bei, den *Symphath* in ihr in Schach zu halten.

Die stacheligen Gurte würde sie nicht tragen, wenn sie herkam, um den Auftrag auszuführen.

Xhex blieb stehen und blickte in den Himmel. Der trockene, schneidende Wind kündete von Schnee, der schon bald fallen würde. Die Eisschrankkälte des Winters kam nach Caldwell.

In ihrem Herzen herrschte sie seit Ewigkeiten.

Unter ihr, zu ihren Füßen, spürte sie wieder die Leute, las in ihren Gefühlen, ergründete sie. Xhex würde sie alle töten, wenn man es ihr auftrug. Sie würde sie ohne zu zögern abschlachten, während sie in ihren Betten lagen oder ihren Aufgaben nachgingen oder sich einen Mittagsimbiss genehmigten oder kurz zum Pinkeln aufstanden, bevor sie sich wieder hinlegten.

Die hässlichen Überreste des Ablebens, all das Blut, störten sie auch nicht, nicht mehr, als sich eine Heckler & Koch oder eine Glock um befleckte Teppiche oder verschmierte Kacheln oder leckende Arterien scherte. Etwas anderes als rot sah sie ohnehin nicht, wenn sie bei der Arbeit war, und außerdem sahen angstvoll geweitete Augen und Münder, die den letzten röchelnden Atemzug taten, nach einer Weile alle gleich aus.

Das war die große Ironie. Im Leben war jeder eine Schneeflocke von einzigartiger und schöner Form, doch wenn der Tod zupackte, blieb nichts als anonyme Haut und Muskeln und Knochen, die alle in voraussagbaren Zeiträumen abkühlten und verwesten.

Sie war die Waffe am Zeigefinger ihres Chefs. Er drückte den Abzug, sie schoss, das Opfer fiel. Und obwohl sich dadurch das Leben einiger für immer änderte, ging die Sonne für alle anderen auf dem Planeten am nächsten Tag wieder auf und unter. Auch für sie.

So sah sie ihren Job: halb Anstellung, halb Verpflichtung gegenüber Rehv, für das, was er tat, um sie beide zu beschützen.

Wenn sie abends zu diesem Haus zurückkehrte, würde sie ausführen, weswegen sie gekommen war, und mit blütenreinem Gewissen wieder gehen.

Rein und raus, und die Sache dann vergessen.

So dachte und lebte der Auftragskiller.

15

Verbündete waren die dritte Säule jeder erfolgreichen Kriegsführung. Geldmittel und Rekruten waren der taktische Motor, mit denen man den feindlichen Mächten entgegentrat, sie attackierte und in Größe und Stärke dezimierte. Verbündete waren der strategische Vorteil, Leute, deren Interessen sich mit den eigenen überschnitten, selbst wenn sich Philosophie und Absicht unterschieden. Für den Sieg waren sie genauso wichtig wie die ersten beiden Posten, aber sie waren ein bisschen schwerer zu kontrollieren.

Es sei denn, man verstand sich auf Verhandlungen.

»Wir sind schon ganz schön lange unterwegs«, bemerkte Mr D, der hinter dem Steuer des Mercedes saß, der vormals Lash totem Adoptivvater gehört hatte.

»Und es wird auch noch eine Weile dauern.« Lash blickte auf seine Uhr.

»Sie haben mir noch nicht gesagt, wohin wir fahren.«

»Nein, das habe ich nicht.«

Lash blickte aus dem Fenster der Limousine. Die Bäume,

die den Northway flankierten, sahen aus wie Bleistiftskizzen vor Einfügen der Blätter, nichts als kahle Eichen, dürrer Ahorn und nackte Birken. Das einzige Grün waren die gedrungenen Nadelbäume, die immer mehr überhandnahmen, je weiter sie in die Adirondacks vordrangen.

Grauer Himmel. Grauer Highway. Graue Bäume. Es war, als hätte sich die Landschaft des Staates New York eine Grippe eingefangen. Sie sah ungefähr so gesund aus wie jemand, der sich nicht rechtzeitig gegen Lungenentzündung hatte impfen lassen.

Es gab zwei Gründe, warum Lash seinen Stellvertreter noch nicht eingeweiht hatte, wohin die Reise ging. Der erste war reine Feigheit, und Lash konnte es sich selbst kaum eingestehen: Er war sich nicht sicher, ob er das arrangierte Treffen wirklich durchziehen würde.

Aber diese Verbündeten waren heikel, und Lash wusste, dass er in ein Hornissennest stach, indem er sich ihnen auch nur näherte. Ja, es bestand Potenzial für ein großartiges Bündnis, aber war Loyalität eine gute Eigenschaft bei einem Soldaten, so war sie bei Verbündeten absolut unerlässlich, und da, wo sie hinfuhren, war das Konzept der Loyalität so unbekannt wie das der Angst. Also war Lash in zweierlei Hinsicht am Arsch, und deshalb hielt er sich bedeckt. Sollte ihm die Sache unheimlich werden oder sein erstes Vortasten erfolglos bleiben, würde Lash das Ganze fallenlassen, und in diesem Fall musste Mr D keine Einzelheiten erfahren, mit wem sie es zu tun hatten.

Der zweite Grund für seine Verschwiegenheit war die Unsicherheit, ob die andere Partei überhaupt auftauchte. Wenn nicht, musste auch niemand erfahren, was Lash erwogen hatte.

Am Straßenrand erschien ein kleines, grünes Schild mit weiß reflektierender Aufschrift: *U. S.-Grenze 38.*

Ja, nur achtunddreißig Meilen bis zur Grenze ... das war der Grund, warum man die *Symphathen*-Kolonie hier oben angesiedelt hatte: Man war bestrebt gewesen, diese psychopathischen Monster so weit wie möglich von der zivilen Vampirbevölkerung fernzuhalten, und dieses Ziel hatte man erreicht. Noch näher an Kanada hätte man auf Französisch *Verpisst euch und verreckt endlich* zu ihnen sagen müssen.

Die Kontaktaufnahme war Lash dank dem alten Rolodex seines Adoptivvaters gelungen, das sich wie das Auto des Vampirs als äußerst nützlich erwiesen hatte. Als ehemaliger *Leahdyre* des Rats hatte Ibix die Möglichkeit gehabt, die *Symphathen* zu kontaktieren, für den Fall, dass einer unter der Allgemeinbevölkerung entdeckt wurde und deportiert werden musste. Natürlich war Diplomatie zwischen den Spezies nie möglich gewesen. Das wäre, als würde man einem Serienkiller nicht nur die Kehle präsentieren, sondern ihm auch gleich noch das Messer anbieten, um sie aufzuschlitzen.

Lashs E-Mail an den König der *Symphathen* war knapp, aber freundlich gewesen. Lash hatte sich als der zu erkennen gegeben, der er wirklich war, nicht der, als der er aufgezogen worden war: Er war Lash, Kopf der Gesellschaft der Lesser. Lash, Sohn des Omega. Und er strebte eine Allianz gegen die Vampire an, die die *Symphathen* diskriminiert und ausgestoßen hatten.

Sicherlich wollte der König die Verachtung, die man seinem Volk entgegenbrachte, rächen?

Die Antwort war so distinguiert gewesen, dass Lash fast gekotzt hätte, doch dann erinnerte er sich aus seinen Trainingstagen daran, dass *Symphathen* alles wie ein Schachspiel behandelten – bis zu dem Moment, wo sie deinen König kassierten, deine Königin zur Hure machten und deine Türme niederbrannten. In seiner Antwort hatte das Oberhaupt der Kolonie angedeutet, dass eine kollegiale Diskussion gemeinsamer Interessen willkommen wäre, und ob Lash die Freundlichkeit besäße und in den Norden kommen könnte, da die Reisemöglichkeiten des Exilkönigs naturgegeben etwas eingeschränkt waren.

Lash hatte das Auto genommen, weil auch er selbst eine Bedingung gestellt hatte, und diese war die Teilnahme von Mr D. In Wahrheit hatte er seine Forderung einzig aus dem Grund gestellt, um ein Gleichgewicht herzustellen. Sie wollten, dass er zu ihnen kam. Fein, er brachte einen seiner Männer mit. Und nachdem sich der *Lesser* nicht dematerialisieren konnte, mussten sie eben fahren.

Fünf Minuten später bog Mr D vom Highway ab und schlängelte sich durch ein Stadtzentrum von der Größe eines der sieben Stadtparks von Caldwell. Hier gab es keine Wolkenkratzer, nur drei und vierstöckige Backsteinhäuser, so dass es aussah, als hätte der harsche Winter nicht nur das Wachstum der Bäume gehemmt, sondern auch das der Architektur.

Auf Lashs Anweisung hin fuhren sie in westliche Richtung, vorbei an blattlosen Apfelgärten und eingezäunten Rinderfarmen.

Wie auf dem Highway konnte sich Lash auch hier kaum an der Landschaft sattsehen. Für ihn war es immer noch faszinierend, wie die milchige Dezembersonne Schatten auf die Bürgersteige oder Hausdächer warf. Bei seiner Wiedergeburt hatte ihm sein wahrer Vater einen neuen Lebenszweck gegeben, zusammen mit der Gabe des Tageslichts, und beides machte ihm unendlich viel Freude.

Ein paar Minuten später gab das GPS den Geist auf, die Schrift wurde wellig. Das hieß wahrscheinlich, dass sie sich der Kolonie näherten, dachte Lash, und tatsächlich trafen sie kurz darauf auf die gesuchte Straße. Ilene Avenue war nur durch ein unscheinbares Straßenschild markiert. Und von wegen Avenue, es war ein Feldweg zwischen zwei Kornfeldern.

Die Limousine gab ihr Bestes auf der unebenen Fahrbahn, die Stoßdämpfer fingen die Schlaglöcher, die durch Pfützen entstanden waren, ab, aber mit einem Geländewagen wären sie hier deutlich besser beraten gewesen. Irgendwann erschien ein dichter Wall aus Bäumen in der Ferne und das Farmhaus, um das sie sich drängten, war in tadellosem Zustand, leuchtend weiß mit dunkelgrünen Läden und einem dunkelgrünen Dach. Wie auf einer kitschigen Weihnachtskarte quoll Rauch aus zwei der vier Kamine und auf der Veranda standen Schaukelstühle und immergrüne Ziersträucher.

Als sie näher kamen, passierten sie ein dezentes grün-weißes Schild mit der Aufschrift TAOISTISCHER KLOSTERORDEN GEGR. 1982.

Mr D brachte den Mercedes zum Stehen, stellte den Motor ab und bekreuzigte sich. »Ich habe kein gutes Gefühl.«

Was so idiotisch war.

Aber der kleine Texaner hatte Recht. Trotz der offenen Haustür, dem Sonnenlicht, das auf warme Kirschholzdielen fiel, lauerte etwas Falsches hinter der heimeligen Fassade. Es war zu perfekt, zu sehr darauf ausgerichtet, den Besucher in Sicherheit zu wiegen und seinen Verteidigungsinstinkt zu schwächen.

Wie ein hübsches Mädchen mit einer Geschlechtskrankheit.

»Gehen wir«, sagte Lash.

Sie stiegen aus und während Mr D seine Magnum in die Hand nahm, sparte sich Lash die Mühe, nach seiner Waffe zu greifen. Sein Vater hatte ihm viele Tricks gezeigt, und anders als bei seinen Kontakten mit Menschen hatte er keine Probleme, seine besonderen Fähigkeiten gegenüber einem

Symphathen einzusetzen. Eine kleine Showeinlage konnte sogar dazu beitragen, ihn ins richtige Licht zu rücken.

Mr D schob seinen Cowboyhut zurecht. »Ich habe wirklich kein gutes Gefühl.«

Lash verengte die Augen. Spitzenvorhänge hingen vor den Fenstern, aber so chlorweiß sie auch waren, die ganze Scheiß-Inszenierung war gruselig ... Hu! Hatte sich das Zeug etwa gerade bewegt?

In diesem Moment erkannte er, dass es nicht Spitze war, die vor den Fenstern hing, sondern Spinnweben. Bevölkert mit Spinnentieren.

»Sind das ... Spinnen?«

»Ja.« Lash hätte sich selbst wahrscheinlich anders eingerichtet, aber er musste hier ja auch nicht wohnen.

Sie beide zögerten an der ersten der drei Stufen auf die Veranda. Mann, manche offenen Türen waren nicht einladend und das traf insbesondere auf diese hier zu – sie schien weniger *Hallo, wie geht es* zu sagen als *Komm rein, damit wir dir die Haut abziehen und als Superheldenkappe für einen von Hannibal Lecters Patienten verwenden können.*

Lash grinste. Wer hier auch wohnte, war regelrecht für ihn geschaffen.

»Soll ich klingeln?«, fragte Mr D. »Wenn es eine Klingel gibt.«

»Nein. Wir warten. Sie werden kommen.«

Und wie auf dieses Stichwort hin erschien jemand am anderen Ende des Hausflurs.

Was da auf sie zukam, trug genügend Gewänder an Kopf und Schultern, um gegen eine Broadwaybühne anzutreten. Der Stoff hatte ein seltsames, irisierendes Weiß, in dem sich das Licht fing und in den tiefen Falten gebrochen wurde. Gehalten wurde das Gewicht des Ganzen von einem breiten weißen Brokatgürtel.

Sehr imposant. Wenn man auf priesterliche Monarchen stand.

»Sei gegrüßt, mein Freund«, ließ sich eine tiefe, verführerische Stimme hören. »Ich bin der, den du suchst, der Führer der Verstoßenen.«

Er zog das »S« in die Länge, bis es wie ein eigenes Wort klang, und das Gesäusel war wie das warnende Rasseln einer Klapperschlange.

Ein Kribbeln überzog Lash und fuhr bis in seinen Schwanz. Autorität machte ihn mehr an als Ecstasy, und dieses Ding da in der Haustür strahlte unglaubliche Macht aus.

Lange, elegante Hände langten an die Kapuze und schoben die weißen Falten zurück. Das Gesicht des königlichen *Symphathen* war so glatt wie seine spektakulären Roben, die Flächen von Wangen und Kinn standen in eleganten, sanften Winkeln zueinander. Das Erbgut, aus dem dieser prächtige, schwächliche Killer hervorging, war so verfeinert, dass sich die Geschlechter glichen. Maskuline und feminine Elemente vermischten sich mit einer Tendenz zum Femininen.

Doch sein Lächeln war eiskalt. Und die leuchtend roten Augen waren so durchdringend, dass es an Röntgenstrahlen grenzte.

»Wollt ihr nicht hereinkommen?«

Das liebliche Schlangengezischel vermengte die Worte miteinander, und Lash bemerkte, dass ihm das gefiel.

»Ja«, beschloss er spontan. »Das wollen wir.«

Als er einen Schritt nach vorne tat, hob der König die Hand.

»Einen Moment noch. Bitte sag deinem Gefährten, dass es keinen Grund zur Sorge gibt. Euch wird hier kein Leid geschehen.« Die Bemerkung war oberflächlich betrachtet freundlich, doch der Ton war hart – Lash interpretierte sie so, dass sie nicht ins Haus kommen durften, solange Mr D die Waffe in der Hand hielt.

»Steck die Waffe weg«, raunte er. »Ich kann uns verteidigen.«

Mr D steckte die .357 ins Halfter, sein *Yes Sir* blieb tonlos, und der *Symphath* gewährte ihnen Einlass.

Als sie die Stufen hochstiegen, blickte Lash verwundert zu Boden. Ihre schweren Kampfstiefel verursachten kein Geräusch auf dem Holz, und das Gleiche geschah auf den Bohlen der Veranda, als sie auf die Tür zugingen.

»Wir schätzen die Stille.« Der *Symphath* lächelte und entblößte dabei ebenmäßige Zähne, was überraschte. Offensichtlich waren die Fänge dieser Wesen, die einst eng mit den Vampiren verwandt gewesen waren, weggezüchtet worden. Wenn sie sich tatsächlich noch aus der Vene nährten, konnte es nicht oft sein, es sei denn, sie standen auf Messer.

Der König machte eine ausladende Bewegung nach links. »Sollen wir ins Wohnzimmer gehen?«

Das »Wohnzimmer« hätte man treffender als »Kegelbahn mit Schaukelstühlen« beschreiben können. Der Raum wurde dominiert von nackten glänzenden Dielen und kahlen, weißgetünchten Wänden. Am gegenüberliegenden Ende standen vier hölzerne Schaukelstühle im Halbkreis um den brennenden Kamin, als hätten sie sich aus Angst vor der Leere zusammengedrängt.

»Setzt euch doch«, forderte der König sie auf, zog seine Robe leicht hoch und zur Seite und ließ sich in einem der zierlichen Stühle nieder.

»Du bleibst stehen«, befahl Lash Mr D, der gehorsam hinter Lashs Stuhl Position bezog.

Das Feuer knisterte nicht fröhlich, während es die Scheite verschlang, auf denen es tanzte. Die Schaukelstühle knarzten nicht, als sich der König und Lash hineinsetzten. Die

Spinnen ließen sich geräuschlos in die Zentren ihrer Netze fallen, als machten sie sich bereit, Zeugen zu sein.

»Du und ich teilen ein Interesse«, begann Lash.

»Das scheinst du zu glauben.«

»Ich dachte, deine Spezies wäre ein Freund der Rache?«

Als der König lächelte, schoss wieder dieses seltsame Kribbeln in Lashs Lendengegend. »Da bist du falsch informiert. Rache ist eine unbeholfene, gefühlsgelenkte Reaktion auf einen Affront.«

»Und du erzählst mir, so etwas sei unter eurer Würde?« Lash lehnte sich zurück und setzte seinen Schaukelstuhl in Bewegung. »Hm ... dann habe ich dein Volk vielleicht wirklich falsch eingeschätzt.«

»Wir sind kultivierter als das, ja.«

»Oder vielleicht seid ihr auch einfach ein Haufen Schlappschwänze im Frauenfummel.«

Das Lächeln verschwand. »Wir sind jenen, die glauben, uns gefangen zu halten, weit überlegen. Tatsächlich bevorzugen wir es, unter uns zu sein. Glaubst du, wir haben dieses Ergebnis nicht selber herbeigeführt? Wie dumm von dir. Vampire sind das primitive Ausgangsmaterial, aus dem wir hervorgegangen sind, Schimpansenhirne neben unserer höheren Vernunft. Würdest du lieber unter Tieren hausen, wenn du zivilisiert unter deinesgleichen leben könntest? Natürlich nicht. Gleiches gesellt sich zu Gleichem. Die von gemeinem und die von überlegenem Geist sollten sich nicht miteinander umgeben.« Die Lippen des Königs öffneten sich. »Das weißt du nur zu gut. Du bist auch nicht geblieben, wo du angefangen hast, nicht wahr?«

»Nein, das bin ich nicht.« Lash ließ seine Fänge blitzen und dachte, dass seine Art von Bosheit nicht besser unter die Vampire gepasst hatte als die der Sündenfresser. »Ich bin jetzt dort, wo ich hingehöre.«

»Dann siehst du also, hätten wir nicht eben jenes Endergebnis angestrebt, hätten wir vielleicht nicht Rache genommen, sondern Korrekturmaßnahmen angewandt, um unser Schicksal nach unseren Interessen zu formen.«

Lash hörte auf zu schaukeln. »Wenn du nicht an einer Zusammenarbeit interessiert bist, hättest du mir das auch einfach in einer verdammten E-Mail schreiben können.«

Ein seltsames Licht glomm in den Augen des Königs auf und heizte Lash noch mehr an, obgleich es ihn abstieß. Er stand nicht auf diese homosexuelle Scheiße und doch ... Verflucht, sein Vater mochte Männer, vielleicht trug er es auch in sich.

Und wäre das nicht ein Grund für Mr D, zu beten?

»Aber hätte ich gemailt, hätte ich mich um das Vergnügen deiner Bekanntschaft gebracht.« Die rubinroten Augen wanderten an Lash hinab. »Und das wäre sträflich gewesen.«

Der kleine Texaner räusperte sich, als würde er an seiner Zunge ersticken.

Als das angeekelte Husten vorbei war, fing der Schaukelstuhl des Königs an, sich lautlos vor und zurück zu bewegen. »Doch es gibt etwas, das du für mich tun könntest ... was mich im Gegenzug dazu verpflichten würde, dir zu liefern, was du brauchst – du suchst die Vampire, nicht wahr? Das war schon immer das Problem der Gesellschaft der Lesser. Die Vampire in ihren versteckten Häusern aufzuspüren.«

Der Bastard traf den Nagel auf den Kopf. Im Sommer hatte Lash gewusst, welche Häuser er überfallen konnte, weil er sie von Geburtstagsfesten seiner Freunde, Hochzeiten seiner Cousins und den Bällen der *Glymera* kannte. Mittlerweile war die verbliebende Elite der Vampire in sichere Häuser aufs Land oder in andere Staaten geflohen, deren Adressen er nicht kannte. Und die Zivilisten? Er hatte keine

Ahnung, wo er da anfangen sollte, weil er sich nie mit dem Proletariat abgegeben hatte.

Doch *Symphathen* konnten sowohl Menschen als Vampire erspüren und sie selbst durch dicke Wände und Kellergewölbe orten. Genau diese Art von Spürsinn brauchte er, wenn er Fortschritte erzielen wollte. Es war das einzige Werkzeug, das ihm sein Vater nicht liefern konnte.

Lash setzte seinen Kampfstiefel auf den Boden und verfiel in einen Schaukelrhythmus mit dem König.

»Und womit könnte ich dir dienen?«, fragte er gedehnt.

Der König lächelte. »Das Paar ist die fundamentale Einheit, nicht wahr? Ein Mann und eine Frau vereint im Bund. Und doch trifft man in diesen intimen Verbindungen immer wieder auf Disharmonie. Versprechen werden gebrochen. Schwüre missachtet. Gegen diese Verstöße müssen Maßnahmen ergriffen werden.«

»Klingt für mich nach Rache, Mann.«

Das glatte Gesicht nahm einen selbstgefälligen Ausdruck an. »Keine Rache, nein. Eine Korrekturmaßnahme. Dass dabei jemand sterben muss … wird lediglich von der Situation erfordert.«

»So, so, sterben. Dann halten *Symphathen* nichts von Scheidung?«

In den rubinroten Augen blitzte Verachtung auf. »Im Falle eines treuelosen Gefährten, dessen Verhalten außerhalb des Bettes völlig im Widerspruch zum Kern der Beziehung steht, ist der Tod die einzige Scheidung.«

Lash nickte. »Verstehe. Und wer ist das Ziel?«

»Erklärst du dich zu dieser Maßnahme bereit?«

»Noch nicht.« Lash wusste nicht so recht, wie weit er gehen wollte. Er hatte eigentlich nicht geplant, sich die Hände innerhalb der Kolonie schmutzig zu machen.

Der König hörte auf zu schaukeln und erhob sich. »Dann

denk darüber nach und entscheide dich. Wenn du bereit bist, von uns zu bekommen, was du für deinen Krieg brauchst, wende dich an mich und ich zeige dir, wie du es erlangen kannst.«

Lash erhob sich ebenfalls. »Warum tötest du deinen Partner nicht selbst?«

Der König lächelte wie eine Leiche, starr und kalt. »Mein liebster Freund, die Kränkung, die ich am wenigsten vertrage, ist nicht der Treuebruch, der verzeihlich wäre, sondern die arrogante Annahme, ich würde den Betrug nicht bemerken. Ersteres ist eine Lappalie. Letzteres … unentschuldbar. Und nun … soll ich euch zu eurem Wagen bringen?«

»Nein. Wir finden selbst heraus.«

»Wie ihr wünscht.« Der König streckte Lash die sechsfingrige Hand entgegen. »Welch ein Vergnügen …«

Lash ergriff sie. Als sich ihre Handflächen berührten, kribbelte sein Arm wie elektrisiert. »Ja, ja, schon gut. Du hörst von mir.«

16

Sie war bei ihm ... oh, Gott, sie war endlich wieder bei ihm.

Tohrment, Sohn des Hharm, war nackt und presste sich an seine geliebte Frau. Er spürte ihre seidige Haut und hörte ihr Aufstöhnen, als seine Hand an ihre Brust fuhr. Rotes Haar ... rotes Haar, wohin er blickte. Auf dem Kissen, auf das er sie gerollt hatte, und auf den weißen Laken, die nach Zitrone rochen ... rotes Haar schlang sich um seinen starken Unterarm. Ihr Nippel war hart unter seinem kreisenden Daumen und ihre Lippen weich unter seinen, als er sie langsam und ausführlich küsste. Als sie ihn anflehte, wollte er sich auf sie wälzen und sie von oben nehmen, hart in sie stoßen und sie in die Kissen drücken.

Sie mochte sein Gewicht. Mochte es, unter ihm zu liegen. In ihrem gemeinsamen Leben war Wellsie eine unabhängige Frau mit einem starken Kopf und eisernem Durchsetzungsvermögen, doch im Bett lag sie gerne unten.

Er senkte die Lippen auf ihren Busen und saugte ihren Nippel ein, rollte ihn umher, küsste ihn.

»Tohr ...«

»Was, *Lielan?* Mehr? Vielleicht lasse ich dich noch etwas zappeln?«

Aber er konnte nicht. Er umarmte sie und streichelte ihren Bauch und ihre Hüften. Als sie sich wand, fuhr er mit der Zunge bis zu ihrem Hals hinauf und streifte ihre Halsschlagader mit den Fängen. Er konnte es nicht mehr erwarten, sich zu nähren. Aus unerfindlichen Gründen war er völlig ausgehungert. Vielleicht hatte er viel gekämpft.

Ihre Finger vergruben sich in seinem Haar. »Nimm meine Vene ...«

»Noch nicht.« Das Hinauszögern würde es umso schöner machen – je mehr er es wollte, desto süßer würde das Blut schmecken.

Er strich hinauf zu ihrem Mund und küsste sie heftiger als zuvor, stieß die Zunge in ihren Mund und rieb seinen Schwanz an ihrem Schenkel, ein Versprechen auf ein anderes, tieferes Eindringen. Sie war völlig erregt, ihr Duft stieg von den Laken empor. Er ließ die Fänge in seinem Mund pochen und die Spitze seines Geschlechts tropfen.

Tohrment kannte keine andere Vampirin als seine *Shellan*. Sie waren beide Jungfrauen in der Nacht ihrer Vereinigung gewesen – und er hatte nie jemand anderen begehrt.

»Tohr ...«

Gott, er liebte den leisen Klang ihrer Stimme. Liebte alles an ihr. Schon vor der Geburt hatte man sie einander versprochen, doch es war Liebe auf den ersten Blick gewesen, von dem Moment an, als sie sich trafen. Das Schicksal hatte es gut mit ihnen gemeint.

Seine Hand strich herunter zu ihrer Hüfte und dann ...

Er stockte, als ihm etwas auffiel. Etwas ...

»Dein Bauch ... dein Bauch ist flach.«

»Tohr ...«

»Wo ist das Kind?« Panisch richtet er sich auf. »Du hattest ein Kind in dir. Wo ist das Kind? Ist alles in Ordnung mit ihm? Was ist mit dir passiert … geht es dir gut?«

»Tohr …«

Sie schlug die Augen auf, in die er über hundert Jahre geblickt hatte. Eine unendliche Traurigkeit stand in ihrem Blick und verdrängte die sexuelle Erregung aus ihrem bezaubernden Gesicht.

Sie streckte die Hand nach seiner Wange aus. »Tohr …«

»Was ist passiert?«

»Tohr …«

Der Glanz in ihren Augen und das Zittern ihrer Stimme zerrissen ihm das Herz. Und dann entglitt sie ihm. Ihr Körper löste sich unter seiner Berührung auf, ihr rotes Haar, ihr geliebtes Gesicht, ihre verzweifelten Augen verschwanden, und nur die Kissen blieben vor ihm liegen. Dann wich auf einen Schlag der Zitronenduft der Laken und ihr natürlicher Duft aus seiner Nase und wurde durch nichts ersetzt –

Tohr fuhr auf. Tränen strömten aus seinen Augen, sein Herz schmerzte, als hätte man ihm Nägel in die Brust getrieben. Mit stockendem Atem presste er die Hände an die Brust und öffnete den Mund zu einem Schrei.

Doch es kam kein Laut heraus. Er hatte nicht die Kraft dazu.

Er fiel zurück in die Kissen, wischte sich die nassen Wangen mit zitternden Händen ab und versuchte, sich zu beruhigen. Als er schließlich wieder zu Atem kam, runzelte er die Stirn. Sein Herz raste in seiner Brust, mehr ein Flattern als ein Schlagen, was sicher auch der Grund war, warum sich in seinem Kopf alles drehte.

Er zog sein T-Shirt hoch und betrachtete die eingefallene Brust und den hohlen Bauch und feuerte seinen Körper an, weiter zu verfallen. Die Anfälle kamen nun häufiger und stärker, und Tohr wünschte sich, sie könnten ihn bald übermannen und ihn aus seinem Elend erlösen. Selbstmord war ausgeschlossen, wenn man in den Schleier eintreten und geliebte Verstorbene wiedersehen wollte, aber sich zu Tode zu vernachlässigen, dagegen konnte doch niemand etwas sagen, hoffte Tohr. Schließlich war das streng genommen kein Selbstmord, wie wenn man sich eine Kugel in den Kopf schoss, den Kopf in die Schlinge steckte oder sich die Pulsadern aufschlitzte.

Der Geruch von Essen drang aus dem Flur zu ihm, und er blickte auf die Uhr. Vier Uhr am Nachmittag. Oder am Morgen? Die Vorhänge waren zugezogen, daher wusste Tohr nicht, ob die Rollläden offen oder geschlossen waren.

Es klopfte leise.

Was, der Hölle sei gedankt, bedeutete, dass es nicht Lassiter war, der einfach hereinspazierte, wenn es ihm passte. Offensichtlich kannten gefallene Engel keine Manieren. Oder Privatsphäre. Oder Grenzen jeglicher Art. Wahrscheinlich hatte man diesen großen, leuchtenden Alptraum aus dem Himmel verstoßen, weil Gott seine Gesellschaft auch nicht besser ertrug als Tohr.

Es klopfte erneut. Also musste es John sein.

»Ja«, sagte Tohr, ließ sein T-Shirt fallen und richtete sich in den Kissen auf. Seine Arme, einst stark wie Kräne, trugen kaum das Gewicht der ausgezehrten Schultern.

Der Junge, der kein Junge mehr war, trug ein schwer beladenes Tablett und ein Gesicht voll unbegründetem Optimismus herein.

Tohr warf einen Blick auf das Angebot, als die Last auf dem Nachtkästchen abgestellt wurde. Gewürzhuhn mit Safranreis und grünen Bohnen, dazu frische Brötchen.

Was Tohr betraf, hätte es ebenso gut angefahrene Taube mit Stacheldraht umwickelt gewesen sein können, ihm war es gleichgültig, doch er nahm den Teller und rollte die Serviette auf. Dann griff er zu Messer und Gabel und machte sich an die Arbeit.

Kauen. Kauen. Kauen. Schlucken. Noch mal kauen. Schlucken. Trinken. Kauen. Das Essen ging so mechanisch und automatisch wie seine Atmung vor sich, etwas, dessen er sich nur vage bewusst war, eine Notwendigkeit, kein Genuss.

Denn Genüsse gehörte der Vergangenheit an ... und der Folter in seinen Träumen. Bei dem Gedanken, wie sich seine *Shellan* an ihn schmiegte, nackt, eingehüllt in zitronenduftende Laken, erleuchtete ihn das flüchtige Bild kurz von innen heraus und riss ihn aus seiner Lethargie. Doch es war nur das kurze Auflodern einer Streichholzflamme, die keinen Docht fand, der sie nährte.

Kauen. Schneiden. Kauen. Trinken.

Während er aß, saß der Junge in einem Sessel vor dem geschlossenen Vorhang, die Ellbogen auf den Knien, das Kinn auf die Faust gestützt, ein lebender, atmender *Denker* von Rodin. So war John in letzter Zeit immer, stets in Gedanken versunken.

Tohrment wusste nur zu gut, was den Jungen beschäftigte, aber die Antwort würde ihm erst einmal übel zusetzen.

Und das tat Tohr leid. Sehr leid.

Himmel, warum hatte Lassiter ihn nicht einfach im Wald liegengelassen. Der Engel hätte einfach weitergehen können, aber nein, die alte Leuchtdiode musste ja den Helden spielen.

Tohr blickte zu John hinüber und blieb an der Faust des Jungen hängen. Sie war riesig, und Kinn und Kiefer, die darauf ruhten, waren stark und maskulin. Der Junge hatte sich zu einem hübschen Kerl gemausert. Aber als Sohn von Darius brachte er auch die besten Voraussetzungen mit.

Genau betrachtet sah John wirklich aus wie D, fast eine Kopie, abgesehen von der Blue Jeans. So etwas hätte Darius nie getragen, selbst kein schickes Designerteil, so wie John es gerade tat.

Und eigentlich hatte D auch oft genau diese Haltung eingenommen, wenn er über das Leben nachsann: die Denkerpose, ernst und nachdenklich.

Etwas Silbernes blitzte in Johns freier Hand auf. Es war eine Münze, und der Junge drehte sie um seine Finger, seine Version einer nervösen Zuckung.

Doch heute war Johns stilles Hocken anders. Etwas war geschehen.

»Was ist los?«, erkundigte sich Tohr mit kratziger Stimme. »Ist bei dir alles in Ordnung?«

Johns Blick schoss überrascht zu ihm.

Um dem Blick zu entgehen, sah Tohr auf seinen Teller, spießte ein Stück Huhn auf und führte es zum Mund. Kauen. Kauen. Schlucken.

Dem Rascheln nach zu schließen gab John seine Haltung nur langsam auf, als fürchte er, eine zu plötzliche Bewegung könnte die Frage vertreiben, die zwischen ihnen hing.

Als Tohr ihn erwartungsvoll ansah, steckte John die Münze weg und gestikulierte sparsam und anmutig: *Wrath kämpft wieder. V hat es mir und den Jungs gerade gesagt.*

Tohrs Gebärdensprache war eingerostet, aber das verstand er noch. Überrascht ließ er die Gabel sinken. »Moment ... er ist doch immer noch König, oder?«

Ja, aber heute sagte er den Brüdern, dass er wieder mitkämpft. Ich glaube, er tut es schon länger und hat es für sich behalten. Die Bruderschaft ist ziemlich angepisst.

»Er kämpft wieder. Das kann nicht sein. Der König darf nicht kämpfen.«

Jetzt schon. Und Phury kommt auch zurück.

»Was zur Hölle? Aber der Primal darf auch nicht ...« Tohr runzelte die Stirn. »Gibt es irgendwelche Entwicklungen im Krieg? Ist irgendwas passiert?«

Ich weiß es nicht. John zuckte die Schultern, lehnte sich zurück und schlug ein Bein über das Knie. Noch eine Geste, die Tohr von Darius kannte.

In dieser Pose schien der Sohn so alt zu sein, wie es sein Vater gewesen war, obgleich weniger auf Grund der Haltung als wegen der Erschöpfung in seinen blauen Augen.

»Das ist nicht verboten?«, fragte Tohr.

Nicht mehr. Wrath hat die Jungfrau der Schrift getroffen.

Viele Fragen bedrängten Tohr, und sein Hirn kämpfte mit dem ungewohnten Ansturm. Inmitten dieses Wirbels war es schwer, zusammenhängend zu denken, und Tohr fühlte sich, als wolle er hundert Tennisbälle in den Armen halten. So sehr er sich bemühte, immer entkamen ihm welche und hüpften über den Boden.

Er gab auf, es verstehen zu wollen. »Nun, das ist neu ... ich wünsche ihnen Glück.«

Johns leiser Seufzer fasste es ganz gut zusammen, während sich Tohr wieder von der Welt abkapselte und sich seinem Essen zuwandte. Als er fertig war, faltete er säuberlich die Serviette zusammen und trank noch einen letzten Schluck Wasser.

Dann schaltete er den Fernseher ein und schaute CNN, weil er nicht nachdenken wollte und die Stille nicht ertrug. John blieb noch etwa eine halbe Stunde, dann konnte er offensichtlich nicht länger stillsitzen. Er stand auf und streckte sich.

Wir sehen uns am Ende der Nacht.

Also war es Nachmittag. »Ich werde hier sein.«

John nahm das Tablett und ging ohne Zaudern oder Zögern. Anfangs hatte er sich nur schwer lösen können, als hoffte er jedes Mal auf dem Weg zur Tür, Tohr könnte ihn aufhalten und sagen: *Ich möchte mich wieder dem Leben stellen. Ich kämpfe weiter. Es geht mir besser, ich interessiere mich wieder für dich.*

Doch jeder Quell der Hoffnung versiegte irgendwann.

Als die Tür zu war, streifte Tohr die Decke von seinen steifen Beinen und schob sie über den Bettrand.

Er würde sich etwas stellen, aber ganz bestimmt nicht seinem Leben. Mit einem Ächzen stolperte er ins Bad, ging zur Toilette und hob die Brille an. Dann kniete er sich vor die Porzellanschüssel, gab den Befehl und sein Magen entleerte sich ohne Gegenwehr.

Anfangs hatte er sich noch den Finger in den Hals rammen müssen, doch jetzt nicht mehr. Er zog nur einfach das Zwerchfell zusammen, und schon kam alles raus, wie Ratten aus einem überfluteten Kanal.

»Du musst mit dieser Scheiße aufhören.«

Lassiters Stimme harmonierte mit dem Klang der Klospülung. Wie treffend.

»Jesus, klopfst du eigentlich nie an?«

»Lassiter, heiße ich. L-A-S-S-I-T-E-R. Dass du mich immer noch verwechselst …. Soll ich mir etwa ein Namensschildchen anheften?«

»Ja, und warum nicht gleich über den Mund.« Tohr sackte auf dem Marmor zusammen und ließ den Kopf in die Hände fallen. »Weißt du, du kannst auch heimgehen. Jederzeit.«

»Wenn du das willst, musst du deinen faulen Arsch hochkriegen.«

»Na, wenn das kein Ansporn zum Leben ist.«

Es klingelte leise. Oh nein, der Engel hatte sich auf den Waschtisch geschwungen. »Und was machst du heute so? Warte, lass mich raten, du brütest über deinem Leid. Oder nein ... du kombinierst es. Brüten mit schmerzlicher Intensität, oder? Was bist du doch für ein Revoluzzer. Als Nächstes wirst du dein Herz für Slipknot entdecken.«

Mit einem Fluch stand Tohr auf und schaltete die Dusche ein. Vielleicht langweilte sich Lassiter schneller, wenn er ihn einfach ignorierte, und ging, um jemand anderen zu nerven.

»Frage«, kam es von dem Großmaul. »Wann sollen wir diese Matte schneiden, die von deinem Kopf wächst? Wenn das Gestrüpp noch länger wird, müssen wir mit der Sense kommen.«

Tohr legte T-Shirt und Boxershorts ab und genoss seine einzige Genugtuung in Lassiters Gegenwart: Er präsentierte ihm sein Hinterteil.

»Mann, fauler Arsch hat gestimmt«, murmelte Lassiter. »Wie zwei Basketbälle ohne Luft. Lass mal überlegen ... he, ich glaube, Fritz hat eine Fahrradpumpe. Nur ein Vorschlag.«

»Gefällt dir der Anblick nicht? Du weißt, wo die Tür ist. Das ist das Ding, an das du nie klopfst.«

Tohr wartete nicht, bis das Wasser warm war. Er stellte sich einfach unter die Brause und wusch sich, ohne zu wissen, warum – er hatte keinen Stolz, also war es ihm scheißgal, was die Leute von seiner Körperhygiene dachten.

Das Kotzen hatte einen Zweck. Das Duschen hingegen war vielleicht einfach Gewohnheit.

Er schloss die Augen, öffnete den Mund und drehte das Gesicht in den Wasserstrahl. Wasser drang in seinen Mund und wusch die Magensäure fort. Als der scharfe Geschmack von seiner Zunge wich, kam ihm ein Gedanke.

Wrath kämpfte. Allein.

»He, Tohr?«

Tohr horchte auf. Der Engel sprach ihn nie mit seinem richtigen Namen an. »Was?«

»Heute ist es anders.«

»Ja, nur wenn du mich in Frieden lässt. Oder dich in diesem Bad erhängst. Du kannst unter sechs Duschköpfen wählen.«

Tohr nahm ein Stück Seife und seifte sich ein. Er fühlte die harten Knochen unter der dünnen Haut hervorstehen.

Wrath ist allein da draußen.

Shampoo. Auswaschen. Gesicht wieder in den Strahl drehen. Mund öffnen.

Allein.

Als er das Wasser abstellte, hielt ihm der Engel ein Handtuch hin, ganz der Diener.

»Heute ist es anders«, wiederholte Lassiter leise.

Tohr sah ihn an und nahm ihn zum ersten Mal richtig wahr, obwohl sie seit vier Monaten zusammen waren. Der Engel hatte schwarz-blondes Haar, so lang wie Wraths, aber er kleidete sich nicht feminin, trotz dieser Cher-Mähne. Er trug schlichte Armeekleidung, schwarze Hemden, Camouflage-Hosen und Kampfstiefel, aber nicht alles an ihm glich einem Soldaten. Der Kerl war gepierct wie ein Nadelkissen und behangen wie ein Christbaum, mit goldenen Ringen und Ketten in und an den Ohren, Handgelenken und Brauen. Und man konnte darauf wetten, dass das Glitzern an der Brust und unterhalb der Gürtellinie weiterging – ein Gedanke, den Tohr nicht zu Ende dachte. Er brauchte keine Hilfe beim Kotzen, vielen Dank auch.

Als das Handtuch in seine Hände überging, wurde der Engel ernst. »Zeit aufzuwachen, Aschenputtel.«

Tohr wollte gerade einwenden, dass es dabei um Dornröschen ging, als ihm eine Erinnerung kam, so plötzlich, als hätte man sie ihm in die Stirn injiziert. Es war die Nacht im Jahre 1958, in der er Wrath das Leben gerettet hatte, und die Erinnerung war so klar wie das Erlebnis damals.

Der König war unterwegs gewesen. Allein. In der Innenstadt.

Er hatte halbtot in der Gosse gelegen und in den Rinnstein geblutet.

Ein Ford hatte ihn umgenietet. Ein beschissenes Edsel Cabriolet im Lidschattenblau einer Restaurantbedienung.

Soweit Tohr die Sache später rekonstruieren konnte, hatte Wrath zu Fuß einen *Lesser* verfolgt und war um eine Ecke gebogen, als dieses Schiff von einem Auto ihn umgenietet hatte. Tohr hatte noch in einer Gasse zwei Blocks weiter das Quietschen von Bremsen und einen dumpfen Aufprall gehört und sich nicht darum gekümmert.

Menschliche Verkehrsunfälle? Nicht sein Problem.

Doch dann waren zwei *Lesser* an der Gasse vorbeigerannt. Sie flohen in heller Panik durch den Herbstnieselregen, als würden sie verfolgt, nur dass niemand kam. Tohr blieb stehen und erwartete, einen seiner Brüder zu sehen. Doch keiner von ihnen kam angekeucht.

Das war merkwürdig. Wäre ein Jäger vom Auto erfasst worden, wären seine Kumpane nicht abgehauen. Sie hätten die Insassen des Autos getötet, den toten Jäger in den Kofferraum gepackt und sich aus dem Staub gemacht. Die Gesellschaft der *Lesser* war nicht an kampfunfähigen Mitgliedern interessiert, die schwarz auf die Straße bluteten.

Vielleicht war es aber auch nur ein Zufall. Ein menschlicher Passant. Oder ein Radfahrer. Oder zwei Autos.

Es hatte aber nur ein Auto gebremst. Und warum hätten die *Lesser* bleichgesichtig davonlaufen sollen, als hätten sie gerade ein Feuer gelegt?

Tohr war zur Trade Street gejoggt und um die Ecke gebogen. Dort stand ein Mann mit Hut und Trenchcoat über eine zusammengekrümmte Gestalt gebeugt, die doppelt so groß war wie er. Die Frau des Typen, die einen dieser 50er-

Jahre Petticoats mit vielen Rüschen trug, stand in ihren Pelz gehüllt vor den Scheinwerfern.

Ihr leuchtend roter Rock hatte die gleiche Farbe wie die Blutlache auf der Fahrbahn, doch der Geruch des Blutes war nicht menschlich. Es war Vampirblut. Und der Getroffene hatte langes Haar ...

Die Stimme der Frau war schrill. »Wir müssen ihn ins Krankenhaus bringen –«

Tohr war vorgetreten und hatte sie unterbrochen. »Er gehört zu mir.«

Der Mann hatte aufgeblickt. »Ihr Freund ... ich habe ihn nicht gesehen ... ganz in Schwarz – er kam aus dem Nichts –«

»Ich kümmere mich um ihn.« Tohr hatte aufgehört, Erklärungen abzugeben und stattdessen die zwei Menschen durch seinen Willen in eine Starre versetzt. Eine schnelle Gedankenbeeinflussung schickte sie zurück in ihr Auto und auf den Weg, unter dem Eindruck, eine Mülltonne gestreift zu haben. Der Regen würde das Blut vom Kühlergrill waschen, und die Delle könnten sie selber ausbeulen.

Tohrs Herz schlug wie ein Vorschlaghammer, als er sich über den Thronerben seines Volkes beugte. Überall war Blut, das schnell aus einer Platzwunde am Kopf strömte, also hatte Tohr seine Jacke abgestreift, in den Ärmel gebissen und einen Streifen Leder abgerissen. Nachdem er Wraths Schläfen umwickelt und den Behelfsverband so fest wie möglich angezogen hatte, stoppte er einen vorbeifahrenden Pick-up-Truck, hielt dem Rocker am Steuer die Pistole unter die Nase und ließ sich in Havers Nachbarschaft chauffieren.

Er hatte mit Wrath auf der Ladefläche gesessen und dabei den Verband festgehalten. Der Regen war kalt gewesen. Ein später Novemberregen, vielleicht Dezember. Aber es war gut, dass es nicht Sommer war. Sicher hatte die Kälte Wraths Herzschlag verlangsamt und seinen Blutdruck gesenkt.

Eine Viertelmeile von Havers entfernt, im vornehmen Teil von Caldwell, hatte Tohr den Menschen an den Rand fahren lassen und dessen Erinnerungen gelöscht.

Zehn Minuten hatte Tohr bis zur Klinik gebraucht, und das waren vielleicht die längsten zehn Minuten seines Lebens gewesen. Aber er hatte es geschafft, und Havers hatte die aufgeplatzte Schläfenarterie verschlossen.

Am nächsten Tag stand Wraths Leben auf Messers Schneide. Marissa war da, um ihn zu nähren, doch der König hatte so viel Blut verloren, dass er nicht wie erwartet zu sich kam. Tohr war die ganze Zeit bei ihm geblieben, auf einem Stuhl an seinem Bett. Als Wrath so reglos dalag, schien es Tohr, als hinge das Überleben der gesamten Spezies am seidenen Faden. Der einzig rechtmäßige Thronfolger war nur ein paar aktive Nervenenden von einem permanenten vegetativen Zustand entfernt.

Die Nachricht hatte sich rasch verbreitet und jede Menge aufgelöste Leute erschienen. Schwestern und Ärzte. Andere Patienten kamen, um für den König zu beten. Die Brüder wechselten sich damit ab, jede Viertelstunde anzurufen.

Die allgemeine Stimmung war, dass es ohne Wrath keine Hoffnung gab. Keine Zukunft. Keine Chance.

Doch Wrath hatte überlebt. Er war mit einer miserablen Laune aufgewacht, bei der alle erleichtert aufatmeten … wenn ein Patient die Kraft für eine derart schlechte Stimmung aufbrachte, kam er in der Regel durch.

Am folgenden Abend, nach vierundzwanzig Stunden Bewusstlosigkeit, und nachdem er alle um sich herum zu Tode erschrocken hatte, zog sich Wrath den Tropf aus dem Arm, kleidete sich an und ging.

Ohne ein Wort zu irgendwem.

Tohr wusste nicht, was er erwartet hatte. Keinen Dank vielleicht, aber irgendeine Art der Anerkennung oder … irgendetwas. Zur Hölle, Wrath war auch heute ein Stinkstiefel, aber damals? Damals war er schlichtweg unerträglich gewesen. Und dennoch … gar nichts? Nachdem er dem Kerl das Leben gerettet hatte?

Das erinnerte ihn entfernt daran, wie er John behandelt hatte. Und seine Brüder.

Tohr schlang sich das Handtuch um die Hüfte und dachte an den eigentlichen Kern der Erinnerung. Wrath allein da draußen. Damals '58 war es reines Glück gewesen, dass Tohr in der Nähe gewesen war und den König fand, bevor es zu spät war.

»Zeit zum Aufwachen«, sagte Lassiter.

17

Als sich die Nacht ausbreitete, betete Ehlena, dass sie nicht schon wieder zu spät zur Arbeit kam. Die Uhr tickte, als sie oben in der Küche mit dem Saft und den zerdrückten Pillen wartete. Heute war sie peinlich genau mit dem Aufräumen gewesen: Sie hatte den Löffel in die Schublade geräumt. Zweimal alle Oberflächen überprüft. Sichergestellt, dass das Wohnzimmer komplett aufgeräumt war.

»Vater?«, rief sie nach unten.

Während sie auf ein Rascheln oder Schlurfen oder leises Gemurmel ohne Sinn lauschte, dachte sie an den verrückten Traum, den sie am Tag gehabt hatte. Rehv hatte in dunkler Ferne gestanden und seine Arme hingen seitlich an ihm herab. Sein prächtiger, nackter Körper war angeleuchtet, wie in einem Schaufenster, die angespannten Muskeln zeugten von Kraft, seine Haut besaß einen warmen Bronzeton.

Der Kopf war nach unten geneigt, die Augen geschlossen, als würde er ruhen.

Fasziniert lief sie über einen kalten Steinboden auf ihn zu und sagte immer wieder seinen Namen.

Er hatte nicht geantwortet. Hatte den Kopf nicht gehoben. Hatte die Augen nicht geöffnet.

Da hatte sie die Angst gepackt und ihr Herz zum Rasen gebracht. Sie war auf ihn zu gerannt, aber er war immer in der Ferne geblieben, ein unerreichbares Ziel, eine nie eintreffende Bestimmung.

Zitternd und mit Tränen in den Augen war sie erwacht. Als das erstickte Gefühl wich, war ihr die Bedeutung des Traumes klar gewesen, aber ihr Unterbewusstsein musste ihr nun wirklich nicht sagen, was sie ohnehin schon wusste.

Sie schob die Erinnerung beiseite und rief noch einmal die Treppen herunter: »Vater?«

Als keine Antwort kam, nahm Ehlena den Becher und ging in den Keller. Sie ging langsam, aber nicht aus Angst, sich den roten Saft über die weiße Uniform zu kippen. Manchmal kam ihr Vater nicht allein aus dem Bett, und Ehlena musste diesen Abstieg machen, und jedes Mal, wenn sie dann die Treppe hinunterging, fragte sie sich, ob es schließlich passiert war, ob ihr Vater in den Schleier gerufen worden war.

Sie war noch nicht bereit, ihn zu verlieren. Noch nicht, egal, wie schwer es war, mit ihm zu leben. Sie steckte den Kopf zur Tür hinein und sah, dass er an seinem mit Schnitzereien verzierten Tisch saß, umgeben von unordentlichen Stapeln von Blättern und unangezündeten Kerzen.

Danke, Jungfrau der Schrift.

Als sich ihre Augen an die Dunkelheit gewöhnten, sorgte sie sich, dass die spärliche Beleuchtung die Sehkraft ihres Vaters schädigen könnte. Aber die Kerzen würden nicht angezündet, denn es gab keine Zündhölzer oder Feuerzeuge in diesem Haus. Das letzte Streichholz hatte er in ihrem alten Haus in die Finger bekommen – und damit die Wohnung in Brand gesetzt, weil ihm das die Stimmen befohlen hatten.

Das war vor zwei Jahren gewesen, und der Grund, warum er jetzt Tabletten bekam.

»Vater?«

Er blickte von seiner Unordnung auf und schien überrascht. »*Geliebte Tochter, wie geht es dir heute Nacht?*«

Immer die gleiche Frage, und immer gab sie ihm die gleiche Antwort in der Alten Sprache. »*Gut, mein Vater, und dir?*«

»*Dein Anblick ist wie immer eine Freude. Ah, ja, die Doggen hat mir den Saft bereitgestellt. Wie aufmerksam von ihr*« Ihr Vater nahm den Becher. »*Wohin des Weges?*«

Das führte zu ihrem üblichen Gespräch über sein Unverständnis gegenüber der jüngeren Generation und ihre Erklärung, dass sie die Arbeit glücklich mache.

»*So, jetzt muss ich aber wirklich los*«, erklärte sie, »*aber Lusie müsste jeden Moment hier sein.*«

»*Ja, gut, gut. Eigentlich habe ich mit meinem Buch zu tun, aber ich werde sie unterhalten, wie es sich gehört, zumindest eine Zeit lang. Doch ich muss mich auch um meine Arbeit kümmern.*« Er deutete auf die physische Manifestation seiner geistigen Wirrnis, und seine elegante Handbewegung stand in krassem Widerspruch zu den unordentlichen Stapeln, die mit Unsinn gefüllt waren. »*Das kann ich nicht liegen lassen.*«

»*Natürlich nicht, Vater.*«

Er trank seinen Saft aus, doch als sie ihm den Becher abnehmen wollte, stutzte er. »*Sollte das nicht eigentlich das Dienstmädchen erledigen?*«

»*Ich möchte ihr helfen. Sie hat so viele Pflichten.*« Und war es nicht so? Die *Doggen* musste alle Regeln für Gegenstände und ihre Verwahrungsorte einhalten, die Einkäufe erledigen, das Geld verdienen, die Rechnungen bezahlen und auf ihn aufpassen. Die *Doggen* war müde. Die *Doggen* war erschöpft.

Aber der Becher musste unbedingt in die Küche.

»*Vater, bitte gib mir den Becher, damit ich ihn mit nach oben nehmen kann. Das Dienstmädchen hat Angst, dich zu stören, und ich möchte ihr die Sorge nehmen.*«

Einen Moment lang sah er sie so an wie früher. »*Du bist ein großherziges Kind. Ich bin so stolz, dich Tochter nennen zu dürfen.*«

Ehlena musste heftig blinzeln und sagte mit belegter Stimme: »*Dein Stolz bedeutet mir alles.*«

Er nahm ihre Hand und drückte sie. »*Nun geh, meine Tochter. Geh und mache diesen* ›Job‹ *und kehre heim und erzähle mir von deiner Nacht.*«

Oh ... Gott.

Die gleichen Worte wie damals vor so langer Zeit, als sie noch auf die Privatschule ging und ihre Familie zur *Glymera* gehörte und etwas bedeutete.

Obwohl sie wusste, dass er sich bei ihrer Rückkehr vermutlich nicht an diese wundervolle alte Frage erinnern würde, lächelte sie und sog den Glanz der Vergangenheit tief ein.

»*Wie immer, mein Vater, wie immer.*«

Sie ging, begleitet von raschelndem Papier und dem *Ding-ding-ding* einer Feder, die am Rand eines kristallenen Tintenfasses abgestreift wurde.

Oben wusch sie den Becher aus, trocknete ihn ab und stellte ihn in den Schrank, dann vergewisserte sie sich, dass im Kühlschrank alles stand, wo es hingehörte. Als die SMS kam, dass Lusie auf dem Weg war, schlüpfte sie zur Tür hinaus, schloss ab und dematerialisierte sich zur Klinik.

Auf der Arbeit war es so eine Wohltat, so zu sein wie alle anderen. Rechtzeitig zu kommen, ihre Sachen in ihr

Schließfach zu stellen, über Belanglosigkeiten zu reden, bis die Schicht begann.

Doch dann kam Catya zu ihr an die Kaffeemaschine und strahlte sie an. »Und … wie war es gestern? Na los, erzähl.«

Ehlena füllte ihre Tasse und verbarg ein Zusammenzucken hinter einem tiefen ersten Schluck, an dem sie sich die Zunge verbrannte. »Ich denke, ›verhindert‹ beschreibt es am besten.«

»Verhindert?«

»Ja. Er muss verhindert gewesen sein und ist nicht gekommen.«

Catya schüttelte den Kopf. »Oh, verdammt.«

»Nein, ist schon okay. Wirklich. Ich meine, ich hatte noch nicht viel in diese Sache investiert.« Ja, nur ein Hirngespinst über eine Zukunft, die Aspekte wie einen *Hellren*, eine eigene Familie und ein lebenswertes Leben beinhaltete. Wirklich nichts von Bedeutung. »Ist schon okay.«

»Weißt du, ich habe gestern an meinen Cousin gedacht, der –«

»Danke, aber nein. Beim derzeitigen Zustand meines Vaters sollte ich mich auf nichts einlassen.« Ehlena runzelte die Stirn, als ihr einfiel, wie schnell ihr Rehv in diesem Punkt zugestimmt hatte. Obwohl man argumentieren konnte, dass er das als Gentleman gesagt hatte, war es schwierig, sich nicht auch ein bisschen darüber zu ärgern.

»Dass du deinen Vater pflegst, bedeutet nicht –«

»He, warum besetze ich nicht den Empfang während dem Schichtwechsel?«

Catya verstummte, aber ihr Blick sprach Bände, von denen die meisten den Titel *Wann wacht dieses Mädchen endlich auf?* trugen.

»Ich mache mich auf«, meinte Ehlena und wandte sich ab.

»Es geht nicht ewig.«

»Natürlich nicht. Die meisten unserer Schicht sind schon hier.«

Catya schüttelte den Kopf. »Das habe ich nicht gemeint, und das weißt du. Das Leben geht nicht ewig. Dein Vater ist psychisch krank und du sorgst sehr gut für ihn, aber es könnte noch ein Jahrhundert so weitergehen.«

»Was bedeutet, dass mir noch circa siebenhundert Jahre bleiben. Ich bin dann vorne. Entschuldige mich.«

Draußen am Empfang nahm Ehlena ihre Position hinter dem Computer ein und loggte sich ein. Der Wartebereich war noch leer, da die Sonne gerade erst untergegangen war, aber bald würden die ersten Patienten eintreffen, und Ehlena konnte die Ablenkung kaum erwarten.

Sie sah sich Havers Zeitplan an und entdeckte nichts Außergewöhnliches. Nachuntersuchungen, Patientengespräche, kleine Behandlungen …

Es klingelte und Ehlena blickte auf den Überwachungsbildschirm. Draußen stand ein unangemeldeter Besucher, ein Vampir, der sich gegen den kalten Wind fest in seinen Mantel gewickelt hatte.

Sie drückte auf den Knopf der Gegensprechanlage und sagte: »Guten Abend. Wie kann ich Ihnen behilflich sein?«

Das Gesicht, das in die Kamera blickte, hatte sie schon einmal gesehen. Vor drei Nächten. Es war Stephans Cousin.

»Alix?«, sagte sie. »Hier ist Ehlena. Wie geht –«

»Ich wollte nachsehen, ob er bei euch eingeliefert wurde.«

»Er?«

»Stephan.«

»Ich glaube nicht, aber ich werde mal nachsehen, während du runterkommst.« Ehlena drückte auf den Türöffner und rief die Patientenliste im Computer auf. Sorgfältig ging sie die Namen durch, während sie die Serie von Türen für Alix öffnete.

Nirgends eine Erwähnung von Stephan.

Als Alix in den Wartebereich kam, erschrak sie. Die dunklen Ringe unter den grauen Augen zeugten von so viel mehr als Schlafmangel.

»Stephan ist gestern Nacht nicht heimgekommen«, erklärte er.

Rehv hasste den Dezember und zwar nicht nur, weil er wegen der Kälte im Bundesstaat New York am liebsten Pyrotechniker geworden wäre, nur um nicht so erbärmlich zu frieren.

Die Nacht brach früh an im Dezember. Die Sonne, dieses arbeitsscheue, faule Stück, dankte schon um halb fünf ab, so dass Rehvs alptraumartige Verabredung für den ersten Dienstag im Monat diesmal früh begann.

Es war gerade mal zehn, als er nach einer zweistündigen Fahrt von Caldwell in den Black Snake State Park einbog. Trez, der sich immer dorthin materialisierte, war zweifelsohne bereits in Position irgendwo nahe der Hütte, um schattenhaft als Wächter zu fungieren.

Und als Zeuge.

Die Tatsache, dass sein wahrscheinlich bester Freund bei der Sache zusehen musste, war Teil der Marter, eine zusätzliche Demütigung. Aber nach dem Zirkus schaffte es Rehv nicht allein nach Hause, und Trez war dann ein willkommener Retter.

Natürlich hätte Xhex diesen Job gerne übernommen, aber ihr war nicht zu trauen. Nicht mit der Prinzessin. Wenn Rehv ihr eine Sekunde den Rücken zuwandte, würde die Hütte einen neuen Innenanstrich haben – einen der abscheulichen Art.

Wie immer parkte Rehv auf dem Parkplatz am Fuß des Berges. Es waren keine anderen Autos da, und er erwartete auch nicht, dass jemand auf den Pfaden unterwegs war, die vom Parkplatz abgingen.

Seine Sicht aus dem Fenster war rot und flach, und obwohl er seine Halbschwester hasste und ihren Anblick kaum ertrug und sich nur wünschte, ihre schmutzige, beschissene Angelegenheit könnte aufhören, war sein Körper nicht taub und kalt, sondern strotzte vor Leben und Kraft: In seiner Hose stand sein harter Schwanz parat für seinen Einsatz.

Wenn er sich jetzt nur noch dazu überwinden konnte, aus dem Auto zu steigen.

Er legte die Hand auf den Türgriff, konnte den Hebel aber nicht zurückziehen.

So still. Nur das sanfte, klickende Geräusch des abkühlenden Bentleymotors störte die Stille.

Aus unerfindlichem Grund dachte er an Ehlenas wundervolles Lachen, und das veranlasste ihn schließlich dazu, die Tür zu öffnen. Er steckte den Kopf aus dem Auto, gerade, als sich sein Magen zu einer Faust zusammenballte und er sich beinahe übergeben hätte. Als die Kälte seine Übelkeit vertrieb, versuchte er, Ehlena aus seinem Kopf zu verbannen. Sie war so rein und gut und freundlich, dass er es nicht ertrug, sie bei dem, war vor ihm lag, in seinem Kopf zu haben.

Was ihn überraschte.

Ursprünglich gehörte es nicht zu seiner Veranlagung, jemanden vor der grausamen Welt zu schützen, vor dem Tödlichen und Gefährlichen, dem Verdorbenen, Obszönen und Abstoßenden. Doch für drei Frauen in seinem Leben hatte er sich diese Instinkte angeeignet. Für die, die ihn geboren hatte, die, die er aufgezogen hatte wie sein eigenes Kind, und für die Tochter, die seine Schwester vor kurzer Zeit auf die Welt gebracht hatte, würde er alle Bedrohungen aus dem Weg schaffen, alles mit bloßen Händen töten, was sie verletzte, und selbst die kleinste Gefahr aufspüren und zerstören.

Und irgendwie war Ehlena durch ihre kleine Unterhaltung zu später Stunde ebenfalls auf diese sehr, sehr kurze Liste geraten.

Was bedeutete, dass er sie aussperren musste. Zusammen mit den anderen dreien.

Er war mit seinem Leben als Hure zurechtgekommen, denn er verlangte seiner Freierin einen teuren Preis ab. Außerdem hatte er nichts Besseres als Prostitution verdient, wenn man bedachte, wie sein wahrer Vater seine Mutter zu seiner Empfängnis gezwungen hatte. Aber mit Rehv war der Kampf zu Ende. Er allein ging in diese Hütte und brachte sich zu dem, was er tat.

Das wenige Schützenswerte in seinem Leben musste weit, weit weg von dieser Sache bleiben, und deshalb musste er Ehlena aus Kopf und Herz verbannen, wenn er hierher kam. Später, wenn er wieder erholt war und geduscht und geschlafen hatte, konnte er sich wieder mit der Erinnerung an ihre karamellfarbenen Augen und ihren Zimtgeruch befassen und mit der Art, wie sie bei ihrem Gespräch wider Willen lachen musste. Doch jetzt verbannte er sie und seine Mutter und seine Schwester und seine geliebte Nichte aus dem Frontalhirn in einen separaten Bereich seines Hirns und schloss sie dort ein.

Die Prinzessin versuchte jedes Mal, in seinen Schädel zu dringen, und er wollte nicht, dass sie etwas über die Leute erfuhr, die ihm etwas bedeuteten.

Ein eisiger Windstoß knallte ihm beinahe die Tür an den Kopf. Rehv zog seinen Zobelmantel enger um sich, stieg aus und schloss den Bentley ab. Als er vom Parkplatz auf den Weg trat, knirschte die gefrorene Erde unter seinen Cole-Haan-Schuhen, hart und widerborstig.

Eigentlich war der Park für dieses Jahr geschlossen. Eine Kette hing vor dem breiten Eingang des Wegs, der an der Bergkarte vorbei zu den Hütten führte, die man mieten konnte. Doch mehr noch als die Parkwächter würde das Wetter die Besucher fernhalten. Rehv stieg über die Kette, ging an den Besucherlisten zum Eintragen vorbei, die an einem Klemmbrett hingen, obwohl die Wege doch gesperrt waren. Rehv trug sich nie ein.

Ja, denn menschliche Parkwächter brauchten nicht zu erfahren, was hier zwischen zwei *Symphathen* in einer der Blockhütten abging. Ganz bestimmt nicht.

Wenigstens war der Wald im Dezember nicht so bedrängend eng, wenn die kahlen Äste der Eichen und Ahornbäume viel der sternenklaren Nacht durchließen. Die nackten Laubbäume wurden verhöhnt von ihren immergrünen Nachbarn mit dem stacheligen Blattwerk, eine kleine Revanche für das prahlerische Herbstlaub, mit dem sich die Kollegen bis vor kurzem geschmückt hatten.

Rehv tauchte zwischen die Bäume ein und folgte dem Hauptweg, der nach und nach schmaler wurde. Kleinere Pfade bogen links und rechts davon ab, markiert mit groben Holzschildern mit Aufschriften wie *Hobnob's Walk*, *Lightening Strike*, *Summit Long* und *Summit Short*. Er ging geradeaus weiter und atmete kleine Wölkchen aus. Das Knirschen seiner Loafers auf dem gefrorenen Boden erschien ihm übermäßig laut.

Über Rehv strahlte der Mond, eine messerscharfe Sichel, die, nachdem der *Symphath* in ihm außer Rand und Band war, die Farbe der rubinroten Augen seiner Erpresserin hatte.

Trez erschien in Form eines eisigen Hauchs, der den Pfad entlangblies.

»He, mein Mann«, grüßte Rehv leise.

Trezs Stimme wehte in seinen Kopf, als die Schattengestalt zu einer schimmernden Welle kondensierte. BRING ES SCHNELL HINTER DICH. JE FRÜHER WIR DIR GEBEN KÖNNEN, WAS DU DANN BRAUCHST, DESTO BESSER.

»Es dauert, so lange es dauert.«

JE FRÜHER, DESTO BESSER.

»Wir werden sehen.«

Trez verfluchte ihn, verwandelte sich zurück in einen kalten Windstoß und fegte außer Sichtweite.

Tatsächlich wollte Rehv, so sehr er es hasste, hierher zu kommen, manchmal dennoch nicht wieder fort. Es machte ihm Spaß, die Prinzessin zu verletzen, und sie war eine exzellente Widersacherin. Schlau, schnell, grausam. Bei ihr konnte er seine dunkle Seite ausleben, und wie ein Läufer, der sich nach seinem Training sehnte, brauchte er die Übung.

Außerdem war es vielleicht ähnlich wie mit seinem Arm: Der Verfall war ein gutes Gefühl.

Bei der sechsten Abzweigung bog Rehvenge links auf einen Pfad ein, der nur noch breit genug für eine Person war, und bald schon kam die Blockhütte in Sicht. Im hellen Mondschein hatten die Balken die Farbe von Roséwein.

Als er vor der Tür stand und die linke Hand nach dem hölzernen Riegel ausstreckte, dachte er an Ehlena und daran, dass sie sich die Mühe gemacht hatte, ihn wegen seines Armes anzurufen.

Für einen flüchtigen Moment hatte er wieder ihre Stimme im Ohr.

Ich verstehe nicht, warum du nicht auf dich achtgibst.

Der Griff wurde ihm aus der Hand gerissen, als die Tür so schnell auffog, dass sie gegen die Wand knallte.

Die Prinzessin stand in der Mitte der Hütte, und alles an ihr – die leuchtend roten Roben, die Rubine an ihrem Hals und die blutroten Augen – besaß die Farbe von Hass. Mit dem unscheinbaren Haar im Nacken hochgebunden, der blassen Haut und den lebendigen Albinoskorpionen, die sie als Ohrringe trug, bot ihr Bild ein vollendetes Horrorszenario, wie eine Kabuki-Puppe aus der Werkstatt des Bösen. Und sie war böse, ihre Dunkelheit spülte ihm in Wellen entgegen, sie strömte aus dem Zentrum ihrer Brust, selbst wenn sie sich nicht bewegte und ihr mondähnliches Gesicht keine Miene verzog.

Auch ihre Stimme war schneidend wie eine Klinge. »Heute mal keine Strandszene in deinem Kopf? Nein, nein, nichts mit einer Strandschönheit heute.«

Rehv verbarg Ehlena eilig, indem er sich eine stereotype Szene auf den Bahamas vorstellte, wie er sie vor Jahren in einer Fernsehwerbung gesehen hatte. Pärchen in Badebekleidung flanierten Hand in Hand über einen Traumstrand, wie ihn der Sprecher anpries. Das Bild war so lebhaft, dass es sich ausgezeichnet als Schutzhelm für die kleinen grauen Zellen eignete.

»Wer ist sie?«

»Wer ist wer?«, fragte er und kam herein.

Die Hütte war warm, dank ihr, ein kleiner Trick molekularer Wirbel in der Luft, die durch ihren Ärger verstärkt wurden. Doch die von ihr erzeugte Hitze war keine wohlige Kaminwärme – sie glich den Hitzewallungen, die eine auszehrende Erkrankung mit sich brachte.

»Wer ist die Vampirin in deinem Kopf?«

»Nur ein Model aus der Fernsehwerbung, meine liebste Furie«, erwiderte er so geölt wie sie. Ohne ihr den Rücken zuzuwenden, schloss er leise die Tür. »Eifersüchtig?«

»Um eifersüchtig zu sein, müsste ich mich bedroht fühlen. Und das wäre absurd.« Die Prinzessin lächelte. »Aber ich glaube, du musst mir ihren Namen sagen.«

»Ist das alles, was du heute von mir willst? Reden?« Rehv ließ seinen Mantel auseinanderklaffen und umschloss seinen harten Schwanz und die schweren Hoden. »Normalerweise möchtest du mehr von mir.«

»Das stimmt. Dein größter Vorzug ist deine Funktion als Dildo, wie es die Menschen nennen, wenn ich mich nicht täusche. Ein Spielzeug für die Frau, mit dem sie sich Lust verschafft.«

»Nun, als *Frau* würde ich dich nicht unbedingt bezeichnen.«

»Das stimmt. Du kannst auch *Geliebte* sagen.«

Sie hob eine abstoßende Hand an ihren Haarknoten und strich mit den knöchernen, viergliedrigen Fingern über die säuberliche Konstruktion. Ihr Handgelenk war dünner als der Griff an einem Schneebesen, und der Rest von ihr war genauso dürr: *Symphathen* hatten die Statur von Schachspielern und nicht von Quarterbacks, was an ihrer Vorliebe lag, sich geistig zu messen und nicht körperlich. In ihren Roben wirkten sie weder männlich noch weiblich, sondern wie eine destillierte Mischung aus beidem, und deswegen war die Prinzessin auch so scharf auf Rehv. Sie mochte seinen Körper, seine Muskeln, seine offensichtliche und brutale Männlichkeit, und meistens wollte sie beim Sex hart rangenommen werden – etwas, das sie zu Hause ganz bestimmt nicht bekam. Soweit Rehv informiert war, bestand der Akt bei *Symphathen* aus nicht mehr als ein wenig geistigem Geziere, gefolgt von zwei Stößen und einem Seufzen auf Seiten des Mannes. Außerdem hätte er wetten wollen, dass sein Onkel wie ein Hamster bestückt war und Eier von der Größe von Bleistiftradiergummis hatte.

Nicht dass er es je überprüft hätte – doch hey, der Kerl strotzte nicht gerade vor Testosteron.

Die Prinzessin schwebte durch die Hütte, als wolle sie ihn

mit ihren Reizen locken, doch sie verfolgte eine bestimmte Absicht, als sie von Fenster zu Fenster ging und hinausblickte.

Verdammt, immer diese blöden Fenster.

»Wo ist denn dein Wachhund heute?«, fragte sie.

»Ich komme immer allein.«

»Du belügst deine Geliebte.«

»Warum um alles in der Welt sollte ich wollen, dass uns hier jemand zusieht?«

»Weil ich so schön bin.« Sie blieb vor dem Fenster neben der Tür stehen. »Er ist da drüben rechts, bei der Kiefer.«

Rehv musste nicht nachsehen, er wusste, dass sie Recht hatte. Natürlich konnte sie Trez spüren. Sie wusste nur nicht sicher, wo oder was er war.

Dennoch sagte er: »Da sind nur Bäume.«

»Stimmt nicht.«

»Angst vor den Schatten, Prinzessin?«

Als sie über die Schulter schaute, blickte ihm auch der Albinoskorpion an ihrem Ohrläppchen in die Augen. »Angst ist nicht das Problem. Aber Untreue. Ich dulde keine Untreue.«

»Es sei denn natürlich bei dir selbst.«

»Oh, ich bin dir ziemlich treu, mein Geliebter. Abgesehen vom Bruder deines Vaters, wie du weißt.« Sie drehte sich um und straffte die Schultern zu ihrer vollen Größe. »Mein Mann ist der Einzige außer dir. Und ich komme allein hierher.«

»Deine Tugend ist wirklich unfehlbar, obwohl ich dir schon sagte: Nimm dir noch einen Liebhaber. Lass hundert Männer in dein Bett.«

»Keiner könnte dir je das Wasser reichen.«

Rehv wurde jedes Mal übel, wenn sie ihm diese falschen Komplimente machte. Was sie natürlich genau bezweckte.

»Sag mir«, meinte er, um das Thema zu wechseln, »Wo du schon unseren Onkel erwähnst, wie geht es dem Arschloch?«

»Er hält dich immer noch für tot. Meinen Teil des Abkommens habe ich also erfüllt.«

Rehv fasste in seinen Zobel, holte die geschliffenen Rubine im Wert von einer viertel Million Dollar heraus und warf ihr das hübsche Beutelchen vor die Füße. Dann streifte er den Mantel ab. Jackett und Halbschuhe folgten, dann die Seidensocken, die Hose und das Hemd. Boxershorts trug er keine. Wozu der Umstand.

Rehvenge stand vor ihr, vollkommen aufrecht, die Füße fest auf den Boden gedrückt, seine Brust hob und senkte sich mit jedem Atemzug. »Und ich bin bereit, meinen Teil zu leisten.«

Ihre rubinroten Augen glitten an ihm herab, und ihr Blick fiel auf sein Geschlecht. Ihr Mund öffnete sich leicht, und ihre gespaltene Zunge fuhr über die Unterlippe. Die Skorpione an ihren Ohren wanden sich wie in Vorfreude, als würden sie auf ihre sexuelle Erregung reagieren.

Sie deutete auf das Samtbeutelchen. »Heb das auf und gib es mir anständig.«

»Nein.«

»Heb es auf.«

»Du bückst dich doch so gerne vor mir. Warum sollte ich dir den Spaß verderben?«

Die Prinzessin steckte die Hände in die weiten Ärmel ihrer Robe und kam auf ihn zu, auf die gleitende Art, die allen *Symphathen* zu eigen war, fast schon, als schwebte sie über die Bodenbretter. Rehv wich keinen Millimeter zurück. Eher würde er sterben und sich begraben lassen, als sich von ihr einschüchtern zu lassen.

Sie starrten einander an, und in der tiefen, gehässigen

Stille spürte er eine schreckliche Verbundenheit mit ihr. Sie waren einander ebenbürtig, und obwohl er es verabscheute, war es eine Wohltat, einmal er selbst sein zu dürfen.

»Heb es –«

»Nein.«

Ihre verschränkten Arme lösten sich voneinander, und eine sechsfingrige Hand sauste auf ihn zu. Die Ohrfeige war hart und brennend wie ihre Rubinaugen. Rehv ließ nicht zu, dass sein Kopf von der Wucht nach hinten geschleudert wurde, während der schallende Laut wie ein zerbrechender Teller wiederhallte.

»Ich möchte, dass du mir meinen Zehnten anständig aushändigst. Und ich will wissen, wer sie ist. Ich habe schon einmal dein Interesse an ihr gespürt – wenn du nicht bei mir bist.«

Rehv hielt sich an der Strandszene fest. Er wusste, dass sie bluffte. »Ich beuge mich weder dir noch sonst jemand, Weibsstück. Wenn du diesen Beutel willst, musst du ihn schon selbst aufheben. Und was du glaubst zu wissen: du irrst. Es gibt niemanden für mich.«

Sie schlug ihn erneut, und der Schmerz fuhr durch seine Wirbelsäule und in die Spitze seines Schwanzes. »Du beugst dich mir jedes Mal, wenn du hierherkommst, mit deiner lächerlichen Zahlung und deinem hungrigen Sex. Du brauchst es, du brauchst mich.«

Er schob sein Gesicht ganz nah an ihres heran. »Bilde dir nichts ein, Prinzessin. Du bist eine lästige Pflicht und kein Vergnügen.«

»Falsch. Du lebst, um mich zu hassen.«

Die Prinzessin griff zwischen seine Beine und umfasste ihn fest mit ihren Friedhofsfingern. Als er ihren Griff und ihr Streicheln fühlte, war er angewidert ... und doch tropfte seine Erektion bei der Zuwendung. Es war kaum zu ertragen: Obgleich er sie abstoßend fand, war der *Symphath* in ihm gefesselt von diesem geistigen Kräftemessen, und das war das Erotische daran.

Die Prinzessin neigte sich zu ihm, und ihr Zeigefinger strich über den Stachel am Schaft seiner Erregung. »Wer diese Frau in deinem Kopf auch ist, sie kann dir nicht bieten, was wir beide haben.«

Rehv legte die Hände an den schmalen Hals seiner Erpresserin und drückte mit den Daumen zu, bis sie keuchte. »Ich könnte dir den Kopf vom Hals reißen.«

»Das wirst du nicht tun.« Sie ließ ihre roten, glänzenden Lippen über seinen Hals streifen und verbrannte seine Haut mit dem Pfefferlippenstift, den sie trug. »Denn dann müsstest auf das hier verzichten.«

»Unterschätze nicht die Reize der Nekrophilie. Insbesondere, was dich betrifft.« Er griff in den Haarknoten und riss sie ruckartig zurück. »Sollen wir zur Sache kommen?«

»Erst wenn du diesen Beutel aufgeho–«

»*Das wird nicht passieren. Ich beuge mich nicht.*« Mit der freien Hand zerfetzte er die Vorderseite ihrer Robe und enthüllte den glänzenden Body, den sie immer trug. Dann wirbelte er sie herum, presste ihr Gesicht an die Tür und griff in die Falten ihres roten Gewandes, während sie keuchte. Das Gewebe, mit dem sie ihre Haut bedeckte, war mit Skorpiongift getränkt, und als er sich zu ihrer Mitte vorarbeitete, drang das Sekret langsam durch seine Haut. Hoffentlich konnte er sie noch eine Weile vögeln, so lange sie ihre Gewänder trug –

Die Prinzessin dematerialisierte sich aus seinem Griff heraus und formte sich genau vor dem Fenster wieder, durch das Trez blicken konnte. Wie durch einen Lufthauch glitten die Roben von ihren Schultern, abgestreift durch reine Willenskraft, und entblößten ihr Fleisch. Sie war gebaut wie die Schlange, die sie war, sehnig und viel zu dünn, und ihr schimmernder Body wirkte wie Schuppen, als sich das Mondlicht in den Maschen brach.

Ihre Füße standen fest rechts und links von dem Beutel mit den Rubinen.

»Du wirst mich anbeten«, sagte sie und ihre Hand fuhr zwischen ihre Beine und streichelte den Schlitz. »Mit deinem Mund.«

Rehv kam zu ihr und ging in die Knie. Lächelnd blickte er zu ihr auf: »Und du wirst es sein, die diesen Beutel aufhebt.«

18

Ehlena stand vor der Leichenhalle der Klinik, die Arme um sich geschlungen. Das Herz schlug ihr bis in die Kehle, und ihre Lippen formten Gebete. Trotz ihrer Schwesternkleidung wartete sie hier nicht in beruflicher Funktion, und die Mahnung NUR FÜR PERSONAL versperrte ihr den Durchgang genauso wie jedem anderen. Als sich die Minuten zu Jahrhunderten dehnten, starrte sie die Buchstaben an, als hätte sie verlernt zu lesen. Die Worte *Nur für* standen auf der einen Flügeltür, *Personal* auf der anderen. Große rote Druckbuchstaben. Darunter stand dasselbe in der Alten Sprache.

Gerade war Alix durch diese Tür gegangen, geleitet von Havers.

Bitte ... nicht Stephan. Bitte lass den Unbekannten nicht Stephan sein.

Als ein Klagelaut durch die NUR-FÜR-PERSONAL-Tür drang, schloss sie die Augen und alles drehte sich.

Sie war also doch nicht versetzt worden.

Zehn Minuten später kam Alix heraus. Sein Gesicht war kalkweiß, die Augenpartie rot von all den fortgewischten Tränen. Havers war direkt hinter ihm und sah genauso erschüttert aus.

Ehlena ging auf Alix zu und schloss ihn in die Arme. »Es tut mir so leid.«

»Wie … wie soll ich es nur seinen Eltern sagen … Sie wollten nicht, dass ich hierherkomme … Oh, Gott …«

Ehlena hielt den zitternden Vampir fest, bis er sich aufrichtete und sich mit beiden Händen über das Gesicht fuhr. »Er hat sich auf die Verabredung mit dir gefreut.«

»Ich mich auch.«

Havers legte Alix eine Hand auf die Schulter. »Willst du ihn mitnehmen?«

Der Vampir blickte zurück zur Tür, und sein Mund wurde schmal. »Wir werden mit dem … Todesritual … anfangen wollen, aber …«

»Soll ich ihn einhüllen«, fragte Havers sanft.

Alix schloss die Augen und nickte. »Seine Mutter darf sein Gesicht nicht sehen. Es würde sie umbringen. Und ich würde es tun, nur …«

»Bei uns ist er gut aufgehoben«, sagte Ehlena. »Du kannst dich darauf verlassen, dass wir ihn mit Achtung und Respekt behandeln.«

»Ich glaube, ich könnte nicht …« Alix sah sich um. »Ist das schlecht von mir?«

»Nein.« Sie hielt seine Hände. »Und ich verspreche dir, wir tun es mit Liebe.«

»Aber ich sollte helf–«

»Du kannst uns vertrauen.« Als der Vampir schnell blinzelte, führte Ehlena ihn sanft von der Tür der Leichenhalle weg. »Ich möchte, dass du in einem der Familienzimmer wartest.«

Ehlena führte Stephans Cousin weg von der Leichenhalle und bis zu dem Gang, von dem die Patientenzimmer abgingen. Als eine andere Schwester vorbeikam, bat Ehlena sie, ihn in ein privates Wartezimmer zu bringen, dann kehrte sie zur Leichenhalle zurück.

Bevor sie eintrat, atmete sie tief durch und straffte die Schultern. Als sie die Tür aufdrückte, war die Luft erfüllt von Kräuterduft, und Havers stand bei einer Leiche, die mit einem weißen Laken bedeckt war. Ehlena geriet ins Wanken.

»Mein Herz ist schwer«, meinte der Arzt. »So schwer. Ich wollte nicht, dass der arme Junge seinen Cousin so sieht, aber er bestand darauf, ihn zu identifizieren, nachdem er die Kleidung wiedererkannt hatte. Er wollte ihn unbedingt sehen.«

»Er brauchte die Gewissheit.« Ihr wäre es genauso gegangen.

Havers hob das Laken an und faltete es auf der Brust. Ehlena schlug sich die Hand vor den Mund, um nicht laut aufzukeuchen.

Stephans geschundenes Gesicht war fleckig und kaum wiederzuerkennen.

Sie schluckte. Und schluckte noch einmal. Und noch ein drittes Mal.

Liebste Jungfrau der Schrift, vor vierundzwanzig Stunden hatte er noch gelebt. Hatte gelebt, war in der Innenstadt gewesen und hatte sich auf das Treffen mit ihr gefreut. Dann hatte er einen falschen Weg eingeschlagen, und nun lag er hier auf diesem kalten Stahlbett, kurz davor, für sein Todesritual vorbereitet zu werden.

»Ich hole die Wickel«, sagte Ehlena heiser, als Havers das Laken ganz entfernte.

Die Leichenhalle war klein, besaß nur acht Kühleinheiten und zwei Seziertische, aber sie war gut ausgerüstet und bestückt. Die zeremoniellen Wickelverbände wurden im Schrank am Schreibtisch verwahrt, und als sie die Tür öffnete, schlug ihr erneut der Duft von Kräutern entgegen. Die Leinenverbände waren sechs Zentimeter breit und wurden in zehn Zentimeter dicken Rollen aufbewahrt. Sie waren in einer Mischung aus Rosmarin, Lavendel und Meersalz getränkt und verströmten eigentlich einen angenehmen Geruch. Doch Ehlena wich trotzdem jedes Mal zurück, wenn ihr ein Hauch davon in die Nase drang.

Tod. Es war der Geruch des Todes.

Sie nahm zehn Rollen aus dem Schrank und stapelte sie in ihren Armen, dann kehrte sie zu Stephan zurück, der nun völlig entblößt dalag, nur ein Tuch über den Lenden.

Einen Moment später kam Havers aus der Umkleide im hinteren Teil, in einer schwarzen Robe mit schwarzer Schärpe. Um den Hals trug er eine lange Silberkette, an der eine scharfkantige Klinge mit filigranen Mustern hing, deren Handgriff an den Ecken vom Alter geschwärzt war.

Ehlena senkte den Kopf, während Havers die erforderlichen Gebete an die Jungfrau der Schrift richtete und um ein sanftes Eintreten in den Schleier für Stephan bat. Als der Arzt geendet hatte, reichte sie ihm die erste der duftenden Rollen, und sie begannen mit Stephans rechter Hand, wie es sich gehörte. Behutsam und sanft hielt sie den kalten, grauen Arm hoch, während Havers ihn fest umwickelte und zweifach mit den Leinenstreifen einband. Als sie sich zu seiner Schulter hochgearbeitet hatten, gingen sie zum rechten Bein über. Als Nächstes kam die linke Hand, der linke Arm und das linke Bein.

Als der Lendenschurz angehoben wurde, wandte sich Ehlena ab, wie es sich für Frauen gehörte. Bei einem weiblichen Leichnam wäre das nicht nötig gewesen, in diesem

Fall hätte sich ein männlicher Assistent aus Respekt abgewandt. Nachdem die Hüften umwickelt waren, wurde der Torso bis zur Brust eingehüllt und die Schultern bedeckt.

Mit jedem neuen Wickeln des Verbandes drang der Kräutergeruch erneut in ihre Nase, bis sie glaubte, ersticken zu müssen.

Oder vielleicht war es auch nicht der Geruch. Vielleicht waren es die Gedanken in ihrem Kopf. Wäre er ihre Zukunft gewesen? Hätte sie seinen Körper kennengelernt? Hätte das ihr *Hellren* sein können, der Vater ihrer Kinder?

Fragen, die nun niemals beantwortet werden würden.

Ehlena runzelte die Stirn. Nein, tatsächlich waren sie alle beantwortet worden.

Und jede einzelne davon mit einem Nein.

Als sie dem Arzt die nächste Rolle reichte, fragte sie sich, ob Stephan ein erfülltes, zufriedenes Leben gehabt hatte.

Nein, dachte sie. Er war geprellt worden. Total geprellt.

Betrogen.

Das Gesicht wurde als Letztes umwickelt, und sie hob Stephans Kopf an, während der Arzt den Stoff langsam Runde für Runde nach oben bewegte. Ehlena atmete schwerfällig und gerade, als Havers die Augen bedeckte, kullerte eine Träne aus ihren Augen und fiel auf den weißen Verband.

Havers legte ihr kurz die Hand auf die Schulter und beendete dann die Arbeit.

Das Salz im Gewebe diente als Siegel, damit keine Flüssigkeiten durch das Gewebe sickerten, außerdem konservierte das Mineral den Leib für die Beisetzung. Sinn der Kräuter war es natürlich, in der kurzen Zeit Gerüche zu übertünchen, doch sie standen auch symbolisch für die Früchte der Erde und den Kreislauf von Wachstum und Tod.

Mit einem Fluch ging Ehlena zurück zum Schrank und holte ein schwarzes Leichentuch heraus, mit dem sie und

Havers Stephan umhüllten. Das Schwarz der Außenseite symbolisierte das fehlbare sterbliche Fleisch, das innere Weiß die Reinheit der Seele und das Strahlen im ewigen Heim des Schleiers.

Ehlena hatte einmal gehört, dass die Rituale neben dem praktischen Nutzen eine wichtige Funktion besaßen. Angeblich halfen sie beim seelischen Heilungsprozess, aber als sie jetzt neben Stephans Leiche stand, empfand sie das als totalen Humbug. Es war ein unechter Abschluss, ein jämmerlicher Versuch, ein grausames Schicksal mit süßen Düften zu vertuschen.

Nichts als ein frischer Überwurf auf einem blutbesudelten Sofa.

Einen Moment lang standen sie schweigend bei Stephans Leiche, dann schoben sie die Rollbahre hinten aus der Leichenhalle und in das Tunnelsystem, das zu den Garagen führte. Dort schoben sie Stephan in einen der vier Krankenwagen, die nach menschlichem Vorbild gestaltet waren.

»Ich fahre die beiden zum Haus seiner Eltern«, erklärte Ehlena.

»Soll Sie noch jemand begleiten?«

»Ich glaube, Alix ginge es besser ohne weiteres Publikum.«

»Aber Sie werden aufpassen? Nicht nur auf die beiden, sondern auch auf sich selbst?«

»Ja.« Jeder Krankenwagen hatte eine Pistole unter dem Fahrersitz und der Umgang damit war eine der ersten Dinge gewesen, die Catya Ehlena in der Klinik gezeigt hatte: Ehlena war also auf alles vorbereitet.

Als sie und Havers die Hecktüren des Krankenwagens schlossen, schielte Ehlena zum Tunneleingang. »Ich glaube, ich gehe über den Parkplatz zur Klinik zurück. Ich brauche etwas frische Luft.«

Havers nickte. »Ich schließe mich an. Ich glaube, auch ich brauche Luft.«

Zusammen traten sie in die kalte, klare Nacht.

Als braver Lustknabe machte Rehv alles, was sie von ihm verlangte. Die Tatsache, dass er grob und unsanft vorging, war ein Zugeständnis an seinen freien Willen – und doch auch Grund dafür, warum es der Prinzessin so gut gefiel.

Als es vorbei war und sie beide erschöpft waren – sie von ihren vielen Orgasmen, er von dem Skorpiongift, das tief in seinen Blutstrom gedrungen war –, lagen diese verdammten Rubine immer noch dort, wo er sie hingeworfen hatte. Auf dem Boden.

Die Prinzessin lehnte am Fenstersims und keuchte atemlos, ihre viergliedrigen Finger gespreizt, höchstwahrscheinlich, weil sie wusste, dass er sich davor ekelte. Er stand schwankend am anderen Ende der Hütte, so weit von ihr entfernt wie möglich.

Als er nach Atem rang, widerte ihn der Geruch nach schmutzigem Sex an, der in der Hütte hing. Außerdem klebte ihr Geruch an ihm, umhüllte ihn, erstickte ihn so sehr, dass ihm selbst mit dem *Symphathen*-Blut in den Adern zum Kotzen zumute war. Vielleicht war es aber auch schon das Gift. Wer zum Teufel wusste das schon.

Eine ihrer knochigen Hände hob sich und zeigte auf den Samtbeutel. »Heb. Sie. Auf.«

Rehv schaute ihr fest in die Augen und schüttelte langsam den Kopf.

»Du solltest besser zurück zu unserem Onkel«, krächzte er heiser. »Sicher wird er misstrauisch, wenn du zu lange weg bist.«

Damit hatte er ins Schwarze getroffen. Der Bruder ihres gemeinsamen Vaters war ein berechnender, argwöhnischer

Psychopath. Genau wie sie beide. Alle in der Familie, wie man sagte.

Die Roben der Prinzessin hoben sich vom Boden und schwebten auf sie zu. Als sie neben ihr in der Luft hingen, holte sie eine breite, rote Schärpe aus einer Innentasche heraus, schlang sie sich zwischen den Beinen hindurch und umwickelte ihr Geschlecht, so dass sie seinen Samen in sich behielt. Dann zog sie sich an und verdeckte das von ihm zerrissene Gewand, indem sie es unter einer weiteren Schicht verbarg. Der goldene – oder zumindest schloss er aus der Art, wie er das Licht reflektierte, auf Gold – Gürtel war als Nächstes dran.

»Grüße meinen Onkel«, grinste Rehv süffisant. »Oder auch ... nicht.«

»Heb ... sie ... auf.«

»Du wirst dich entweder nach diesem Beutel bücken, oder er bleibt hier.«

Aus den Augen der Prinzessin blitzte ihm die Art von Boshaftigkeit entgegen, die es so lustig machte, mit Mördern zu spielen, und sie funkelten sich eine lange, feindselige Minute hindurch an.

Die Prinzessin gab nach. Wie er es vorhergesagt hatte.

Zu seiner unermesslichen Befriedigung holte sie den Beutel, und bei dieser Kapitulation wäre er fast noch einmal gekommen: Sein Stachel drohte auszufahren, obwohl es nichts gab, an dem er sich festhalten konnte.

»Du könntest König sein«, sagte sie, und streckte die Hand aus. Der Samtbeutel mit den Rubinen hob sich vom Boden. »Töte ihn, und du könntest König sein.«

»Ich töte dich und könnte glücklich sein.«

»Du wirst niemals glücklich sein. Du bist eine ganz eigene Spezies und lebst ein verlogenes Leben unter Minderwertigen.« Sie lächelte, und ehrliche Freude stand in ihrem Gesicht. »Außer hier bei mir. Hier kannst du ehrlich sein. Bis nächsten Monat, mein Geliebter.«

Mit ihren abstoßenden Händen hauchte sie ihm einen Kuss zu und löste sich auf, wie vorher sein Atem vor der Hütte, aufgezehrt von der dünnen Nachtluft.

Rehvs Knie knickten ein, und er stürzte zu Boden, ein Häufchen Elend. Als er auf den rauen Planken lag, spürte er alles: Die zuckenden Muskeln seiner Oberschenkel, das Kitzeln an der Eichel, während sich die Vorhaut wieder darüber schob, der krampfhafte Schluckreiz durch das Skorpiongift.

Als die Wärme aus der Hütte verflog, überkam ihn die Übelkeit in einer stinkenden, öligen Welle. Sein Magen verkrampfte sich zu einer Faust und sein Hals zog sich spastisch zusammen. Der Würgreflex gehorchte, und er öffnete den Mund, aber nichts kam heraus.

Er war schlau genug, vor seinen Dates nicht zu essen.

Trez kam so leise durch die Tür, dass Rehv seinen Freund erst bemerkte, als dessen Stiefel in seinem Gesichtsfeld erschienen.

»Schaffen wir dich hier raus«, sagte der Maure freundlich.

Rehv wartete darauf, dass der Würgreflex nachließ, um sich vom Boden abzustützen. »Ich werde ... mich anziehen.«

Das Skorpiongift schoss durch sein zentrales Nervensystem und blockierte seine Neuronenautobahnen. Es wurde zu einer peinlichen Demonstration von Gebrechlichkeit, als er sich zu seiner Kleidung schleppte. Leider musste das Antiserum im Auto bleiben, weil die Prinzessin es sonst gefunden hätte, und mit dem Eingeständnis einer solchen Schwäche hätte er sich ans Messer geliefert.

Trez verlor die Geduld. Er ging zu dem Kleiderhaufen

und schnappte sich den Mantel. »Zieh einfach nur den an, damit wir dich behandeln können.«

»Ich … ich ziehe mich an.« Es war der Stolz der Hure.

Trez fluchte und kniete sich mit dem Mantel nieder. »Himmel nochmal, Rehv –«

»Nein –« Ein heftiges Keuchen unterbrach ihn und beförderte ihn bäuchlings auf den Boden, so dass er eine kurze Nahansicht der Holzmaserung der Bodenbretter bekam.

Mann, heute Nacht war übel. So schlimm war es noch nie gewesen.

»Entschuldige, Rehv, aber jetzt übernehme ich.«

Trez ignorierte seinen armseligen Versuch, die Hilfe abzuwehren, wickelte ihn in den Zobel und trug ihn hinaus wie ein kaputtes Stück Ausrüstung.

»Du kannst so nicht weitermachen«, schimpfte Trez, als er ihn auf langen Beinen zum Bentley trug.

»Warte … ab.«

Damit er und Xhex am Leben blieben und sich frei bewegen konnten, musste er es.

19

Rehv wachte im Schlafzimmer seines Sommerhauses in den Adirondacks auf, das er als sicheres Haus benutzte. Er erkannte es an den Fenstern, die vom Boden bis zur Decke reichten, dem prasselnden Feuer im Kamin und der Tatsache, dass die Schnitzereien im Mahagoni-Fußteil seines Bettes pausbäckige Engel darstellten. Was er nicht genau sagen konnte, war, wie viele Stunden seit seinem Tête-à-tête mit der Prinzessin verstrichen waren. Eine? Hundert?

Am anderen Ende des spärlich beleuchteten Raums saß Trez auf einem ochsenblutroten Clubsessel und las im gelblichen Licht einer langstieligen Lampe.

Rehv räusperte sich. »Was liest du da?«

Der Maure blickte auf, und seine mandelförmigen Augen richteten sich mit einer Schärfe auf ihn, auf die er gern verzichtet hätte. »Du bist wach.«

»Was ist das?«

»*Das Todes-Lexikon der Schatten.*«

»Leichte Lektüre. Und ich dachte, du wärst ein Fan von Candance Bushnell.«

»Wie fühlst du dich?«

»Gut. Wundervoll. Frisch wie ein Apfel.« Mit einem Knurren schob sich Rehv ein Stück im Bett nach oben. Trotz des Zobelmantels, der um seinen nackten Leib gewickelt war, und den Federbetten und Überdecken, die sich auf ihm stapelten, war er kalt wie ein Pinguinhintern, also hatte ihm Trez offensichtlich schon eine ordentliche Ladung Dopamin gespritzt. Aber wenigstens hatte das Antiserum gewirkt, so dass die Kurzatmigkeit und das Keuchen ein Ende hatten.

Langsam schloss Trez das alte Buch. »Ich bereite mich nur vor, das ist alles.«

»Für den Eintritt in die Priesterschaft? Ich dachte, die Königsache wäre mehr dein Ding.«

Der Maure legte den Folianten auf den Beistelltisch. Dann richtete er sich zu voller Größe auf, streckte sich ausführlich und kam zum Bett. »Willst du etwas essen?«

»Ja. Das wäre gut.«

»Gib mir eine Viertelstunde.«

Als sich die Tür hinter Trez schloss, durchwühlte Rehv die Innentasche seines Zobels. Er fand sein Handy und prüfte es, aber es gab keine Nachrichten. Keine SMS.

Ehlena hatte es nicht bei ihm versucht. Doch warum sollte sie auch?

Er starrte das Handy an und strich mit dem Daumen über die Tasten. Er verzehrte sich danach, ihre Stimme zu hören, als könnte ihr Klang alles fortwaschen, was in der Blockhütte passiert war.

Als könnte sie die letzten zweieinhalb Jahrzehnte ungeschehen machen.

Rehv ging auf Adressbuch und holte ihre Nummer aufs

Display. Sie war wahrscheinlich auf der Arbeit, aber wenn er ihr eine Nachricht hinterließ, rief sie ihn vielleicht in der Pause zurück. Er zögerte, doch dann drückte er die grüne Taste und hielt sich das Handy ans Ohr.

In dem Moment, als er es tuten hörte, trat ihm ein lebhaftes Bild der Szenen mit der Prinzessin vor Augen, wie er Sex mit ihr hatte, wie seine Hüften schwangen, wie das Mondlicht obszöne Schatten auf die Bodenbretter warf.

Er unterbrach den Anruf mit einem schnellen Tastendruck und fühlte sich, als hätte er sich von oben bis unten mit Dreck eingerieben.

Gott, es gab nicht genug Duschen auf der Welt, um sich sauber genug für ein Gespräch mit Ehlena zu waschen, nicht genug Seife oder Bleiche oder Stahlwolle. Als er sich ihre makellose Schwesternuniform in Erinnerung rief, ihr rötlich blondes Haar, ordentlich zurückgebunden zu einem Pferdeschwanz, die weißen Schuhe ohne Kratzer, wusste er, dass er sie lebenslang beflecken würde, sollte er sie je berühren. Mit seinem tauben Daumen streichelte er das flache Display des Handys, als wäre es ihre Wange, dann ließ er die Hand aufs Bett fallen. Die leuchtendroten Adern an seinem Arm erinnerten ihn an ein paar weitere Dinge, die er mit der Prinzessin getrieben hatte.

Er hatte seinen Körper nie als besondere Gabe betrachtet. Er war groß und muskulös, also war er nützlich, und das andere Geschlecht sprach darauf an, was wohl hieß, dass er seine Vorzüge hatte. Außerdem funktionierte er ... naja, mal abgesehen von den Nebenwirkungen, mit denen er auf das Dopamin reagierte, und seiner Allergie gegen Skorpiongift.

Doch wer wollte so kleinlich sein.

Als er hier im Dämmerlicht in seinem Bett lag, das Handy in der Hand, spulten sich weitere abscheuliche Szenen mit der Prinzessin vor seinem inneren Auge ab ... wie sie ihm einen blies, wie er sie nach unten drückte und von hinten vögelte, seine mahlenden Kiefer zwischen ihren Schenkeln. Er erinnerte sich an das Gefühl, wenn der Stachel an seinem Schwanz ausfuhr und sie zwei miteinander verband.

Dann dachte er daran, wie Ehlena seinen Blutdruck gemessen hatte ... und wie sie einen Schritt von ihm zurückgewichen war.

Das hatte sie zurecht getan.

Es war falsch von ihm, sie anzurufen.

Mit größter Vorsicht schob er den Daumen auf den Tasten herum und rief ihre Nummer auf. Ohne zu zögern löschte er sie aus dem Verzeichnis, und als sie verschwand, erfüllte eine unerwartete Wärme seine Brust – und sagte ihm, dass er nach den Maßstäben seiner Mutter das Richtige getan hatte.

Das nächste Mal in der Klinik würde er um eine andere Schwester bitten. Und wenn er Ehlena noch einmal sah, würde er die Finger von ihr lassen.

Trez kam mit einem Tablett herein. Haferbrei, Tee und etwas trockener Toast.

»Lecker«, kommentierte Rehv ohne Begeisterung.

»Sei ein guter Junge und iss. Als nächstes bringe ich dir Eier mit Speck.«

Als das Tablett auf seine Beine gestellt wurde, warf Rehv das Handy auf den Pelz und nahm den Löffel. Auf einmal sagte er aus unerfindlichen Gründen: »Warst du jemals verliebt, Trez?«

»Nein.« Der Maure ging zurück zu seinem Sessel in der Ecke, die geschwungene Lampe beleuchtete sein ebenmäßiges, dunkles Gesicht. »Ich habe zugesehen, wie iAm es versucht hat, und entschieden, dass es nichts für mich ist.«

»iAm? Hör auf. Ich wusste gar nicht, dass dein Bruder mal was hatte.«

»Er redet nicht über sie, und ich habe sie nie getroffen. Aber er war eine ganze Weile übel drauf, auf die Art, wie Männer es nur wegen Frauen sind.«

Rehv verrührte den braunen Zucker, der auf seinen Haferbrei gestreut war. »Meinst du, dass du dich je vereinigen wirst?«

»Nein.« Trez lächelte, und seine perfekten weißen Zähne blitzten. »Warum die Frage?«

Rehv führte den Löffel an den Mund. »Nur so.«

»Ja. Klar.«

»Dieser Haferbrei ist köstlich.«

»Du kannst Haferbrei nicht ausstehen.«

Rehv lachte leise und aß weiter, um sich selbst zum Schweigen zu bringen. Schließlich ging ihn die Sache mit der Liebe nichts an. Aber die Arbeit.

»Irgendwas in den Clubs passiert?«

»Alles im Lot, soweit.«

»Gut.«

Rehv aß langsam die ganze Schale leer und fragte sich, warum er so ein komisches Gefühl im Bauch hatte, wenn in Caldwell doch alles wie geschmiert lief.

Wahrscheinlich der Haferbrei, dachte er. »Du hast Xhex gesagt, dass es mir gut geht, oder?«

»Ja«, sagte Trez und nahm das Buch wieder auf. »Ich habe gelogen.«

Xhex saß hinter ihrem Schreibtisch und starrte auf ihre besten Türsteher Big Rob und Silent Tom. Sie waren Menschen, aber sie waren schlau, und in ihren tiefsitzenden Jeans vermittelten sie genau den trügerisch entspannten Anschein, den sie für die Arbeit brauchten.

»Was können wir für dich tun, Boss?«, wollte Big Rob wissen.

Sie lehnte sich vor, holte zehn gefaltete Scheine aus der Gesäßtasche ihrer Lederhose und strich sie umständlich glatt, dann bildete sie zwei Stapel daraus und schob sie den beiden hin.

»Ich brauche euch für einen Nebenjob.«

Sie nickten so schnell, wie ihre Finger nach den Scheinen langten. »Was immer du willst«, meinte Big Rob.

»Im Sommer haben wir einen Barmann gefeuert, der sich aus der Kasse bedient hat. Ein Kerl namens Grady. Ihr erinnert euch an –«

»Ich habe die Scheiße mit Chrissy in der Zeitung gelesen.«

»Dreckschwein«, stimmte Silent Tom zu.

Xhex war nicht überrascht, dass sie die Geschichte kannten. »Ich möchte, dass ihr Grady findet.« Als Big Rob seine Knöchel knacken ließ, schüttelte sie den Kopf. »Nein. Ich möchte nur, dass ihr mir seine Adresse bringt. Wenn er euch sieht, nickt ihr und geht weiter. Ist das klar? Ihr krümmt ihm kein Haar.«

Die Türsteher lächelten grimmig. »Kein Problem, Boss«, murmelte Big Rob. »Wir überlassen ihn dir.«

»Die Polizei sucht auch nach ihm.«

»Worauf du wetten kannst.«

»Wir wollen nicht, dass die Polizei von eurer Aktivität erfährt.«

»Kein Problem.«

»Ich kümmere mich um eine Aushilfe für eure Schichten. Je schneller ihr ihn findet, desto glücklicher bin ich.«

Big Rob blickte zu Silent Tom. Nach einem Moment holten sie die Scheine wieder aus den Taschen und schoben sie Xhex zurück über den Tisch.

»Das tun wir für Chrissy, Boss. Keine Sorge.«

»Wenn ihr zwei das übernehmt, mache ich mir keine.«

Die Tür schloss sich hinter ihnen. Xhex rieb sich über die Oberschenkel und trieb die Büßergurte tiefer in ihr Fleisch. Sie hätte zu gern selbst nach ihm gesucht, aber Rehv war oben im Norden, und für diese Nacht standen noch Deals an, also konnte sie den Club nicht verlassen. Außerdem durfte sie Grady nicht selbst beschatten. Dieser Detective von der Mordkommission hatte ein Auge auf sie.

Ihr Blick fiel auf das Telefon, und sie fluchte verhalten. Trez hatte angerufen. Rehv habe sein Geschäft mit der Prinzessin hinter sich gebracht. Doch der Klang seiner Stimme hatte Xhex verraten, was seine Worte verschwiegen: dass Rehv diese Tortur nicht mehr lange körperlich durchstehen würde.

Noch so eine Situation, bei der sie hilflos zusehen und still auf ihrem Stuhl sitzen musste.

Machtlosigkeit war kein Zustand für Xhex, aber in Bezug auf die Prinzessin war sie das Gefühl gewohnt. Vor über zwanzig Jahren hatte Xhex' Entscheidung sie und Rehv in diese Situation gebracht. Rehv meinte, er würde sich um die Sache kümmern, aber nur unter einer Bedingung: Er würde es auf seine Weise tun, und Xhex durfte sich nicht einmischen. Sie hatte schwören müssen, sich rauszuhalten, und obwohl es sie umbrachte, hielt sie ihr Versprechen und lebte damit, dass Rehv diesem Miststück ihretwegen ausgeliefert war.

Verdammt, sie wünschte, er würde die Beherrschung verlieren und losdreschen. Nur einmal. Stattdessen nahm er es hin und bezahlte ihre Schuld mit seinem Körper.

Sie hatte ihn zur Hure gemacht.

Xhex ging aus dem Büro, weil sie es allein nicht mehr aushielt. Sie hoffte inständig auf eine Schlägerei im Clubgetümmel, eine auffliegende Dreiecksbeziehung, wo ein Macker einen anderen wegen irgendeiner fischlippigen Zicke mit Plastiktitten zusammenschlug. Oder ein fehlgelaufener Toilettenfick auf dem Herrenklo im Zwischengeschoss. Verdammt, sie war so geladen, sie hätte sogar mit einem Besoffenen vorliebgenommen, der wegen seinem Smirnoff rumzickte, oder einem Nahkörpertanz in der Ecke, der die Grenze zum Geschlechtsverkehr überschritt.

Sie brauchte etwas zum Abreagieren, und ihre besten Chancen hatte sie in der Masse. Wenn da doch nur –

Typisch. Alle benahmen sich.

Idiotenpack.

Schließlich landete sie wieder im VIP-Bereich, weil sie die Türsteher vom Erdgeschoss mit ihrer Suche nach Ärger in den Wahnsinn trieb. Außerdem musste sie bei einem großen Deal die Muskeln spielen lassen.

Als sie an der Samtkordel vorbeikam, wanderten ihre Augen zum Tisch der Bruderschaft. John Matthew und seine Kumpel waren nicht da, aber so früh am Abend machten sie bestimmt noch Jagd auf *Lesser*. Coronas kippen würden sie später, wenn überhaupt.

Ihr war es egal, ob John Matthew sich blicken ließ.

Total egal.

Sie wandte sich an iAm: »Sind wir startklar?«

Der Maure nickte: »Rally hält die Ware bereit. Käufer müsste in zwanzig Minuten hier sein.«

»Gut.«

Zwei Koks-Deals im sechsstelligen Bereich standen heute auf dem Programm, und nachdem Rehv fehlte und Trez bei sich hatte, waren Xhex und iAm dafür zuständig. Das Geld wurde im Büro übergeben, aber die Ware verluden sie in der Seitenstraße in die Autos, denn vier Kilo reinen kolumbianischen Schnees wollte sie nicht durch den Club spazieren lassen. Scheiße, dass die Käufer kofferweise Geld hier reinschleppten, war schon schlimm genug.

Xhex war gerade an der Bürotür, als sie sah, wie sich Marie-Terese an einen Anzugträger ranmachte. Der Mann sah sie voll Ehrfurcht und Staunen an, wie einen Sportwagen, zu dem ihm gerade jemand die Schlüssel gegeben hatte.

Der Ehering an seinem Finger blitzte auf, als er nach seiner Börse griff.

Marie-Terese schüttelte den Kopf und hielt ihn mit grazilerr Hand auf, dann zog sie den willenlosen Kerl auf die Füße und führte ihn zu den privaten Toilettenräumen im hinteren Teil, wo das Geld den Besitzer wechseln würde.

Xhex drehte sich um. Sie stand vor dem Tisch der Bruderschaft.

Als sie auf John Matthews Stammplatz blickte, dachte sie an Marie-Tereses Freier. Xhex hätte gewettet, dass dieser Bastard, der gleich fünfhundert Dollar für einmal blasen oder ficken blechen würde, oder vielleicht tausend für beides, seine Frau nicht mit dieser Begierde ansah. Er wusste nichts über Marie-Terese, ahnte nicht, dass ihr Sohn vor zwei Jahren von ihrem Exmann entführt worden war und sie anschaffen ging, um ihn auszulösen.

Für ihn war sie nur ein herrliches Stück Fleisch, etwas zum Spielen und danach Wegwerfen.

Hübsch. Sauber.

Alle Freier waren gleich.

Und John war auch nicht anders. Xhex war eine Fantasie für ihn. Nicht mehr. Eine erotisches Trugbild, das er sich als Wichsvorlage ins Gedächtnis rief – was sie ihm übrigens nicht verübelte, schließlich hielt sie es mit ihm genauso. Und ironischerweise gehörte er zu den besten Liebhabern, die sie je gehabt hatte. Aber das lag daran, dass sie alles mit ihm machen konnte, so lange, bis sie ihren Hunger gestillt hatte. Und nie gab es Beschwerden, Bedenken oder Forderungen.

Hübsch. Sauber.

iAms Stimme drang in ihren Ohrstöpsel. »Käufer sind gerade angekommen.«

»Ausgezeichnet. Fangen wir an.«

Sie würde die zwei Deals abwickeln. Und dann hatte sie da noch diesen anderen Job zu erledigen. Das war doch etwas, worauf man sich freuen konnte. Am Ende der Nacht winkte genau die Sorte Befriedigung, die sie brauchte.

In einem ruhigen Viertel am anderen Ende der Stadt parkte Ehlena in einer Sackgasse vor einem schlichten Kolonialhaus und kam nicht mehr weg.

Der Schlüssel wollte einfach nicht ins Zündschloss des Krankenwagens passen.

Nachdem der schwerste Teil eigentlich hinter ihr lag und sie Stephan sicher zu seiner Familie gebracht hatte, überraschte es sie, dass sich das Einführen des verdammten Schlüssels als noch schwieriger erwies.

»*Komm schon* ...« Ehlena konzentrierte sich auf ihre Hand. Und musste zusehen, wie das Metallstück um das Zündschloss kreiselte, in das es hinein sollte.

Fluchend lehnte sie sich zurück. Sie wusste, dass sie das Leid im Haus noch vergrößerte, weil der Krankenwagen in der Einfahrt ein weiterer schreiender Beweis der Tragödie war.

Als würde die Leiche des geliebten Sohnes nicht reichen.

Sie sah zum Haus herüber. Hinter den Gazevorhängen bewegten sich Schatten.

Sie war rückwärts in die Einfahrt gefahren, und Alix war reingegangen, während sie in der kalten Nacht gewartet hatte. Einen Moment später hatte sich das Garagentor widerstrebend geöffnet, und Alix war mit einem älteren Vampir herausgekommen, der Stephan sehr ähnlich sah. Ehlena hatte sich verbeugt und seine Hand geschüttelt, dann hatte sie die Hecktüren des Krankenwagens geöffnet. Der Vampir hatte seine Hand vor den Mund geschlagen, als sie und Alix die Rollbahre herausfuhren.

»Mein Sohn ...«, hatte er gestöhnt.

Sie würde seine Stimme nie vergessen. Hohl. Hoffnungslos. Gebrochen.

Sein Vater und Alix hatten Stephan nach Hause getragen, und genau wie in der Leichenhalle war Sekunden später ein Klagelaut ertönt. Nur war es diesmal der höhere Klageruf einer Frau. Stephans Mutter.

Alix war zurückgekommen, als Ehlena die Rollbahre in den Krankenwagen zurückschob, und hatte heftig geblinzelt, als würde ihm ein steifer Wind ins Gesicht wehen. Nachdem sie ihm ihr Beileid ausgedrückt und sich verabschiedet hatte, setzte sie sich hinter das Steuer und ... bekam den verdammten Schlüssel nicht ins Schloss.

Auf der anderen Seite der Gazevorhänge sah sie zwei Schatten, die aneinander hingen. Dann waren es drei. Dann kamen mehr.

Aus unerfindlichem Grund musste sie an ihre Fenster zuhause denken, die mit Alufolie zugeklebt waren, um die Welt auszusperren.

Wer würde sich über ihren eingewickelten Leib beugen, wenn es mit ihr aus war? Ihr Vater wusste zwar meistens, wer sie war, war aber nur selten ganz da. Ihre Arbeitskollegen in der Klinik waren sehr nett, aber das war beruflich, nicht privat. Lusie wurde für ihre Hilfe bezahlt.

Wer würde sich um ihren Vater kümmern?

Ehlena war immer davon ausgegangen, dass er zuerst gehen würde, aber das hatte Stephans Familie sicher auch gedacht.

Ehlena wandte den Blick von den Trauernden ab und starrte durch die Windschutzscheibe.

Das Leben war zu kurz, egal, wie lang es dauerte. Wenn der Zeitpunkt kam, war vermutlich niemand bereit, seine Freunde zu verlassen und seine Familie und all die Dinge, die einen glücklich machten, sei man nun fünfhundert Jahre alt wie ihr Vater oder fünfzig wie Stephan.

Nur für das unendliche Weltall war die Zeit eine endlose Folge von Tagen und Nächten.

Das brachte sie auf eine Frage: Was zur Hölle machte sie mit der ihr zugeteilten Zeit? Ihr Job gab ihr eine Aufgabe, gewiss, und sie kümmerte sich um ihren Vater, was man eben für seine Familie tat. Aber wo ging es hin mit ihr? Nirgends. Und nicht nur, weil sie in diesem Krankenwagen saß und ihre Hände zu stark zitterten, um den Motor zu starten.

Dabei wollte sie ja gar nicht alles ändern. Sie wollte nur etwas für sich selbst besitzen, etwas, dass sie spüren ließ, dass sie am Leben war.

Wie aus dem Nichts fielen ihr plötzlich die tiefvioletten Augen von Rehvenge ein, und wie durch eine zurückfahrende Kamera sah sie sein markantes Gesicht und den Irokesen, seine feine Kleidung und den Stock.

Als sie sich diesmal mit dem Schlüssel vorbeugte, brachte sie ihn problemlos ins Schloss, und der Dieselmotor sprang mit einem Knurren an. Die Lüftung blies ihr kalte Luft ins Gesicht, und sie stellte sie aus, legte den Gang ein und fuhr weg von dem Haus und der Sackgasse und aus dem Viertel.

Das ihr nun nicht mehr ruhig erschien.

Sie lenkte den Wagen und war doch in Gedanken ganz woanders, gefangen von der Vorstellung eines Mannes, den sie nicht haben konnte und im Moment doch unbedingt brauchte.

Ihre Gefühle waren in so vieler Hinsicht falsch. Himmel nochmal, sie waren ein Betrug an Stephan, obwohl sie ihn kaum gekannt hatte. Aber es schien pietätlos, einen anderen Mann zu wollen, während Stephans Leiche von seiner Familie betrauert wurde.

Nur, dass sie Rehvenge ohnehin gewollt hätte.

»Verdammt.«

Die Klinik lag am anderen Ende der Stadt auf der anderen Seite des Flusses, und Ehlena war froh darüber, denn im Moment konnte sie noch nicht in die Arbeit. Sie war zu fertig und traurig und wütend auf sich selbst.

Was sie brauchte war ...

Starbucks. Oh, ja, das war *genau*, was sie brauchte.

Ungefähr fünf Meilen weiter, in einem Karree bestehend aus Supermarkt, Blumenladen, Optiker und Videoladen, fand sie einen Starbucks, der bis zwei Uhr geöffnet hatte. Sie parkte seitlich davon und stieg aus.

Bei ihrem Aufbruch von der Klinik hatte sie nicht daran gedacht, ihren Mantel mitzunehmen, also drückte sie jetzt ihre Handtasche an sich und sprintete über den Bürgersteig und durch die Tür. Drinnen sah es aus wie in den meisten dieser Läden: Rote Holzverkleidung, dunkelgrau gefliester Boden, viele Fenster, Polstersessel und kleine Tische. An der Ladentheke gab es Becher zum Verkauf, eine Glasvitrine mit Zitronenkuchen, Brownies und Rosinenbrötchen und zwei Kerle Anfang zwanzig an den Kaffeemaschinen. Es roch nach Haselnuss und Karamell und Schokolade, und der Duft vertrieb die Kräutermischung der Totenwickel aus ihrer Nase.

»Was darf's sein?«, fragte der größere der beiden hinter der Theke.

»Einen großen Caffè Latte mit Schaum, keine Sahne. In zwei Pappbechern, bitte.«

Der junge Mann lächelte sie an und regte sich nicht. Er hatte einen dunklen kurzen Bart und einen Nasenring, auf seinem T-Shirt stand kunstvoll rot gekleckert TOMATO EATER. Die Tropfen mochten Blut sein, oder, dem Namen der Band nach, Ketchup. »Sonst noch etwas? Die Zimt-Scones sind der Hammer.«

»Nein, danke.«

Seine Augen blieben an ihr haften, als er ihre Bestellung zubereitete, und um sich seiner Aufmerksamkeit zu entziehen, griff sie in ihre Handtasche und schaute nach ihrem Handy, nur für den Fall, dass Lusie –

EIN VERPASSTER ANRUF. *Zeigen?*

Sie bejahte und betete, dass es nichts mit ihrem Vater zu tun hatte.

Rehvenges Nummer erschien, obgleich nicht sein Name, weil sie ihn nicht gespeichert hatte. Sie starrte auf die Ziffern.

Gott, es war, als hätte er ihre Gedanken gelesen.

»Ihr Caffè Latte. Hallo?«

»Entschuldigung.« Sie steckte das Handy zurück, nahm entgegen, was der Kerl ihr hinhielt, und dankte ihm.

»Ich habe zwei Becher genommen, genau wie Sie wollten.«

»Danke.«

»He, arbeiten Sie in einem der Krankenhäuser hier in der Gegend?«, fragte er und beäugte ihre Uniform.

»Privatklinik. Nochmals danke.«

Sie ging schnell und schlüpfte in den Krankenwagen. Wieder hinter dem Steuer verriegelte sie die Türen, ließ den Motor an und stellte die Heizung an.

Der Caffè Latte war echt gut. Superheiß. Schmeckte wundervoll.

Sie holte ihr Handy raus und rief die Anrufliste auf. Dann drückte sie auf Rehvenges Nummer.

Sie atmete tief durch und nahm einen kräftigen Schluck Kaffee.

Und drückte auf wählen.

Das Schicksal hatte eine 518-Vorwahl. Wer hätte das gedacht.

20

Lash parkte den Mercedes 550 unter einer von Caldwells Brücken, wo die schwarze Limousine mit den Schatten der riesenhaften Betonpfeiler verschmolz. Die Digitaluhr auf dem Armaturenbrett verriet ihm, dass die Show unmittelbar bevorstand.

Wenn nichts schiefgelaufen war.

Während er wartete, dachte er wieder an das Treffen mit dem Oberhaupt der *Symphathen*. Im Rückblick gefiel ihm wirklich nicht, welche Gefühle dieser Typ in ihm geweckt hatte. Er vögelte Frauen. Ende der Diskussion. Keine Kerle. Niemals.

Dieser Mist war etwas für Wichser wie John und seine Crew von Weicheiern.

Bei dem Gedanken an John lächelte Lash. Er konnte es kaum erwarten, diesen Idioten wiederzusehen. Anfangs, kurz nachdem ihn sein wahrer Vater gerettet hatte, wollte sich Lash sofort rächen. Schließlich hingen John und seine Jungs sicher immer noch im *ZeroSum* ab, sie zu finden wäre also kein Problem gewesen. Doch er musste den richtigen Zeitpunkt abpassen. Lash musste sich erst noch in seinem neuen Leben zurechtfinden, und er wollte fest im Sattel sitzen, wenn er John zerschmetterte und Blay vor Qhuinns Augen erledigte, bevor er den Wichser killte, der ihn ermordet hatte.

Der richtige Zeitpunkt war entscheidend.

Wie auf Stichwort erschienen zwei Autos zwischen den Pfeilern. Der Ford Escort gehörte der Gesellschaft der *Lesser* und der silberne Lexus war das Auto von Gradys Großhändler.

Hübsche Felgen auf dem LS 600h. Ganz entzückend.

Grady stieg als Erster aus dem Escort, gefolgt von Mr D und den zwei anderen *Lessern*. Es sah aus wie ein Clownauto, man fragte sich, wie sie alle dort hineingepasst hatten.

Als sie auf den Lexus zugingen, stiegen zwei Männer in eleganten Wintermänteln aus. Synchron schoben sie die rechten Hände in die Jacketts, und Lash dachte nur: *Bitte Pistolen und keine Dienstmarken.* Wenn Grady versagt hatte und das verdeckte Ermittler waren, die hier eine Crockett-und-Tubbs-Nummer abzogen, würde die Sache kompliziert.

Aber nein … keine Dienstmarken, nur ein paar Worte von Seiten der Menschen, wahrscheinlich im Sinne von: *Wer zum Donner sind die drei Halodris, die du zu einem privaten Geschäftstreffen mitgebracht hast?*

Grady blickte hilfesuchend und panisch zu Mr D, und der kleine Texaner übernahm das Ruder. Er trat mit einem Aluminiumkoffer nach vorne, stellte ihn auf den Kofferraum des Lexus, ließ ihn aufschnappen und präsentierte stapelweise Hundertdollarscheine. In Wirklichkeit waren es natürlich wertlose Bündel mit je einem echten Schein obenauf. Die Mantelträger senkten die Blicke und –

Plopp. Plopp.

Grady machte einen Satz zurück, als die Drogenhändler wie Sandsäcke zu Boden gingen, und sein Mund klappte auf wie ein Klodeckel. Bevor er sich in ein Großer-Gott-was-habt-ihr-getan hineinsteigern konnte, ging Mr D auf ihn zu und verschloss seine Klappe mit einer Ohrfeige.

Die beiden Jäger steckten ihre Pistolen zurück in die Jacketts, während Mr D den Koffer schloss, um den Lexus herumging und sich hinters Steuer setzte. Als er davonfuhr, blickte Grady in die Gesichter der blassen Männer, als erwarte er, im nächsten Moment selbst umgenietet zu werden.

Stattdessen gingen sie zurück zum Escort.

Nach kurzer Verwirrung joggte Grady ihnen unbeholfen hinterher, als wären seine Gelenke zu stark geölt, aber als er die hintere Tür öffnen wollte, ließen ihn die Jäger nicht einsteigen. Als Grady kapierte, dass man ihn zurücklassen wollte, geriet er in Panik, ruderte mit den Armen und schrie herum. Was angesichts der zwei Leichen mit den Kugeln im Kopf fünf Meter weiter ziemlich bescheuert war.

Stillsein wäre jetzt ziemlich angebracht gewesen.

Das Gleiche schien einer der Jäger zu denken. Mit ruhiger Hand richtete er seine Pistole auf Gradys Kopf.

Es folgte Schweigen. Stille. Zumindest von diesem Idioten.

Zwei Türen schlossen sich, und der Motor des Escort heulte auf. Mit quietschenden Reifen brausten die Jäger davon und bespritzten Gradys Stiefel und Schienbeine mit gefrorenem Schlamm.

Jetzt schaltete Lash die Scheinwerfer des Mercedes ein. Grady wirbelte herum und riss die Arme hoch, um die Augen zu bedecken.

Lash war versucht, ihn einfach umzupflügen, doch im Moment rechtfertigte der Nutzen des Typen seinen Herzschlag.

Also startete Lash den Motor, fuhr zu dem Jammerlappen und ließ das Fenster herunter. »Steig ein.«

Grady senkte die Arme. »Was zur Hölle sollte das –«

»Halt die Klappe und steig ein.«

Lash schloss das Fenster und wartete, bis sich Grady auf den Beifahrersitz plumpsen ließ. Als der Kerl den Gurt anlegte, klapperten seine Zähne wie Kastagnetten, und das nicht von der Kälte. Das Arschloch war kalkweiß und schwitzte wie eine Transe im Giants Stadion.

»Sie hätten die Typen genauso gut bei hellem Tageslicht töten können«, stammelte Grady, als sie auf die Straße bogen, die am Fluss entlangführte. »Hier sind überall Augen.«

»Was schließlich Zweck der Übung war.« Lashs Handy klingelte, und er ging dran, während er die Auffahrt auf den Highway nahm. »Sehr hübsch, Mr D.«

»Ich glaube, das war gut«, stimmte der Texaner zu. »Nur sehe ich noch keine Drogen. Müssen im Kofferraum sein.«

»Sie sind in diesem Auto. Irgendwo.«

»Treffpunkt immer noch Hunterbred?«

»Ja.«

»Ach ja, äh, hören Sie, haben Sie eigentlich schon Pläne für dieses Auto hier?«

Lash lächelte. Gier war eine wundervolle Eigenschaft bei einem Untergebenen. »Ich lasse ihn umlackieren und kaufe neue Papiere und Nummernschilder.«

Der *Lesser* schwieg, als wartete er auf mehr. »Gute Idee, Sir«, sagte er dann.

Lash legte auf und wandte sich an Grady. »Ich will alle anderen Großhändler der Stadt kennenlernen. Namen, Reviere, Angebotspalette, alles.«

»Ich weiß nicht, ob ich das ha–«

»Dann finde es heraus.« Lash warf ihm sein Handy in den Schoß. »Mach die nötigen Anrufe. Forsche nach. Ich will jeden einzelnen Dealer der Stadt. Dann will ich den Hintermann, der sie versorgt. Den Boss der Bosse von Caldwell.

Gradys Kopf sank gegen die Nackenstütze. »Scheiße. Ich dachte, hier würde es ... naja ... um mein Geschäft gehen.«

»Das war dein zweiter Fehler. Nimm das Handy und besorge mir, was ich will.«

»Schauen Sie ... ich glaube, das ist nicht ... vielleicht sollte ich nach Hause gehen ...«

Mit einem Lächeln präsentierte Lash dem Kerl Fänge und blitzende Augen. »Du bist schon zu Hause.«

Grady drückte sich in den Sitz und tastete nach dem Türgriff, obwohl sie mit siebzig Meilen die Stunde über den Highway rasten.

Lash verriegelte die Türen. »Tut mir leid, du bist jetzt mit im Boot, und unterwegs Aussteigen ist nicht. Also nimm das verdammte Handy und tu, was ich dir sage. Oder ich zerstückle dich scheibchenweise und genieße jede Sekunde deines Geschreis.«

Wrath stand vor dem Refugium. Der Wind konnte einem Mann die Eier abfrieren, doch Wrath kümmerte sich einen Dreck ums Wetter. Vor ihm erhob sich weitläufig und einladend eine alte Villa im Kolonialstil, die als Zufluchtsort für Opfer häuslicher Gewalt diente. In den Fenstern hingen gesteppte Vorhänge, ein Kranz zierte die Tür und »Willkommen« stand in verschnörkelten Buchstaben auf der Fußmatte.

Als männlicher Vampir hatte er keinen Zutritt, also wartete Wrath wie eine Skulptur auf dem harten braunen Gras und betete, dass seine geliebte *Lielan* dort drinnen war – und sich bereit erklärte, ihn zu sehen.

Nachdem er den ganzen Tag im Arbeitszimmer verbracht

und gehofft hatte, Beth würde zu ihm kommen, hatte er sie schließlich überall im Haus gesucht. Als er sie nirgends finden konnte, hatte er gebetet, dass sie freiwillig hier aushalf, wie sie es oft tat.

Marissa erschien auf der obersten Stufe und schloss die Tür hinter sich. Butchs *Shellan* und Wraths frühere Blutsgefährtin wirkte wie immer hochprofessionell in legeren schwarzen Hosen und einer Jacke, das blonde Haar zu einem eleganten Knoten gedreht, umschwebt von einer Meeresbrise.

»Beth ist gerade gegangen«, sagte sie, als er zu ihr ging.

»Zurück nach Hause?«

»In die Redd Avenue.«

Wrath versteifte sich. »Was zur ... Was will sie denn dort?« Scheiße, seine *Shellan* allein unterwegs in Caldwell? »Du meinst, sie ist zu ihrer alten Wohnung gegangen?«

Marissa nickte. »Ich glaube, sie wollte zurück an den Ort, wo alles begann.«

»Ist sie allein?«

»Soweit ich weiß.«

»Himmelherrgott, sie wurde schon einmal entführt«, knurrte er. Als Marissa zurückwich, verfluchte er sich. »Tut mir leid. Ich bin gerade völlig fertig.«

Nach einem Moment lächelte Marissa. »Das klingt jetzt gemein, aber ich bin froh, dass du leidest. Du hast es verdient.«

»Ja. Ich war ein Arsch. Ein Riesenarsch.«

Marissa blickte in den Himmel. »Ein kleiner Ratschlag, wenn du zu ihr gehst.«

»Nur zu.«

Sie sah ihn an mit ihrem anmutigen Gesicht und sagte schüchtern: »Versuch, dich zu beherrschen. Du mutierst zum Monster, wenn du dich aufregst, und im Moment sollte sich Beth daran erinnern, warum sie sich in deiner Gegenwart sicher fühlen sollte und nicht bedroht.«

»Guter Tipp.«

»Alles Gute, mein Herr.«

Er nickte kurz und materialisierte sich direkt zu Beths alter Adresse in die Redd Avenue, wo sie sich kennengelernt hatten. Als er sich aufmachte, bekam er einen verdammt guten Eindruck davon, was seine *Shellan* jede Nacht durchmachen musste, wenn er in der Stadt unterwegs war. Gütige Jungfrau der Schrift, wie ertrug sie diese Angst? Den Gedanken, dass etwas passiert sein könnte? Die Tatsache, dass er von tausend Gefahren umgeben war?

Als er vor dem Wohnblock Gestalt annahm, dachte er an die Nacht, als er sie nach dem Tod ihres Vaters aufgesucht hatte. Er war ein widerstrebender, ungeeigneter Retter gewesen, den ein Freund durch seinen letzten Willen verpflichtet hatte, Beth durch ihre Transition zu begleiten – als sie selbst noch nicht wusste, was sie war.

Sein erster Annäherungsversuch war nicht besonders gut verlaufen, doch als er ein zweites Mal probierte, mit ihr zu reden?

Das war *extrem* gut gelaufen.

Gott, er wollte wieder richtig mit ihr zusammen sein. Nackte Haut auf nackter Haut, sich im Gleichklang bewegen, tief in sie eindringen, sie kennzeichnen.

Doch bis dahin war es ein weiter Weg, vorausgesetzt, es würde jemals wieder dazu kommen.

Wrath ging um das Haus zum Garten. Seine Schritte waren leise, sein Schatten riesig auf der gefrorenen Erde.

Beth saß zusammengekauert auf dem wackligen Gartentisch, auf dem er selbst einmal gesessen hatte, und starrte in die Wohnung vor ihr, wie er es getan hatte, als er zu ihr gekommen war. Kalter Wind wehte durch ihr Haar, so dass es aussah, als befände sie sich unter Wasser in einer starken Strömung.

Sein Duft musste zu ihr geweht sein, denn ihr Kopf fuhr herum. Als sie ihn sah, setzte sie sich, die Arme weiterhin um den North-Face-Parka geschlungen, den er ihr gekauft hatte.

»Was machst du hier?«, fragte sie.

»Marissa hat mir gesagt, wo du steckst.« Er blickte zur Terrassentür und dann wieder zu ihr. »Darf ich mich zu dir setzen?«

»Äh ... okay. In Ordnung.« Sie machte ein bisschen Platz für ihn. »Ich wollte hier nicht lange bleiben.«

»Nein?«

»Ich wollte zu dir. Ich wusste nur nicht, wann du zum Kämpfen gehst, und dachte, vielleicht wäre vorher noch Zeit ... Aber ich weiß auch nicht, ich ...«

Als der Satz in der Luft hängen blieb, setzte er sich neben sie. Die Tischbeine quietschten, als sich sein Gewicht auf den Tisch senkte. Er wollte ihr einen Arm um die Schulter legen, wagte es aber nicht und hoffte, der Parka würde sie warmhalten.

Während sie schwiegen, schossen ihm Worte durch den Kopf, lauter Entschuldigungen, alle sinnlos. Er hatte bereits gesagt, dass es ihm leidtat, und sie wusste, wie ernst es ihm damit war. Er würde noch lange wünschen, er könnte mehr tun, um es wieder gutzumachen.

Doch in dieser kalten Nacht zwischen Vergangenheit und Zukunft konnte er nur bei ihr sitzen und auf die dunklen Fenster der Wohnung starren, in der sie einst gelebt hatte ... damals. Bevor sie das Schicksal zusammenführte.

»Ich erinnere mich nicht, da drinnen sonderlich glücklich gewesen zu sein«, flüsterte sie.

»Nein?«

Sie strich sich die Haare aus der Stirn. »Ich kam nicht gern von der Arbeit heim, um dann hier allein zu sein. Zum Glück hatte ich Boo. Ich weiß nicht, was ich ohne diese Katze getan hätte. Fernsehen ist schließlich auch nicht alles.«

Es brach ihm das Herz, dass sie einsam gewesen war. »Dann wünschst du dir nicht, du könntest zurück?«

»Himmel, nein.«

Wrath atmete auf. »Darüber bin ich froh.«

»Ich habe für diesen notgeilen Penner Dick gearbeitet, bei der Zeitung, und die Arbeit von drei Leuten erledigt, ohne jede Aufstiegschance, weil ich eine junge Frau war. Das war kein Club der alten Knaben mehr – das war eine Loge.« Sie schüttelte den Kopf. »Aber weißt du, was das Schlimmste war?«

»Was?«

»Ich hatte immer das Gefühl, dass da noch etwas existierte, etwas Wichtiges, aber ich wusste nicht, was. Irgendwie spürte ich ein Geheimnis, und es war dunkel, aber ich konnte es nicht greifen. Das hat mich fast in den Wahnsinn getrieben.«

»Dann war die Erkenntnis, dass du nicht nur Mensch bist –«

»Die letzten drei Monate mit dir waren schlimmer.« Sie sah ihn an. »Wenn ich an den Herbst zurückdenke … ich ahnte, dass etwas nicht stimmte. Irgendwie wusste ich es, es war deutlich zu spüren. Du bist nicht mehr regelmäßig ins Bett gegangen und wenn, dann hast du nicht geschlafen. Du konntest nicht loslassen. Du hast kaum gegessen. Du hast dich nie genährt. Das Königsamt hat dich immer belastet, aber diese letzten Monate waren anders.« Sie starrte wieder auf ihre alte Wohnung. »Ich spürte es, aber ich hätte einfach nie für möglich gehalten, dass du mich anlügst und mir etwas so Wichtiges und Schreckliches, wie die Tatsache, dass du alleine in die Schlacht ziehst, verschweigen könntest.«

»Scheiße, das wollte ich dir nicht antun.«

Ihr Profil war ebenso hart wie schön, als sie fortfuhr: »Ich glaube, das macht mich besonders fertig. Die Sache versetzt mich in mein altes Leben zurück, als ich täglich mit dieser Ungewissheit lebte. Nach der Wandlung und nachdem wir beide mit den Brüdern zusammengezogen sind, war ich so erleichtert, endlich zu verstehen, was mich so beschäftigt hatte. Das Wissen gab mir unglaublichen Halt. Ich fühlte mich sicher.« Sie sah ihn an. »Aber jetzt, nach all den Lügen? Das Vertrauen in meine Wirklichkeit ist zerstört. Ich verliere den Boden unter den Füßen. Denn du bist meine Welt. Meine *ganze* Welt. Alles dreht sich um dich, weil unsere Vereinigung die Grundlage meines Lebens ist. Deshalb geht es um so viel mehr als um das Kämpfen.«

»Ja.« Scheiße, was redete er da für einen Mist?

»Ich weiß, du hattest deine Gründe.«

»Ja.«

»Und ich weiß, du wolltest mir nicht wehtun.« Am Ende dieses Satzes hob sich ihre Stimme leicht, so dass es mehr nach einer Frage als nach einer Feststellung klang.

»Nein, natürlich nicht.«

»Aber du wusstest, das würde es, nicht wahr?«

Wrath stützte die Ellbogen auf die Knie und lehnte sich auf seine schweren Arme. »Ja, das wusste ich. Deshalb habe ich auch nicht geschlafen. Ich hatte ein furchtbar schlechtes Gewissen, weil ich es dir verschwieg.«

»Hattest du Angst, ich würde es dir verbieten? Dich wegen des Gesetzesbruchs verpfeifen? Oder …?«

»Die Sache ist … Am Ende jeder Nacht kam ich heim und sagte mir, dass es das letzte Mal war. Und jeden Sonnenuntergang band ich mir dann wieder die Dolche um.

Ich wollte nicht, dass du dir Sorgen machst. Ich redete mir ein, selbst nicht an eine Fortsetzung der ganzen Sache zu glauben. Aber du hattest Recht, mich deswegen zur Rede zu stellen. Ich hatte keine Pläne aufzuhören.« Er rieb sich die Augen unter der Sonnenbrille, als sein Kopf zu pochen begann. »Es war so falsch, und ich konnte mir nicht eingestehen, was ich dir antat. Es brachte mich um.«

Sie legte ihm die Hand auf das Bein, und er erstarrte. Ihre freundliche Geste war mehr, als er verdiente. Als sie seinen Schenkel zaghaft streichelte, ließ er die Sonnenbrille zurück auf die Nase fallen und fing vorsichtig ihre Hand ein.

Beide schwiegen, als sie händchenhaltend dasaßen.

Manchmal taugten Worte weniger als die Luft, die sie trug, wenn es darum ging, sich wieder anzunähern.

Als der kalte Wind über den Garten fegte und ein paar braune Blätter zum Rascheln brachte, ging Licht in Beths alter Wohnung an und flutete den Küchenschlauch und den einen großen Raum.

Beth lachte leise auf. »Sie haben ihre Möbel genauso aufgestellt wie ich meine, den Futon an die Längswand.«

Weshalb sie beste Sicht auf das Pärchen hatten, das in die Wohnung stolperte und geradewegs aufs Bett zusteuerte. Die beiden klebten an Lippen und Hüften aneinander und purzelten aufs Bett, wo der Mann auf die Frau kletterte.

Als wäre ihr der Anblick peinlich, stand Beth auf und räusperte sich. »Ich schätze, ich sollte zurück ins Refugium.«

»Ich bin heute nicht im Einsatz. Das heißt, ich bin zu Hause, du weißt schon, die ganze Nacht.«

»Das ist gut. Versuch dich etwas auszuruhen.«

Himmel, die Distanz zwischen ihnen war schrecklich, aber wenigstens redeten sie miteinander. »Soll ich dich zurückbringen?«

»Danke, ich komm schon zurecht.« Beth mummelte sich in ihren Parka und vergrub das Gesicht im Daunenkragen. »Mann, ist das kalt.«

»Ja. Das ist es.« Als der Abschied kam, wusste er plötzlich nicht mehr, wo sie standen, und die Angst ließ ihn klarsehen. Himmel, wie er den verlorenen Ausdruck in ihrem Gesicht hasste. »Du weißt nicht, wie leid es mir tut.«

Beth berührte ihn am Kinn. »Ich höre es in deiner Stimme.«

Er nahm ihre Hand und führte sie an sein Herz. »Ohne dich bin ich nichts.«

»Das stimmt nicht.« Sie trat einen Schritt zurück. »Du bist der König. Egal, wer deine *Shellan* ist, du bist alles.«

Beth dematerialisierte sich, und wo eben noch Leben und Wärme gewesen war, blies jetzt nur noch eisiger Dezemberwind.

Wrath wartete noch zwei Minuten, dann materialisierte er sich ebenfalls zum Refugium. Nach all der Zeit, die sie sich voneinander genährt hatten, trug sie so viel von seinem Blut in sich, dass er ihre Gegenwart hinter den dicken Mauern mit all den Sicherheitsvorkehrungen spüren konnte und wusste, dass sie geschützt war.

Schweren Herzens dematerialisierte sich Wrath erneut und machte sich auf zum Wohnhaus: Es galt, sich Fäden ziehen zu lassen und eine ganze Nacht allein im Arbeitszimmer zu verbringen.

21

Eine Stunde, nachdem Trez das Tablett wieder hinunter in die Küche gebracht hatte, rebellierte Rehvs Magen. Mann, wenn ihm nicht einmal mehr Haferbrei bekam, was blieb dann noch? Bananen? Weißer Reis? Babynahrung und Weizenkleie?

Und nicht nur seine Verdauung war durcheinander. Hätte er noch etwas gefühlt, hätte er sicherlich Kopfschmerzen gehabt, zusätzlich zu der quälenden Übelkeit. Immer, wenn Licht in seine Augen fiel, zum Beispiel wenn Trez hineinkam und nach ihm sah, musste Rehv dauerblinzeln, während seine Augen unkoordiniert in alle Richtung rollten. Dann fing er an, Speichel zu produzieren, und musste zwanghaft schlucken. Also musste ihm schlecht sein.

Als sein Handy klingelte, hielt er es sich ans Ohr, ohne den Kopf zu drehen. Im *ZeroSum* war heute Nacht viel los, und er musste am Ball bleiben. »Ja.«

»Hallo ... du hast angerufen?«

Rehvs Blick schoss zur Badezimmertür, aus der ein schwacher Lichtschein drang.

Oh Gott, er hatte noch nicht geduscht.

Er war immer noch besudelt vom Sex mit ihr.

Obwohl Ehlena drei Autostunden von ihm entfernt war und sie keine Web-Cam verband, kam er sich total schäbig vor, in diesem Zustand mit ihr zu reden.

»Hey«, sagte er heiser.

»Geht es dir gut?«

»Ja.« Was hundert Prozent gelogen war, und seine kratzige Stimme verriet es.

»Naja, ich, äh ... habe gesehen, dass du angerufen hast –« Als ihm ein erstickter Laut entfuhr, stockte Ehlena. »Du bist krank.«

»Nein –«

»Verflixt nochmal, komm in die Klinik –«

»Ich kann nicht. Ich bin ...« Hilfe, er konnte nicht mit ihr sprechen. »Ich bin nicht in der Stadt. Ich bin im Norden.«

Es gab eine lange Pause. »Ich bringe dir die Antibiotika.«

»Nein.« Sie durfte ihn nicht so sehen. Verdammt, sie durfte ihn überhaupt nie mehr sehen. Er war schmutzig. Er war eine schmutzige, dreckige Hure. Er ließ sich von der verhassten Prinzessin befummeln und abschlecken, benutzen und dazu zwingen, das Gleiche mit ihr zu tun.

Die Prinzessin hatte Recht. Er war ein verdammter Dildo.

»Rehv? Lass mich zu dir kommen –«

»*Nein.*«

»Verflixt, tu dir das nicht an!«

»Du kannst mich nicht retten!«, rief er.

Als der Ausbruch nachhallte, dachte er: *Himmel ... wo kam denn das jetzt her?* »Es tut mir leid ... ich hatte eine schlimme Nacht.«

Als Ehlena schließlich weitersprach, war ihre Stimme

kaum mehr als ein Flüstern. »Tu mir das nicht an. Ich will dich nicht in der Leichenhalle finden. Tu mir das nicht an.«

Rehv kniff die Augen zu. »Ich tu dir überhaupt nichts an.«

»Unsinn.« Ihre Stimme versagte, und sie schluchzte.

»Ehlena …«

Ihr verzweifeltes Stöhnen drang nur zu deutlich durch das Handy. »Ach … Himmel. Dann bring dich eben um.«

Und damit legte sie auf.

»Scheiße.« Er rieb sich das Gesicht. »*Scheiße!*«

Rehv setzte sich auf und pfefferte das Handy gegen die Schlafzimmertür. Und gerade, als es vom Holz abprallte und durch die Luft segelte, wurde ihm bewusst, dass er das einzige Ding zerstört hatte, das ihre Nummer kannte.

Röhrend warf er sich in einer grotesken Verrenkung aus dem Bett, so dass die Decken in alle Richtungen flogen. Keine gute Idee. Als seine tauben Füße den Läufer berührten, verwandelte er sich in ein Frisbee, hing kurz in der Luft und krachte dann aufs Gesicht. Sein Aufschlag dröhnte wie ein Kanonenschlag auf den Dielen. Hektisch kroch er auf das Handy zu, immer dem leichten Lichtschein nach, der vom Display ausging.

Bitte, oh bitte, lieber Gott …

Er hatte es fast erreicht, als die Tür aufflog, knapp seinen Kopf verfehlte und das Handy traf – das wie ein Hockeypuck losflog. Rehv wälzte sich herum, stürzte dem Ding hinterher und schrie gleichzeitig Trez an.

»Erschieß mich nicht!«

Trez hatte Angriffshaltung eingenommen, seine Pistole deutete aufs Fenster, auf den Schrank, dann aufs Bett. »Was zur *Hölle* war das?«

Rehv drückte sich flach auf den Boden, um an das Handy zu gelangen, das unter dem Bett kreiselte. Er fing es ein, schloss die Augen und hielt es sich ganz nah vors Gesicht.

»Rehv?«

»Bitte ...«

»Was? Bitte ... was?«

Rehv öffnete die Augen. Das Display flackerte, und er drückte hastig auf den Tasten herum. Empfangene Anrufe ... empfangene Anrufe ... empf–

»Rehv, was zur Hölle ist los?«

Da war sie. Die Nummer. Er starrte auf die sieben Ziffern nach der Vorwahl, als wären sie die Kombination seines eigenen Tresors, und versuchte, sie sich einzuprägen. Das Display erlosch, und er ließ den Kopf auf den Arm fallen.

Trez hockte neben ihm. »Alles in Ordnung?«

Rehv schob sich unter dem Bett hervor und setzte sich auf, während sich das Zimmer wie ein Karussell um ihn drehte. »Oh, verflucht.«

Trez steckte seine Pistole ins Holster. »Was ist passiert?«

»Handy ist runtergefallen.«

»Verstehe. Natürlich. Was so einen Donnerschlag verursachen wü– ... He, langsam!« Trez fing ihn auf, als er versuchte aufzustehen. »Wo willst du hin?«

»Ich muss duschen. Ich muss ...«

Wieder hämmerten sich Szenen mit der Prinzessin in sein Hirn. Ihr Rücken durchgebogen, der rote Netzstoff über dem Hintern zerrissen, er tief in ihrem Geschlecht vergraben, in sie stoßend, bis sich sein Stachel in ihr verankerte, so dass sein Erguss tief in sie hineingepumpt wurde.

Rehv presste sich die Fäuste auf die Augen. »Ich muss ...«

Oh, Himmel ... Er kam bei seiner Erpresserin. Und nicht nur einmal, meistens gleich drei- oder viermal. Zumindest konnten sich die Mädchen in seinem Club damit trösten, keine Lust beim Akt zu empfinden, wenn sie ihre Tätigkeit verabscheuten. Aber der Samenerguss eines Mannes sagte alles, oder etwa nicht?

Rehvs Hals schnürte sich noch enger zusammen, und panisch stolperte er ins Bad. Haferbrei und Toast drängten in die Freiheit, und Trez war da, um ihn über die Schüssel zu halten. Rehvenge fühlte das Würgen nicht, aber er wusste, dass es seine Speiseröhre zerfetzte, denn nach einigen Minuten voll Husten und Röcheln und Sternchensehen kam Blut mit hoch.

»Lehn dich zurück«, befahl Trez.

»Nein, Dusche –«

»Dafür bist du noch zu schwa–«

»*Ich muss sie von mir abwaschen!*«, dröhnte Rehvs Stimme nicht nur durchs Schlafzimmer, sondern durch das ganze Haus. »Verdammt noch mal ... *ich ertrage es nicht.*«

Einen Moment lang herrschte betroffenes Schweigen: Rehv war nicht der Typ, der nach einer Rettungsweste fragte, nicht einmal, wenn er ertrank, und er beklagte sich nie über das Arrangement mit der Prinzessin. Er brachte es hinter sich, tat, was getan werden musste, und lebte mit den Konsequenzen, weil es ihm das Geheimnis von Xhex und ihm Wert war.

Und einem Teil von dir gefällt es, erinnerte ihn eine innere Stimme. *Wenn du in ihr bist, musst du dich nicht entschuldigen.*

Verpiss dich, stauchte er die Stimme zusammen.

»Tut mir leid, dass ich dich angeschrien habe«, sagte er heiser zu seinem Freund.

»Ach, ist schon okay. Ich kann's verstehen.« Trez zog ihn behutsam von den Fliesen hoch und lehnte ihn an den Waschtisch. »Es war überfällig.«

Rehv stürzte in Richtung Dusche.

»Halt«, rief Trez und zog ihn zurück. »Ich schalte dir das warme Wasser ein.«

»Ich werde es nicht fühlen.«

»Du bist schon ausgekühlt genug. Bleib einfach hier.«

Als sich Trez in die Marmordusche lehnte und das Wasser anstellte, blickte Rehv auf seinen schlaffen Schwanz hinab, der lang am Oberschenkel herabhing. Er schien gar nicht zu ihm zu gehören, und das war gut so.

»Du weißt, dass ich sie für dich töten könnte«, bot Trez an. »Ich könnte es nach einem Unfall aussehen lassen. Niemand würde es erfahren.«

Rehv schüttelte den Kopf. »In diese Scheiße willst du nicht hineingezogen werden. Es stecken schon genug Leute mit drin.«

»Das Angebot steht.«

»Ich werde es mir merken.«

Trez langte unter den Strahl. Als das Wasser von seiner Hand abspritzte, riss er plötzlich den Kopf herum, und seine schokobraunen Augen waren weiß vor Wut, als sie Rehvenge durchbohrten. »Nur damit das klar ist: Wenn du stirbst, ziehe ich dieser Hexe bei lebendigem Leib die Haut ab und schicke die Fetzen in der Tradition der Assassinen zu deinem Onkel zurück. Dann röste ich den Rest über dem Feuer und nage das Fleisch von ihren Knochen.«

Rehv lächelte leicht. Es wäre noch nicht einmal Kannibalismus, ging es ihm durch den Kopf, weil Schatten und *Symphathen* genetisch so viel gemeinsam hatten wie Menschen und Hühner.

»Die gute alte Hannibal-Lecter-Nummer«, murmelte er.

»Du weißt, wie wir es halten.« Trez schüttelte das Wasser von den Händen. »*Symphathen* ... die gibt's bei uns zum Mittagessen.«

»Und dazu Brechbohnen?«

»Nein, aber vielleicht einen hübschen Chianti und ein paar gepflegte Pommes. Ich will etwas aus Kartoffeln zu meinem Fleisch. Jetzt los, schaffen wir dich unters Wasser und waschen den Gestank von diesem Scheusal ab.«

Trez half Rehv vom Waschtisch weg.

»Danke«, sagte Rehv leise, als sie auf die Dusche zuwankten.

Trez zuckte die Schultern und wusste verdammt gut, dass sie nicht über den Badezimmerbesuch redeten. »Das Gleiche würdest du für mich tun.«

»Das stimmt.«

Unter dem Strahl schrubbte sich Rehv mit Seife ab, bis seine Haut krebsrot leuchtete. Er kam erst wieder heraus, als er seine drei Durchgänge erledigt hatte. Trez hielt ihm ein Handtuch auf, und Rehv trocknete sich so schnell er konnte, ohne das Gleichgewicht zu verlieren, ab.

»Und wo wir schon bei Gefallen sind …«, meinte er, »ich brauche dein Handy. Dein Handy und etwas Zeit für mich.«

»Okay.« Trez half ihm zum Bett und deckte ihn zu. »Mann, nur gut, dass diese Decke nicht im Kamin gelandet ist.«

»Kann ich also dein Handy haben?«

»Wirst du Hockey damit spielen?«

»Nicht, solange du die Tür geschlossen hältst.«

Trez reichte ihm sein Nokiahandy. »Behandle es gut. Es ist ganz neu.«

Als er alleine war, wählte Rehv bedächtig, hielt den Atem an und drückte auf die grüne Verbindungstaste, ohne zu wissen, ob er die richtige Nummer hatte.

Tut. Tut. Tut.

»Hallo?«

»Ehlena, es tut mir so leid –«

»Ehlena?«, fragte die Frauenstimme. »Verzeihung, aber hier gibt es keine Ehlena.«

Ehlena saß im Krankenwagen und hielt aus Gewohnheit ihre Tränen zurück. Es konnte sie zwar niemand sehen, aber die Anonymität spielte keine Rolle. Während ihr Caffè

Latte in seinen zwei Bechern abkühlte und die Heizung mit Unterbrechungen lief, riss sie sich zusammen, weil sie das immer tat.

Bis sich der Funk mit einem Knistern meldete und sie fast zu Tode erschreckte.

»Basis an vier«, erklang Catyas Stimme. »Vier, bitte melden.«

Siehst du, dachte Ehlena, als sie nach dem Funkmikro griff, eben deshalb sollte man sich niemals gehen lassen. Hätte sie mit tränenerstickter Stimme antworten wollen? Ganz bestimmt nicht.

Sie drückte auf den *Sprechen*-Knopf. »Hier vier.«

»Ist bei dir alles in Ordnung?«

»Äh, ja. Ich musste nur … Ich komme gleich zurück.«

»Keine Eile. Lass dir Zeit. Ich wollte nur hören, ob bei dir alles klar ist.«

Ehlena blickte auf die Uhr. Hilfe, kurz vor zwei. Sie saß seit fast zwei Stunden hier und vergaste sich, indem sie Motor und Heizung laufen ließ.

»Es tut mir so leid. Ich hatte keine Ahnung, dass es schon so spät ist. Braucht ihr den Krankenwagen für einen Notfall?«

»Nein, wir haben uns nur ein bisschen gesorgt. Ich weiß, dass du Havers bei diesem Toten geholfen hast und –«

»Mir geht es gut.« Sie kurbelte das Fenster herunter, um etwas Frischluft hereinzulassen, und legte den Gang ein. »Ich komme jetzt zurück.«

»Keine Eile. Hör mal, warum nimmst du dir nicht den Rest der Nacht frei?«

»Das ist schon okay –«

»Das ist keine Bitte. Und ich habe den Dienstplan umgestellt, damit du morgen auch frei hast. Nach dieser Nacht heute brauchst du eine Pause.«

Ehlena wollte etwas einwenden, aber das hätte sich nur nach Trotz angehört, und nachdem die Entscheidung ohnehin schon gefallen war, gab es nichts mehr auszufechten.

»In Ordnung.«
»Lass dir Zeit mit dem Zurückkommen.«
»Mach ich. Over and out.«

Sie hängte das Mikro zurück in die Halterung und machte sich in Richtung Brücke auf, die sie über den Fluss bringen würde. Gerade als sie die Auffahrt hochfuhr, klingelte ihr Handy.

Also rief Rehv sie zurück. Keine Überraschung.

Sie holte das Handy aus der Tasche, nur um sich zu vergewissern, dass er es war, nicht weil sie drangehen wollte.

Unbekannte Nummer?

Sie drückte auf die grüne Taste und hielt sich das Handy ans Ohr. »Hallo?«

»Bist du das?«

Bei Rehvs tiefer Stimme wurde ihr immer noch ganz heiß, obwohl sie auf ihn sauer war. Und auf sich. Im Grunde auf die gesamte Situation.

»Ja«, sagte sie. »Aber das ist nicht deine Nummer.«

»Nein, ist sie nicht. Mein Handy hatte einen Unfall.«

Sie sprudelte los, noch bevor er dazu kam, sich zu entschuldigen: »Hör zu, es geht mich nichts an. Was immer du tust. Du hast Recht. Ich kann dich nicht retten –«

»Warum wolltest du es überhaupt versuchen?«

Sie runzelte die Stirn. Hätte die Frage selbstmitleidig oder anklagend geklungen, hätte sie aufgelegt und sich eine neue Nummer besorgt. Aber es lag nichts außer ehrlicher Verwunderung in seiner Stimme. Das und grenzenlose Erschöpfung.

»Ich verstehe einfach nicht ... warum«, murmelte er.

Ihre Antwort war schlicht und kam aus tiefstem Herzen: »Wie könnte ich das nicht.«

»Was, wenn ich es nicht verdiene?«

Sie dachte daran, wie Stephan auf dem kalten Stahl gelegen hatte, sein Körper kalt und geschunden. »Jeder mit einem schlagenden Herzen verdient es, gerettet zu werden.«

»Hast du deshalb einen Pflegeberuf gewählt?«

»Nein, ich bin Pflegerin, weil ich später Ärztin werden will. Die Sache mit der Rettung gehört zu meiner Weltanschauung.«

Das Schweigen zwischen ihnen dauerte ewig.

»Sitzt du im Auto?«, erkundigte er sich schließlich.

»Im Krankenwagen, ja. Ich fahre zurück zur Klinik.«

»Bist du allein unterwegs?«, knurrte er.

»Ja, und du kannst dir die Machonummer sparen. Ich habe eine Pistole unter dem Sitz und weiß, wie man damit umgeht.«

Ein leises Lachen drang durch das Handy. »Okay, das ist sexy. Es tut mir leid, aber das ist es.«

Unfreiwillig musste sie lächeln. »Du treibst mich in den Wahnsinn, weißt du das? Obwohl ich dich kaum kenne, bringst du mich schon auf die Palme.«

»Und irgendwie schmeichelt mir das.« Es gab eine Pause. »Was ich vorher gesagt habe tut mir leid. Ich hatte eine schlimme Nacht.«

»Ja, naja, das Gleiche gilt für mich. Sowohl das mit dem Leidtun als das mit der schlimmen Nacht.«

»Was ist passiert?«

»Das zu erklären würde zu weit führen. Bei dir?«

»Das Gleiche.«

Als er sich umsetzte, raschelte eine Decke. »Bist du schon wieder im Bett?«

»Ja. Und du willst es noch immer nicht wissen.«

Sie grinste breit. »Du meinst, ich soll schon wieder nicht fragen, was du anhast?«

»Du hast es erfasst.«

»Das wird langsam zur Routine.« Sie wurde ernst. »Du hörst dich wirklich krank an. Wenn du nicht in die Klinik kommen kannst, kann ich dir Medikamente bringen.« Das Schweigen am anderen Ende war so intensiv und lang, dass sie fragte: »Hallo? Bist du noch da?«

»Morgen Nacht ... könntest du dann zu mir kommen?«

Ihre freie Hand schloss sich fester um das Steuer. »Ja.«

»Ich wohne im obersten Stock auf dem Commodore-Gebäude. Kennst du das?«

»Ja.«

»Kannst du um Mitternacht da sein? Ostseite?«

»Ja.«

Sein Seufzen klang resigniert. »Ich werde dich erwarten. Fahr vorsichtig, okay?«

»Mach ich. Und du wirf dein Handy nicht wieder weg.«

»Woher weißt du, dass ich das getan habe?«

»Hätte ich ein freies Feld vor mir gehabt statt des Armaturenbretts, hätte ich das Gleiche getan.«

Sein Lachen brachte sie zum Schmunzeln, aber es schwand, als sie auflegte und das Handy wegsteckte.

Obwohl sie stetige fünfundsechzig Meilen die Stunde fuhr und die Straße gerade und frei vor ihr lag, fühlte sie sich, als hätte sie vollkommen die Kontrolle verloren und würde von einer Leitplanke zur anderen schlingern, während der Krankenwagen funkensprühend einzelne Teile verlor.

Ihn morgen Nacht zu treffen, in seiner Privatwohnung, allein mit ihm zu sein, war genau das Falsche.

Und trotzdem würde sie es tun.

22

Montrag, Sohn des Rehm, legte den Hörer auf die Gabel und blickte durch die Flügeltüren des väterlichen Arbeitszimmers hinaus auf die Terrasse. Die Beete und Bäume, der sanft abfallende Rasen sowie das große Haus und alles, was sich darin befand, gehörten jetzt ihm und waren nicht länger ein Vermächtnis, das ihm eines Tages zufallen würde.

Als er das Gelände auf sich wirken ließ, spürte er das Hochgefühl von Besitztum in seinem Blut, aber er war nicht zufrieden mit der Aussicht. Alles war für den Winter hergerichtet, die Blumenbeete umgepflügt, die Obstbäume mit Netzen umspannt, die Ahornbäume und Eichen kahl. Deshalb sah man die Mauer, die das Grundstück umgab, und das war einfach kein schöner Anblick. Diese hässlichen Sicherheitsvorkehrungen sollten besser verdeckt bleiben.

Montrag drehte sich um und wandte sich einer erfreulicheren Aussicht zu, obgleich sie nur an der Wand hing. Mit einem Anflug von Ehrfurcht, wie er es seit jeher getan hatte, betrachtete er sein bevorzugtes Gemälde, denn Turner verdiente wahrlich Bewunderung, sowohl für seine Kunstfertigkeit als auch für die Wahl seiner Motive. Besonders bei diesem Werk: Die Darstellung der untergehenden Sonne über dem Meer war ein Meisterwerk in so vieler Hinsicht. Die Schattierungen von Gold und Pfirsich und tiefem, brennendem Rot waren eine Augenweide für jemanden, der auf Grund seiner Veranlagung die echte glühende Himmelsgöttin, welche die Welt belebte, erhielt und wärmte, nicht erblicken durfte.

Solch ein Gemälde wäre der Stolz einer jeden Sammlung.
Allein in diesem Haus hingen drei Turners.

Mit vor Vorfreude zuckender Hand griff er nach der unteren rechten Ecke des vergoldeten Rahmens und klappte die Meereslandschaft von der Wand weg. Der Safe dahinter hatte genau die Maße des Gemäldes und war in Mauerwerk und Putz eingelassen. Nachdem er die Kombination über das Zahlenrad eingegeben hatte, gab es eine kaum hörbare Bewegung, die keinerlei Hinweis darauf gab, dass jeder der sechs zurückfahrenden Metallstifte so dick wie ein Unterarm war.

Geräuschlos öffnete sich der Safe, und ein Licht im Inneren beleuchtete einen Kubikmeter gefüllt mit schmalen Schmuckschatullen aus Leder, Hundertdollarbündeln und Dokumenten in Heftern.

Montrag rückte einen bestickten Schemel heran und stieg auf die geblümte Sitzfläche. Dann langte er tief in den Safe hinein, vorbei an all den Übertragungsurkunden von Häusern und Aktienzertifikaten, und holte eine Stahlkassette heraus. Anschließend schloss er den Safe und klappte das Bild zurück in seine alte Position. Voller Aufregung über all die Möglichkeiten trug er die Kassette zum Schreibtisch und nahm den Schlüssel aus dem Geheimfach in der linken unteren Schublade.

Sein Vater hatte ihm die Kombination des Safes beigebracht und ihm das Versteck gezeigt, und wenn Montrag selbst einmal Söhne hatte, würde er dieses Wissen an sie weitergeben. So stellte man sicher, dass Dinge nicht verloren gingen. Von Vater zu Sohn.

Der Deckel der Kassette öffnete sich nicht mit der feinkalibrierten Widerstandslosigkeit des Safes. Es quietschte, als die Scharniere die Ruhestörung nur unter Protest erduldeten und widerwillig freilegten, was im Metallbauch der Kassette lag.

Sie waren noch da. Der Jungfrau der Schrift sei gedankt, sie waren noch da.

Als Montrag nach ihnen griff, ging ihm durch den Kopf, wie wertlos diese Seiten für sich allein betrachtet waren. Das Papier, die Tinte, die darin eingezogen war, all das war kaum einen Penny wert. Und doch war unbezahlbar, was dort stand.

Ohne diese Dokumente schwebte er in Lebensgefahr.

Er nahm eines der beiden heraus, wobei es keine Rolle spielte, welches, da sie identisch waren. Zwischen seinen behutsamen Fingern hielt er eine eidesstattliche Versicherung, eine dreiseitige, handschriftlich verfasste und mit Blut unterzeichnete Niederschrift eines Ereignisses, das sich vor vierundzwanzig Jahren zugetragen hatte. Die notariell beglaubigte Unterschrift auf der dritten Seite war krakelig, ein braunes Geschmiere, das man kaum lesen konnte.

Doch sie stammte ja auch von einem Mann, der im Sterben lag.

Rehvenges »Vater« Rempoon.

Die Dokumente beschrieben eine hässliche, aber wahre Geschichte in der Alten Sprache: Die Entführung von Rehvenges Mutter durch die *Symphathen,* seine Empfängnis und Geburt, ihre Flucht und spätere Heirat mit Rempoon, einem Aristokraten. Der letzte Abschnitt war so vernichtend wie der ganze Rest:

Bei meiner Ehre und der Ehre meiner Vor- und Nachfahren, wahrlich, in dieser Nacht fiel mich mein Stiefsohn Rehvenge an und fügte mir mit bloßen Händen tödliche Wunden zu. Er tat dies in böswilliger Absicht, nachdem er mich durch einen eigens provozierten Streit in mein Arbeitszimmer gelockt hatte. Ich war unbewaffnet. Nachdem er mich verwundet hatte, machte er sich im Arbeitszimmer zu schaffen, um es nach einem Raub aussehen zu lassen. Wahrhaft, er ließ mich am Boden liegen und überließ mich des Todes kalter Hand, auf dass er meine sterblichen Überreste nehme, und verließ das Haus. Mein geschätzter Freund Rehm weckte mich aus einer Ohnmacht, als er mich in einer geschäftlichen Angelegenheit aufsuchte.
Ich werde wohl nicht überleben. Ich sterbe durch die Hand meines Stiefsohns. Dies ist meine letzte Erklärung als fleischgebundener Geist auf dieser Erde. Möge mich die Jungfrau der Schrift in ihrer Anmut und Bereitwilligkeit in den Schleier eintreten lassen.

Montrags Vater hatte später erklärt, dass Rempoon die Lage einigermaßen richtig eingeschätzt hatte. Rehm war wegen einer Geschäftsangelegenheit zu ihm gekommen und fand nicht nur ein leeres Haus vor, sondern auch seinen blutig geschlagenen Partner – und hatte getan, was jeder vernünftige Vampir getan hätte: Er durchstöberte das Arbeitszimmer nun selbst. In der Annahme, Rempoon sei tot, suchte er die Dokumente über Rempoons Anteile des Geschäfts, um sie aus dem Nachlass zu nehmen und sich das gutlaufende Unternehmen ganz anzueignen.

Nach erfolgreicher Suche war Rehm schon wieder auf

dem Weg zur Tür gewesen, als Rempoon ein Lebenszeichen von sich gab und mit aufgeplatzten Lippen einen Namen hauchte.

Die Rolle des Opportunisten hatte Rehm keine Probleme bereitet, aber Komplize bei einem Mord? Also hatte er den Arzt gerufen, und bis Havers eintraf, kam dem sterbenden Mann eine schockierende Geschichte über die Lippen, eine, die noch viel mehr wert war als das Unternehmen. Rehm hatte schnell geschaltet und die Geschichte sowie die unglaubliche Enthüllung über Rehvenges wahre Natur aufgeschrieben und von Rempoon unterzeichnen lassen – und sie somit in ein rechtskräftiges Dokument verwandelt.

Dann war der Vampir abermals in Ohnmacht gefallen, und bis zu Havers Ankunft war er tot.

Rehm hatte Geschäftsunterlagen und eidesstattliche Versicherung an sich genommen und wurde als tapferer Retter gepriesen, der dem sterbenden Vampir zu Hilfe geeilt war.

In der Zeit danach war der Nutzen des Geständnisses offensichtlich gewesen, doch ob es weise war, die Informationen, die es enthielt, einzusetzen, war weniger klar. Mit *Symphathen* war nicht zu spaßen, das hatte Rempoons vergossenes Blut gezeigt. Ganz der Intellektuelle, hatte Rehm die Information zurückgehalten und zurückgehalten ... bis es zu spät war, irgendetwas damit anzufangen.

Das Gesetz verpflichtete jeden Vampir dazu, *Symphathen* zu melden, und Rehm besaß die Sorte Beweis, die Rehvenge ohne Zweifel überführt hätte. Doch indem er seine Möglichkeiten zu lange überdachte, fand er sich plötzlich selbst in einer prekären Lage: Man hätte ihm vorwerfen können, Rehvenges Identität gedeckt zu haben. Wäre er vierundzwanzig oder achtundvierzig Stunden später damit an die Öffentlichkeit getreten, in Ordnung. Aber eine Woche nach dem Fund? Zwei Wochen? Einen Monat ... ?

Zu spät. Doch bevor er den Besitz völlig verschwendete, hatte Rehm Montrag von dem Dokument erzählt, und der Sohn hatte Verständnis für den Fehler des Vaters gehabt. Auf kurze Sicht konnte man nichts tun, und auch langfristig gab es nur eine denkbare Situation, in der es von Wert gewesen wäre, aktiv zu werden – und eben diese hatte sich während des Sommers ergeben. Rehm kam bei den Überfällen ums Leben, und sein Sohn hatte alles geerbt, inklusive der Dokumente.

Montrag konnte man das Schweigen seines Vaters nicht anlasten. Er brauchte also lediglich zu behaupten, dass er in den Unterlagen seines Vaters auf dieses Dokument gestoßen war und nun das Versäumnis seines Vaters tilgte, indem er Rehvs Natur offenlegte.

Niemand würde erfahren, dass er die ganze Zeit bereits davon gewusst hatte.

Und niemand würde je auf die Idee kommen, dass der Mord an Wrath nicht Rehvs Idee gewesen war. Schließlich war er ein *Symphath,* und nichts, was er sagte, konnte man glauben. Vor allem aber würde Rehv selbst die Hand am Abzug haben, oder war, sollte dieser den Mord in Auftrag geben, als *Leahdyre* des Rates größter Nutznießer von Wraths Tod. Weswegen Montrag auch dafür gesorgt hatte, dass Rehv in diese Position gehoben wurde.

Rehvenge würde den König töten, und dann würde sich Montrag vor dem Rat zu Boden werfen. Er würde erklären, die Dokumente erst gefunden zu haben, nachdem er einen Monat nach den Überfällen und Rehvs Ernennung zum *Leahdyre* in das Haus in Connecticut gezogen war. Er würde schwören, dass er sogleich den König kontaktiert und ihm die Natur des Problems am Telefon erklärt hätte – doch Wrath habe ihn zum Schweigen gezwungen, wegen der kompromittierenden Situation, in die seine Enthüllung

Bruder Zsadist gebracht hätte: Schließlich war er mit der Schwester von Rehvenge vereinigt, und sie wäre damit mit einem *Symphathen* verwandt.

Wrath könnte natürlich nicht widersprechen, da er zu diesem Zeitpunkt längst tot wäre, und außerdem war der König bereits in Ungnade gefallen, weil er die konstruktive Kritik der *Glymera* ignoriert hatte. Der Rat wäre nur allzu bereit, sich auf einen weiteren Fehltritt zu stürzen, sei der nun echt oder konstruiert.

Es war ein kompliziertes Manöver, aber es würde klappen, denn war der König erst einmal tot, war der Rat der erste Ort, an dem das Volk nach seinem Mörder suchen würde. Und Rehv, ein *Symphath*, stellte den perfekten Sündenbock dar. Jeder wusste, zu was *Symphathen* fähig waren! Und Montrag würde bei der Klärung des Motivs helfen, indem er von Rehvs Besuch kurz vor dem Mord berichtete, bei dem sein Gast mit seltsamer Gewissheit von unvorhergesehenen Veränderungen gesprochen hatte. Außerdem verliefen Morde nie ganz sauber. Ohne Zweifel würde es Indizien geben, die Rehv mit dem Mord in Verbindung brachten, ob sie nun real existierten, oder weil man nach genau dieser Sorte Beweis suchte.

Und wenn Rehv Montrag beschuldigte? Niemand würde ihm glauben. Erstens, weil er *Symphath* war, aber auch, weil Montrag in der Tradition seines Vaters einen unbescholtenen und vertrauenswürdigen Ruf als Geschäftspartner und Mitglied der Gesellschaft kultiviert hatte. Soweit die anderen Ratsmitglieder wussten, war er über jeden Zweifel erhaben, jedes Betruges unfähig, ein ehrbarer Vampir von edelstem Geblüt. Niemand von ihnen ahnte, dass er und sein Vater viele Partner, Kollegen und Blutsverwandte übers Ohr gehauen hatten – denn sie hatten ihre Opfer stets mit größter Sorgfalt ausgesucht, um den Schein zu wahren.

Also würde Rehv wegen Verrats angeklagt, eingesperrt und entweder nach Vampirrecht zum Tode verurteilt oder in die *Symphathen*-Kolonie deportiert werden, wo man ihn dafür töten würde, ein Mischling zu sein.

Beide Ausgänge waren akzeptabel.

Alles war bereits eingefädelt, deshalb hatte Montrag auch gerade seinen engsten Freund angerufen.

Er nahm das Dokument, faltete es und steckte es in ein dickes, cremefarbenes Kuvert. Dann zog er einen Bogen seines persönlichen Briefpapiers aus einer geprägten Lederschachtel, schrieb einen kurzen Brief an den Vampir, den er als Stellvertreter bestellen wollte, und besiegelte damit Rehvs Untergang. In seinem Brief erklärte er, dass er – wie am Telefon erklärt – Beigefügtes in den privaten Unterlagen seines Vaters gefunden hatte. Und sollte sich dieses Dokument als echt erweisen, sei er um die Zukunft des Rates besorgt.

Natürlich würde die Rechtsanwaltskanzlei seines Freundes das Dokument beglaubigen. Und bis dahin wäre Wrath tot und Rehv bereit, die Schuld auf sich zu laden.

Montrag hielt einen Stift roten Siegelwachses über eine Flamme, träufelte ein paar Tropfen auf die Lasche des Kuverts und versiegelte die eidesstattliche Versicherung darin. Vorne drauf kam der Name des Vampirs, und in der Alten Sprache schrieb er »Nur persönlich aushändigen«. Dann war er fertig, schloss die Metallkassette ab, schob sie unter den Schreibtisch und legte den Schlüssel zurück an seinen Aufbewahrungsort in der geheimen Schublade.

Ein Knopf am Telefon rief den Butler herbei, der den Umschlag entgegennahm und unverzüglich davoneilte, um ihn in die richtigen Hände zu befördern.

Zufrieden brachte Montrag die Kassette zurück zum Wandsafe, klappte das Gemälde nach außen, stellte die

Kombination seines Vaters ein und räumte das verbleibende Dokument an seinen Platz: Eine Kopie für sich zu behalten war eine reine Vorsichtsmaßnahme, eine Versicherung für den Fall, dass etwas mit jenem Dokument geschah, das sich gerade auf dem Weg über die Grenze nach Rhode Island befand.

Als er den Turner wieder zurückklappte, sprach die Landschaft zu ihm wie immer, und einen Moment lang erlaubte er sich, aus dem Chaos herauszutreten, das er mit Absicht kreierte, und sich in der friedlichen, betörenden See zu verlieren. Sicher wehte dort ein warmer Hauch, dachte er.

Liebste Jungfrau der Schrift, wie er den Sommer während dieser kalten Wintermonate herbeisehnte, doch andererseits war es der Kontrast, der das Herz belebte. Ohne die Kälte des Winters würde man die lauen Nächte des Augusts nicht zu würdigen wissen.

Er stellte sich vor, wo er in sechs Monaten wäre, wenn ein voller Mond über Caldwell aufginge. Im Juni wäre er der König, ein gewählter und geachteter Monarch. Wenn das sein Vater nur noch hätte erleben können –

Montrag hustete. Atmete mit einem Hicksen ein. Fühlte etwas Nasses.

Er blickte an sich herab. Die Vorderseite seines weißen Hemdes war blutgetränkt.

Er öffnete den Mund, um erschrocken aufzuschreien, versuchte, tief einzuatmen, doch es gluckerte nur –

Seine Hände fuhren zu seinem Hals und stießen auf einen sprudelnden Strahl, wo das Blut aus seiner Halsschlagader schoss. Als er herumwirbelte, stand eine Vampirin in schwarzem Leder und mit Männerhaarschnitt vor ihm. Die Schneide des Messers in ihrer Hand war rot, und ihr Gesicht war eine reglose Maske von unbeteiligtem Desinteresse.

Montrag sackte vor ihr in die Knie, dann kippte er auf die rechte Seite, während seine Hände immer noch versuchten, seinen Lebenssaft im Körper zu halten und nicht auf den Aubusson-Teppich seines Vaters fließen zu lassen.

Er lebte noch, als sie ihn herumrollte, ein rundliches Werkzeug aus Elfenbein hervorholte und sich neben ihn kniete.

Als Auftragskillerin maß sich Xhex' Arbeitsleistung an zwei Kriterien. Erstens: Hatte sie das Zielobjekt getötet? Das verstand sich von selbst. Zweitens: War es ein sauberer Mord gewesen? Oder gab es Kollateralschäden in Form von weiteren Toten, um sich, ihre Identität und/oder die ihres Auftraggebers zu schützen?

In diesem Fall war Ersteres ein Kinderspiel, so wie das Blut aus Montrags Hals gepumpt wurde. Das zweite war noch nicht geklärt, deshalb musste sie schnell vorgehen. Sie holte die *Lys* aus ihrer Tasche, beugte sich über den Mistkerl und verschwendete keine Zeit damit, seine rollenden Augäpfel zu bewundern.

Sie ergriff sein Kinn und zwang ihn, sie anzusehen. »Schau mich an. *Schau* mich an.«

Als sein wilder Blick auf sie fiel, hob sie die *Lys*. »Du weißt, warum ich hier bin und wer mich schickt. Es ist nicht Wrath.«

Montrag hatte offensichtlich noch etwas Sauerstoff im Hirn, denn seine Lippen formten ein entsetztes *Rehvenge*, bevor seine Augen wieder nach hinten rollten.

Sie ließ ihn los und verpasste ihm eine Ohrfeige. »Hör mir zu, Arschloch. *Schau mich an.*«

Während sie die *Lys* neben der Nasenwurzel in den Augenwinkel drückte, drang sie in sein Gehirn ein und löste alle möglichen Erinnerungen aus. Ah … interessant. Er war ein hinterhältiges Schwein gewesen, darauf spezialisiert, Leute um ihr Geld zu betrügen.

Montrags Hände vergruben sich im Teppich, als er sich durch einen Schrei gurgelte. Der Augapfel löste sich aus dem Schädel wie ein Löffel Honigmelone aus der Schale, so vollendet rund und sauber, wie man es sich nur wünschen konnte. Beim rechten Auge war es das Gleiche. Während Montrags Arme und Beine auf dem teuren Teppich zappelten und ruderten und sich seine Lippen so weit zurückschoben, dass man jeden einzelnen Zahn inklusive der Backenzähne sah, steckte sie die beiden Augäpfel in ein gefüttertes Samtbeutelchen.

Xhex überließ Montrag seinem unsauberen Tod und spazierte um den Schreibtisch herum und durch die Balkontür, von wo aus sie sich zu dem Ahornbaum materialisierte, von dem aus sie am Vortag ihre ersten Eindrücke des Hauses gesammelt hatte. Dort wartete sie zwanzig Minuten, bis sie eine *Doggen* ins Arbeitszimmer kommen sah, welche die Leiche entdeckte und erschrocken ihr Silbertablett fallen ließ.

Während Teekanne und Porzellan durch die Gegend kullerten, klappte Xhex ihr Handy auf, drückte auf Wählen und hielt es sich ans Ohr. Als Rehv sich mit seiner tiefen Stimme meldete, sagte sie: »Er ist tot und wurde gefunden. Alles verlief sauber. Souvenir bringe ich dir in circa zehn Minuten.«

»Gut gemacht«, sagte Rehv heiser. »Sehr gut gemacht.«

23

Wrath runzelte die Stirn, als er in sein Handy sprach. »Jetzt? Ich soll jetzt noch hoch in den Norden kommen?«

Rehvs Ton war deutlich anzuhören, dass er keine Witze machte. »Diese Sache muss persönlich besprochen werden, und ich bin hier gebunden.«

Auf der anderen Seite des Arbeitszimmers formten die Lippen von Vishous, der gerade vom neuesten Stand bei der Herkunftssuche dieser Waffenkisten hatte berichten wollen, die Worte: »Was soll die Scheiße?«

Das Gleiche dachte Wrath. Ein *Symphath* ruft zwei Stunden vor der Dämmerung an und bat ihn, in den Norden zu reisen, weil er »etwas für ihn habe«. Ja, okay, der Bastard war Bellas Bruder, aber das änderte nichts an seiner Natur, und ganz bestimmt war dieses »etwas« kein Geschenkkorb.

»Wrath, es ist wichtig«, meinte Rehv.

»Okay, ich komme.« Wrath klappte sein Handy zu und sah Vishous an. »Ich werde –«

»Phury ist heute im Einsatz. Du kannst da nicht alleine hin.«

»Die Auserwählten sind im Haus.« Und waren es immer wieder gewesen, seit Phury als *Primal* das Ruder übernommen hatte.

»Nicht gerade die Sorte Schutz, die mir vorschwebt.«

»Ich kann auf mich selbst aufpassen, also hör bloß auf.«

V verschränkte die Arme vor der Brust, und seine Diamantaugen blitzten. »Gehen wir jetzt? Oder willst du deine Zeit mit dem Versuch verschwenden, mich von meiner Meinung abzubringen?«

»Na gut, was soll's. In fünf Minuten in der Eingangshalle.«

Als sie zusammen aus dem Arbeitszimmer traten, sagte V: »Was diese Waffen betrifft: Ich arbeite noch daran. Im Moment habe ich nichts, aber du kennst mich. Mir ist egal, ob die Seriennummern weggekratzt sind, ich finde heraus, wo sie die Dinger herbekommen haben.«

»Du hast mein Vertrauen, Bruder. Mein vollstes Vertrauen.«

Als sie vollständig bewaffnet waren, reisten die beiden in einem losen Tanz der Moleküle in den Norden, bis hin zu Rehvs Sommerhaus in den Adirondacks, wo sie sich am Ufer eines stillen Sees materialisierten. Das Haus unweit von ihnen war ein riesiger viktorianischer Klotz, mit einem Dach aus Schindeln und rautenförmigen Bleiglasfenstern; vor beiden Stockwerken befanden sich zedernholzgefasste Balkone.

Sehr verwinkelt. Viele Schatten. Und einige dieser Fenster sahen aus wie Augen.

Das Haus war an sich schon gespenstisch genug, aber nachdem es mit einem Kraftfeld umgeben worden war, der *Symphath*-Entsprechung eines *Mhis,* konnte man meinen, Freddy, Jason, Michael Myers und eine Mannschaft von

Rednecks mit Kettensägen würden gemeinsam darin wohnen. Um den ganzen Ort herum lag eine nicht zu greifende Barriere aus geistigem Stacheldraht, und selbst Wrath, der davon wusste, war froh, auf die andere Seite zu kommen.

Als er seine Augen zu schärferer Sicht zwang, öffnete Trez, einer von Rehvs Leibwächtern, die Flügeltür der Veranda, die auf den See ging, und hob die Hand zum Gruß.

Wrath und V marschierten über den eisigen, knirschenden Rasen, und obwohl sie ihre Waffen in den Halftern ließen, zog V den Handschuh von seiner leuchtenden rechten Hand. Trez war die Sorte Mann, die man respektierte, und das nicht nur, weil er ein Schatten war. Der Maure hatte die muskulöse Statur eines Kämpfers und den schlauen Blick eines Strategen, und seine ganze Treue galt Rehv, und nur Rehv. Um seinen Boss zu schützen, würde Trez in Windeseile einen Straßenzug planieren.

»Wie geht's, großer Mann«, grüßte Wrath, als er die Stufen zur Veranda hinaufstieg.

Trez trat einen Schritt vor und gab Wrath die Hand. »Alles in Ordnung. Und bei dir?«

»Gut wie immer.« Wrath stieß die Faust gegen die Schulter des Kerls. »Solltest du je einen richtigen Job haben wollen, komm zu uns.«

»Mir gefällt mein Job, aber danke.« Der Maure grinste und wandte sich an V. Seine dunklen Augen huschten kurz zu dessen unverhüllter Hand. »Nimm's mir nicht übel, aber das Ding schüttele ich nicht.«

»Klug von dir«, meinte V und bot ihm die Linke an. »Aber du verstehst …«

»Absolut, ich würde das Gleiche für Rehv tun.« Trez führte sie zur Tür. »Er erwartet euch im Schlafzimmer.«

»Ist er krank?«, erkundigte sich Wrath, als sie das Haus betraten.

»Wollt ihr vielleicht etwas trinken? Essen?«, fragte Trez, und wandte sich nach rechts.

Wrath schielte zu V, als die Frage unbeantwortet blieb. »Danke, wir brauchen nichts.«

Das Haus war das reinste Victoria-und-Albert-Museum, mit schweren Empiremöbeln und viel Granat und Gold. Getreu dem Sammlerfimmel der viktorianischen Epoche, hatte jeder Raum ein eigenes Motto. Ein Salon war voll antiker Uhren, die vor sich hintickten, von Standuhren bis hin zu aufziehbaren Messinguhren und Taschenuhren in Vitrinen. In einem anderen Raum waren Muscheln, Korallen und jahrhundertealtes Treibholz ausgestellt. In der Bibliothek standen überwältigende orientalische Vasen und Rüstungen, und das Esszimmer war mit mittelalterlichen Ikonen ausstaffiert.

»Ich bin überrascht, dass nicht mehr Auserwählte hier sind«, meinte Wrath, als sie einen leeren Saal nach dem anderen passierten.

»Am ersten Dienstag im Monat kommt Rehv immer hier herauf. Er macht die Damen nervös, daher gehen diese dann meistens auf die andere Seite. Nur Selena und Cormia bleiben.« In seiner Stimme klang Stolz mit, als er fortfuhr: »Die beiden sind sehr stark.«

Sie stiegen über eine breite Treppe in den ersten Stock hinauf und gingen einen langen Gang entlang bis zu einer verzierten Flügeltür, die förmlich *Herr des Hauses* schrie.

Trez hielt inne. »Hört zu, er ist ein bisschen krank, okay. Nichts Ansteckendes. Es ist nur ... ich möchte, dass ihr beiden vorbereitet seid. Wir haben ihm alles verabreicht, was er braucht, und er wird bald wieder auf den Beinen sein.«

Als Trez klopfte und die Flügeltür öffnete, runzelte Wrath die Stirn, und seine Sicht wurde automatisch schärfer, als seine Instinkte erwachten.

In der Mitte eines mit Schnitzereien verzierten Bettes lag Rehvenge, reglos wie ein aufgebahrter Leichnam, eine rote Samtdecke bis ans Kinn hochgezogen, Zobel fiel in Falten über seinen ausgestreckten Körper. Seine Augen waren geschlossen, der Atem ging flach, die Haut sah teigig und gelblich aus. Der kurz geschorene Iro war das einzig einigermaßen normal Aussehende an ihm ... das und Xhex, die zu seiner Rechten am Bett stand, diese Halb*symphathin*, die aussah, als würde sie Kastrationen zum Zeitvertreib vornehmen.

Rehvs Augen öffneten sich. Das Amethystviolett war zu einem schlierigen Rot getrübt. »Der König.«

»Ah.«

Trez schloss die Flügeltür und baute sich seitlich daneben auf, nicht davor. Eine respektvolle Maßnahme. »Ich habe ihnen bereits Erfrischungen und Getränke angeboten.«

»Danke, Trez.« Rehv verzog das Gesicht und versuchte, sich etwas aufzurichten. Als er dabei zusammensackte, eilte ihm Xhex zu Hilfe. Sein wütendes Funkeln sandte ein deutliches *Wage es bloß nicht* aus, doch sie ließ sich nicht beirren.

Als er aufrecht saß, zog er sich die Decke wieder bis ans Kinn und verdeckte damit die roten Sterne auf seiner Brust. »Ich habe etwas für dich, Wrath.«

»Ach ja?«

Rehv nickte Xhex zu, die in ihre Lederjacke griff. Sofort schoss der Lauf von Vs Waffe empor und zielte auf ihr Herz.

»Könntest du dich etwas zusammennehmen?«, fauchte Xhex ihn an.

»Tut mir leid, nein.« V klang so bedauernd wie eine Abrissbirne im Anflug.

»Okay, machen wir uns etwas locker«, meinte Wrath und nickte Xhex zu. »Zeig her.«

Xhex zog einen Samtbeutel aus ihrer Innentasche und

schleuderte ihn in Wraths Richtung. Wrath achtete auf das leise Pfeifen des Flugs und fing den Beutel nach Gehör, nicht nach Sicht.

Darin lagen zwei blassblaue Augäpfel.

»Ich hatte gestern Nacht ein interessantes Treffen«, erklärte Rehv gedehnt.

Wrath sah den *Symphathen* an. »Wessen leere Augen habe ich hier in der Hand?«

»Die von Montrag, Sohn des Rehm. Er trat an mich heran und bat mich, dich zu töten. Du hast erbitterte Feinde in der *Glymera,* mein Freund, und Montrag war nur einer davon. Ich weiß nicht, wer noch an der Verschwörung beteiligt ist. Ich wollte nicht riskieren, das herauszufinden, bevor wir in Aktion traten.«

Wrath ließ die Augäpfel zurück in den Beutel kullern und schloss die Faust darum. »Wann sollte es passieren?«

»Bei der Ratsversammlung übermorgen.«

»Dieser Hund.«

V steckte seine Waffe ein und verschränkte die Arme vor der Brust. »Weißt du, ich hasse diese Idioten.«

»Damit bist du nicht allein«, sagte Rehv, dann wandte er sich wieder an Wrath. »Ich habe das Problem selbst gelöst und bin nicht erst zu dir gekommen, weil mir der Gedanke gefällt, dass mir der König etwas schuldet.«

Wrath musste lachen. »Sündenfresser.«

»Du weißt Bescheid.«

Wrath ließ den Beutel in der Hand auf und ab hüpfen. »Wann ist das passiert?«

»Vor ungefähr einer halben Stunde«, antwortete Xhex. »Und ich habe nicht hinter mir sauber gemacht.«

»Nun, dann haben sie die Botschaft sicher verstanden. Ich gehe trotzdem zur Versammlung.«

»Hältst du das für klug?«, fragte Rehv. »Diese Leute werden sich kein zweites Mal an mich wenden. Meine Zugehörigkeit scheint jetzt offensichtlich. Aber das heißt nicht, dass sie keinen anderen finden.«

»Sollen sie doch«, tat Wrath den Gedanken ab. »Ich kämpfe gerne bis aufs Blut« Er sah Xhex an. »Hat Montrag einen Komplizen erwähnt?«

»Ich habe ihm die Kehle von einem Ohr zum anderen aufgeschlitzt. Reden war schwierig.«

Wrath lächelte und warf einen Blick auf V. »Eigentlich seltsam, dass ihr zwei euch nicht besser versteht.«

»Eigentlich nicht«, sagten sie im Chor.

»Ich könnte die Ratsversammlung verschieben«, murmelte Rehv. »Wenn du selbst Erkundigungen einholen willst, wer noch mit in der Sache steckt.«

»Nein. Wären sie keine totalen Schisser, hätten sie selbst versucht, mich zu beseitigen, und sich nicht an dich gewandt. Also gibt es jetzt zwei Möglichkeiten: Nachdem sie nicht wissen, ob Montrag sie vor dem Verlust seines Augenlichts verraten hat oder nicht, werden sie sich entweder verstecken, so wie Feiglinge es tun, oder die Schuld einem anderen zuschieben. Also steht die Versammlung.«

Rehv lächelte düster, und seine *Symphathen*seite zeigte sich deutlich. »Wie du wünscht.«

»Aber ich will eine ehrliche Antwort«, bat Wrath.

»Auf welche Frage?«

»Hast du erwogen, mich zu töten? Als er auf dich zukam?«

Rehv schwieg einen Moment lang. Dann nickte er langsam. »Ja, das habe ich. Aber wie gesagt, jetzt stehst du in meiner Schuld, und aufgrund meiner … Veranlagung … ist das mehr wert als irgendwelche Gefälligkeiten eines adeligen Schnösels.«

Wrath nickte. »Diese Logik kann ich respektieren.«

»Außerdem, sehen wir den Tatsachen ins Auge« – Rehvenge lächelte erneut –, »meine Schwester hat in die Familie eingeheiratet.«

»Das hat sie, *Symphath*. Das hat sie.«

Nachdem Ehlena den Krankenwagen in der Garage abgestellt hatte, ging sie über den Parkplatz und hinunter in die Klinik. Sie musste ihre Sachen aus dem Spind holen, aber das war nicht der einzige Grund. Um diese Zeit bearbeitete Havers normalerweise die Krankenakten in seinem Büro, und dort wollte sie hin. An seiner Tür holte sie ein Haargummi heraus, strich sich das Haar zurück und drehte es zu einem festen Knoten im Nacken. Sie trug noch immer ihren schwarzen Wollmantel, aber das war vermutlich in Ordnung. Er war zwar nichts Teures, aber ordentlich und klassisch geschnitten.

Sie klopfte an, und als eine höfliche Stimme antwortete, trat sie ein. Havers früheres Büro war ein überwältigend schönes Studierzimmer gewesen, mit Antiquitäten und ledergebundenen Büchern. Hier in der neuen Klinik unterschied sich sein persönlicher Arbeitsbereich nicht von dem anderer: weiße Wände, Linoleumboden, Stahlschreibtisch, schwarzer Bürostuhl.

»Ehlena«, grüßte er, als er von seinen Krankenakten aufblickte. »Wie geht es Ihnen.«

»Stephan ist bei seinen Angehörigen –«

»Meine Teuerste, ich wusste ja nicht, dass Sie ihn kennen. Catya hat es mir erzählt.«

»Das ... tat ich.« Aber vielleicht hätte sie es der Kollegin nicht erzählen sollen.

»Gütige Jungfrau der Schrift, warum haben Sie das nicht gesagt?«

»Weil ich ihm die Ehre erweisen wollte.«

Havers nahm die Hornbrille ab und rieb sich die Augen.

»Nun, das kann ich verstehen. Dennoch wünschte ich, ich hätte es gewusst. Der Umgang mit den Toten ist niemals einfach, aber er ist besonders schwer, wenn man sie persönlich kannte.«

»Catya hat mir den Rest der Schicht freigegeben –«

»Ja, darum habe ich sie gebeten. Sie hatten eine lange Nacht.«

»Nun, danke schön. Doch bevor ich gehe, habe ich noch eine Frage zu einem anderen Patienten.«

Havers setzte die Brille wieder auf. »Natürlich. Um wen handelt es sich?«

»Rehvenge. Er war gestern Nacht hier.«

»Ich erinnere mich. Hat er Probleme mit seinen Medikamenten?«

»Haben Sie seinen Arm untersucht?«

»Seinen Arm?«

»Die entzündeten Venen auf der rechten Seite.«

Der Arzt schob die Hornbrille hoch. »Er hat nichts von Problemen mit dem Arm erwähnt. Wenn er noch einmal herkommt, schaue ich es mir gerne an. Aber wie Sie wissen, kann ich ohne vorherige Untersuchung nichts verschreiben.«

Ehlena wollte etwas erwidern, als eine andere Schwester den Kopf zur Tür hineinsteckte. »Doktor?«, sagte sie. »Ihr Patient wartet in Behandlungszimmer vier auf Sie.«

»Danke.« Havers sah Ehlena noch einmal an. »Gehen Sie heim und ruhen sich aus.«

»Ja, Doktor.«

Sie duckte sich aus seinem Büro und sah zu, wie der Arzt davoneilte und um eine Ecke verschwand.

Rehvenge würde kein zweites Mal kommen und sich untersuchen lassen. Niemals. Erstens hatte er sich dazu zu krank angehört, und zweitens hatte er bereits bewiesen, was für ein Dickkopf er war, indem er die Entzündung vor Havers versteckt hatte.

Dummer. Idiot.

Und sie war auch dumm, wenn man bedachte, was ihr so durch den Kopf ging.

Im Großen und Ganzen hatte sie nie Probleme mit der Ethik: Bei korrektem Verhalten musste man nicht nachdenken oder abwägen. Zum Beispiel wäre es falsch, sich am Penicillinvorrat der Klinik zu bedienen und, sagen wir, achtzig fünfhundert-Milligramm-Tabletten zu entwenden.

Insbesondere, wenn man diese Tabletten einem Patienten gab, der das zu behandelnde Leiden keinem Arzt vorgeführt hatte.

Das wäre schlicht ergreifend falsch. Von vorne bis hinten.

Richtig hingegen wäre es, den Patienten anzurufen und ihn zu überzeugen, in die Klinik zu kommen und sich vom Arzt untersuchen zu lassen. Und wenn der nicht in die Puschen kam? Nun, dann war das sein Problem.

Ganz genau, eine völlig klare Sache.

Ehlena machte sich auf den Weg zur Apotheke.

Sie beschloss, es dem Schicksal zu überlassen. Und siehe einer an: Zigarettenpause. Drei Uhr fünfundvierzig zeigte die kleine Bin-gleich-zurück-Uhr an.

Sie sah auf ihre Armbanduhr. Drei Uhr dreißig.

Sie entriegelte die Klappe an der Ladentheke, ging schnurstracks zu den Penicillin-Gläsern und schüttete achtzig fünfhundert-Milligramm-Tabletten in die Tasche ihrer Uniform – genau das Gleiche, was vor drei Nächten einem Patienten mit ähnlichem Leiden verschrieben worden war.

Rehvenge würde in nächster Zeit nicht in die Klinik kommen. Also brachte sie ihm, was er brauchte.

Sie redete sich ein, einem Patienten zu helfen, was schließlich das Wichtigste war. Verflucht, sie rettete ihm wahrscheinlich das Leben. Außerdem, erläuterte sie ihrem Gewissen, handelte es sich nicht um OxiContin oder Valium oder Morphium. Nach ihrem Informationsstand hatte sich noch niemand zerstoßenes Penicillin durch die Nase gezogen, um high zu werden.

Als sie ihr unangerührtes Pausenbrot aus dem Mitarbeiterraum holte, fühlte sie sich frei von Schuldgefühlen. Und als sie sich nach Hause materialisierte, ging sie in die Küche und kippte die Tabletten ohne Scham in ein wiederverschließbares Tütchen, das sie in ihrer Handtasche verstaute.

Sie wählte diesen Kurs bewusst. Stephan war bereits tot, als sie ihn erreicht hatte, und sie hatte nur noch dabei helfen können, seinen kalten, steifen Leib in kräutergetränkte Wickel zu hüllen. Rehvenge lebte. Er lebte und litt. Und egal, ob er es nun selbst verschuldet hatte oder nicht, ihm konnte sie noch helfen.

Das Ergebnis war richtig, auch wenn die Methoden zweifelhaft waren.

Und manchmal ging es eben nicht anders.

24

Um halb vier Uhr morgens kam Xhex ins *ZeroSum* zurück, gerade rechtzeitig, um den Club zu schließen. Außerdem musste sie da noch eine Kleinigkeit an sich selbst erledigen, und anders als das Leeren der Kassen und das Heimschicken der Belegschaft erlaubte ihre persönliche Angelegenheit keinen Aufschub.

Bevor sie Rehvs Sommerhaus verlassen hatte, hatte sie sich ins Bad verdrückt und ihre Büßergurte wieder angelegt, aber es wollte nicht funktionieren: Sie stand unter Strom. War rastlos vor Macht. Vollkommen drauf. Die Dinger waren ungefähr so wirksam wie zwei Schnürsenkel.

Sie schlüpfte durch den Seiteneingang in die VIP-Lounge und sah sich kurz in der Menge um, sich wohl bewusst, dass sie jemand ganz Bestimmten suchte.

Und er war da.

Verflixter John Matthew. Ein erfolgreich durchgeführter Auftrag weckte immer Hunger in ihr, und die Nähe zu jemandem wie ihm war jetzt das Letzte, was sie brauchte.

Als spürte er ihre Blicke, hob er den Kopf, und seine tiefblauen Augen blitzten. Er wusste genau, was sie wollte. Und dass er sich diskret anders hinsetzen musste, ließ darauf schließen, dass er zu Diensten stünde.

Xhex konnte nicht anders. Sie musste sich und ihn quälen, also pflanzte sie ihm eine bildhafte Szene direkt ins Frontalhirn: Sie beide in einem der privaten Waschräume, er auf dem Waschbecken, den Oberkörper zurückgelehnt, sie einen Fuß auf der Konsole, sein Schwanz tief in ihr vergraben, beide keuchend.

Während er sie durch den vollen Raum ansah, öffneten sich seine Lippen, und die Röte, die ihm in die Wangen schoss, hatte nichts mit Verlegenheit zu tun und alles mit dem Orgasmus, der zweifelsohne in seinem Ständer hämmerte.

Gott, sie wollte ihn.

Sein Kumpel, der Rothaarige, riss sie aus ihrer Erstarrung. Blaylock kam an den Tisch, drei Bier von seinen Fingern baumelnd. Er sah Johns hartes, erregtes Gesicht, blieb stehen und blickte überrascht zu ihr hinüber.

Verdammt.

Xhex winkte den Türstehern, die auf sie zukamen, und stolperte so überstürzt aus dem VIP-Bereich, dass sie fast eine Bedienung niedergerissen hätte.

Ihr Büro war der einzig sichere Ort für sie, und sie rannte förmlich dorthin. Das Töten setzte bei ihr einen Motor in Gang, der sich nur schwer wieder bremsen ließ, und die Erinnerung an den süßen Moment, als Montrag ihrem Blick begegnete und sie ihm das Augenlicht nahm, befeuerte ihre *Symphathen*seite. Um von diesem Trip wieder herunterzukommen und die Energie zu kanalisieren, gab es zwei Möglichkeiten.

Sex mit John Matthew wäre ganz bestimmt eine davon

gewesen. Die andere war weitaus weniger attraktiv, aber Xhex blieb keine Wahl, denn sie war kurz davor, ihre *Lys* herauszukramen und sie an allen Menschen, die ihr im Weg standen, anzuwenden. Was nicht gut fürs Geschäft wäre.

Ungefähr hundert Jahre später schloss sie ihre Tür hinter sich und sperrte den Lärm und das herdenartige Gedränge der Leute aus, doch auch in ihrem kahlen Büro gab es keine Erleichterung. Himmel, sie konnte sich nicht einmal weit genug beruhigen, um die Büßergurte festzuzurren. Rastlos zog sie Kreise um ihren Schreibtisch, eingesperrt und kurz davor, in die Luft zu gehen. Sie versuchte, sich einigermaßen zu beruhigen, um wenigstens –

Mit einem Donnergrollen brach der Wandel über sie herein, und ihre Sicht kippte ins Rote, als hätte man ihr ein Visier vor die Augen geklappt. Mit einem Schlag stürzten die Gemütsverfassungen aller lebendiger Wesen im Club auf sie ein: Die Wände und Böden lösten sich auf und ließen Bosheit und Verzweiflung, Wut und Begierde, Grausamkeit und Schmerz hindurch – für Xhex waren sie ebenso greifbar wie eben noch die Bausubstanz des Clubs.

Der *Symphath* in ihr hatte genug von dem freundlichen Getue, er wollte diese Herde von aufgeblasenen, zugedröhnten Menschen da draußen zu Fellen verarbeiten.

Als Xhex davonstürzte, als stünde die Tanzfläche in Flammen und sie besäße den einzigen Löscher, sank John zurück auf das Sofa. Nachdem sich das Bild in seinem Kopf aufgelöst hatte, legte sich das Kribbeln unter seiner Haut langsam wieder, doch seine Erektion wollte nichts von einem Najadann-halt-ein-andermal wissen.

Sein Schwanz war hart in seiner Jeans, gefangen hinter der Knopfleiste.

Scheiße, dachte John. *Scheiße. Einfach nur ... Scheiße.*

»Na, da hast du ja was unterbrochen, Blay«, murmelte Qhuinn.

»Tut mir leid«, sagte Blay, quetschte sich zwischen die zwei und verteilte die Biere. »Tut mir leid ... verdammter Mist.«

Tja, damit traf er den Nagel auf den Kopf.

»Weißt du, sie steht wirklich auf dich«, sagte Blay mit einem Anflug von Bewunderung. »Ich dachte immer, wir kommen hierher, damit du sie anstarren kannst. Aber ich wusste nicht, dass sie dich auch so anschaut.«

John senkte den Kopf, um zu verbergen, dass seine Wangen röter waren als Blays Haare.

»Du weißt, wo ihr Büro ist, John.« Qhuinns verschiedenfarbige Augen blieben reglos, während er sein frisches Bier ansetzte und einen tiefen Zug nahm. »Geh zu ihr. Jetzt. Dann bekommt wenigstens einer von uns etwas Erleichterung.«

John schob sich auf dem Sofa zurück und rieb sich die Schenkel. Er dachte das Gleiche wie Qhuinn. Aber hatte er wirklich den Mumm dazu? Was, wenn sie ihn abwies?

Was, wenn seine Erektion wieder versagte?

Doch als er daran dachte, was er in Gedanken gesehen hatte, verwarf er diese Sorge. Er hätte auf der Stelle abspritzen können.

»Du könntest allein in ihr Büro gehen«, fuhr Qhuinn leise fort. »Ich könnte oben im Gang warten und aufpassen, dass euch niemand stört. Du bist sicher, und ihr seid für euch.«

John dachte an das einzige Mal, als er mit Xhex in einem geschlossenen Raum gewesen war. Das war im August im Herrenklo im Zwischengeschoss gewesen. Sie hatte ihn aufgegabelt, als er aus einer Kabine torkelte, völlig jenseits von Gut und Böse. Doch selbst im Vollrausch hatte ein Blick auf sie gereicht, und er war bereit und wollte nur noch Sex mit ihr haben – und dank dieses Mutes, gegründet auf eine Schiffsladung Corona, brachte er es über sich, zu ihr zu gehen und ihr eine kleine Nachricht auf ein Papierhandtuch zu schreiben. Eine Revanche für das, was sie von ihm verlangt hatte.

Es war nur gerecht gewesen. Sie sollte seinen Namen sagen, wenn sie kam.

Seitdem hatten sie im Club Abstand voneinander gehalten, doch in ihren Betten waren sie einander verdammt nah – und er wusste, dass sie seiner Aufforderung nachkam. Er sah es an der Art, wie sie ihn ansah. Und der heutige kleine telepathische Austausch darüber, was sie ihrer Meinung nach in einem der Waschräume tun sollten, bewies, dass auch sie manchmal Befehlen folgte.

Qhuinn legte ihm eine Hand auf den Arm, und als John zu ihm aufblickte, bedeutete er in Gebärdensprache: *Der richtige Zeitpunkt ist entscheidend, John.*

Das stimmte. Sie wollte ihn, und heute nicht nur in Gedanken, wenn sie allein zu Hause war. John wusste nicht, was sich für sie geändert hatte oder was der Auslöser war, aber sein Schwanz kümmerte sich einen Dreck um diese Sorte Details.

Es zählte, was dabei herauskam.

Im wahrsten Sinne des Wortes.

Außerdem: Wollte er denn verdammt nochmal für den Rest seines Lebens Jungfrau bleiben, nur wegen einer Sache, die ewig zurücklag?

Es kam *wirklich* auf den richtigen Zeitpunkt an, und er war es gründlich leid, stillzusitzen und sich zu verweigern, was er wirklich wollte.

John stand auf und nickte Qhuinn zu.

»Verfickt nochmal«, sagte dieser und erhob sich vom Sofa. »Blay, wir kommen gleich zurück.«

»Lasst euch Zeit. Und John, viel Glück, okay?«

John klatschte seinem Freund auf die Schulter und zog seine Jeans hoch, bevor er sich auf den Weg aus dem VIP-Bereich machte. Zusammen mit Qhuinn passierte er die Türsteher an der Samtkordel, dann bahnten sie sich einen Weg durch das Gedränge, vorbei an verschwitzten Tänzern und knutschenden Pärchen und der Traube um die Bar, wo die letzten Drinks bestellt wurden. John fragte sich, ob Xhex vielleicht schon heimgegangen war.

Nein, dachte er, sie musste bis zum Schluss bleiben, weil Rehv noch nicht aufgetaucht war.

»Vielleicht ist sie schon in ihrem Büro«, meinte Qhuinn.

Auf der Treppe zum Zwischengeschoss dachte John an ihre erste Begegnung. Sie hatten keinen sonderlich guten Start gehabt. Xhex hatte ihn diesen Flur hinuntergezerrt und ausgequetscht, nachdem sie ihn dabei erwischt hatte, wie er eine Waffe einsteckte, damit Qhuinn und Blay sich in Ruhe mit ein paar Mädels vergnügen konnten. Bei dieser Gelegenheit hatte sie seinen Namen erfahren und seine Verbindung zu Wrath und der Bruderschaft. Die Art, wie sie ihn überwältigte, hatte ihn absolut scharfgemacht ... nachdem er die Furcht überwunden hatte, sie würde ihn in Stücke reißen.

»Ich warte hier auf dich.« Qhuinn blieb oben im Gang stehen. »Dir kann nichts passieren.«

John nickte und setzte dann einen Fuß vor den anderen, immer wieder, während der Gang immer dunkler wurde. An der Tür blieb er nicht stehen, um sich zu sammeln, aus Angst, er könnte sonst den Schwanz einklemmen und zurück zu seinem Kumpel laufen.

Und wie stünde er dann da?

Außerdem wollte er es. Er *brauchte* es.

John hob die Hand zum Klopfen – und erstarrte. Blut. Er roch ... Blut.

Ihr Blut.

Ohne nachzudenken, stieß er die Tür auf und –

Großer Gott, formten seine Lippen.

Xhex' Kopf schoss hoch, und ihr Anblick brannte sich auf seiner Netzhaut ein. Sie hatte ihre Lederhose ausgezogen und über den Stuhl gehängt. An ihren Beinen rann Blut herunter ... Blut, das unter stachligen Metallbändern hervorquoll, die um ihre Oberschenkel geschnürt waren. Sie hatte einen schwarzen Stiefel auf den Tisch gestemmt und war gerade dabei ... die Bänder fester zu ziehen?

»Verpiss dich!«

Warum?, formten seine Lippen, als er auf sie zuging und die Hand nach ihr ausstreckte. *Oh ... Gott, hör auf!*

Sie knurrte bedrohlich und richtete den Finger gegen ihn. »*Bleib mir vom Leib.*«

John begann hektisch zu gestikulieren, obwohl sie keine Gebärdensprache beherrschte. *Warum tust du dir das an –*

»Verpiss dich! Sofort.«

Warum?, schrie er stumm zurück.

Wie als Antwort blitzten ihre Augen plötzlich rubinrot auf, als hätte man ihr bunte Glühbirnen in den Schädel geschraubt, und John wurde mit einem Schlag kalt.

Es gab nur ein Wesen in der Welt der Bruderschaft, das so etwas konnte.

»*Geh.*«

John wirbelte herum und stolperte zur Tür. Als er nach dem Türknauf griff, sah er, dass man ihn mit einem kleinen Knopf verriegeln konnte, und mit einem schnellen Drehen schloss er sie ein, damit niemand sonst sie sah.

Er hielt nicht an, als er an Qhuinn vorbeikam. Er ging

einfach weiter und kümmerte sich nicht darum, ob sein Freund und persönlicher Wächter hinter ihm hereilte.

Von all den Dingen, die er über sie hätte erfahren können, traf ihn diese Erkenntnis völlig unvorbereitet.

Xhex war eine verdammte *Symphathin*.

25

Am anderen Ende von Caldwell saß Lash in einer von Bäumen gesäumten Straße in einem Sandsteinhaus in einem Clubsessel mit dunklem Samtüberzug. Neben ihm hingen die letzten anderen Überbleibsel der stilbewussten, betuchten Menschen, die früher hier gewohnt hatten: Prächtige Brokatvorhänge reichten von der Decke bis zum Boden und brachten die Erkerfenster vollends zur Geltung, die sich über den Bürgersteig wölbten.

Lash liebte diese verdammten Vorhänge. Sie waren in Burgunderrot, Gold und Schwarz gehalten, eingefasst mit einer Goldbordüre mit Satinbommeln. In ihrer üppigen Pracht erinnerten sie ihn an sein früheres Leben im großen Tudorhaus auf dem Hügel.

Er vermisste die Eleganz dieses Lebens. Das Personal. Das Essen. Die Autos. Er musste sich zu viel mit der Unterschicht herumschlagen.

Scheiße, der *menschlichen* Unterschicht, wenn man bedachte, woraus die *Lesser* rekrutiert wurden.

Er streckte die Hand aus und streichelte einen der Vorhänge und achtete nicht auf das Staubwölkchen, das sich in der reglosen Luft bildete, sobald er den Stoff berührte. Entzückend. So schwer und mächtig und nichts daran billig, weder Gewebe noch Farbe noch die handgenähten Säume oder Borten.

Das Gefühl zwischen seinen Fingern führte ihm vor Augen, dass er ein anständiges Haus für sich brauchte. Er überlegte, ob vielleicht dieses Sandsteinhaus in Frage käme. Laut Mr D gehörte es seit dreihundert Jahren der Gesellschaft der *Lesser*, nachdem es ein Haupt*lesser* erstanden hatte, der Vampire in der Nachbarschaft vermutete. Eine Garage mit zwei Stellplätzen führt auf eine Nebenstraße hinaus, also bot das Haus Privatsphäre, und etwas Hübscheres würde er auf absehbare Zeit nicht finden.

Grady kam herein, das Handy am Ohr, auf dem letzten Abschnitt seines rastlosen Wanderweges, den er in den letzten zwei Stunden etabliert hatte. Seine Stimme hallte von der hohen, stuckverzierten Decke wider.

Mit dem richtigen Antrieb durch Adrenalin hatte der Kerl die Namen von sieben Dealern ausgespuckt und sie nacheinander angerufen, um Treffen zu erbetteln.

Lash schielte auf Gradys krakelige Liste. Ob diese Leute brauchbar waren, musste sich erst noch erweisen, aber einer war sicher Gold wert. Der siebte Name auf der Liste, schwarz eingekringelt, war Lash bekannt: der Reverend.

Alias Rehvenge, Sohn des Rempoon. Inhaber des *Zero-Sum*.

Alias der Platzhirsch, der Lash aus dem Club geworfen hatte, weil er hier und da mal ein paar Gramm verkauft hatte. Scheiße, Lash konnte nicht glauben, dass er nicht früher auf ihn gekommen war. Natürlich stand Rehvenge auf dieser Liste. Zur Hölle, er war der Hauptstrom, der alle

Nebenarme speiste, der Kerl, mit dem die kolumbianischen und chinesischen Produzenten direkt verhandelten.

Das machte die Sache noch viel interessanter.

»Okay, bis dann also«, verabschiedete sich Grady gerade. Als er auflegte, blickte er zu Lash herüber. »Die Nummer vom Reverend habe ich nicht.«

»Aber du weißt, wo du ihn finden kannst, nicht wahr.« Kunststück. Vom Dealer über den User bis hin zur Polizei wusste jeder im Drogenmilieu, wo der Kerl abhing. Darum war es auch ein Wunder, dass man den Club nicht längst geschlossen hatte.

»Da gibt es ein Problemchen. Ich habe Hausverbot im *ZeroSum*.«

Willkommen im Club. »Wir finden eine Lösung.«

Obwohl sie für diesen Deal keinen *Lesser* reinschicken konnten. Dafür brauchten sie einen Menschen. Oder sie lockten Rehvenge aus seiner Höhle, doch das wäre wahrscheinlich schwierig.

»War das alles?«, fragte Grady und blickte sehnsuchtsvoll zur Haustür wie ein Hund, der dringend pissen musste.

»Du sagtest doch, du müsstest untertauchen.« Lash lächelte und ließ die Fänge blitzen. »Also gehst du mit meinen Männern zu ihrem Haus.«

Grady widersprach nicht. Er nickte nur und verschränkte die Arme vor seiner bescheuerten Adlerjacke. Seine Unterordnung war zu gleichen Teilen seinem Charakter, seiner Angst und seiner Erschöpfung zu verdanken. Offensichtlich dämmerte ihm, dass er viel tiefer in der Scheiße steckte, als anfänglich vermutet. Lashs Fänge hielt er sicherlich für ein kosmetisches Accessoire, aber jemand, der sich als Vampir ausgab, konnte mitunter genauso tödlich und gefährlich sein wie ein echter Blutsauger.

Die Schwingtür zur Küche öffnete sich, und Mr D kam

mit zwei eckigen, in Zellophan gewickelten Päckchen herein. Sie waren jeweils kopfgroß, und vor Lashs Augen ratterten die Dollarzeichen nur so durch, als der *Lesser* sie ihm brachte.

»Die waren hinten in der Verkleidung versteckt.«

Lash holte sein Schnappmesser heraus und piekste kleine Löcher in die Folie. Ein kurzes Lecken des weißen Pulvers, das zutage kam, entlockte ihm erneut ein Lächeln. »Gute Qualität. Das machen wir zu Geld. Du weißt, wohin damit.«

Mr D nickte und verschwand wieder in der Küche. Als er zurückkam, befanden sich die anderen zwei Jäger bei ihm, und Grady war nicht der Einzige, der erschlagen aussah. *Lesser* mussten alle vierundzwanzig Stunden Reserven tanken, und nach letzter Zählung waren sie seit ungefähr achtundvierzig Stunden unterwegs. Selbst Lash, der tagelang durchpowern konnte, fühlte sich matt.

Zeit, sich aufs Ohr zu hauen.

Er stand auf und zog sich den Mantel an. »Ich fahre den Mercedes. Mr D, du sitzt hinten und passt auf, dass Grady Spaß an der Fahrt hat. Ihr anderen nehmt die Schrottkarre.«

Sie ließen den Lexus in der Garage zurück; die Nummernschilder hatten sie entfernt und die Fahrgestellnummer zerkratzt.

Die Fahrt zur Hunterbred-Siedlung dauerte nicht lang, aber Grady gelang es tatsächlich, ein Nickerchen einzuschieben. Lash sah ihn im Rückspiegel. Er war weggetreten, als hätte man ihm den Stecker rausgezogen. Sein Kopf war auf die Lehne gerollt, der Mund stand offen, und er schnarchte.

Was schon fast an eine Beleidigung grenzte.

Lash hielt vor der Wohnung von Mr D und seinen zwei Mitbewohnern und verdrehte den Kopf in Richtung Grady.

»Aufwachen, Arschloch.« Als der Loser blinzelte und gähnte, verachtete Lash dessen Schwäche, und Mr D schien es genauso zu gehen. »Die Regeln sind einfach. Wenn du versuchst abzuhauen, erschießen dich meine Männer entweder auf der Stelle, oder sie rufen die Cops an und verklickern ihnen, wo du bist. Kurz nicken, damit ich weiß, dass wir uns verstehen.«

Grady nickte, obwohl Lash das Gefühl hatte, dass er das bei jeder Ansage getan hätte. Friss deine Füße. Klar, natürlich, geht in Ordnung.

Lash entriegelte die Türen. »Und jetzt raus aus meinem Auto.«

Ein weiteres Nicken, während die Türen geöffnet wurden und der bittere Wind hineinwehte. Grady stieg aus und zog die Jacke enger um sich, so dass er die Flügel des dämlichen Adlers einknickte. Mr D hingegen schien wenig beeindruckt von der Kälte – einer der Vorteile, wenn man bereits tot war.

Lash stieß rückwärts aus dem Parkplatz und fuhr in Richtung seiner Stadtwohnung, einem Loch namens »Ranch« in einer Siedlung voller Rentner – dort hielten Vorhänge aus Polyester die Blicke seiner glasäugigen Nachbarn ab. Der einzige Vorteil war, dass keiner in der Gesellschaft die Adresse kannte. Aus Sicherheitsgründen schlief er bei Omega, aber die Rückkehr auf diese Seite machte ihn immer eine halbe Stunde lang fix und fertig, und er wollte nicht wehrlos erwischt werden.

Denn Schlaf war eigentlich der falsche Ausdruck für das, was er brauchte. Es war kein Augenschließen und Wegdösen, sondern eher eine Art Ohnmacht, die ihn überfiel. Symptomatisch für *Lesser*, wenn man Mr D glaubte. Aus irgendeinem Grund waren sie mit dem Blut seines Vaters in den Adern wie Handys, die man nicht benutzen konnte, solange sie sich aufluden.

Der Gedanke an die Ranch deprimierte Lash, und er bemerkte, dass er stattdessen auf die vornehmste Gegend von Caldwell zusteuerte. Hier kannte er die Straßen wie seine Westentasche, und die Steinsäulen seines alten Hauses fand er leicht.

Das Tor war fest verschlossen, und er konnte nicht über die hohe Mauer sehen, die das Grundstück einschloss, aber er wusste, was sich dahinter verbarg: Der Rasen und die Bäume und der Pool und die Terrasse ... alles perfekt in Stand gehalten.

Scheiße. Er wollte zurück zu seinem Luxusleben. Dieses anspruchslose Dasein bei der Gesellschaft der *Lesser* fühlte sich wie ein billiger Anzug an. Gar nicht nach ihm. In keinerlei Hinsicht.

Er stellte den Mercedes auf Parkposition und saß einfach nur da, auf die Auffahrt blickend. Nachdem er die Vampire, die ihn aufgezogen hatten, ermordet und seitlich neben dem Haus verscharrt hatte, hatte er alles aus dem Tudorhaus geschafft, was nicht niet- und nagelfest gewesen war. Die Antiquitäten hatte er in verschiedenen *Lesser*behausungen in und um die Stadt deponiert. Er war nicht mehr hier gewesen, seit er sich dieses Auto geholt hatte, und er ging davon aus, dass der Besitz über das Testament seiner Eltern an irgendeinen Blutsverwandten gefallen war, der seine Überfälle auf die Aristokratie überlebt hatte.

Doch Lash bezweifelte, dass sein altes Zuhause noch in Vampirhand war. Schließlich war es von *Lessern* überfallen worden und damit für alle Zeiten enttarnt.

Lash fehlte dieses Haus, obwohl es als Hauptquartier unbrauchbar gewesen wäre. Zu viele Erinnerungen, und außerdem lag es zu nahe an der Vampirwelt. Seine Pläne, seine Buchführung und die geheimen Details der Gesellschaft der *Lesser* durfte auf keinen Fall versehentlich in die Hände der Bruderschaft geraten.

Eines Tages würde er sich wieder mit den Kriegern auseinandersetzen, aber dann würde *er* die Spielregeln bestimmen. Nachdem ihn diese Missgeburt von Qhuinn ermordet und sein wahrer Vater ihn zu sich geholt hatte, war er von niemandem außer diesem trotteligen John Matthew mehr gesehen worden – und auch von ihm nur sehr verschwommen, so dass er es vermutlich als Trugbild abtat, nachdem schließlich alle seine Leiche angestarrt hatten.

Lash stand auf große Auftritte. Wenn er sich der Vampirwelt präsentierte, würde es aus einer überlegenen Position heraus geschehen. Und seine erste Aktion wäre die Rache seines eigenen Todes.

Seine Zukunftspläne ließen ihn ein bisschen weniger wehmütig in die Vergangenheit blicken. Er sah die kahlen Bäume an, die vom kalten Wind gebeutelt wurden, und dachte an Naturgewalten.

Und wollte genau das sein.

Als sein Handy klingelte, klappte er es auf und hielt es sich ans Ohr. »Was?«

Mr Ds Stimme war nüchtern. »Bei uns wurde eingedrungen, Sir.«

Lashs Hand umklammerte das Steuer. »Wo?«

»Hier.«

»Ver*dammt*. Was haben sie sich geholt?«

»Kanopen. Alle drei. Daher wissen wir, dass es die Brüder waren. Die Türen waren immer noch verschlossen, als wir ankamen, die Fenster auch, keine Ahnung, wie sie reingekommen sind. Muss irgendwann in den letzten zwei Nächten passiert sein, da wir seit Sonntag nicht hier geschlafen haben.«

»Waren sie in der Wohnung darunter?«

»Nein, die ist sicher.«

Zumindest etwas. Trotzdem, der Verlust von Kanopen war ein Problem.

»Warum ist die Alarmanlage nicht losgegangen?«

»Sie war nicht eingeschaltet.«

»Himmel nochmal. Du solltest besser da sein, wenn ich komme.« Lash beendete den Anruf und kurbelte das Lenkrad herum. Als er aufs Gas trat, schoss die Limousine auf das Tor zu und schrammte mit der vorderen Stoßstange am Eisengitter entlang.

Einfach großartig.

Er parkte direkt vor dem Treppenaufgang der Wohnung und riss fast die Tür aus den Angeln, als er ausstieg. Eiskalte Windstöße fuhren ihm durchs Haar, während er immer zwei Stufen auf einmal nahm und in die Wohnung stürzte, bereit, jemanden zu killen.

Grady saß auf dem Hocker an der Frühstücksbar, die Jacke ausgezogen, die Ärmel hochgekrempelt, und schaute möglichst unbeteiligt.

Mr D kam aus einem der beiden Schlafzimmer, mitten im Satz »... verstehe nicht, wie sie diesen Ort hier finden konn–«

»Wer waren die Versager?«, blaffte Lash und sperrte den heulenden Wind aus. »Alles andere ist mir egal. Wer war dieser Volltrottel, der den Alarm nicht eingeschaltet und diese Adresse verraten hat? Wenn sich niemand meldet, ziehe ich dich« – er zeigte auf Mr D – »zur Verantwortung.«

»Ich war es nicht.« Mr D starrte seine Männer durchdringend an. »Ich war seit zwei Tagen nicht mehr hier.«

Der linke *Lesser* hob die Arme, jedoch – typisch für seine Spezies – nicht als Unterwerfungsgeste, sondern in Kampfbereitschaft. »Ich habe meinen Geldbeutel, und ich habe mit niemandem geredet.«

Alle Augen wandten sich dem dritten Jäger zu, der sauer wurde. »Was zur Hölle?« Er langte demonstrativ an seine Gesäßtasche. »Ich habe meinen …«

Er schob die Hand tiefer in die Tasche, als würde das helfen. Dann veranstaltete er eine große Pantomime und durchsuchte alle Taschen in und an Hose, Jacke und Hemd. Sicher hätte der Vollidiot auch in seinen After gegriffen, hätte er eine Chance gesehen, dass sich die Börse hoch in den Mastdarm gearbeitet hatte.

»Wo ist dein Portemonnaie«, fragte Lash aalglatt.

Jetzt ging dem Tölpel ein Licht auf. »Mr N … dieser Wichser. Wir haben gestritten, weil er Kohle von mir wollte. Wir haben gekämpft, und er muss mir mein Portemonnaie gestohlen haben.«

Mr D trat leise hinter den Jäger und rammte ihm den Kolben seiner Magnum an die Schläfe. Die Wucht des Schlages versetzte den Jäger in eine Kreiselbewegung, bis er gegen die Wand schlug und einen schwarzen Streifen auf der naturweißen Tapete hinterließ, als er auf den billigen Teppich glitt.

Grady japste erschrocken auf, wie ein Terrier, der eins mit einer Zeitung überbekommt.

Und dann klingelte es an der Tür. Alle horchten auf und sahen dann Lash an.

Er deutete auf Grady. »Du rührst dich nicht vom Fleck.« Als es erneut klingelte, nickte er Mr D zu. »Mach auf.«

Der kleine Texaner stieg über den niedergestreckten Jäger hinweg und steckte sich die Waffe hinten in den Hosenbund. Dann öffnete er die Tür einen Spaltbreit.

»Domino Pizza«, erklang eine Männerstimme, und ein Windstoß wehte herein. »Oh – Mist, passen Sie auf!«

Es war wie eine schlechte Komödie, der reinste Slapstick. Der Wind erfasste den Pizzakarton, als der Lieferant ihn aus der roten Thermokiste hob, und die Salami-irgendwas flog auf Mr D zu. Der vorbildliche Pizzamann mit der Domino-Kappe versuchte noch, sie aufzufangen – wobei er Mr D umpflügte und in die Wohnung stolperte.

Ein Fauxpas, so vermutete Lash, vor dem Domino-Pizza seine Lieferanten sicher ausdrücklich warnte, und das mit gutem Grund. Das Hineintrampeln in fremde Wohnungen hielt selbst für Helden unangenehme Überraschungen parat: perverse Pornos im Fernsehen. Eine dicke Hausfrau in Liebestötern und oben ohne. Eine Absteige mit mehr Kakerlaken als Menschen.

Oder ein Untoter am Boden, dem schwarzes Blut aus einer Kopfwunde sickerte.

Völlig ausgeschlossen, dass der Pizzamann nichts davon mitbekam. Und das hieß, dass man sich um ihn kümmern musste.

Nachdem er den Rest der Nacht durch die Innenstadt von Caldwell gestreift war und nach *Lessern* Ausschau gehalten hatte, nahm John im Innenhof vor dem Wohnhaus der Bruderschaft Gestalt an, neben den Autos, die in ordentlicher Reihe dort parkten. Eisiger Wind drückte gegen seine Schultern wie ein lästiger Pausenhofrowdy, der ihn niederkämpfen wollte, aber er ließ den Angriff an sich abprallen.

Eine *Symphathin*. Xhex war eine verdammte *Symphathin*.

Während sich sein Kopf immer noch gegen diese Erkenntnis zur Wehr setzte, materialisierten sich Qhuinn und Blay neben ihm. Man musste ihnen zugutehalten, dass keiner John gefragt hatte, was im *ZeroSum* passiert war. Dennoch sahen sie ihn weiterhin an wie ein Reagenzglas im Labor, als müsste er gleich die Farbe wechseln oder schäumen oder irgendetwas dergleichen.

Ich brauche etwas Zeit für mich, gestikulierte er, ohne sie anzusehen.

»Kein Problem«, antwortete Qhuinn.

Es entstand eine Pause, als John darauf wartete, dass sie ins Haus gingen. Qhuinn räusperte sich einmal. Und dann ein zweites Mal.

Dann sagte er erstickt: »Es tut mir leid. Ich wollte dich nicht wieder drängen. Ich –«

John schüttelte den Kopf und signalisierte: *Es hat nichts mit Sex zu tun. Keine Sorge, okay?*

Qhuinn runzelte die Stirn. »Okay. Ja, cool. Wenn ... du uns brauchst, wir sind in der Nähe. Komm, Blay.«

Blay folgte Qhuinn, und die beiden gingen die flachen Steinstufen hinauf ins Wohnhaus.

Als er endlich allein dastand, wusste John nicht, wo er hingehen sollte, aber es würde bald dämmern, also blieben neben einem kurzen Jogginglauf durch den Garten nicht viele Möglichkeiten draußen.

Obwohl, Gott, er fragte sich, ob er überhaupt hineingehen konnte. Er fühlte sich durch sein neues Wissen besudelt.

Xhex war eine *Symphathin*.

Wusste Rehvenge davon? Wusste es irgendjemand?«

Er war sich durchaus im Klaren darüber, was von ihm erwartet wurde. Er hatte es im Training gelernt: Wenn man einen *Symphathen* entdeckte, meldete man ihn zur Deportation, oder man machte sich zum Komplizen. Ganz einfach.

Nur was passierte dann?

Ja, auch das war keine Frage. Xhex würde abtransportiert werden wie Müll auf eine Kippe – und es würde nicht gut aussehen für sie. Es war offensichtlich, dass sie ein Mischling war. John hatte Fotos von *Symphathen* gesehen, und Xhex sah überhaupt nicht wie diese langen, hageren Schauergestalten aus. Also war die Chance groß, dass sie in der Kolonie getötet wurde, denn soweit John informiert war, standen *Symphathen* in puncto Diskriminierung der *Glymera* in nichts nach.

Nur dass sie ihre Opfer vorher folterten.

Was sollte er bloß tun …

Als die Kälte unter seine Lederjacke kroch, ging er ins Haus und auf direktem Wege die Freitreppe hinauf. Die Flügeltür zum Arbeitszimmer stand offen, und er hörte Wraths Stimme, aber er blieb nicht stehen, um mit dem König zu reden. Er ging weiter, um die Ecke, den Gang mit den Statuen entlang.

Doch John ging nicht zu seinem Zimmer.

Er blieb vor Tohrs Tür stehen und strich sich die Haare glatt. Es gab nur eine Person, mit der er über diese Sache reden wollte, und er betete, dass nur dieses eine Mal etwas zurückkommen würde.

Er brauchte Hilfe. Dringend.

John klopfte leise an.

Keine Antwort. Er klopfte erneut.

Als er wartete und wartete, starrte er die Paneele der Tür an und dachte an die letzten beiden Male, die er ungebeten in ein Zimmer geplatzt war. Das erste Mal war im Sommer gewesen, als er in Cormias Schlafzimmer gestürzt war und sie nackt und eingerollt gefunden hatte, mit blutverschmierten Schenkeln. Das Ende vom Lied? Er hatte auf Phury eingedroschen wie ein Berserker, aber völlig unnötigerweise, weil der Sex einvernehmlich stattgefunden hatte.

Das zweite Mal war heute Nacht bei Xhex gewesen. Und man schaue sich an, in was für eine Situation ihn das gebracht hatte.

John klopfte lauter, seine Knöchel krachten so laut gegen die Tür, dass es die Toten aufgeweckt hätte.

Keine Antwort. Schlimmer noch, überhaupt kein Geräusch. Kein Fernseher, keine Dusche, keine Stimmen.

John trat zurück, um zu prüfen, ob Licht unter der Tür hervordrang. Nein. Lassiter war also auch nicht drinnen.

Die Angst schnürte ihm die Kehle zu, als er die Tür langsam öffnete. Sein erster Blick fiel aufs Bett, und als Tohr nicht darin lag, geriet John in Panik. Er sprang über den Orientteppich und schoss ins Bad, voller Erwartung, den Bruder mit aufgeschlitzten Pulsadern in seinem Whirlpool vorzufinden.

Doch auch dort war niemand.

Eine seltsame, aufgeregte Hoffnung breitete sich in seiner Brust aus, als er zurück in den Flur ging. Er blickte nach rechts und links und fing dann mit Lassiters Zimmer an.

Keine Antwort, und als er hineinsah, fand er dort nichts als Ordnung und Sauberkeit und den verfliegenden Duft von frischer Luft.

Das war gut. Der Engel musste bei Tohr sein.

John hastete zu Wraths Arbeitszimmer, klopfte an den Rahmen, steckte den Kopf hinein und blickte schnell zu dem zierlichen Sofa und den Sesseln und dem Kaminsims, an das sich die Brüder gerne lehnten.

Wrath blickte vom Tisch auf. »He, Sohn. Was gibt's?«

Oh nichts. Weißt du. Bitte ... entschuldige mich.

John joggte die Freitreppe hinunter. Er wusste, dass Tohr bei seinem ersten Vorstoß in die Welt bestimmt keinen großen Wirbel verursachen wollte. Wahrscheinlich würde er mit etwas Einfachem beginnen und mit dem Engel in die Küche gehen oder so etwas.

Unten sprang John auf den Mosaikboden der Eingangshalle. Von rechts kamen Männerstimmen, und er warf einen Blick ins Billardzimmer. Butch beugte sich über den Billardtisch und wollte gerade zustoßen, Vishous stand hinter ihm und störte durch Zwischenrufe. Auf dem großen Flachbildschirm lief der Sportkanal, und nur zwei niedrige Gläser standen herum, eines mit einer bernsteinfarbenen Flüssigkeit gefüllt, das andere mit einem kristallklaren Zeug, das garantiert kein Wasser war.

Tohr war nicht anwesend, aber er hatte sich auch nie viel aus Spielen gemacht. Außerdem waren Butch und V mit ihren harten Schlagabtäuschen keine geeignete Gesellschaft für einen ersten tastenden Ausflug in die Normalität.

John wandte sich ab und lief durchs Esszimmer, das schon für das Letzte Mahl gedeckt war, in die Küche, wo er auf ... *Doggen* stieß, die drei verschiedene Pastasoßen zubereiteten, selbstgebackenes italienisches Brot aus dem Ofen zogen, Salate schnipselten und Rotweinflaschen zum Dekantieren öffneten ... kein Tohr in Sicht.

Die Hoffnung schwand aus Johns Brust und hinterließ eine beklemmende Enge.

Er ging zu Fritz, dem unvergleichlichen Butler, der ihn mit einem strahlenden Lächeln in seinem alten, faltigen Gesicht begrüßte. »Hallo, Sire, wie geht es Euch?«

John führte die Gebärden eng an seiner Brust aus, damit niemand sonst sie sehen konnte: *Hör zu, hast du ...*

Scheiße, er wollte keine Panik im Haus auslösen, nur weil er vorschnelle Schlüsse zog.

... irgendjemanden gesehen?, führte er zu Ende.

Fritz zog die buschigen weißen Brauen zusammen. »Irgendjemanden, Sire? Bezieht Ihr Euch auf die Damen in diesem Haus, oder –«

Männer, deutete er. *Hast du irgendeinen der Brüder gesehen?*

»Nun, ich bin seit einer Stunde hauptsächlich mit der Zubereitung des Essens beschäftigt gewesen, aber ich weiß, dass mehrere vom Einsatz zurückgekehrt sind. Rhage hat sich seine Sandwiches geholt, sobald er zurück war, Wrath ist im Arbeitszimmer, und Zsadist ist mit der Kleinen in der Wanne. Lasst mich überlegen ... oh, und ich glaube, Butch und Vishous spielen Billard, weil einer meiner Belegschaft ihnen gerade Drinks im Billardzimmer serviert hat.

Okay, dachte John. Wäre ein Bruder aufgetaucht, den niemand seit ... sagen wir, vier Monaten gesehen hatte, wäre er sicher als Erstes erwähnt worden.

Danke, Fritz.

»Sucht Ihr jemand Bestimmtes?«

John schüttelte den Kopf und ging zurück in die Eingangshalle, dieses Mal mit schweren Schritten. Als er in die Bibliothek kam, erwartete er nicht, jemanden vorzufinden, und siehe da: Überall nur Bücher, doch weit und breit kein Tohr.

Wo konnte –

Vielleicht war er gar nicht im Haus.

John schoss aus der Bibliothek und schlitterte um den Absatz der Freitreppe, die Sohlen seiner Schuhe quietschten, als er um die Ecke wirbelte. Er riss die versteckte Tür unter der Treppe auf und rannte durch den unterirdischen Tunnel aus dem Wohnhaus.

Natürlich. Tohr würde zum Trainingszentrum gehen. Wenn er wieder ins Leben zurückkehren wollte, dann wollte er sicherlich auch zurück in den Kampf. Und das bedeutete, dass er trainierte, um wieder in Form zu kommen.

Als John ins Büro des Zentrums kam, war er wieder voller Hoffnung, und als Tohr nicht am Schreibtisch saß, überraschte ihn das nicht.

Dort hatte er von Wellsies Tod erfahren.

John eilte in den Korridor, und als er den leisen Klang von aneinanderstoßenden Gewichten vernahm, klang das wie eine Symphonie in seinen Ohren. Eine unglaubliche Erleichterung wuchs in einer Brust, bis seine Hände und Füße kribbelten.

Aber er musste sich cool geben. Als er auf den Kraftraum

zuging, wischte er sich das Lächeln aus dem Gesicht und öffnete weit die Tür –

Blaylock sah von seiner Trainingsbank auf. Qhuinns Kopf hüpfte auf dem StairMaster auf und ab.

Als John sich umsah, stellten beide ihre Aktivitäten ein. Blay legte das Gewicht ab, Qhuinn sank langsam auf den Boden.

Habt ihr Tohr gesehen?, bedeutete John.

»Nein«, meinte Qhuinn und trocknete sich das Gesicht mit einem Handtuch ab. »Warum sollte er hier sein?«

John stürzte zurück in den Korridor und in die Turnhalle, wo er nichts außer vergitterten Lampen, glänzenden Kiefernbohlen und blitzblauen Turnmatten fand. Im Geräteraum standen ausschließlich Geräte. Der Physiotherapieraum war leer. Genauso wie Janes Behandlungszimmer.

Jetzt rannte er durch den Tunnel zurück zum Haupthaus und schnurstracks hoch zur offenen Tür des Arbeitszimmers. Diesmal klopfte er nicht an den Rahmen. Er stellte sich vor Wraths Schreibtisch und signalisierte: *Tohr ist verschwunden.*

Als der Mann vom Lieferservice rudernd dem Pizzakarton nachsprang, erstarrte alles um ihn herum.

»Das war knapp«, meinte der Mensch. »Wir wollen doch nicht, dass Ihr Teppich –«

Der Kerl erstarrte in Kauerstellung, als seine Augen den schwarzen Fleck an der Wand erfassten und die Schliere bis zu dem am Boden gekrümmten, stöhnenden *Lesser* verfolgten, der ihn verursacht hatte. »... versaut wird.«

»Himmel«, knurrte Lash, zog das Klappmesser aus seiner Brusttasche, ließ die Klinge aufschnappen und stellte sich hinter den Kerl. Als der Pizzamann sich aufrichtete, legte ihm Lash den Arm um den Hals und trieb ihm das Messer tief ins Herz.

Keuchend sackte der Mann in sich zusammen. Der Pizzakarton glitt zu Boden und klappte auf. Die Tomatensoße und die Salami passten farblich zu dem Blut, das aus seiner Wunde floss.

Grady sprang von seinem Hocker auf und deutete auf den noch stehenden Jäger: »Er hat mich die Pizza bestellen lassen!«

Lash richtete die Spitze seines Messers auf den Idioten. »Maul halten.«

Grady sank auf seinen Hocker zurück.

Mr D war ernsthaft angepisst, als er auf den verbleibenden Jäger zuging. »Du hast ihn also die Pizza bestellen lassen?«

Der *Lesser* knurrte zurück: »Sie haben gesagt, ich soll die Fenster im hinteren Schlafzimmer bewachen. So haben wir bemerkt, dass die Kanopen fehlen, erinnern Sie sich? Das Stück Scheiße hier am Boden hat sie ihn bestellen lassen.«

Mr D schien diese Schlussfolgerung egal, aber so spaßig es wäre, diesen *Lesser* zu zerfleischen, es blieb nicht viel Zeit. Der Pizzamann würde heute nichts mehr zustellen, und seine Freunde mit den Domino-Käppchen würden das nur allzu bald spitzbekommen.

»Ruf Verstärkung«, ordnete Lash an, ließ sein Messer zuschnappen und ging zu dem ohnmächtigen *Lesser* hinüber. »Sie sollen mit dem Laster kommen. Dann hol die Kisten mit den Gewehren. Wir räumen beide Wohnungen leer.«

Mr D ging ans Telefon und fing an, Befehle zu schnauzen, während der andere Jäger ins hintere Schlafzimmer trabte.

Lash warf einen Blick auf Grady, der die Pizza anstarrte, als erwäge er ernsthaft, das Ding vom Teppich abzuschälen. »Das nächste Mal, wenn du –«

»Die Gewehre sind weg.«

Lash sah den *Lesser* an. »Wie bitte?«

»Die Gewehrkisten sind nicht im Schrank.«

Einen Sekundenbruchteil lang wollte Lash nichts anderes, als irgendetwas zu töten, und das Einzige, was Grady davor bewahrte, dieses Etwas zu sein, war, dass er sich in die Küche duckte und außer Sicht verschwand.

Doch schließlich siegte die Vernunft über seine Impulse, und Lash wandte sich an Mr D. »Du bist verantwortlich für die Evakuierung.«

»Ja, Sir.«

»Grady?« Als keine Antwort kam, fluchte Lash und ging in die Küche, wo sich der Kerl gerade über den Kühlschrank hermachte und angesichts der leeren Fächer den Kopf schüttelte. Dieses Arschloch war entweder extrem cool oder komplett auf sich selbst bezogen, und Lash ging davon aus, dass es Letzteres war. »Wir gehen.«

Der Mensch schloss die Kühlschranktür und folgte wie ein Hund: schnell und ohne Widerrede, so übereilt, dass er sogar seine Jacke vergaß.

Als Lash und Grady langsam aus der Wohnanlage gingen, weil Hast die Aufmerksamkeit der Nachbarn erregen konnte, sah Grady ihn von der Seite an. »Dieser Kerl … nicht der Pizzamann … der, der gestorben ist … er war nicht normal.«

»Nein. War er nicht.«

»Sie sind es auch nicht.«

»Nein. Ich bin göttlich.«

26

Nach Einbruch der Dunkelheit zog sich Ehlena die Schwesternuniform an, obwohl sie nicht in die Klinik ging. Sie tat es aus zwei Gründen: Erstens half es ihrem Vater, der Änderungen im Tagesablauf nicht gut verkraftete. Und zweitens hatte sie das Gefühl, sich damit etwas Distanz zu erkaufen, wenn sie sich mit Rehvenge traf.

Sie hatte den ganzen Tag nicht geschlafen. Bilder aus der Leichenhalle und Erinnerungen an Rehvenges kraftlose Stimme hatten ein höllisches Wrestlingteam gebildet, das sie anfiel, während sie in der Dunkelheit lag und mit ihren wechselnden Gefühlen rang.

Würde sie sich nun wirklich mit Rehv treffen? Bei ihm zu Hause? Wie war es dazu gekommen?

Sie rief sich in Erinnerung, dass sie ihm nur seine Medikamente brachte. Das hier war medizinische Fürsorge, eine Sache zwischen Pflegerin und Patient. Himmel nochmal, Rehv war selbst der Meinung gewesen, dass sie mit niemandem etwas anfangen sollte, und er hatte sie schließlich nicht zum Abendessen eingeladen. Sie würde die Tabletten abliefern und versuchen, ihn zu einem Besuch bei Havers zu überreden. Das war alles.

Nachdem sie nach ihrem Vater gesehen und ihm seine Medizin verabreicht hatte, materialisierte sie sich auf den Bürgersteig vor das Commodore-Gebäude mitten in der Innenstadt. Als sie da im Schatten des Hochhauses stand und an der glatten Flanke emporblickte, war sie überwältigt vom Kontrast dieses Gebäudes zu dem windschiefen Kasten, für den sie Miete zahlte.

Mann … inmitten von so viel Chrom und Glas zu leben kostete Geld. Viel Geld. Und Rehvenge besaß ein Penthouse. Außerdem war dies bestimmt nicht seine einzige Wohnung, denn kein vernünftiger Vampir würde sich bei Tageslicht, umgeben von so vielen Fenstern, hinlegen.

Die Kluft zwischen Normal und Reich schien ihr so groß wie der Abstand zwischen ihrem Standort und dem Dach, auf dem Rehvenge wahrscheinlich auf sie wartete, und einen Moment lang gestattete sie sich die Fantasie, dass ihre Familie noch vermögend war. Vielleicht hätte sie dann etwas anderes getragen als ihren billigen Wintermantel und die Schwesterntracht.

Tief unter ihm, hier auf der Straße, schien es plötzlich unmöglich, dass sie diese Vertraulichkeit besessen haben sollten, doch andererseits war das Telefon lediglich eine virtuelle Verbindung, nur wenig besser als ein Online-Chat. Die Gesprächspartner befanden sich jeweils in der eigenen Umgebung, unsichtbar für den anderen, nur durch ihre Stimmen verbunden. Es war eine trügerische Nähe.

Hatte sie wirklich Tabletten für diesen Kerl gestohlen?
Schau in deine Tasche, Dummkopf, dachte sie.
Mit einem Fluch materialisierte sich Ehlena auf die Ter-

rasse des Penthouses, erleichtert, dass die Nacht einigermaßen windstill war. Bei der Kälte wäre jeder Wind in dieser Höhe –

Was ... zur *Hölle*?

Durch unzählige Glasscheiben verwandelte der Glanz von hundert Kerzen die Nacht in einen goldenen Nebel. Die Wände des Penthouses hinter den Scheiben waren schwarz, und es hingen ... Gegenstände an den Wänden. Gegenstände wie eine neunschwänzige Katze aus Metall, Lederpeitschen, Masken ... und es gab einen großen, antik wirkenden Tisch, der – Nein, Moment mal, das war eine Trainingsbank, oder nicht? Mit Lederschlaufen, die von den vier Ecken herabhingen.

Bitte nicht – auf *solchen* Mist stand Rehvenge?

In Ordnung. Planänderung. Sie würde ihm die Antibiotika dalassen, klar, sie aber vor eine der Schiebetüren legen, denn auf keinen Fall würde sie da hineingehen. Nie im Leben.

Ein riesenhafter Vampir mit Ziegenbärtchen kam aus dem Bad, trocknete sich die Hände ab und strich sich auf dem Weg zur Trainingsbank die Lederhose glatt. Mit einem mühelosen Hüpfer war er auf dem Ding und fing an, einen seiner Knöchel anzubinden.

Die Sache wurde immer kränker. Ein *Dreier*?

»Ehlena?«

Sie wirbelte so hastig herum, dass sie sich die Hüfte an der Mauer anschlug, die um das Dach herum verlief. Sie runzelte die Stirn.

»Doc Jane?« Diese Nacht entwickelte sich rapide von *Oh bitte nicht* zu *Was zum Henker soll das?* »Was machst du –«

»Ich glaube, du bist auf der falschen Seite gelandet.«

»Auf der falschen Seite? Moment, ist das hier nicht die Wohnung von Rehvenge?«

»Nein, hier wohnen Vishous und ich. Rehv findest du auf der Ostseite.«

»Oh …« Rote Wangen. Sehr rot, und nicht nur wegen des Windes. »Es tut mir leid, ich hab da was verwechselt –«

Die Ärztin lachte. »Ist schon okay.«

Ehlena schielte noch einmal zum Penthouse, dann sah sie schnell zur Seite. Natürlich war das Bruder Vishous. Der mit den diamantenen Augen und den Tätowierungen im Gesicht.

»Du musst auf die Ostseite.«

Wie ihr Rehv gesagt hatte, nicht wahr? »Dann geh ich da jetzt einfach mal hinüber.«

»Ich würde dich durch unsere Wohnung lassen, aber …«

»Ja. Besser, ich gehe selbst.«

Doc Jane lächelte verschmitzt. »Ich glaube auch, das ist das Beste.«

Ehlena beruhigte sich und dematerialisierte sich auf die richtige Seite des Dachs, während sie dachte: *Doc Jane, eine Domina?*

Nun, es gab die verrücktesten Dinge.

Als sie wieder Form annahm, fürchtete sie sich fast davor, durch die Scheiben zu blicken, nach ihrem Erlebnis von gerade eben. Wenn Rehvenge auch solch Zeug hatte – oder schlimmer: Frauenfummel in Herrengrößen oder rumwuselndes Bauernhofgetier –, wusste sie nicht, ob sie die Ruhe besäße, sich heil aus der Affäre zu materialisieren.

Aber nein. Er gab nicht den RuPaul. Und es gab nichts, das nach Trog oder Pferch verlangte. Nur eine sehr geschmackvolle moderne Einrichtung mit schnörkellosem, schlichtem Mobiliar, das aus Europa kommen musste.

Rehvenge trat durch einen Türbogen, sah sie und blieb stehen. Als er den Kopf hob, schob sich die gläserne Schiebetür vor ihr auf, weil er sie Kraft seines Willens öffnete, und ein wundervoller Duft wehte ihr aus dem Penthouse entgegen.

War das ... Roastbeef?

Rehvenge ging auf sie zu. Obwohl er sich auf seinen Stock stützen musste, war sein Gang geschmeidig. An diesem Abend trug er einen schwarzen Rollkragenpullover, eindeutig aus Kaschmir, und einen superschicken schwarzen Anzug. In seinem eleganten Aufzug sah er aus wie das Covermodel eines Magazins, glamourös, verführerisch und völlig unerreichbar.

Ehlena kam sich wie eine Idiotin vor. Als sie ihn hier in seinem wunderschönen Zuhause sah, hatte sie zwar nicht das Problem, sich ihm nicht ebenbürtig zu fühlen, aber es war einfach klar, dass sie nichts gemeinsam hatten. Welchen Illusionen sie sich doch hingegeben hatte, als sie miteinander telefoniert hatten oder in der Klinik zusammen gewesen waren.

»Herzlich willkommen.« Rehvenge blieb in der Tür stehen und streckte ihr die Hand entgegen. »Ich hätte draußen auf dich gewartet, aber es ist zu kalt für mich.«

Wir leben in zwei verschiedenen Welten, dachte sie.

»Ehlena?«

»Entschuldigung.« Weil alles andere unhöflich gewesen wäre, legte sie ihre Hand in die seine und trat in sein Penthouse. Doch in Gedanken hatte sie ihn bereits verlassen.

Als sich ihre Hände trafen, fühlte sich Rehv beraubt, bestohlen, ausgenommen und betrogen: Er spürte nichts bei der Berührung und wünschte verzweifelt, er könnte Ehlenas Wärme fühlen. Doch trotz seiner Taubheit ließ allein der Anblick ihrer Hand in der seinen seine Laune erglänzen, als hätte man sie mit Stahlwolle poliert.

»Hallo«, sagte er heiser und zog sie hinein.

Er schloss die Tür, ließ aber ihre Hand nicht los, bis Ehlena sie ihm entzog, vorgeblich, um umherzugehen und sich seine Wohnung anzusehen. Doch er spürte, dass sie den Abstand brauchte.

»Die Aussicht ist fantastisch.« Sie blieb stehen und blickte auf die blinkende Stadt, die sich vor ihr ausbreitete. »Witzig, von hier oben sieht Caldwell wie ein Modell aus.«

»Wir sind hoch oben, so viel steht fest.« Er beobachtete sie mit glühenden Augen und sog ihren Anblick in sich auf. »Ich liebe diesen Anblick«, murmelte er.

»Das verstehe ich.«

»Und es ist ruhig.« Privat. In diesem Moment existierte nur sie und niemand sonst auf der Welt. Und jetzt, alleine mit ihr, konnte er fast glauben, dass all die schmutzigen Dinge, die er getan hatte, die Untaten eines Fremden waren.

Sie lächelte verstohlen. »Natürlich ist es ruhig. Schließlich verwenden sie nebenan Knebel – äh ...«

Rehv lachte. »Bist du auf der falschen Seite gelandet?«

»Wäre möglich.«

Aus ihrem Erröten schloss er, dass sie mehr als nur unbelebte Ausstellungsstücke aus Vs Bondage-Kollektion gesehen hatte. Auf einmal wurde Rehv todernst. »Muss ich ein ernstes Wort mit meinem Nachbarn wechseln?«

Ehlena schüttelte den Kopf. »Es war absolut nicht seine Schuld, und glücklicherweise hatten er und Jane noch nicht ... äh, angefangen. Gott sei Dank.«

»Solche Sachen sind nicht dein Ding, schließe ich daraus.«

Ehlena sah wieder auf die Stadt hinab. »He, die zwei sind erwachsen und tun es einvernehmlich, also sei ihnen der Spaß gegönnt. Aber was mich persönlich betrifft: nie im Leben.«

Tja, so viel zu geplatzten Seifenblasen. Wenn ihr schon Fesselspielchen und SM zu viel waren, würde sie schätzungsweise auch kein Verständnis dafür haben, dass er als Schweigegeld eine Frau vögelte, die er hasste. Und die zufällig seine Halbschwester war. Ach ja, und *Symphathin*.

So wie er einer war.

Als er schwieg, blickte sie ihn über die Schulter hinweg an. »Tut mir leid, habe ich dich gekränkt?«

»Mein Ding ist es auch nicht.« Oh, natürlich, ganz und gar nicht. Er war eine Hure mit Prinzipien – ausgefallene Praktiken waren nur okay, wenn man dazu gezwungen wurde. Scheiß auf das einvernehmliche Treiben von V und seiner Partnerin. Ja, so etwas zu erzwingen war einfach falsch.

Himmel, er war ihrer nicht würdig.

Ehlena wanderte im Penthouse herum, und ihre weichen Sohlen verursachten kein Geräusch auf seinem schwarzen Marmorboden. Er sah ihr zu und bemerkte, dass sie unter dem schwarzen Wollmantel ihre Uniform trug. Was logisch war, sagte er sich selbst, wenn sie danach noch zur Arbeit musste.

Komm schon. Hatte er wirklich geglaubt, sie würde bleiben?

»Darf ich dir den Mantel abnehmen?«, fragte er, denn er wusste, dass ihr warm sein musste. »Ich muss diese Räume wärmer halten, als es für die meisten Leute angenehm ist.«

»Eigentlich ... sollte ich mich wieder auf den Weg machen.« Sie steckte die Hand in die Manteltasche. »Ich bin nur gekommen, um dir Penicillin zu bringen.«

»Ich hatte gehofft, du würdest zum Essen bleiben.«

»Tut mir leid.« Sie hielt ihm einen Plastikbeutel hin. »Ich kann nicht.«

Bilder von der Prinzessin schossen ihm durch den Kopf, und er erinnerte sich, was für ein gutes Gefühl es gewesen war, sich Ehlena gegenüber richtig zu verhalten – und ihre Nummer aus dem Handy zu löschen. Er hatte nicht das Recht, um sie zu werben. Absolut nicht.

»Ich verstehe.« Er nahm ihr den Beutel ab. »Und danke für die Tabletten.«

»Nimm viermal am Tag zwei Stück. Zehn Tage lang. Versprochen?«

Er nickte einmal. »Versprochen.«

»Gut. Und versuch, noch einmal zu Havers zu gehen, okay?«

Einen Moment lang breitete sich ein verlegenes Schweigen aus, dann hob sie die Hand. »Okay … dann also … .«

Ehlena wandte sich ab, und er öffnete die Glasschiebetür für sie durch reine Willenskraft, denn er wusste nicht, ob er sich in ihrer Nähe unter Kontrolle hätte.

Oh, bitte geh nicht. Bitte nicht, dachte er.

Er wollte sich nur für eine Weile … sauber fühlen.

Als sie bereits draußen war, blieb sie stehen, und sein Herz schlug wie wild.

Ehlena blickte zurück, und der Wind fuhr durch die hellen Strähnen, die ihr hübsches Gesicht umrahmten. »Zusammen mit einer Mahlzeit. Du musst sie zum Essen einnehmen.«

Okay. Gebrauchsanweisung. »Davon habe ich genug hier.«

»Gut.«

Nachdem er die Tür geschlossen hatte, sah Rehv zu, wie sie in den Schatten verschwand, und musste sich gewaltsam zwingen, sich abzuwenden.

Langsam und auf den Stock gestützt, ging er an der Glasfront entlang, um die Ecke und in den Glanz des Esszimmers.

Zwei brennende Kerzen. Zwei Gedecke mit Silberbesteck.

Zwei Gläser für Wein, zwei für Wasser. Zwei Servietten, säuberlich gefaltet über zwei Teller gelegt.

Er setzte sich auf den Stuhl, den er für sie vorgesehen hatte, zu seiner Rechten, der Ehrenplatz. Er lehnte seinen Stock an seinen Oberschenkel und legte den Plastikbeutel auf den Ebenholztisch und strich ihn glatt, so dass die Tabletten in einer säuberlichen Reihe nebeneinander lagen.

Er fragte sich, warum sie nicht in einem kleinen orangenen Fläschchen mit weißem Etikett steckten, doch egal. Sie hatte sie ihm gebracht. Darauf kam es an.

Während er so in der Stille dasaß, umgeben von Kerzenschein und dem Duft des Roastbeefs, das er gerade aus dem Ofen geholt hatte, streichelte Rehv das Plastiktütchen mit dem tauben Zeigefinger. Und fühlte etwas, ganz eindeutig. Mitten in der Brust schmerzte es – in der Gegend seines Herzens.

Im Laufe seines Lebens hatte er vieles verbrochen. Großes und Kleines.

Er hatte Leute fertiggemacht, nur um mit ihnen zu spielen, ob nun skrupellose Dealer, die in seinem Revier verkauften, Freier, die seine Huren schlecht behandelten, oder Idioten, die sich in seinem Club nicht benahmen.

Er profitierte von den Lastern anderer. Verkaufte Drogen. Verkaufte Sex. Verkaufte den Tod in Form von Xhex' speziellen Fähigkeiten.

Er hatte aus den falschen Gründen gevögelt.

Er hatte gefoltert.

Er hatte gemordet.

Doch seinerzeit hatte ihn das nie gekümmert. Er hatte nicht gezögert, nicht bereut, kein Mitgefühl empfunden. Es ging immer nur um weitere Intrigen, weitere Pläne, weitere Möglichkeiten, die es zu ersinnen und auszubeuten galt.

Doch hier an dem leeren Tisch, in diesem leeren Penthouse fühlte er den Schmerz in seiner Brust und wusste, was es war: Reue.

Es wäre außerordentlich gewesen, Ehlena zu verdienen.

Doch das war nur eine Sache mehr, die er niemals fühlen würde.

27

Als sich die Bruderschaft in seinem Arbeitszimmer versammelte, behielt Wrath John im Auge. Von seinem Aussichtspunkt hinter dem verschnörkelten Tisch aus wirkte der Junge, als sei er vom Laster überfahren worden. Er war blass und reglos und hatte sich bisher überhaupt nicht am Gespräch beteiligt. Doch am schlimmsten war der Geruch seiner Gefühle: Es gab keinen. Nicht den beißenden Geruch der Wut, der in den Nasenflügeln brannte. Nicht den säuerlichen, rauchigen Anflug von Traurigkeit. Nicht einmal die zitronige Note von Angst.

Nichts. Und wie er so zwischen den Brüdern und seinen zwei besten Freunden stand, war er isoliert durch sein Desinteresse und seine taube Trance ... gleichzeitig hier und doch weit weg.

Das war nicht gut.

Wraths Kopfschmerzen, die wie Augen, Ohren und Lippen fest an seinem Schädel installiert zu sein schienen, starteten eine neue Attacke auf seine Schläfen, und er lehnte sich in seinem schwuchteligen Stühlchen zurück, in der Hoffnung, eine veränderte Stellung der Wirbelsäule könnte den Druck vielleicht mindern.

Leider war dem nicht so.

Vielleicht würde eine Amputation oberhalb des Halswirbels Erleichterung schaffen. Der Himmel wusste, dass Doc Jane mit einer Säge umgehen konnte.

Ihm gegenüber in dem hässlichen grünen Sessel kaute Rhage an einem Lolli herum und brach eine der vielen Schweigepausen, die ihre Zusammenkunft charakterisierten.

»Tohr kann nicht weit sein«, murmelte Hollywood. »Er ist nicht kräftig genug.«

»Ich habe die Andere Seite überprüft«, meldete sich Phury aus dem Lautsprecher. »Bei den Auserwählten ist er nicht.«

»Vielleicht sollten wir bei seinem alten Haus vorbeifahren?«, schlug Butch vor.

Wrath schüttelte den Kopf. »Ich kann mir nicht vorstellen, dass er dorthin gegangen ist. Zu viele Erinnerungen.«

Scheiße, im Moment konnte nicht einmal die Erwähnung seines früheren Heims John eine Reaktion entlocken. Aber wenigstens war es endlich so dunkel, dass sie hinausgehen und nach Tohr suchen konnten.

»Ich bleibe hier, für den Fall, dass er zurückkommt«, verkündete Wrath, als sich die Flügeltür öffnete und V mit langen Schritten hereinkam. »Ich möchte, dass der Rest von euch in der Stadt nach ihm sucht, aber bevor ihr geht, möchte ich erst noch den neuesten Stand von unserer Nachrichtenkorrespondentin hören.« Er nickte Vishous zu. »Schätzchen?«

Vs Blick war die Entsprechung eines sauber durchgestreckten Mittelfingers, aber er fing mit seinem Rapport an:

»Letzte Nacht gab es im internen Netzwerk der Polizei einen Bericht von einem Detective der Mordkommission. In der Wohnung, in der wir die Gewehrkisten gefunden haben, wurde eine Leiche entdeckt. Menschlich. Pizzalieferant. Einfache Messerwunde in der Brust. Zweifelsohne ist der arme Tölpel in irgendetwas hineingestolpert, das er besser nicht gesehen hätte. Gerade eben habe ich mich in die Details gehackt, und stellt euch vor, es wird ein schwarzer, öliger Fleck an der Wand neben der Tür erwähnt.« Es folgten unterdrückte Flüche, von denen viele mit Sch… begannen. »Tja, aber hier kommt der interessante Teil: Im Bericht wurde vermerkt, dass circa zwei Stunden vor der Vermisstenmeldung durch den Manager von Domino's Pizza ein Mercedes auf dem Parkplatz vor der Wohnanlage gesichtet wurde. Und eine Nachbarin hat bemerkt, wie ein blonder Mann, was sonst, zusammen mit einem dunkelhaarigen in dieses Auto einstieg. Sie sagte, es war seltsam, eine so schicke Limousine in dieser Gegend zu sehen.«

»Ein Mercedes?«, fragte Phury aus dem Lautsprecher des Telefons.

Rhage hatte einen weiteren Lutscher zerkaut und warf den kleinen weißen Stängel in den Papierkorb. »Ja, seit wann steckt die Gesellschaft denn ihr Geld in teure Autos?«

»Eben«, nickte V. »Ist doch hirnrissig. Aber jetzt kommt der unangenehme Part: Zeugen berichten außerdem von einem verdächtig aussehenden schwarzen Escalade am Vorabend … mit einem Mann in Schwarz, der … Himmel, was war es gleich … Kisten, ja genau, vier verdammte Kisten hinter dieser Wohneinheit hervorgeschleppt hat.«

Als V durchdringend seinen Wohnungsgenossen anstarrte, schüttelte der Bulle den Kopf. »Aber niemand konnte das Kennzeichen vom Escalade nennen. Und zu

Hause haben wir gleich neue Schilder aufgezogen. Und was den Benz betrifft: Zeugen irren sich ständig. Der Blonde und der Dunkelhaarige hatten vielleicht nichts mit dem Mord zu tun.«

»Nun, ich werde die Sache im Auge behalten«, meinte V. »Ich glaube nicht, dass die Polizei eine Verbindung zu unserer Welt herstellt. Mann, viele Dinge hinterlassen schwarze Flecken, aber wir sollten auf alles vorbereitet sein.«

»Wenn der Detective, an den ich denke, den Fall untersucht, dann ist es ein guter«, murmelte Butch. »Ein sehr guter.«

Wrath stand auf. »Okay, die Sonne ist untergegangen. Raus hier. John, mit dir möchte ich noch ein Wort unter vier Augen sprechen.«

Wrath wartete, bis sich die Tür hinter den letzten Brüdern geschlossen hatte, bevor er sprach. »Wir werden ihn finden, Sohn. Mach dir keine Sorgen.« Keine Antwort. »John? Was ist los?«

Der Junge verschränkte nur die Arme vor der Brust und blickte stur geradeaus.

»John ...«

John entknotete seine Arme wieder und gestikulierte etwas in Gebärdensprache, das Wraths miserable Augen als *Ich gehe mit den anderen raus* interpretierten.

»Einen Scheißdreck wirst du.« Jetzt riss John den Kopf zu ihm herum. »Kommt überhaupt nicht in Frage. Schau dich doch mal an, du bist ein Zombie. Und komm mir nicht mit: ›*Mir geht's gut.*‹ Wenn du glaubst, ich lasse dich kämpfen, irrst du dich gewaltig.«

John lief im Arbeitszimmer auf und ab wie ein gefangenes Tier. Schließlich blieb er stehen und gebärdete: *Ich halte es hier nicht aus. In diesem Haus.*

Wrath runzelte die Stirn und versuchte zu verstehen, was

John sagte, doch das Stirnrunzeln brachte seinen Kopf zum Singen wie ein Sopran. »Tut mir leid, was hast du gesagt?«

John drückte die Tür auf, und eine Sekunde später kam Qhuinn herein. Es folgte eine Menge Gebärdensprache, und dann räusperte sich Qhuinn.

»Er sagt, er kann heute Nacht nicht in diesem Haus bleiben. Er erträgt es einfach nicht.«

»Okay, dann geh in einen Club und betrink dich bis zur Besinnungslosigkeit. Aber kein Kampf.« Wrath sprach ein stilles Dankgebet, dass Qhuinn an den Jungen gebunden war. »Und John ... ich werde ihn finden.«

Noch mehr Gebärden, dann wandte sich John zur Tür.

»Was hat er gesagt, Qhuinn?«, fragte Wrath.

»Äh ... er sagt, es ist ihm egal, ob du das tust.«

»John, das meinst du nicht ernst.«

Der Junge wirbelte herum und gestikulierte, während Qhuinn übersetzte. »Er sagt, doch, das sei ihm ernst. Er sagt ... er kann so nicht mehr leben ... dieses Warten und sich jede Nacht fragen, ob sich Tohr – John, etwas langsamer – ah ... ob er sich erhängt hat oder wieder verschwunden ist. Selbst wenn er zurückkommt ... John sagt, er hat genug. Er wurde zu oft zurückgelassen.«

Dem ließ sich schwer etwas entgegensetzen. Tohr war in letzter Zeit wirklich kein guter Vater gewesen, sein einziger Verdienst bestand darin, die nächste Generation lebender Toter zu kreieren.

Wrath winselte und rieb sich die Schläfen. »Schau, Sohn, ich bin kein Spezialist, aber du kannst mit mir reden.«

Es gab eine lange, stille Pause, die von einem merkwürdigen Geruch unterlegt war ... ein trockener, beinahe schaler Geruch ... Bedauern? Ja, das war Bedauern.

John verbeugte sich leicht wie zum Dank und duckte sich aus der Tür hinaus.

Qhuinn zögerte. »Ich werde ihn nicht kämpfen lassen.«

»Dann rettest du ihm das Leben. Denn wenn er in diesem Zustand zur Waffe greift, kommt er in einer Holzkiste heim.«

»Verstanden.«

Als sich die Tür schloss, brüllte der Schmerz in Wraths Schläfen auf und zwang ihn wieder auf den Stuhl.

Gott, er wollte einfach nur noch in sein Bett, wo die Kissen nach Beth rochen. Er wollte sie anrufen und bitten, zu ihm zu kommen, nur damit er sie im Arm halten konnte. Er wollte, dass sie ihm verzieh.

Er wollte schlafen.

Stattdessen stand der König auf, hob seine Waffen vom Boden neben dem Schreibtisch auf und legte sie an. Dann verließ er das Arbeitszimmer mit der Lederjacke in der Hand, ging die Freitreppe herunter, durch die Eingangshalle und in die kalte Nacht hinaus. So wie er die Sache sah, blieben ihm die Kopfschmerzen erhalten, egal, wo er hinging, also konnte er sich genauso gut etwas nützlich machen und nach Tohr suchen.

Als er seine Jacke anzog, dachte er plötzlich an seine *Shellan* und wo sie in der vorigen Nacht hingegangen war.

Heilige Scheiße. Er wusste genau, wo Tohr steckte.

Eigentlich wollte Ehlena Rehvenges Terrasse sofort verlassen, aber als sie in die Schatten trat, musste sie einfach noch einmal zum Penthouse zurückschauen. Durch die Scheiben beobachtete sie, wie Rehvenge sich abwandte und langsam die Glasfront des Penthouses abschritt –

Sie stieß mit dem Schienbein an etwas Hartes. »Verflixt!«

Als sie auf einem Bein herumhüpfte und sich das Schienbein rieb, bedachte sie die Vase aus Marmor, gegen die sie gerannt war, mit einem finsteren Blick.

Rehvenge war in einen anderen Raum gegangen und dort vor einem Tisch stehen geblieben, der für zwei gedeckt war. Kerzen glänzten inmitten von schimmerndem Kristallglas und Silber. Durch die große Scheibe sah sie, wie viel Mühe er sich für sie gemacht hatte.

»Verdammt ...«, flüsterte sie.

Rehvenge ließ sich ebenso behutsam nieder, wie er lief, und blickte erst hinter sich, um sich zu vergewissern, dass der Stuhl an der richtigen Stelle stand, dann stützte er beide Hände auf die Tischplatte und setzte sich. Das Tütchen, das sie ihm gegeben hatte, wurde auf den Tisch gelegt, und als er es zu streicheln schien, standen seine zärtlichen Finger im Widerspruch zu den breiten Schultern und der dunklen Kraft in seinen harten Zügen.

Als Ehlena in seinen Anblick versank, spürte sie die Kälte nicht mehr, oder den Wind, oder den Schmerz in ihrem Schienbein. In Kerzenlicht gebadet, den Kopf leicht gesenkt und das Profil so stark und bestimmt, war Rehvenge unermesslich schön.

Auf einmal schoss sein Kopf hoch, und er blickte sie direkt an, obwohl sie in der Dunkelheit stand.

Ehlena trat einen Schritt zurück und fühlte die Ummauerung der Terrasse an ihrer Hüfte, aber sie dematerialisierte sich nicht. Auch nicht, als er den Stock auf den Boden stemmte und sich zu voller Größe aufrichtete.

Und auch nicht, als sich die Tür vor ihm durch seinen Willen öffnete.

Sie hätte eine bessere Lügnerin sein müssen, um glaubhaft vorzugeben, nur in die Nacht hinauszublicken. Und sie war auch nicht feige und verschwand.

Ehlena ging stattdessen auf ihn zu. »Du hast deine Tabletten noch nicht genommen.«

»Ist es das, worauf du wartest?«

Ehlena verschränkte die Arme. »Ja.«

Rehvenge schielte über die Schulter zum Esstisch mit den zwei leeren Tellern. »Du hast gesagt, ich soll sie mit einer Mahlzeit einnehmen.«

»Ja, das habe ich.«

»Nun, es sieht so aus, als müsstest du mir beim Essen zusehen.« Der elegante Schwung des Arms, der sie einlud, war eine Aufforderung, der sie eigentlich nicht folgen sollte. »Willst du dich zu mir setzen? Oder möchtest du hier draußen in der Kälte warten? Oder Moment, vielleicht hilft ja das.« Er stützte sich schwer auf seinen Stock, ging zum Tisch und blies die Kerzen aus.

Die sich kringelnden Rauchwolken über den Dochten erschienen ihr wie eine Klage über all die verpassten Gelegenheiten des Abends: Er hatte für sie beide gekocht. Sich Mühe gegeben. Sich schön gemacht.

Sie ging hinein, weil sie seinen Abend schon genug ruiniert hatte.

»Setz dich doch«, forderte er sie auf. »Ich komme gleich mit meinem Teller zurück. Es sei denn ...?«

»Ich habe schon gegessen.«

Er verbeugte sich leicht, als sie sich einen Stuhl heranzog. »Selbstverständlich.«

Rehvenge ließ seinen Stock am Tisch gelehnt stehen und ging hinaus, wobei er sich an Stuhllehnen, der Anrichte und dem Rahmen der Schwingtür festhielt. Als er ein paar Minuten später zurückkam, wiederholte er das Schema mit der freien Hand und setzte sich dann konzentriert auf den Stuhl am Kopfende des Tisches. Dann nahm er ein wohlproportioniertes Silbermesser zur Hand und begann wortlos, sein Fleisch zu schneiden. Er aß manierlich und mit Bedacht.

Himmel, sie fühlte sich wie die Eisprinzessin der Woche,

so wie sie hier vor einem leeren Teller saß, im zugeknöpften Mantel.

Das Klappern von Silberzinken auf dem Porzellan machte das Schweigen zwischen ihnen überlaut.

Sie strich über die Serviette, die vor ihr lag, und fühlte sich wegen so vieler Dinge mies, und obwohl sie sonst nicht sonderlich redselig war, brabbelte sie nun los, weil sie einfach nicht mehr alles für sich behalten konnte. »Vorgestern Nacht ...«

»Mm?« Rehvenge sah sie nicht an, sondern konzentrierte sich weiterhin auf seinen Teller.

»Ich wurde nicht versetzt. Von meiner Verabredung, weißt du?«

»So? Schön für dich.«

»Er wurde umgebracht.«

Rehvenges Kopf schoss hoch. »Was?«

»Stephan, der Typ, mit dem ich verabredet war ... er wurde von *Lessern* getötet. Der König brachte seine Leiche in die Klinik, aber ich wusste nicht, dass er es war, bis sein Cousin auftauchte und nach ihm suchte. Ich ... äh, habe meinen letzten Dienst damit verbracht, ihm die letzte Ehre zu erweisen und ihn seiner Familie zurückzubringen.« Sie schüttelte den Kopf. »Sie hatten ihn verprügelt ... er war kaum noch wiederzuerkennen.«

Ihre Stimme geriet ins Stocken und versagte dann ganz, deshalb saß sie einfach nur da und strich über die Serviette, um sich selbst zu trösten.

Ein leises Klirren verriet, dass Rehv sein Besteck abgelegt hatte. Dann legte sich eine feste Hand auf ihren Unterarm.

»Das tut mir gottverdammt leid«, sagte er. »Kein Wunder, dass du nichts für das hier übrighast. Hätte ich gewusst –«

»Nein, es ist okay. Wirklich, ich hätte früher etwas sagen

sollen. Ich bin nur heute etwas durch den Wind. Nicht ganz ich selbst.«

Er drückte ihren Arm und lehnte sich dann zurück, als wollte er sie nicht bedrängen. Was sie normalerweise vorzog, doch heute Nacht war es … schade – um eines seiner Lieblingsworte zu gebrauchen. Seine Berührung hatte sich schön durch ihren Mantel angefühlt.

Und wo sie schon dabei war, ihr wurde langsam wirklich warm.

Ehlena knöpfte ihren Mantel auf und streifte ihn von den Schultern. »Heiß hier.«

»Wie ich schon sagte, ich kann es gerne etwas kühler für dich einstellen.«

»Nein.« Sie runzelte die Stirn und sah zu ihm hinüber. »Warum frierst du immer? Eine Nebenwirkung des Dopamins?«

Er nickte. »Das Dopamin ist auch der Grund, warum ich den Stock brauche. Ich spüre meine Arme und Beine nicht.«

Sie hatte noch nicht von vielen Vampiren gehört, die so auf dieses Medikament reagierten, doch andererseits war jeder anders. Außerdem war Parkinson auch bei Vampiren eine hässliche Krankheit.

Rehvenge schob seinen Teller von sich, und eine Weile saßen sie schweigend da. Im Dämmerlicht schien er irgendwie gedimmt, nicht so energiegeladen wie sonst, und seine Stimmung war düster.

»Du bist heute Abend auch nicht du selbst«, meinte sie. »Nicht dass ich dich besonders gut kennen würde, aber du wirkst …«

»Wie?«

»So wie ich mich fühle. In einer Art Wachkoma gefangen.«

Er lachte kurz auf. »Das trifft es genau.«

»Willst du darüber reden –«

»Willst du etwas essen –«

Sie lachten beide und hörten dann auf.

Rehvenge schüttelte den Kopf. »Schau, lass mich dir eine Nachspeise holen. Es ist das Mindeste, was ich tun kann. Und es ist kein Candlelight-Dinner. Die Kerzen sind aus.«

»Weißt du, eigentlich …?«

» … war es gelogen, dass du schon gegessen hast, und du stirbst vor Hunger.«

Sie lachte wieder. »Du hast es erfasst.«

Als er sie mit seinen Amethystaugen ansah, verwandelte sich die Luft zwischen ihnen, und sie hatte das Gefühl, dass er so vieles sah, zu viel. Insbesondere, als er mit dunkler Stimme sagte: »Wirst du dich von mir versorgen lassen?«

Völlig hypnotisiert flüsterte sie: »Ja. Gerne.«

Sein Lächeln entblößte lange, weiße Fänge. »Das ist genau die Antwort, auf die ich gehofft hatte.«

Wie wohl sein Blut schmecken würde, schoss es ihr unwillkürlich durch den Kopf.

Rehvenge knurrte tief in der Kehle, als wüsste er genau, was sie dachte. Aber er ging nicht weiter darauf ein, erhob sich und verschwand in der Küche.

Bis er mit ihrem Teller zurückkam, hatte sie sich wieder einigermaßen gefasst, doch als er das Essen vor ihr abstellte, umgab sie ein würziger Geruch, der einfach zu köstlich war – und nichts mit dem zu tun hatte, was er zubereitet hatte.

Entschlossen, sich zusammenzureißen, breitete Ehlena die Serviette über ihren Schoß und kostete das Roastbeef.

»Mein *Gott*, das ist fantastisch.«

»Danke«, sagte Rehv und setzte sich. »Auf diese Weise haben es die *Doggen* in unserem Haus immer zubereitet. Man heizt den Ofen auf zweihundertfünfzig Grad vor, stellt das

Roastbeef hinein und gart es eine halbe Stunde. Dann stellt man alles aus und lässt es einfach ziehen. Aber man darf nicht die Klappe aufmachen und nachsehen, das ist verboten. Man muss an den Prozess glauben. Und zwei Stunden später ist es …?«

»Himmlisch.«

»Himmlisch.«

Ehlena lachte, als sie im Chor sprachen. »Nun, es ist wirklich gut. Es zergeht geradezu auf der Zunge.«

»Um ehrlich zu sein, ist es allerdings das Einzige, was ich kochen kann.«

»Nun, du kannst ein Gericht perfekt, und das ist mehr, als manch andrer von sich behaupten kann.«

Er lächelte und blickte auf die Tabletten hinab. »Wenn ich jetzt eine davon nehme, gehst du dann gleich nach dem Essen?«

»Wenn ich nein sage, verrätst du mir dann, warum du so schweigsam bist?«

»Du bist eine harte Verhandlungspartnerin.«

»Ich möchte nicht, dass es so einseitig ist. Ich habe dir auch gesagt, was mich belastet.«

Ein Schatten legte sich auf sein Gesicht, sein Mund formte eine Linie, und seine Brauen zogen sich zusammen. »Ich kann nicht darüber sprechen.«

»Natürlich kannst du das.«

Seine Augen, jetzt hart, funkelten sie an. »So wie du über deinen Vater?«

Ehlena senkte den Blick auf ihren Teller und schnitt übertrieben umständlich ein Stück Fleisch ab.

»Tut mir leid«, meinte Rehv. »Ich … Scheiße.«

»Nein, ist schon okay.« Obwohl es das nicht war. »Ich dränge manchmal zu sehr. Gut im Pflegeberuf. Nicht so prickelnd im privaten Bereich.«

Als sich wieder ein Schweigen auf sie herabsenkte, aß sie schneller und nahm sich vor zu gehen, sobald sie fertig war.

»Ich tue etwas, worauf ich nicht stolz bin«, sagte er unvermittelt.

Sie blickte auf. In seinem Gesicht stand tiefste Abscheu. Sie sah eine Wut und einen Hass, der ihr Angst gemacht hätte, hätte sie ihn nicht gekannt. Denn diese Abscheu galt nicht ihr. Sie drückte aus, was er für sich selbst empfand. Oder für jemand anderen.

Sie war schlau genug, nicht nachzuhaken. Insbesondere nicht in seiner Stimmung.

Deshalb war sie überrascht, als er sagte: »Es ist eine fortlaufende Geschichte.«

Privat oder geschäftlich, fragte sie sich.

Er blickte zu ihr auf. »Es geht um eine Frau.«

Okay. Eine Frau.

Nun, es stand ihr nicht zu, so enttäuscht zu sein. Es ging sie nichts an, dass er schon jemanden hatte. Oder dass er ein Playboy war, der diese Roastbeef-Kerzenschein-Verführungs-Nummer für wer weiß wie viele Frauen abzog.

Mit einem Räuspern legte Ehlena Messer und Gabel zur Seite. Dann tupfte sie sich den Mund mit der Serviette ab und sagte: »Wow, weißt du, mir ist nie in den Sinn gekommen zu fragen, ob du eine Gefährtin hast. In deiner Akte steht kein Na–«

»Sie ist nicht meine *Shellan*. Und ich liebe sie nicht im Geringsten. Es ist kompliziert.«

»Habt ihr ein gemeinsames Kind?«

»Nein, Gott sei Dank.«

Ehlena runzelte die Stirn. »Aber es ist eine Beziehung?«

»Ich schätze, man könnte es so nennen.«

Ehlena kam sich wie eine komplette Idiotin vor, hier so herumzuraten. Sie legte die Serviette neben den Teller und lächelte ihn hochprofessionell an, während sie aufstand und ihren Mantel nahm.

»Ich sollte jetzt gehen. Danke für das Essen.«

Rehv fluchte. »Ich hätte nichts sagen sollen –«

»Wenn du vorhattest, mich ins Bett zu bekommen, hast du Recht. Kein kluger Zug. Trotzdem bin ich dir dankbar für deine Ehrlich–«

»Ich wollte dich nicht ins Bett bekommen.«

»Natürlich nicht, weil du sie dann betrogen hättest.« Hoppla, was regte sie sich nur so darüber auf?

»Nein«, schnauzte er zurück, »weil ich impotent bin. Glaub mir, könnte ich eine Erektion bekommen, wäre das Bett der erste Ort, an den ich dich bringen wollte.«

28

»Mit dir abzuhängen ist so aufregend, wie Farbe beim Trocknen zuzusehen.« Lassiters Stimme hallte zu den Stalaktiten hinauf, die von der hohen Decke der Gruft hingen. »Nur ohne den Verschönerungseffekt – was wirklich schade ist, wenn man sich hier umsieht. Warum steht ihr Typen bloß alle auf diese düstere Umgebung? Noch nie etwas von Wohlfühlatmosphäre gehört?«

Tohr rieb sich das Gesicht und blickte sich in der Höhle um, die der Bruderschaft seit Jahrhunderten als Versammlungsort diente. Hinter dem gewaltigen Steinaltar, neben dem er saß, zog sich die schwarze Marmorwand mit den Namen aller Brüder über den gesamten hinteren Teil der Höhle. Schwarze Kerzen in schweren Ständern warfen flackerndes Licht auf die Gravuren, die in der Alten Sprache verfasst waren.

»Wir sind Vampire«, erwiderte er. »Keine Elfen.«

»Manchmal bin ich mir da nicht so sicher. Schau dir doch nur dieses Arbeitszimmer an, in dem euer König hockt.«

»Er ist fast blind.«

»Was erklärt, warum er sich noch nicht in diesem pastellfarbenen Alptraum erhängt hat.«

»Ich dachte, du nörgelst über die düstere Einrichtung?«

»Ich assoziiere frei vor mich hin.«

»Man merkt's.« Tohr hielt die Augen gesenkt, um den Engel nicht durch Blickkontakt weiter zu ermutigen. Aber, halt, Lassiter musste man ja gar nicht ermutigen.

»Erwartest du, dass dieser Schädel auf dem Altar zu dir spricht oder was?«

»Eigentlich warten wir beide darauf, dass du mal zwischendurch die Luft anhältst.« Tohr funkelte den Engel an. »Wann immer du bereit bist. Wann *immer*.«

»Du bist stets so reizend.« Der Engel pflanzte seinen Leuchtpopo neben Tohr auf die Steintreppe. »Kann ich dich mal etwas fragen?«

»Kann ich nein sagen?«

»Nö.« Lassiter rutschte umher und starrte zu dem Schädel hinauf. »Dieses Ding sieht älter aus als ich. Und das will etwas heißen.«

Es war der erste Bruder, der erste Krieger, der unerschrocken dem Feind entgegentrat, das heiligste Symbol von Stärke und Bestimmung der Bruderschaft.

Zur Abwechslung lästerte Lassiter nicht. »Er muss ein großer Kämpfer gewesen sein.«

»Ich dachte, du wolltest mich etwas fragen.«

Der Engel stand fluchend auf und schüttelte die Beine aus. »Ja, ich meine … wie zur Hölle kannst du hier so lange sitzen? Mein Hintern bringt mich jetzt schon um.«

»Ja, Hirnkrämpfe sind echt scheußlich.«

Obwohl der Engel Recht hatte, was die Zeit betraf. Tohr hatte bereits so lange hier gesessen und den Schädel sowie die Mauer mit den Namen dahinter angestarrt, dass er seinen tauben Hintern bald nicht mehr von den Steinstufen unterscheiden konnte.

Er war in der Vornacht hierhergekommen, gezogen von einer unsichtbaren Hand, auf der Suche nach Inspiration, nach Klarheit, nach einer neuen Verbindung zum Leben. Stattdessen hatte er nur Stein gefunden. Kalten Stein. Und eine Menge von Namen, die ihm einst etwas bedeutet hatte und jetzt nicht mehr als eine Auflistung von Toten war.

»Du suchst eben am falschen Ort«, meinte Lassiter.

»Du kannst jetzt gehen.«

»Es treibt mir jedes Mal die Tränen in die Augen, wenn du das sagst.«

»Lustig, mir auch.«

Der Engel beugte sich herunter, der Geruch von frischer Luft ging von ihm aus. »Weder diese Mauer noch dieser Schädel werden dir geben, wonach du suchst.«

Tohr verengte die Augen zu Schlitzen und wünschte sich, er hätte die Kraft, diesen Kerl abzuschütteln. »Ach nein? Nun, dann strafen sie dich aber lügen. ›Die Zeit ist gekommen. Heute Nacht ändert sich alles.‹ Tolle Vorhersage. Du redest einfach nur Müll.«

Lassiter lächelte und rückte ungerührt den Goldring zurecht, der seine Augenbraue durchstach. »Wenn du glaubst, Beleidigungen könnten mich beeindrucken, wird dir die Luft ausgehen, bevor ich es überhaupt bemerke.«

»Aber warum bist du eigentlich hier, verdammt!« Tohrs Erschöpfung stahl sich in seine Stimme und schwächte sie, was ihn nervte. »Warum konntest du mich nicht liegengelassen, wo ich war?«

Der Engel stieg die schwarzen Marmorstufen hinauf und zog vor der glänzenden Mauer mit den Namengravuren Kreise. Ab und an blieb er stehen, um einen oder zwei der Namen zu inspizieren.

»Zeit ist ein Luxus, ob du es glaubst oder nicht«, sagte er.
»Ich empfinde sie eher als Fluch.«
»Aber was bliebe dir ohne Zeit?«
»Der Schleier. Der Ort, zu dem ich unterwegs war, bis du daherkamst.«

Lassiter fuhr mit dem Finger einen Schriftzug nach, und Tohr wandte den Kopf ab, als er erkannte, welcher es war. Sein eigener Name.

»Ohne Zeit«, fuhr der Engel fort, »bleibt dir nur der bodenlose, formlose Morast der Ewigkeit.«

»Nur zu deiner Information: Philosophie langweilt mich.«

»Nicht Philosophie. Realität. Zeit gibt dem Leben seine Bedeutung.«

»Ach, fick dich doch ins Knie. Im Ernst ... fick dich.«

Lassiter neigte den Kopf, als hätte er etwas gehört.

»Endlich«, murmelte er. »Der Bastard treibt mich in den Wahnsinn.«

»Wie bitte?«

Der Engel kam zu Tohr, beugte sich zu seinem Gesicht herunter und sagte sehr deutlich: »Hör zu, Sonnyboy. Deine *Shellan* Wellsie hat mich geschickt. Deshalb habe ich dich nicht sterben lassen.«

Tohrs Herz setzte aus, während der Engel aufblickte und sagte: »Was hat dich so lange aufgehalten?«

Wrath klang verärgert, als seine schweren Schritte auf den Altar zudonnerten. »Vielleicht verrätst du das nächste Mal jemanden, wo zur Hölle du hingehst –«

»Was hast du gesagt?«, hauchte Tohr.

Ohne Anzeichen von Bedauern wandte sich Lassiter wieder Tohr zu. »Diese Mauer kannst du dir schenken. Versuch's mal lieber mit einem Kalender. Vor einem Jahr hat der Feind deiner Wellsie ins Gesicht geschossen. *Wach verdammt nochmal auf und tu etwas.*«

Wrath fluchte. »Sachte, Lassit–«

Tohrment tat einen gewaltigen Satz, der an seine frühere Kraft erinnerte, und pflügte Lassiter trotz des Unterschieds an Körpermasse wie ein Mähdrescher um, so dass der Engel unsanft zu Boden ging. Dann schloss Tohr die Finger um Lassiters Kehle, starrte in dessen weiße Augen und drückte mit gebleckten Fängen zu.

Lassiter starrte einfach nur zurück und pflanzte seine Stimme direkt in Tohrs Schläfenlappen: *Was willst du tun, Arschloch? Sie rächen oder ihr Andenken entwürdigen, indem du dich so gehenlässt?*

Wraths Hand grub sich wie eine Löwenpranke in Thors Schulter und riss ihn zurück. »Lass los.«

»Tu das ...« Tohrs Atem ging stoßweise, »tu ... das ... nie ...«

»Genug«, knurrte Wrath.

Tohr krachte auf seinen Hintern, und als er wie ein fallengelassener Stock vom Boden abprallte, wurde er aus seinem Mordswahn gerissen. Und erwachte.

Er wusste nicht, wie er es sonst hätte beschreiben sollen. Es war, als wäre ein Schalter umgelegt worden, und seine erloschene Beleuchtung hätte plötzlich wieder Saft bekommen.

Wraths Gesicht erschien vor ihm, und Tohr sah es mit einer Klarheit, die er seit ... Ewigkeiten ... nicht gehabt hatte. »Bei dir alles okay?«, fragte sein Bruder. »Du bist hart aufgeschlagen.«

Tohr streckte die Hände aus und fuhr über Wraths starke Arme, versuchte, ein Gefühl für die Wirklichkeit zu bekommen. Er blickte zu Lassiter herüber, dann zum König. »Es ... tut mir leid.«

»Machst du Witze? Wir alle wollten ihn erwürgen.«

»Wisst ihr, ich bekomme irgendwann noch mal einen Komplex«, röchelte Lassiter mühsam.

Tohr packte die Schultern seines Königs. »Niemand hat etwas von ihr gesagt«, stöhnte er. »Niemand hat ihren Namen ausgesprochen, niemand hat darüber geredet, was ... passiert ist.«

Wraths Hand stützte Tohr im Nacken. »Aus Respekt dir gegenüber.«

Tohrs Blick wanderte zu dem Schädel auf dem Altar und dann zu der Mauer mit den Gravuren. Der Engel hatte Recht gehabt. Es gab nur einen Namen, der ihn hatte aufwecken können, und der stand nicht auf dieser Mauer.

Wellsie.

»Wie hast du uns gefunden?«, fragte er den König, den Blick immer noch auf die Mauer gerichtet.

»Manchmal muss man zum Anfang zurückgehen. Dorthin, wo alles begonnen hat.«

»Es wird Zeit«, sagte der gefallene Engel leise.

Tohr blickte an sich herab, an dem ausgemergelten Körper unter den hängenden Kleidern. Er war ein Viertel seiner selbst, vielleicht sogar weniger. Und das lag nicht nur an dem Gewicht, das er verloren hatte. »Oh Himmel ... schaut mich an.«

Wraths Antwort war einfach und geradeheraus. »Wenn du bereit bist, sind wir bereit, dich wieder aufzunehmen.«

Tohr blickte zu dem Engel hinüber und bemerkte zum ersten Mal die goldene Aura, die den Kerl umgab. Ein himmlischer Gesandter. Geschickt von Wellsie.

»Ich bin bereit«, sagte er zu niemandem und allen.

Rehvenge sah Ehlena über den Tisch hinweg an und dachte: *Naja, wenigstens ist sie nicht gleich aufgesprungen und davongelaufen, als ich das I-Wort gesagt habe.*

Impotent war ein Wort, das man für gewöhnlich nicht in Gesellschaft einer Frau verwendete, an der man interessiert war. Außer in Sätzen wie *Scheiße, nein, natürlich bin ich* NICHT *impotent.*

Ehlena setzte sich wieder. »Du bist ... Ist es wegen der Medikamente?«

»Ja.«

Ihre Augen wanderten umher, als stellte sie Berechnungen im Kopf an, und sein erster Gedanken war: *Meine Zunge funktioniert tadellos, und genauso meine Finger.*

Aber das behielt er für sich. »Dopamin hat eine seltsame Wirkung auf mich. Statt die Testosteron-Ausschüttung anzukurbeln, entzieht es mir das Zeug.«

Ihre Mundwinkel zuckten nach oben. »Das ist jetzt völlig unangemessen, aber da du sehr männlich bist, könntest du ohne –«

»Ich könnte dich lieben«, nickte er ruhig. »Das könnte ich dann.«

Sie sah ihn an. Heilige Scheiße, hatte er das gerade wirklich gesagt?

Rehv strich sich über den Irokesen-Haarschnitt. »Ich werde mich nicht dafür entschuldigen, dass ich etwas für dich empfinde, aber ich werde dich auch nicht mit irgendwelchen Übergriffen in Verlegenheit bringen. Möchtest du einen Kaffee? Er ist schon fertig.«

»Äh ... gerne.« Als hoffte sie, das Getränk könne ihr zu einem klaren Kopf verhelfen. »Hör mal ...«

Er verharrte mitten im Aufstehen. »Ja?«

»Ich ... äh ...«

Als sie nicht weitersprach, zuckte er die Schultern. »Lass mich dir einfach den Kaffee bringen. Ich möchte dich bedienen. Das macht mich glücklich.«

Von wegen glücklich. Als er in die Küche ging, brach ein innerer Jubel durch seine Taubheit.

Die Tatsache, dass er ihr zu essen gab, dass er für sie gekocht hatte, ihr zu trinken gegen den Durst gab, ihr Schutz vor der Kälte bot …

Rehv nahm einen eigenartigen Geruch wahr. Zuerst verdächtigte er das Roastbeef, das er draußen stehen gelassen hatte, denn er hatte das Fleisch mit Kräutern eingerieben. Aber nein … das war es nicht.

Da es im Moment jedoch Wichtigeres gab als seine Nase, ging er zu den Schränken und holte Tassen und Untertassen heraus. Als er den Kaffee ausgeschenkt hatte, wollte er sein Revers glattstreichen –

Und erstarrte.

Er hob die Hand an die Nase, atmete tief ein und konnte nicht fassen, was er da roch. Es konnte doch unmöglich …

Doch es gab nur eines, was so roch, und das hatte nichts mit seiner *Symphathen*seite zu tun. Die herbe Würze, die er verströmte, war Bindungsduft, die Kennzeichnung, die Vampire auf der Haut und dem Geschlecht ihrer Partnerinnen hinterließen, damit andere Vampire wussten, wessen Zorn sie auf sich zogen, wenn sie ihr zu nahe kamen.

Rehv senkte den Arm und blickte erstaunt zur Schwingtür.

Wenn man ein gewisses Alter erreichte, erwartete man keine Überraschungen mehr von seinem Körper. Zumindest keine der guten Sorte. Klapprige Gelenke, pfeifender Atem, schlechte Augen. Klar, wenn die Zeit dafür kam. Aber im Großen und Ganzen behielt man die neunhundert Jahre nach der Transition, was man hatte.

Obwohl *gut* diese neue Entwicklung vielleicht nicht ganz treffend beschrieb.

Aus einem unerfindlichen Grund musste er an sein erstes Mal denken, kurz nach seiner Transition. Als sie fertig waren, war er überzeugt gewesen, dass die Vampirin und er sich vereinigen würden und den Rest ihres Lebens als glückliches Paar verbrächten. Sie war einfach wunderschön. Der Bruder seiner Mutter hatte sie für ihn ins Haus gebracht, damit Rehv sie bei der Wandlung benutzen konnte.

Sie war brünett gewesen.

Himmel, er erinnerte sich gerade nicht an ihren Namen.

Mit seiner heutigen Erfahrung wusste er, dass sie von der Größe seines gewandelten Körpers überrascht gewesen war. Sie hatte nicht erwartet, dass er ihr gefallen würde. Hatte nicht erwartet, ihn zu begehren. Aber sie tat es, und sie schliefen miteinander, und der Sex war eine Offenbarung – das Fleisch, die aufpeitschende Erregung, die Macht, die er verspürte, als er nach den ersten paar Malen die Kontrolle übernahm.

Damals hatte er von der Existenz seines Stachels erfahren – obwohl er sich nicht sicher war, ob ihr in ihrem Zustand der Hingabe überhaupt auffiel, dass sie ein wenig warten musste, bevor er sich aus ihr zurückziehen konnte.

Danach war er so gelöst gewesen, so zufrieden mit sich und der Welt, so glücklich. Doch es kam nicht zum *Und-wenn-sie-nicht-gestorben-sind*. Während noch der Schweiß auf ihrer Haut trocknete, hatte sie sich angezogen und war zur Tür gegangen. Im Gehen hatte sie ihn noch einmal liebevoll angelächelt und gesagt, dass sie seiner Familie nichts für den Sex berechnen würde.

Sein Onkel hatte sie gekauft, damit er sich von ihr nähren konnte.

Witzig, dachte er jetzt. Eigentlich kein Wunder, dass es so mit ihm geendet hatte. Dass Sex eine Ware ist, wurde ihm verdammt früh eingebläut – obwohl sein erstes Mal, oder die ersten sechs, sozusagen aufs Haus gegangen waren.

Wenn dieser herbe Geruch also bedeutete, dass sich seine Vampirnatur mit Ehlena vereinigen wollte, war das keine gute Nachricht.

Rehv nahm den Kaffee und trug ihn vorsichtig durch die Schwingtür hinaus ins Esszimmer. Als er ihn vor sie hinstellte, wollte er ihr Haar berühren, setzte sich aber stattdessen.

Sie hob die Tasse an die Lippen. »Du machst guten Kaffee.«

»Du hast ihn noch nicht probiert.«

»Ich rieche es. Und ich liebe diesen Geruch.«

Das ist nicht der Kaffee, dachte er. *Zumindest nicht nur.*

»Und ich liebe dein Parfüm«, sagte er, weil er ein Trottel war.

Sie sah ihn verwundert an. »Ich trage keines. Ich meine, außer der Seife und dem Shampoo, das ich benutze.«

»Nun, dann mag ich eben die. Und ich bin froh, dass du geblieben bist.«

»Hattest du das geplant?«

Ihre Blicke begegneten sich. Verdammt, sie war einfach perfekt. Strahlend, wie die Kerzen es gewesen waren. »Dass du bis zum Kaffee bleibst? Ja, ich schätze, ich war auf ein Date aus.«

»Ich dachte, du hättest mir Recht gegeben.«

Mann, diese atemlose Note in ihrer Stimme erweckte den Wunsch in ihm, sie an seiner nackten Brust zu spüren.

»Recht gegeben?«, fragte er. »Zur Hölle, ich würde zu allem ja sagen, wenn es dich glücklich macht. Aber wovon redest du gerade?«

»Du sagtest, ich solle nichts mit irgendjemandem anfangen.«

Ach ja. »Solltest du auch nicht.«

»Ich verstehe nicht.«

Er war ein Idiot, aber er versuchte es. Rehv stützte die gefühllosen Ellbogen auf den Tisch und beugte sich zu ihr vor. Ihre Augen wurden größer, aber sie wich nicht zurück.

Er verharrte und gab ihr Gelegenheit, ihn aufzufordern, mit dem Unsinn aufzuhören. Warum er das tat? Er hatte keine Ahnung. Seine *Symphathen*seite pausierte sonst nur, um zu analysieren oder mehr Kapital aus einer Schwäche zu ziehen. Aber Ehlena erweckte den Wunsch in ihm, anständig zu sein.

Aber sie wies ihn nicht zurück. »Ich ... verstehe nicht«, flüsterte sie.

»Ganz einfach. Ich finde wirklich, du solltest nichts mit irgendjemandem anfangen.« Rehv kam noch näher auf sie zu, bis er die goldenen Flecken in ihren Augen sah. »Aber ich bin schließlich nicht irgendjemand.«

29

Ich bin schließlich nicht irgendjemand.

Als Ehlena in Rehvenges Amethystaugen blickte, dachte sie, wie sehr das stimmte. In diesem stillen Moment, in dem sie beide eine explosive erotische Spannung verband und der Duft von herbem Cologne in der Luft lag, war Rehvenge jeder und alles.

»Du wirst dich von mir küssen lassen.«

Es war keine Frage, aber sie nickte dennoch, und er schloss die Entfernung zwischen ihren Mündern.

Seine Lippen waren weich, und sein Kuss war noch weicher. Und er zog sich zu schnell zurück, ihrer Meinung nach. Viel zu schnell.

»Wenn du mehr willst«, flüsterte er heiser, »würde ich es dir gerne geben.«

Ehlena starrte auf seinen Mund und dachte an Stephan – an all die Gelegenheiten, die er nicht mehr hatte. Sie wollte mit Rehvenge zusammen sein. Es war unsinnig, aber in diesem Moment spielte das keine Rolle.

»Ja. Ich will mehr.« Außer dass es ihr dann dämmerte. Er spürte nichts, war dem nicht so? Was also, wenn sie die Sache weitertrieben?

Und wie sprach man das an, ohne dass er sich wie behindert vorkam? Und was war mit dieser anderen Frau? Offenkundig schliefen sie nicht miteinander, aber es war eine ernste Sache zwischen ihnen.

Sein amethystfarbener Blick fiel auf ihre Lippen. »Du willst wissen, was ich davon habe?«

Mann, diese Stimme war purer Sex.

»Ja«, hauchte sie.

»Ich sehe dich so, wie du jetzt bist.«

»Wie ... bin ich denn?«

Er strich mit einem Finger über ihre Wange. »Du bist erregt.« Seine Berührung wanderte zu ihren Lippen. »Dein Mund ist geöffnet, weil du an den nächsten Kuss denkst.« Sein Finger strich tiefer, über ihren Hals. »Dein Herz schlägt. Ich sehe das Pochen in der Ader.« Er hielt zwischen ihren Brüsten inne. Jetzt öffnete sich auch sein Mund, und seine Fänge verlängerten sich. »Wenn ich weiter herunterstreiche, stoße ich wahrscheinlich auf aufgerichtete Brustwarzen, und ich wette, es gibt noch andere Anzeichen dafür, dass du für mich bereit bist.« Er beugte sich zu ihrem Ohr und flüsterte: »Bist du für mich bereit, Ehlena?«

Heilige. Scheiße.

Ihr Brustkorb zog sich zusammen und ein süßes, schwindelerregendes Gefühl von Atemnot überkam sie, das dieses Ziehen, das sie plötzlich zwischen den Schenkeln empfand, noch überwältigender machte.

»Ehlena, antworte mir.« Rehv knabberte an ihrem Hals und ließ einen scharfen Zahn an ihrer Halsschlagader entlangfahren.

Ihr Kopf fiel zurück, und sie krallte sich an seinem Anzug

fest und zerknitterte den edlen Stoff. Es war so lang ... so ewig her, seit sie jemand im Arm gehalten hatte. Seit sie etwas anderes war als eine Pflegerin. Seit sie ihre Brüste und Hüften und Schenkel als etwas anderes empfunden hatte denn als Körperregionen, die es zu verhüllen galt, bevor sie sich vor die Tür wagte. Und jetzt wollte dieser gutaussehende Nicht-irgendjemand-Vampir mit ihr zusammen sein, nur um sie zu verwöhnen.

Ehlena musste heftig blinzeln. Es war, als hätte er ihr ein Geschenk gemacht. Sie fragte sich, wie weit das, was sie da gerade anfingen, gehen würde. Bevor ihre Familie in der *Glymera* in Ungnade fiel und zerrissen wurde, war sie einem Vampir versprochen gewesen, und er ihr. Es hatte bereits einen Termin für die Vereinigungszeremonie gegeben, doch sie kam nicht zustande, nachdem ihre Familie ihr Vermögen verlor.

Sie hatte bereits mit ihrem Zukünftigen geschlafen, obwohl sie es als Frau von Wert in der *Glymera* nicht hätte tun sollen, da sie beide noch nicht offiziell vereinigt gewesen waren. Doch das Leben hatte zu kurz geschienen, um zu warten.

Jetzt wusste sie, dass es sogar noch kürzer war.

»Du hast ein Bett hier, oder?«, fragte sie.

»Und ich würde töten, um dich dorthin zu bringen.«

Sie war es, die aufstand und ihm die Hand hinhielt. »Gehen wir.«

Was die Sache legitimierte war, dass es allein um Ehlena ging. Durch seine Gefühllosigkeit blieb Rehv außen vor, und ihnen beiden wurde der hässliche Eindruck erspart, er könnte in die Sache verwickelt sein.

Mann, welch Freude. Der Prinzessin musste er seinen Körper geben, aber Ehlena gab er aus freien Stücken ...

Tja, verflucht, er wusste nicht genau was, aber auf jeden Fall so viel mehr als seinen Schwanz. Etwas, das auch um vieles wertvoller war.

Er nahm den Stock, weil er sich nicht auf sie stützen wollte, und führte sie ins Schlafzimmer mit dem Bett in der Größe eines Swimmingpools, der schwarzen Satindecke und der perfekten Aussicht.

Kraft seines Willens schloss er die Tür, obwohl sich niemand außer ihnen im Penthouse befand. Dann drehte er Ehlena zu sich um, so dass sie ihn ansah und er ihr das Band aus dem Haar nehmen konnte. Die rotblonden Wellen fielen auf ihre Schultern herab, und obwohl er die seidigen Strähnen nicht fühlte, roch er den leichten, natürlichen Duft ihres Shampoos.

Sie war sauber und frisch wie ein Fluss, in dem er baden konnte.

Er hielt inne, als ihn ein ungewohnt mahnendes Gewissen zurückhielt. Hätte Ehlena gewusst, womit er sein Geld verdiente und was er mit seinem Körper anstellte, würde sie ihn nicht wollen. Dessen war er sich sicher.

»Hör nicht auf«, bat sie und blickte zu ihm auf. »Bitte ...«

Unter größter Willensanstrengung teilte er sich innerlich auf: Alles Schlechte, sein lasterhaftes Leben und sein gefährliches Geheimnis, all das verbannte er aus dem Schlafzimmer, sperrte es weg, brachte es zum Schweigen.

So, als wären nur sie beide hier.

»Ich höre nicht auf, es sei denn, du willst es«, sagte er. In diesem Fall würde er ohne weitere Fragen von ihr ablassen. Auf keinen Fall durfte sie Sex so empfinden wie er.

Rehv beugte sich herab und küsste sie behutsam. Er konnte die Berührung nicht einschätzen und wollte sie nicht zerquetschen. Sie würde sich schon bemerkbar machen, wenn sie mehr wollte –

Und genau das tat Ehlena: Sie schlang die Arme um ihn und presste sich an ihn.

Und ... Himmel, er fühlte etwas. Aus heiterem Himmel brach ein Lichtstrahl durch seine Taubheit, zaghaft zwar, aber durchaus spürbar und warm. Kurz erfasste ihn Angst, und er zog sich zurück ... doch seine Sicht blieb dreidimensional, und das einzige Rot in seiner Umgebung war die Digitalanzeige des Weckers auf dem Nachttisch.

»Ist das in Ordnung?«, fragte sie.

Er wartete noch ein paar Herzschläge ab. »Ja ... ja, absolut.« Seine Augen erforschten ihr Gesicht. »Darf ich dich ausziehen?«

Oh Gott, hatte er das gerade gefragt?

»Ja.«

»Oh ... danke.«

Langsam knöpfte Rehv ihre Uniform auf, enthüllte sie mehr, als sie auszuziehen. Vorsichtig legte er Zentimeter für Zentimeter frei, bis er ihr den Kittel schließlich von den Schultern streifte und ihn über ihre Hüften zu Boden gleiten ließ. Als sie so vor ihm stand in ihrem weißen BH und den weißen Strumpfhosen, unter denen sich der weiße Slip abzeichnete, fühlte er sich auf merkwürdige Weise geehrt.

Aber das war nicht alles. Der Duft, der von ihrem Geschlecht ausging, erzeugte ein Summen zwischen seinen Ohren, als hätte er eineinhalb Wochen durchgekokst. Sie wollte ihn. Fast so sehr, wie er ihr dienen wollte.

Rehv legte die Arme um ihre Taille, zog sie an sich und hob sie hoch. Sie war federleicht, das merkte er daran, dass sich seine Atmung kein bisschen veränderte, als er sie zum Bett trug und dort niederlegte.

Er richtete sich auf und betrachtete sie. Ehlena war ganz anders als die Frauen, mit denen er sonst zu tun hatte. Sie räkelte sich nicht auf den Laken oder spreizte die Beine, spielte nicht an sich herum oder bog sich ihm lockend in *Komm-und-fang-mich*-Manier entgegen.

Sie wollte ihm auch keinen Schmerz zufügen oder ihn erniedrigen – in ihren Augen stand keine heiße, leidenschaftliche Grausamkeit.

Sie blickte nur staunend und erwartungsvoll zu ihm auf. An dieser Frau war nichts Künstliches oder Berechnendes. Und damit war sie tausendmal anziehender als alle, mit denen er je zu tun gehabt hatte.

»Soll ich die Kleidung anbehalten?«

»Nein.«

Rehv warf sein Gucci-Jackett achtlos von sich, als wäre es nicht mehr als ein Billigding von der Stange. Er streifte seine Halbschuhe ab, öffnete den Gürtel und ließ seine Hosen zu Boden gleiten, wo er sie einfach liegen ließ. Der Rollkragenpulli war schnell ausgezogen. Ebenso die Socken.

Bei den Boxershorts zögerte er, den Daumen schon im Bund, bereit, sie auszuziehen. Doch dann konnte er es nicht.

Die fehlende Erektion war ihm peinlich.

Rehv hatte nicht erwartet, dass es ihm etwas ausmachen würde. Zur Hölle, sein schlaffer Penis war es, was das hier überhaupt ermöglichte. Dennoch fühlte er sich nur wie ein halber Mann.

Oder eigentlich gar nicht sonderlich männlich.

Er zog die Hände aus dem Bund und legte sie über sein schlaffes Geschlecht. »Die lasse ich an.«

Ehlena streckte sehnsuchtsvoll die Hand nach ihm aus. »Ich will mit dir zusammen sein, so wie du bist.«

»Tut mir leid«, flüsterte er.

Einen Moment lang herrschte Verlegenheit zwischen ihnen, denn was hätte sie schon antworten können? Und doch wartete er und wollte ... etwas von ihr.

Eine Bestätigung?

Himmel, was war nur los mit ihm. All diese verrückten Reaktionen! Sein Denken schlug die ungewöhnlichsten Kurse ein und eröffnete ihm Gefühle, die er sonst nur vom Hörensagen kannte: Scham und Traurigkeit und Sorge. Auch Unsicherheit.

Vielleicht wirkten die Sexualhormone, die diese Frau zum Sprudeln brachte, bei ihm auf gleiche Weise wie das Dopamin, nämlich entgegengesetzt ihrer üblichen Weise, und machten ihn zum Weichei.

»Du bist wunderschön in diesem Licht«, sagte sie mit belegter Stimme. »Deine Schultern und deine Brust sind so kräftig, ich wüsste gern, wie es ist, so stark zu sein. Und dein Bauch ... ich wünschte, meiner wäre so flach und hart. Deine Beine sind auch perfekt, nichts als Muskeln, kein Gramm Fett.«

Als er sich über sein Sixpack strich, blickte er auf ihren sanft gewölbten Bauch. »Ich finde dich vollkommen, so wie du bist.«

Ihre Stimme wurde ernst. »Und mir geht es mit dir genauso.«

Rehv atmete schwerfällig ein. »Ja?«

»Ich finde dich unglaublich sexy. Allein dein Anblick ... schmerzt schon fast.«

Nun ... dann war ja alles bestens. Und doch kostete es ihn Überwindung, die Daumen zurück unter den Bund zu schieben und seine Boxershorts langsam herabzuziehen.

Als er sich neben sie legte, zitterte er, was er nur merkte, weil er das Beben sah.

Es war ihm wichtig, was sie von ihm hielt. Und von seinem Aussehen. Davon, was in diesem Bett geschah. Bei der Prinzessin war ihm scheißegal, ob ihr gefiel, was er mit ihr anstellte. Und die paar Male, die er etwas mit seinen Mädchen gehabt hatte, wollte er sie natürlich nicht verletzen, aber es war ein reiner Austausch von Sex gegen Geld gewesen.

Xhex war ein Fehler gewesen. Weder gut noch schlecht. Es war einfach passiert und würde nicht noch einmal vorkommen.

Ehlena streichelte seine Arme und ließ die Hände über seine Schulter wandern. »Küss mich.«

Rehv blickte ihr in die Augen und gehorchte. Er beugte sich herab und strich sanft mit dem Mund über ihre Lippen, dann mit der Zunge. Anschließend küsste er sie, bis sie sich vor Verlangen auf dem Bett wand und sich so fest an ihn krallte, dass er wieder die seltsame Ahnung einer Empfindung verspürte. Er schlug die Augen auf, um seine Sicht zu prüfen, doch alles war normal, nichts färbte sich rot.

Er gab sich wieder dem Kuss hin, sehr vorsichtig, weil er nicht einschätzen konnte, wie fest er die Lippen auf ihre presste. Er wartete, bis sie ihm entgegenkam, damit er sie nicht mit dem Mund erdrückte.

Doch er wollte so viel weitergehen ... und sie las seine Gedanken.

Ehlena war es, die ihren BH öffnete und sich entblößte. Oh, verdammt nochmal, *ja!* Ihre Brüste waren perfekt proportioniert und gekrönt von kleinen rosa Nippeln – die er sofort in den Mund nahm und daran saugte, einen nach dem anderen.

Ihr Stöhnen erweckte sein Innerstes zum Leben und vertrieb die Kälte mit Energie, Wärme und Verlangen.

»Ich möchte mich auf dich legen«, knurrte er.

Ihr »Bitte« war mehr geseufzt als gesprochen, und mit ihrem Körper gab sie ihm eine noch deutlichere Antwort. Ihre Schenkel teilten sich, und die Beine fielen auseinander. Einladender hätte es nicht sein können.

Diese Strumpfhose musste runter, bevor er sich durch sie hindurchkaute.

Rehv machte es so langsam und vorsichtig, wie er es aushielt, und streifte das dünne Gewebe von der Haut, während er an ihrem Bein bis hinab zu den Knöcheln entlangknabberte und dabei tief einatmete.

Ihren Slip ließ er an.

Rehvs Zärtlichkeit überraschte Ehlena am meisten.

Trotz seiner Stärke war er so behutsam. Seine Berührungen waren sacht und gaben ihr jede Gelegenheit, ihn aufzuhalten, in eine andere Richtung zu lenken oder die Sache ganz abzubrechen.

Obwohl sie nichts davon plante.

Insbesondere nicht, als seine große Hand an der Innenseite ihres nackten Beines hinaufglitt und es dabei mit unauffälligem Druck noch ein Stück nach außen schob. Als seine Finger über ihren Slip streiften, durchfuhr es sie wie ein elektrischer Schlag, und ein Miniorgasmus ließ sie aufstöhnen.

Rehvenge richtete sich leicht auf und knurrte ihr ins Ohr: »Mir gefällt dieses Geräusch.«

Er küsste sie und streichelte dabei über die sittsame Baumwolle zwischen ihren Beinen. Tiefe Zungenschläge standen im Kontrast zu federleichten Berührungen, und sie warf den Kopf in den Nacken und verlor sich vollkommen in ihm. Sie hob die Hüften und bedeute ihm, unter ihren Slip zu gehen, und betete, dass er den Hinweis verstand, da es ihr nicht mehr möglich war zu sprechen.

»Was willst du?«, hauchte er ihr ins Ohr. »Möchtest du nichts mehr zwischen uns haben?«

Als sie nickte, steckte er den Mittelfinger unter das Gummiband, und dann lag Haut auf Haut und –

»Oh ... *Gott*«, stöhnte sie, als sie ein Orgasmus durchzuckte.

Rehvenge grinste wie ein Tiger, als er sie streichelte und ihr half, die bebenden Wellen zu reiten. Als sie schließlich ruhiger wurde, war sie verlegen. Sie war so lange nicht mit jemandem zusammen gewesen, und nie mit jemandem wie ihm.

»Du bist unbeschreiblich schön«, flüsterte er, bevor sie etwas sagen konnte.

Ehlena drehte den Kopf in seine Armbeuge und küsste die weiche Haut, die sich über den starken Bizeps spannte. »Es ist eine Weile her für mich.«

Sein Gesicht wurde von einem weichen Glanz erfüllt.

»Das gefällt mir. Sehr.«

Er ließ den Kopf auf ihre Brüste sinken und küsste ihren Nippel. »Mir gefällt, dass du deinen Körper respektierst. Das tun nicht alle. Ach ja, und ich bin noch nicht fertig.«

Ehlenas Nägel gruben sich in seinen Nacken, als er ihren Slip an den Schenkeln herabzog. Der Anblick seiner rosa Zunge, die ihre Brust neckte, fesselte sie, insbesondere, als sich seine amethystfarbenen Augen in ihre bohrten, während er genussvoll ihren Nippel umkreiste und dann darüber leckte – als wolle er ihr einen Vorgeschmack auf die Kunst des Verwöhnens geben, die er gleich an anderer Stelle anwenden wollte.

Sie kam erneut. Heftig.

Dieses Mal ließ sich Ehlena vollkommen darauf ein, und es war eine Erlösung, einfach nur in ihrer Haut zu stecken und bei ihm zu sein. Als sie sich von dem Genuss erholte, zuckte sie nicht einmal zurück, als er sich Stück für Stück nach unten küsste, über ihren Bauch und zu ihrer –

Sie stöhnte so laut, dass es hallte.

Wie seine Finger fühlte sich auch sein Mund auf ihrem

Geschlecht umso intensiver an, weil er sie kaum berührte. Sanfte Zungenstriche schwebten über diesem empfindsamen heißen Punkt ihres Körpers, so dass sie sich abmühte, um ihn zu fühlen, und jedes Vorbeistreifen der Lippen oder der Zunge zu einer Quelle von Wohltat und Frustration zugleich wurde.

»Mehr«, verlangte sie und schob die Hüften nach oben.

Seine Amethystaugen blickten zu ihr auf: »Ich will nicht grob sein.«

»Das bist du nicht. *Bitte* … du bringst mich um …«

Mit einem Knurren tauchte er ab und verschloss ihr Geschlecht mit dem Mund, saugte und zog sie in sich hinein. Sie kam erneut, dieses Mal in harten Erschütterungen, und er ließ nicht locker. Er machte weiter und folgte jedem Zucken und Aufbäumen. Der Klang von Lippen auf Lippen vermengte sich mit ihren kehligen Schreien, während er sie bearbeitete und wieder und wieder zum Höhepunkt trieb.

Als sie Gott weiß wie viele Male gekommen war, wurde sie ruhiger, und somit auch er. Sie waren beide außer Atem, sein glänzender Mund ruhte an der Innenseite ihres Schenkels, drei Finger hatte er tief in ihr vergraben. In der aufgeheizten Luft vermengten sich ihre Düfte –

Sie zog die Stirn in Falten. Ein Teil der berauschenden Düfte in dem Zimmer waren … dunkle Gewürze. Als sie schnupperte, sah er sie an.

Ihr erschrockenes Gesicht musste deutlich ausdrücken, zu welchem Schluss sie gekommen war.

»Ja, ich rieche es auch«, sagte er heiser.

Aber er konnte sich nicht mit ihr verbunden haben, oder? Ging das wirklich so schnell?

»Bei manchen Männern ja«, sagte er. »Wie man sieht.«

Abrupt bemerkte sie, dass er ihre Gedanken las, aber das kümmerte sie nicht. Nach all den Vorstößen der vergangenen Stunde schien der in ihre Gedanken nur noch halb so intim.

»Das habe ich nicht erwartet«, meinte sie.

»Ich auch nicht.« Rehvenge zog seine Finger aus ihr heraus und schleckte sie genussvoll ab.

Was sie natürlich gleich wieder anheizte.

Sie löste den Blick keine Sekunde von ihm, als er sich anders auf die Kissen bettete, auf denen sie sich eben noch geräkelt hatten.

»Wenn du nicht weißt, was du sagen sollst: Willkommen im Club.«

»Wir müssen nichts sagen«, murmelte sie. »Es ist, wie es ist.«

»Ja.«

Rehvenge rollte sich auf den Rücken. Als sie nebeneinander in der Dunkelheit lagen, nur durch zehn Zentimeter voneinander getrennt, vermisste sie ihn, als hätte er das Land verlassen.

Sie drehte sich auf die Seite, legte den Kopf in ihre Armbeuge und sah ihn an, während er an die Decke starrte.

»Ich wünschte, ich könnte dir etwas geben«, sagte sie und ließ die Sache mit der Bindung erst einmal auf sich beruhen. Zu viel Gerede würde nur kaputtmachen, was sie gerade zusammen erlebt hatten, und sie wollte es noch ein bisschen länger auskosten.

Er sah zu ihr hinüber. »Bist du verrückt? Muss ich dich daran erinnern, was wir gerade getan haben?«

»Ich möchte dir auch so etwas geben.« Sie seufzte. »Ich meine, das soll nicht klingen, als ob irgendetwas gefehlt hätte ... ich meine ... Mist.«

Er lächelte und strich ihr über die Wange. »Es ist lieb von dir, das muss dir nicht peinlich sein. Und unterschätze nicht, wie schön es für mich war.«

»Ich möchte, dass du etwas weißt: Niemand hätte mich mehr verwöhnen können oder mir mehr das Gefühl geben können, schön zu ein, als du es gerade getan hast.«

Er drehte sich zu ihr um und lag ihr nun in der gleichen Haltung gegenüber, indem er den Kopf auf seinen kräftigen Bizeps legte. »Verstehst du jetzt, warum es für mich so gut war?«

Sie nahm seine Hand und küsste die Handfläche, nur um dann die Stirn zu runzeln. »Dir wird kalt. Ich spüre es.«

Sie setzte sich auf und breitete die Decke über ihm aus, dann legte sie sich auf die Decke und kuschelte sich an ihn.

In dieser Position verharrten sie ungefähr ein Jahrhundert.

»Rehvenge?«

»Ja?«

»Nimm meine Vene.«

Sie sah, wie sehr es ihn schockierte, als sein Atem stockte. »Entschuldige ... wie bitte?«

Sie musste lächeln, weil er nicht die Sorte Mann war, die leicht ins Stottern geriet. »Nimm meine Vene. Ich möchte dir auch etwas geben.«

Seine Lippen öffneten sich leicht, und sie sah, wie sich seine Fänge verlängerten, aber nicht langsam, sondern sie schossen regelrecht aus seinem Kiefer.

»Ich weiß nicht ... ob das ...« Während sein Atem stockte, fiel seine Stimme um eine weitere Oktave.

Sie legte die Hand auf ihren Hals und massierte sanft ihre Halsschlagader. »Ich halte es für eine großartige Idee.«

Als seine Augen lila leuchteten, rollte sie sich auf den Rücken und neigte den Kopf zur Seite, so dass ihre Kehle frei lag.

»Ehlena ...« Seine Augen wanderten an ihr herab und kamen zurück zu ihrem Hals.

Jetzt war er atemlos und erhitzt, und eine feine Schweißschicht bedeckte seine Schultern, wo sie unter der Decke hervorschauten. Und das war noch nicht alles. Der Duft von dunklen Gewürzen entströmte ihm, bis die Luft davon geschwängert war, als seine innere Chemie auf ihr Angebot und sein Verlangen, diesem nachzugeben, reagierte.

»Oh ... Scheiße, Ehlena –«

Auf einmal verzog Rehv das Gesicht und sah an sich herab. Die Hand, die eben noch sanft auf ihrer Wange geruht hatte, verschwand unter der Decke, und sein Gesichtsausdruck verwandelte sich: Die Hitze und Begierde verschwand und wich einem besorgniserregenden Ekel.

»Entschuldige mich«, krächzte er heiser. »Tut mir leid ... ich kann nicht ...«

Rehvenge stolperte aus dem Bett und zog die Decke unter ihr hervor und mit sich mit. Er war schnell – aber nicht so schnell, als dass ihr seine Erektion entgangen wäre.

Er war hart. Groß, lang und unübersehbar hart.

Und doch verschwand er ins Bad und schloss die Tür.

Dann sperrte er ab.

30

John erklärte Qhuinn und Blay, dass er sich in seinem Zimmer aufs Ohr hauen würde, und als er sicher war, dass sie ihm die Lüge abkauften, schlich er durch den Dienstbotentrakt aus dem Haus und ging auf direktem Weg zum *Zero-Sum*.

Er musste sich beeilen, denn sicher würde später einer der beiden nach ihm sehen und dann einen verdammten Suchtrupp zusammentrommeln.

Er ging am Haupteingang des Clubs vorbei zu der Nebenstraße, in der er Xhex einmal dabei beobachtet hatte, wie sie einem zugekoksten Großmaul den Schädel einschlug. Er entdeckte die Überwachungskamera über dem Seiteneingang, hob den Kopf und blickte direkt in die Linse.

Als sich die Tür öffnete, wusste er ohne aufzusehen, dass sie es war.

»Möchtest du reinkommen?«, fragte sie.

Er schüttelte den Kopf. Diesmal waren die Verständigungsschwierigkeiten kein Problem. Scheiße, er hätte ohnehin nicht gewusst, was er ihr sagen sollte. Er wusste nicht, warum er hier war. Er hatte einfach kommen müssen.

Xhex kam aus dem Club, lehnte sich an die Tür und schlug einen Stahlkappenstiefel über den anderen. »Hast du es jemandem erzählt?«

Er sah ihr fest in die Augen und schüttelte den Kopf.

»Wirst du es tun?«

Er schüttelte den Kopf.

In einem weicheren Tonfall, der ihm an ihr unbekannt war und den er nicht von ihr erwartet hatte, flüsterte sie: »Warum?«

Er konnte nur die Schultern zucken. Ehrlich, er war überrascht, dass sie nicht versuchte, seine Erinnerung zu löschen. Einfacher. Sauberer.

»Ich hätte dir die Erinnerung nehmen sollen«, sagte sie und er fragte sich, ob sie seine Gedanken las. »Ich war nur einfach völlig durch letzte Nacht, und du warst so schnell weg, da habe ich es nicht getan. Jetzt sind sie natürlich ins Langzeitgedächtnis übergegangen, also ...«

Deswegen war er hergekommen, erkannte er jetzt. Um ihr zu versichern, dass er den Mund halten würde.

Tohrs Verschwinden hatte seinen Entschluss besiegelt. Als John mit ihm reden wollte und feststellen musste, dass der Kerl mal wieder verschwunden war, und *wieder* ohne jedes Wort, hatte sich in ihm etwas verschoben, so wie ein Felsbrocken, der von einer Seite des Gartens auf die andere gerollt wird, eine bleibende Veränderung in der Landschaft.

John war allein. Und deshalb ging diese Entscheidung nur ihn etwas an. Er respektierte Wrath und die Bruderschaft, aber er war kein Bruder und würde es vielleicht nie werden. Klar, er war ein Vampir, aber den größten Teil seines Lebens hatte er unter Menschen verbracht, deshalb hatte er die Aversionen gegen *Symphathen* auch nie ganz verstanden. Psychopathen? Hölle, die gab es überall, wenn man ihn fragte. Man musste sich nur anschauen, wie Zsadist und V drauf waren, bevor sie sich mit ihren *Shellans* vereinigt hatten.

John würde Xhex nicht dem König ausliefern, damit man sie in diese Kolonie deportierte. Kam nicht in die Tüte.

Jetzt wurde ihre Stimme hart. »Also, was willst du?«

In Anbetracht all der Ratten, Loser und Schwerenöter, mit denen Xhex nachtein, nachtaus zu tun hatte, überraschte ihn diese Frage nicht im Geringsten.

Er hielt ihrem Blick stand und schüttelte den Kopf, während er sich mit dem Finger über die Kehle fuhr und *Nichts* mit den Lippen formte.

Xhex sah ihn mit kalten grauen Augen an, und er fühlte, wie sie in seinen Kopf eindrang. Er ließ es zu. Es würde sie mehr überzeugen als alle Worte, die er hätte sprechen können.

»Du bist wirklich einzigartig, John Matthew«, meinte sie leise. »Die meisten würden versuchen rauszuholen, was geht. Vor allem, wenn man bedenkt, was ich hier im Club alles besorgen kann.«

Er zuckte die Schultern.

»Tja, und wo geht's heute Nacht noch hin? Wo sind deine Jungs?«

Er schüttelte den Kopf.

»Möchtest du über Tohr reden?« Als er ruckartig den Kopf hochriss, sagte sie: »Entschuldige, aber er spukt durch deine Gedanken.«

Als John erneut den Kopf schüttelte, berührte etwas seine Wange. Er blickte auf. Es hatte angefangen zu schneien, winzig kleine Flocken wirbelten im Wind.

»Der erste Schnee in diesem Jahr«, meinte Xhex und stieß sich von der Tür ab. »Und du hast keine Jacke an.«

Er sah an sich herab und merkte, dass er nur Jeans und ein Nerdz-T-Shirt trug. Wenigstens hatte er daran gedacht, Schuhe anzuziehen.

Xhex langte in ihre Tasche und hielt ihm etwas hin. Einen Schlüssel. Einen kleinen Messingschlüssel.

»Ich weiß, dass du nicht nach Hause willst, und ich habe eine Wohnung nicht weit von hier. Sie ist sicher und unterirdisch. Geh hin, wenn du willst, bleib, solange du möchtest. Verschaff dir die nötige Privatsphäre, bis du dich gesammelt hast.«

Er wollte schon den Kopf schütteln, als sie in der Alten Sprache sagte: »*Ich möchte mich auf diese Weise erkenntlich zeigen.*«

Er nahm den Schlüssel, ohne ihre Hand zu berühren, und formte ein *Danke* mit den Lippen.

Nachdem sie ihm die Adresse genannt hatte, ließ er sie in der Seitenstraße stehen, im Schnee, der vom Nachthimmel fiel. An der Trade Street blickte er noch einmal über die Schulter zurück. Sie stand immer noch an der Tür und beobachtete ihn, die Arme verschränkt, die Stiefel fest am Boden.

Die zarten Flocken, die auf ihrem kurzen dunklen Haar und auf ihren nackten, harten Schultern landeten, machten sie kein bisschen weicher. Sie war kein Engel, der ihm eine Freundlichkeit erwies. Sie war dunkel und gefährlich und unberechenbar.

Und er liebte sie.

John hob die Hand und winkte, dann bog er um die Ecke und schloss sich einem Tross von geduckten Menschen an, die eilig von Bar zu Bar huschten.

Xhex blieb stehen, wo sie war, auch als Johns große Gestalt außer Sicht war.

Einzigartig, dachte sie erneut. Dieser Junge war wirklich einzigartig.

Zurück im Club wusste sie, dass es nur eine Frage der Zeit war, bis seine zwei Freunde oder irgendein Mitglied der Bruderschaft auftauchen und nach ihm suchen würden. Sie würde behaupten, ihn nicht gesehen zu haben und keine Ahnung zu haben, wo er war.

Ende.

Er schützte sie. Sie schützte ihn.

Ganz einfach.

Sie kam gerade aus der VIP-Lounge, als sich ihr Ohrstöpsel meldete. Als der Türsteher fertig war, fluchte sie und hob die Uhr an den Mund. »Bring ihn in mein Büro.«

Sie vergewisserte sich, dass alle Prostituierten verschwanden, und ging in den allgemein zugänglichen Teil des *Zero-Sums*, wo Detective de la Cruz gerade durch das Gedränge der Clubgänger geführt wurde.

»Ja, Qhuinn?«, fragte sie, ohne sich umzudrehen.

»Himmel, du musst Augen im Hinterkopf haben.«

Sie blickte über die Schulter. »Und du solltest das nie vergessen.«

Johns *Ahstrux nohtrum* war die Sorte Kerl, bei der Frauen schwach wurden. Viele Männer auch. Er zog diese Schwarz-Nummer ab, mit seinem Affliction-Shirt und seiner Lederjacke, aber er konnte sich nicht für eine Richtung entscheiden. Der Nietengürtel und die hochgerollte abgewetzte Jeans waren von The Cure abgekupfert. Das igelige schwarze Haar, die gepiercte Lippe und die sieben schwarzen Ohrstecker an seinem linken Ohr waren Emo. Die New Rocks mit den Schnallen und den acht Zentimeter dicken Sohlen waren Gothic Style und die Tattoos am Hals im Stil von Hart & Huntington.

Und was die verborgenen Waffen betraf, die er, wie Xhex

nur zu genau wusste, unter den Armen versteckte? Das war Rambo pur, ebenso wie sich bei den Fäusten, die seitlich an ihm herabhingen, alles um Kampfsport drehte.

Kombiniert ergab das, ungeachtet der einzelnen Komponenten, reinen Sex, und soweit Xhex im Club beobachten konnte, hatte er bis vor kurzem Kapital daraus geschlagen – bis zu dem Punkt, dass die privaten Waschräume im hinteren Teil zu seinem zweiten Wohnzimmer wurden.

Doch nach seiner Beförderung zu Johns persönlichem Wächter hatte er sich in dieser Hinsicht gebremst.

»Was gibt's«, fragte sie.

»War John hier?«

»Nein.«

Qhuinns unterschiedliche Augen verengten sich. »Du hast ihn überhaupt nicht gesehen?«

»Nein.«

Der Kerl starrte sie an, aber er würde nichts wittern. Neben dem Töten war Lügen ihr zweites großes Talent.

»Verflixt«, murmelte er und sah sich im Club um.

»Wenn ich ihn sehe, sage ich ihm, dass du nach ihm suchst.«

»Danke.« Er fasste sie wieder ins Auge. »Hör zu, ich hab keine Ahnung, was zwischen euch passiert ist, und es geht mich auch nichts an –«

Xhex verdrehte die Augen. »Weswegen du jetzt auch davon anfängst.«

»Er ist ein guter Kerl. Denk dran, okay?« In Qhuinns blaugrünem Blick lag eine Klarheit, die ein Mann nur durch ein wirklich hartes Leben erwarb. »Eine Menge Leute würden es nicht gerne sehen, wenn er verarscht wird. Insbesondere ich.«

In dem Schweigen, das folgte, musste sie Qhuinn eines lassen: Die wenigsten hatten den Mumm, ihr die Stirn zu bieten, und die Drohung hinter den ruhigen Worten war offensichtlich.

»Du bist okay, Qhuinn, weißt du das? Du bist cool.«

Sie klopfte ihm auf die Schulter, dann ging sie zu ihrem Büro und dachte, dass der König den *Ahstrux nohtrum* für John weise gewählt hatte. Qhuinn war ein sexbesessenes Tier aber er war auch ein knallharter Killer, und sie war froh, dass er auf ihren Mann aufpasste.

Auf John Matthew, meinte sie.

Denn er war nicht ihr Mann. Nicht im Geringsten.

Xhex kam an ihre Bürotür und öffnete sie ohne ein Zögern. »Guten Abend, Detective.«

José de la Cruz trug einen weiteren Zweiteiler von der Stange und der Detective, sein Anzug und der Mantel, der über allem hing, wirkten allesamt gleich müde.

»'n' Abend«, sagte er.

»Was kann ich für Sie tun?« Sie setzte sich hinter den Schreibtisch und wies auf den Stuhl, auf dem er auch das letzte Mal gesessen hatte.

Er blieb stehen. »Können Sie mir sagen, wo sie gestern Nacht waren?«

Nicht ganz, dachte sie. Denn da war diese kleine Episode mit dem Mord an einem Vampir, aber das ging ihn nichts an.

»Ich war hier im Club. Warum?«

»Haben Sie Angestellte, die das bestätigen können?«

»Ja. Sie können mit iAm oder jedem anderen von meinem Personal reden. Vorausgesetzt, Sie sagen mir, was zur Hölle los ist.«

»Gestern Nacht haben wir ein Kleidungsstück von Grady am Tatort eines Mordes gefunden.«

Oh Mann, wenn jemand anders dieses Arschloch abgeknallt hatte, wäre sie ernsthaft angepisst. »Aber nicht seine Leiche?«

»Nein. Es war eine Jacke mit einem Adler darauf, eine, wie er sie immer trug. Sein Markenzeichen.«

»Interessant. Und warum wollen Sie wissen, wo ich gestern war?«

»Auf der Jacke fanden sich Blutspritzer. Wir sind noch nicht sicher, ob es sein Blut ist, aber das werden wir morgen erfahren.«

»Und noch einmal, warum kommen Sie dann zu mir?«

De la Cruz stemmte die Hände auf ihren Schreibtisch und beugte sich zu ihr herunter, die schokoladenbraunen Augen todernst. »Weil ich so den Eindruck habe, dass Sie ihn gerne tot sehen würden.«

»Ich stehe nicht auf gewalttätige Männer, das stimmt. Aber Sie haben nichts außer seiner Jacke, keine Leiche, und viel entscheidender: Ich war gestern Nacht hier. Wenn ihn also jemand kaltgemacht hat, war ich es nicht.«

Er richtete sich auf. »Organisieren Sie Chrissy eine Beerdigung?«

»Ja. Morgen. Die Anzeige erscheint heute in der Zeitung. Sie hatte vielleicht nicht viele Verwandte, aber sie war beliebt in der Trade Street. Wir sind hier alle eine große, glückliche Familie.« Xhex lächelte leicht. »Werden Sie eine schwarze Armbinde für sie tragen, Detective?«

»Bin ich denn eingeladen?«

»Wir leben in einem freien Land. Und Sie kommen doch ohnehin, oder etwa nicht?«

De la Cruz lächelte aufrichtig, und die Aggression wich aus seinen Augen. »Ja, ich komme. Stört es Sie, wenn ich mit Ihren Angestellten rede? Ihre Aussagen aufnehme?«

»Ganz und gar nicht. Ich rufe sie gleich.«

Während Xhex in das Mikro in ihrer Uhr sprach, sah sich der Detective in ihrem Büro um, und als sie den Arm fallen ließ, sagte er: »Sie halten nicht viel von Dekoration.«

»Ich beschränke mich gern auf das Notwendige.«

»Verstehe. Meine Frau dekoriert für ihr Leben gern. Sie hat ein Händchen dafür, eine wohnliche Atmosphäre zu schaffen. Es ist schön.«

»Klingt nach einer guten Frau.«

»Ja, das ist sie. Außerdem macht sie das beste Chili con Queso.« Er blickte sie über den Schreibtisch hinweg an. »Wissen Sie, ich höre viel von diesem Club.«

»Tatsächlich?«

»Ja. Besonders von der Sitte.«

»Aha.«

»Und ich habe meine Hausaufgaben bezüglich Grady gemacht. Er wurde im Sommer wegen Drogenbesitz festgenommen. Das Verfahren läuft noch.«

»Nun, ich vertraue darauf, dass er seine Strafe erhalten wird.«

»Kurz vor seiner Inhaftierung wurde er hier aus dem Club geworfen, nicht wahr?«

»Er hat sich aus der Kasse bedient.«

»Und Sie haben ihn nicht angezeigt?«

»Würde ich jedes Mal die Polizei anrufen, wenn ein Angestellter ein paar Scheinchen mitgehen lässt, hätte ich Ihre Nummer als Direktwahl in meinem Telefon gespeichert.«

»Aber ich habe gehört, das war nicht der einzige Grund für seine Entlassung.«

»Ach ja?«

»Die Trade Street ist, wie Sie sagten, eine große Familie – aber deswegen wird trotzdem geredet. Und wie ich höre, wurde er gefeuert, weil er hier im Club gedealt hat.«

»Nun, das erklärt sich von selbst, oder nicht? Wir dulden keine Dealer in unserem Club.«

»Weil das Gebiet Ihrem Chef gehört, und er keine Konkurrenz mag.«

Sie lächelte. »Hier gibt es keine Konkurrenz, Detective.«

Und das war die Wahrheit. Rehvenge war hier der Boss der Bosse. Schluss. Jeder Kleinganove, der hier etwas unter der Hand verchecken wollte, wurde zusammengeschlagen. Gründlich.

»Um ehrlich zu sein, verstehe ich nicht ganz, wie er es anstellt«, murmelte de la Cruz. »Seit Jahren wird über diesen Club spekuliert, aber keiner fand je einen anständigen Grund für einen Durchsuchungsbefehl.«

Nun, das lag daran, dass der menschliche Geist, selbst der in den Köpfen von Bullen, so leicht zu beeinflussen war. Was sie auch sahen oder hörten – es ließ sich in Sekundenschnelle ausradieren.

»Hier laufen keine krummen Sachen«, versicherte sie ihm. »So haben wir es immer gehalten.«

»Ist Ihr Boss da?«

»Nein, heute nicht.«

»Dann vertraut er Ihnen sein Geschäft an, solange er unterwegs ist?«

»Genau wie ich bleibt er nie lange weg.«

De la Cruz nickte. »Gute Politik. In dem Zusammenhang fällt mir ein: Ich weiß nicht, ob Sie es schon gehört haben, aber es scheint Grabenkämpfe zu geben.«

»Grabenkämpfe? Ich dachte, zwischen den zwei Hälften von Caldwell herrsche Frieden. Der Fluss ist doch heute keine Grenzlinie mehr.«

»Grabenkämpfe im Drogenmilieu.«

»Damit kenne ich mich nicht aus.«

»Das ist derzeit mein anderer Fall. Wir haben zwei tote Dealer am Fluss gefunden.«

Xhex zog die Stirn in Falten. Sie war überrascht, noch nichts davon gehört zu haben. »Tja, Drogen sind ein hartes Geschäft.«

»Zwei Kopfschüsse.«

»Das wirkt.«

»Ricky Martinez und Isaac Rush. Kannten Sie die beiden?«

»Ich habe von ihnen gehört, sie waren in der Zeitung.« Sie tippte auf die *CCJ*, die ordentlich gefaltet auf ihrem Tisch lag. »Ich bin eine treue Leserin.«

»Dann haben Sie sicher heute den Artikel über sie gelesen.«

»Noch nicht, aber ich wollte gerade Pause machen. Ich brauche täglich meinen Dilbert.«

»Ist das der Bürocartoon? Ich war jahrelang Calvin-und-Hobbes-Fan und war schwer enttäuscht, als sie den Cartoon einstellten. An die neuen Sachen konnte ich mich nie gewöhnen. Schätzungsweise bin ich nicht mehr auf dem neuesten Stand.«

»Sie haben Ihren Geschmack. Daran ist nichts auszusetzen.«

»Das sagt meine Frau auch.« De la Cruz' Blicke wanderten erneut herum. »Tja, ein paar Leute haben erzählt, dass die beiden gestern Nacht hier im Club waren.«

»Calvin und Hobbes? Einer davon ist ein kleiner Junge, der andere ein Tiger. Keiner von beiden wäre an meinen Türstehern vorbeigekommen.«

De la Cruz grinste kurz. »Nein. Martinez und Rush.«

»Nun, Sie sind auch durch den Club gelaufen. Wir haben hier jede Nacht eine Menge Leute.«

»Da haben sie wohl Recht. Es ist einer der am besten laufenden Clubs der Stadt.« De la Cruz steckte die Hände in die Hüfttaschen, so dass sein Mantel zurückgeschoben wurde und sich das Jackett um die Brust auswölbte. »Einer der Junkies, die unter der Brücke leben, hat einen ältlichen Ford, einen schwarzen Mercedes und einen Lexus mit

Chromfelgen gesehen, die schnell davonfuhren, nachdem die beiden erschossen worden waren.«

»Drogendealer können sich hübsche Autos leisten. Obwohl ich nicht weiß, was ich von dem Ford halten soll.«

»Was fährt Ihr Chef? Einen Bentley, habe ich Recht? Oder hat er sich einen neuen Wagen zugelegt?«

»Nein, es ist immer noch der Bentley.«

»Teures Gefährt.«

»Sehr.«

»Kennen Sie jemanden mit einem schwarzen Mercedes? Zeugen haben nämlich auch einen bei der Wohnung gesehen, in der Gradys Adlerjacke gefunden wurde.«

»Nicht dass ich wüsste.«

Es klopfte. Trez und iAm kamen rein. Zwischen den zwei Mauren wirkte der Detective wie ein Honda zwischen zwei Hummer H2.

»Nun, ich überlasse Sie den beiden«, sagte Xhex. Sie vertraute Rehvs Schatten absolut. »Wir sehen uns bei der Beerdigung, Detective.«

»Wenn nicht schon vorher. He, haben Sie je daran gedacht, sich hier eine Pflanze reinzustellen? Das würde vielleicht für ein bisschen Auflockerung sorgen.«

»Nein, ich bin zu talentiert darin, solche Dinge umzubringen.« Sie lächelte knapp. »Sie wissen, wo Sie mich finden. Bis später.«

Sie schloss die Tür hinter sich und hielt inne. Grabenkämpfe waren äußerst ungut fürs Geschäft, und wenn jemand Martinez und Rush ausgeschaltet hatte, war es ein sicheres Zeichen dafür, dass es in Caldwell mal wieder unterirdisch brodelte und kochte, trotz des kalten Dezemberwetters.

Scheiße, das war das Letzte, was sie brauchten.

Ein Vibrieren in ihrer Tasche meldete, dass jemand sie

erreichen wollte, und sie ging sofort dran, als sie sah, wer es war.

»Habt ihr Grady schon gefunden?«, fragte sie leise.

Big Rob klang frustriert. »Der Mistkerl ist anscheinend untergetaucht. Silent Tom und ich waren in allen Clubs, außerdem bei ihm zu Hause und bei ein paar seiner Kumpel.«

»Sucht weiter, aber seid vorsichtig. Seine Jacke wurde am Tatort eines weiteren Mordes gefunden. Die Cops sind ihm auf den Versen.«

»Wir geben nicht auf, bevor wir ihn gefunden haben.«

»Guter Junge. Also, auflegen und weitersuchen.«

»Wird erledigt, Boss.«

31

In seinem stockdunklen Bad rempelte Rehvenge gegen eine der Marmorwände, stolperte über die Marmorfliesen und prallte gegen den marmornen Waschtisch. Sein ganzer Körper stand in Flammen, Sinneswahrnehmungen stürzten auf ihn ein, er spürte den Schmerz, der in seine Hüfte fuhr, den rasselnden Atem, der in seinen Lungen brannte, und die Schläge seines Herzens, das gegen die Rippen hämmerte.

Er ließ die Satindecke fallen, schaltete per Willen das Licht ein und sah an sich herab.

Sein Schwanz war steif und dick, die Spitze glänzte und war bereit zum Eindringen.

Verdammter Mist.

Er sah um sich. Seine Sicht war normal, das Bad war schwarz, weiß und chromfarben, der Rand des Whirpools ragte aus dem Boden, die Tiefe war deutlich zu erkennen. Doch trotz dieser plastischen, bunten Welt waren seine Sinne hellwach. Sein Blut war erhitzt und rauschte in seinen Adern, die Haut war bereit, berührt zu werden, der Orgasmus im Schaft seiner Erektion schrie nach Befreiung.

Er hatte sich vollkommen mit Ehlena gebunden.

Und das bedeutete – zumindest für diesen Moment, in dem er sich so verzweifelt nach Sex mit ihr verzehrte –, dass der Vampir in ihm über den *Symphathen* siegte.

Sein Verlangen nach ihr beherrschte seine dunkle Seite.

Es musste an den Bindungshormonen liegen, dachte er. Bindungshormone, die seine innere Chemie verändert hatten.

Doch diese neuartige Erkenntnis versetzte ihn nicht in Freudentaumel, er wurde von keinem Triumphgefühl erfasst oder dem Impuls, sich auf sie zu stürzen und sie hemmungslos zu nehmen. Er konnte nur auf seinen Schwanz starren und daran denken, wo er zuletzt gewesen war. Was er damit angestellt hatte … damit und mit dem Rest seines Körpers.

Rehvenge wollte das verdammte Ding einfach nur abreißen.

Auf keinen Fall würde er das mit Ehlena teilen. Nur … in diesem Zustand konnte er ihr auch schlecht unter die Augen treten.

Rehv ergriff sein erigiertes Glied und streichelte sich. Oh … verfickt … das war gut …

Er dachte daran, wie er sich auf Ehlena senkte, wie er ihre Wärme im Mund und in der Kehle spürte. Er sah sie mit gespreizten Schenkeln und glitzernder Weichheit, wie seine Finger in sie glitten und wieder heraus, während sie stöhnte und die Hüften –

Seine Eier wurden hart wie Fäuste, sein Rücken von einer kribbelnden Welle überzogen und dieser abstoßende Stachel fuhr aus, obwohl es nichts gab, wo er sich einklinken konnte. Ein Brüllen stieg in seiner Kehle auf, doch er hielt es zurück, indem er sich auf die Lippen biss, bis er Blut schmeckte.

Rehv kam über seine ganze Hand und bearbeitete sein Geschlecht weiter, auf den Waschtisch gestützt. Er kam wieder und wieder, über den Spiegel und die Waschbecken, und brauchte immer noch mehr – als hätte er seit fünfhundert Jahren keine Erlösung gefunden.

Erst als der Sturm schließlich vorbei war, fiel es ihm auf ... Scheiße, er war an die Wand gequetscht, das Gesicht an den harten Marmor gepresst, die Schultern hingen, das Becken zuckte, als hätte ihm jemand Starterkabel an die Zehen geklemmt.

Mit zittrigen Händen machte er mit einem der Handtücher sauber, die ordentlich gefaltet auf einem Halter hingen, wischte den Waschtisch ab, und ebenso das Glas und das Waschbecken. Dann nahm er ein zweites Handtuch und wusch sich die Hände und den Schwanz und den Bauch und die Beine, denn sich selbst hatte er genauso eingesaut wie das verdammte Bad.

Es musste wohl fast eine Stunde vergangen sein, als er die Hand schließlich nach dem Türgriff ausstreckte. Halb erwartete er, dass Ehlena gegangen war, und er hätte es ihr nicht verübelt: einer Frau, die er praktisch geliebt hatte, und die ihm ihre Vene angeboten hatte, nur damit er davonrannte wie ein Hosenschisser und sich im Bad einsperrte.

Weil er einen Ständer hatte.

Himmel nochmal. Dieser Abend, der schon etwas holprig angelaufen war, hatte sich beziehungstechnisch zu einem kompletten Desaster ausgewachsen.

Rehv wappnete sich innerlich und öffnete die Tür.

Als sich Licht ins Schlafzimmer ergoss, setzte sich Ehlena zwischen den Decken auf und blickte ihm besorgt entgegen ... aber völlig ohne jede Wertung. Keine Spur von Verurteilung, keine Berechnung, als würde sie danach suchen, was ihn noch weiter niederschmettern könnte. Einfach nur grundehrliche Besorgnis.

»Alles in Ordnung bei dir?«

Tja, das war hier die große Frage.

Rehvenge ließ den Kopf hängen und wollte zum ersten Mal jemandem alles erzählen. Selbst gegenüber Xhex, die mehr durchgemacht hatte als er, hatte er nie das Bedürfnis gehabt, sich auszutauschen. Aber bei Ehlenas karamellbraunen Augen, die ihm so offen und warm aus ihrem bildhübschen Gesicht entgegenblickten, wollte er jeden einzelnen dreckigen, hinterhältigen, gemeinen, berechnenden Scheiß gestehen, den er je verbrochen hatte.

Nur um ehrlich zu sein.

Ja, aber was hieß das für sie, wenn er ihr sein Leben vorsetzte? Sie musste ihn als *Symphathen* melden und würde wahrscheinlich um ihr Leben bangen. Super Ergebnis. Einfach toll.

»Ich wünschte, ich wäre anders«, murmelte er, und das war so nahe an der Wahrheit, die sie für immer trennen würde, wie er sich wagen konnte. »Ich wünschte, ich wäre ein anderer Mann.«

»Ich nicht.«

Das lag daran, dass sie ihn nicht kannte. Nicht richtig. Und doch ertrug er die Vorstellung nicht, sie nach dieser gemeinsamen Nacht nicht wiederzusehen.

Oder dass sie Angst vor ihm haben könnte.

»Was würdest du sagen, wenn ich dich bitten würde, mich noch einmal zu besuchen und mich mit dir zusammen sein zu lassen?«

Sie zögerte nicht. »Ich würde ja sagen.«

»Selbst wenn es zwischen uns nicht … normal … sein könnte? In Bezug auf Sex?«

»Ja.«

Er verzog das Gesicht. »Das hört sich jetzt sicher komisch an ...«

»Das ist okay, in der Klinik bin ich schließlich auch schon ins Fettnäpfchen getreten. Dann wären wir quitt.«

Rehv musste lächeln, aber es verflog rasch wieder. »Ich muss wissen ... warum. Warum würdest du wiederkommen?«

Ehlena ließ sich in die Kissen zurücksinken und strich langsam mit der Hand über die Satindecke auf ihrem Bauch. »Darauf habe ich nur eine Antwort, aber ich glaube nicht, dass es das ist, was du hören willst.«

Die kalte Taubheit, die wiederkehrte, seit der Nachhall seiner Orgasmen verklungen war, nahm wieder Besitz von seinem Körper.

Bitte, lass es nicht *Mitleid* sein, dachte er. »Sag es mir.«

Eine lange Zeit sagte sie nichts, und ihr Blick schweifte zur Aussicht über die zwei blinkenden Hälften von Caldwell.

»Du fragst mich, warum ich wiederkommen würde?«, fing sie leise an, »und meine einzige Antwort ist ... wie könnte ich das nicht?« Jetzt sah sie ihm in die Augen. »Ich verstehe es auch nicht ganz, aber Gefühle muss man nicht immer verstehen, oder? Was du mir heute Nacht gegeben hast ... hatte ich nicht nur seit langem nicht, vieles habe ich heute zum ersten Mal erfahren.« Sie schüttelte den Kopf. »Ich habe gestern einen Toten eingewickelt ... einen Toten in meinem Alter, jemand, der höchstwahrscheinlich am Abend seines Todes aus dem Haus ging, ohne zu ahnen, dass es seine letzte Nacht war. Ich weiß nicht, wohin diese« – sie deutete auf sich und ihn – »Sache mit uns führt. Vielleicht werden es nur ein, zwei Nächte. Vielleicht ein Monat. Vielleicht ein Jahrzehnt oder länger. Ich weiß nur, das Leben ist zu kurz, um nicht wieder zu dir zu kommen. Das Leben ist einfach zu kurz, und ich bin viel zu gern bei dir. Der Rest kümmert mich einen Dreck, wenn ich noch so eine Nacht mit dir teilen kann.«

Rehvs Brust schwoll an, als er sie anstarrte. »Ehlena?«
»Ja?«
»Fass das bitte nicht falsch auf.«

Sie holte tief Luft und er sah, wie sich ihre nackten Schultern anspannten. »Okay. Ich werde es versuchen.«

»Wenn du mich wieder besuchst ... und so bist wie du bist ...« Es gab eine Pause. »Werde ich mich in dich verlieben.«

John fand die Wohnung von Xhex ohne weitere Probleme, da sie nur zehn Block vom *ZeroSum* entfernt lag. Und doch hätte es eine andere Stadt sein können. Die Sandsteinhäuser in der Straße waren elegant und altgedient und all das Geschnörkel um die Erkerfenster ließ ihn auf viktorianisch tippen – obwohl er keine Ahnung, warum er sich da eigentlich so sicher war.

Ihr gehörte kein ganzes Haus, sondern eine Kellerwohnung in einem besonders hübschen mehrstöckigen Gebäude. Unter der Steintreppe, die vom Bürgersteig zum Eingang führte, war eine Mauervertiefung. Er ging hinein und steckte den Schlüssel in ein seltsames kupferfarbenes Schloss. Ein Licht ging an, als er eintrat, und beleuchtete nichts Aufregendes: einen roten Boden aus Steinplatten. Weiße Wände aus Betonblöcken. Am hinteren Ende lag eine zweite Tür mit einem weiteren komischen Schloss.

Er hatte eine exotische Einrichtung bei Xhex erwartet, irgendwas mit vielen Waffen.

Und französischen Dessous und Stilettos.

Aber so war es eben mit der Fantasie.

Er schloss die Tür am Ende des Ganges auf und weitere Lichter flammten auf. Das Zimmer dahinter war fensterlos und leer bis auf ein Bett. Auch hier war alles kahl, was nach dem Gang keine Überraschung war. Ein Bad schloss sich noch an, aber keine Küche, und es gab auch kein Telefon und keinen Fernseher. Die einzige Farbe in dem Raum kam von den alten Kieferndielen, die einen frischen Honigglanz besaßen. Die Wände waren weiß, so wie die im Gang, bestanden hier allerdings aus Ziegeln.

Die Luft war überraschend frisch, doch dann entdeckte er die Lüftungsschächte. Drei davon.

John zog die Stiefel aus und ließ die dicken schwarzen Strümpfe an. Dann ging er ins Bad, benutzte die Toilette und klatschte sich etwas Wasser ins Gesicht.

Kein Handtuch. Er trocknete sich mit dem Saum seines schwarzen Shirts ab.

Schließlich streckte er sich auf dem Bett aus. Die Waffen behielt er an, wenn auch nicht aus dem Grund, dass er sich vor Xhex fürchtete.

Gott, vielleicht war er dumm. Das Erste, was sie in Bezug auf *Symphathen* im Trainingsprogramm der Bruderschaft gelernt hatten, war, dass man ihnen niemals trauen konnte, und jetzt riskierte er sein Leben, indem er sich in der Wohnung einer *Symphathin* aufhielt – und höchstwahrscheinlich über Tag hierbleiben würde, ohne jemandem gesagt zu haben, wo er steckte.

Und doch war das genau, was er brauchte.

Bei Anbruch der nächsten Nacht würde er entscheiden, wie es weitergehen sollte. Er wollte nicht aus dem Krieg aussteigen – dafür mochte er das Kämpfen zu sehr. Es fühlte sich … richtig an, und nicht nur im Hinblick darauf, dass er die Spezies beschützte. Es schien einfach seine Bestimmung zu sein, das, wozu er geboren worden war.

Aber er war sich nicht sicher, ob er zurück zum Haus der Bruderschaft gehen und wieder dort leben konnte.

Als er still liegen blieb, gingen nach einer Weile die Lichter aus, und er starrte einfach in die Dunkelheit. Wie er so auf dem Bett lag, den Kopf auf einem der ziemlich steifen Kissen, erkannte er, dass er zum ersten Mal wirklich allein war, seit ihn Tohr mit seinem fetten schwarzen Range Rover aus seinem schäbigen Loch geholt hatte.

Mit absoluter Klarheit erinnerte er sich nun an sein Dasein in dieser Wohnhausruine. Dieses Viertel von Caldie war nicht nur runtergekommen, sondern schlichtweg gefährlich gewesen.

Er hatte sich jeden Abend in die Hosen gemacht, weil er hager, schwach und wehrlos war. Wegen seines empfindlichen Magens konnte er sich nur von Eiweißdrinks ernähren, und er wog weniger als ein Staubsauger. Die Tür, die ihn von Junkies, Strichern und kalbsgroßen Ratten trennte, hatte dünn wie Papier geschienen.

Er hatte Gutes in der Welt tun wollen. Wollte es immer noch.

Er hatte sich verlieben wollen, mit einer Frau zusammen sein. Wollte es immer noch.

Er hatte sich eine Familie gewünscht, eine Mutter und einen Vater, hatte zu einer Sippe gehören wollen.

Das wollte er nicht mehr.

John ahnte langsam, dass die Gefühle des Herzens wie Sehnen waren. Man konnte sie dehnen und dehnen und den Schmerz der Zerrung und der Spannung spüren ... bis zu einem gewissen Punkt funktionierte das Gelenk weiter, das Glied ließ sich beugen, konnte Gewicht tragen und war einsatzbereit, wenn die Belastung vorbei war. Aber das ging nicht unendlich.

Bei ihm war etwas gerissen. Und er war sich verdammt sicher, dass es keine psychotherapeutische Entsprechung zur arthroskopischen Chirurgie gab.

Um seinem Geist etwas Ruhe zu schaffen und nicht dem Wahnsinn zu verfallen, konzentrierte er sich auf seine Umgebung. Das Zimmer war ruhig, abgesehen von dem Heizlüfter, aber der machte nicht viel Lärm. Und das Gebäude über ihm war leer, kein Laut drang zu ihm hindurch.

Als er die Augen schloss, fühlte er sich sicherer, als es wahrscheinlich gut für ihn war.

Andrerseits war er das Alleinsein gewöhnt. Seine Zeit mit Tohr und Wellsie und der Bruderschaft war eine Abweichung von der Normalität gewesen. Er war alleine an dieser Bushaltestelle zur Welt gekommen und allein im Waisenhaus gewesen, auch wenn ihn eine ständig wechselnde Gruppe von Kindern umgab. Und dann war er allein in der Welt draußen gewesen.

Man hatte ihn brutal misshandelt, und er war ohne Hilfe darüber hinweggekommen. War krank gewesen und hatte sich selbst geheilt. Er hatte sich seinen Weg gesucht, so gut er konnte, und hatte es ganz okay hinbekommen.

Zeit, sich auf die Wurzeln zurückzubesinnen.

Und auf seinen Kern.

Diese Zeit mit Wellsie und Tohr ... und den Brüdern ... war wie ein misslungenes Experiment – etwas, das seinerzeit Potenzial zu haben schien, das aber letztlich ein Fehlschlag war.

32

Tag oder Nacht, das war Lash egal –

Als er und Mr D auf den Parkplatz einer leer stehenden Mühle fuhren und die Scheinwerfer des Mercedes einen großen Bogen beschrieben, war es ihm egal, ob er den König der *Symphathen* mittags oder um Mitternacht traf, weil ihn dieser Freak irgendwie nicht mehr einschüchterte.

Er verriegelte den Wagen und ging mit Mr D über einen Streifen brüchigen Asphalts zu einer Tür, die in Anbetracht des maroden Zustandes der Mühle überraschend stabil wirkte. Dank des losen Schneefalls hätte die Szenerie aus einer Werbung für rustikale Vermont-Ferien stammen können, solange man nicht zu genau auf das durchhängende Dach oder den abgebröckelten Putz achtete.

Der *Symphath* war bereits hineingegangen. Lash fühlte es so sicher, wie er die Schneeflocken auf den Wangen spürte und lose Steine unter den Kampfstiefeln knirschen hörte.

Mr D öffnete die Tür, und Lash ging voran, um zu demonstrieren, dass ihm niemand den Weg frei räumen musste.

Die Einrichtung der Mühle bestand aus einer Menge kalter Luft, nachdem man schon längst alles Brauchbare aus dem eckigen Gebäude geholt hatte.

Der *Symphath* wartete im hinteren Teil, nahe dem riesigen Schaufelrad, das immer noch im Fluss hockte wie eine fette alte Kröte in einem kühlenden Bad.

»Mein Freund, wie schön, dich wiederzusehen«, grüßte der König, und seine Schlangenstimme säuselte über die Balken.

Lash ging langsam und gelassen zu dem Kerl, ließ sich Zeit, prüfte die Schatten, die von den Fenstern geworfen wurden. Niemand außer dem König. Das war gut.

»Hast du über mein Angebot nachgedacht?«, fragte der König.

Lash hatte keine Lust auf Faxen. Nach der Scheiße mit dem Pizzamann in der Vornacht und angesichts der Tatsache, dass er in einer Stunde den nächsten Drogendealer kaltmachen würde, blieb ihm keine Zeit für Spielchen.

»Ja. Und weißt du was? Ich weiß gar nicht, ob ich dir überhaupt einen Gefallen tun muss. Entweder gibst du mir, was ich will, oder … vielleicht schicke ich einfach meine Männer aus und lasse dich und deine Freunde abschlachten.«

Das flache, blasse Gesicht lächelte gelassen. »Aber was hättest du davon? Damit würdest du das Werkzeug vernichten, mit dem du deinen Feind übertrumpfen willst. Keine logische Vorgehensweise für einen Anführer.«

Lashs Schwanz kitzelte an der Spitze, der König flößte ihm Respekt ein, obwohl er sich das nicht eingestehen wollte. »Weißt du, ich hätte nicht erwartet, dass der König Hilfe braucht. Warum kannst du das Töten nicht selbst besorgen?«

»Es wirkt sich günstig aus, wenn meine Beteiligung an

diesem Ableben verborgen bleibt. Du wirst auch noch lernen, dass Machenschaften im Hintergrund manchmal wirkungsvoller sind als öffentliches Handeln vor den Augen deiner Untergebenen.«

Ein Punkt für ihn, obwohl ihm Lash auch dieses Mal kein Kompliment machen würde.

»Ich bin nicht so jung, wie du denkst«, meinte er stattdessen. Verdammte Scheiße, in den letzten vier Monaten war er um eine Million Jahre gealtert.

»Und du bist nicht so alt, wie du glaubst. Aber diese Unterhaltung sollten wir uns für ein anderes Mal aufheben.«

»Ich brauche keinen Therapeuten.«

»Was ein Jammer ist. Ich bin ziemlich gut darin, mich in die Köpfe anderer hineinzuversetzen.«

Ja, das glaubte Lash sofort. »Dein Zielobjekt – ist es männlich oder weiblich?«

»Würde das eine Rolle spielen?«

»Nicht im Geringsten.«

Der *Symphath* lächelte regelrecht. »Männlich. Und wie ich schon sagte: Es sind ungewöhnliche Umstände.«

»In welcher Hinsicht?«

»Es ist nicht leicht, an ihn heranzukommen. Er wird sehr gut bewacht.« Der König schwebte zu einem Fenster und blickte hinaus. Nach einer Weile drehte sich sein Kopf wie der einer Eule, fast um hundertachtzig Grad, bis er Lash rückwärts anblickte und dann flammten seine weißen Augen kurz rot auf. »Meinst du, dass dir ein solches Eindringen gelingt?«

»Bist du ein Homo?«, brach es aus Lash heraus.

Der König lachte. »Meinst du, ob ich Liebhaber des eigenen Geschlechts bevorzuge?«

»Ja.«

»Wäre dir das unangenehm?«

»Nein.« *Ja,* weil das hieße, dass er irgendwie auf einen Kerl stand, der so tickte.

»Du lügst nicht sehr gut«, murmelte der König. »Aber das kommt mit dem Alter.«

Scheiß drauf. »Und ich glaube, du bist nicht so mächtig, wie du denkst.«

Als das erotische Kribbeln verschwand, wusste Lash, dass er einen wunden Punkt getroffen hatte. »Hüte dich vor voreiligen Schlüssen –«

»Komm mir nicht mit dieser Glückskeks-Scheiße, Hoheit. Würde unter diesen Gewändern ein anständiger Hammer hängen, würdest du den Kerl doch selbst beseitigen.«

Gelassenheit kehrte in das Gesicht des Königs zurück, als hätte Lash mit seinem Ausbruch seine Unterlegenheit demonstriert. »Und doch möchte ich, dass es jemand anderes für mich erledigt. Weitaus raffinierter, obwohl ich nicht erwarte, dass du das verstehst.«

Lash dematerialisierte sich direkt vor den Kerl und schloss die Hände um seinen dünnen Hals. Mit einem einzigen brutalen Stoß drängte er den König an die Wand.

Sie sahen sich in die Augen und als Lash spürte, wie etwas in sein Gehirn eindringen wollte, verschloss er instinktiv den Zugang zu seinen Frontallappen.

»Du schaust mir hier nicht in die Karten, Arschloch. Tut mir leid.«

Der Blick des Königs wurde rot wie Blut. »Nein.«

»Was nein?«

»Ich bevorzuge keine Liebhaber des eigenen Geschlechts.«

Es war ein geschickter Schachzug. Jetzt stand Lash da, als wäre er der Homo, weil er so auf Tuchfühlung ging. Lash ließ los und wanderte herum.

Die Stimme des Königs klang nun weniger nach Schlange

und wurde sachlicher. »Wir zwei passen gut zusammen. Ich glaube, wir werden beide Nutzen aus dieser Allianz ziehen.«

Lash drehte sich um und sah dem Kerl in die Augen. »Dieser Typ, den ich umlegen soll, wo finde ich ihn.«

»Es kommt auf den richtigen Zeitpunkt an. Der richtige Zeitpunkt ist entscheidend.«

Rehvenge sah zu, wie sich Ehlena anzog, und obwohl es im Grunde bedauerlich war, war doch der Anblick, wie sie sich vornüberbeugte und langsam die Strumpfhose am Bein hochzog, auch nicht ganz ohne.

Ganz und gar nicht ohne.

Lachend hob sie ihren BH auf und ließ ihn um den Finger kreiseln. »Kann ich den jetzt anziehen?«

»Aber natürlich.«

»Wirst du mich wieder dazu bringen, mir Zeit zu lassen?«

»Ich dachte nur, mit der Strumpfhose sollte man nicht hetzen.« Er grinste wie ein Wolf und fühlte sich auch wie einer. »Ich meine, diese Dinger bekommen leicht Laufmaschen, nicht wahr – Ach *verfickt* ...«

Ehlena wartete nicht, bis er geendet hatte, sondern bog den Rücken durch und legte sich den BH um. Den kleinen Tanz, den sie aufführte, als sie ihn vorne verschloss, machte ihm das Atmen schwer ... und das war, *bevor* sie die Träger über die Schultern zog und die Körbchen zusammengeknautscht unter den Brüsten ließ.

Sie kam zu ihm. »Ich habe vergessen, wie das geht. Kannst du mir helfen?«

Rehv zog sie knurrend an sich, saugte einen Nippel in den Mund und knetete den anderen mit dem Daumen. Gerade als sie stöhnte, klappte er die Körbchen hoch.

»Ich bin froh, dass ich dir behilflich sein konnte, aber weißt du, ausgezogen sah es besser aus.« Als er seine Brauen auf und ab hüpfen ließ, war ihr Lachen so frei und leicht, dass sein Herz kurz aussetzte. »Der Klang gefällt mir.«

»Und mir gefällt es, ihn zu erzeugen.«

Sie schlüpfte in ihre Uniform und knöpfte sie zu.

»Schade«, meinte er.

»Willst du etwas Dummes wissen? Ich habe die Uniform angezogen, obwohl ich heute gar nicht arbeite.«

»Im Ernst? Warum?«

»Ich wollte kein zu persönliches Treffen, doch jetzt bin ich glücklich, dass es sich anders entwickelt hat.«

Er stand auf und nahm sie in die Arme, kein bisschen mehr befangen durch seine völlige Nacktheit. »Dieses Gefühl teile ich.«

Er küsste sie sanft, und als sie sich lösten, sagte sie: »Danke für einen wundervollen Abend.«

Rehv steckte ihr das Haar hinter die Ohren. »Was machst du morgen?«

»Ich arbeite.«

»Wann hast du Schluss?«

»Um vier.«

»Kommst du?«

»Ja«, sagte sie, ohne zu zögern.

Als sie aus dem Schlafzimmer und durch die Bibliothek gingen, sagte er: »Ich werde jetzt meine Mutter besuchen.«

»Ja?«

»Ja, sie hat mich angerufen und mich gebeten, zu ihr zu kommen. Das tut sie sonst nie.« Es fühlte sich so richtig an, ihr Einzelheiten aus seinem Leben zu erzählen. Nun, ein paar davon zumindest. »Sie versucht immer, mich für das Spirituelle zu erwärmen. Ich hoffe nur, sie will mich nicht zu irgendeinem Selbstfindungskurs schicken.«

»Was machst du eigentlich? Beruflich?« Ehlena lachte. »Ich weiß so wenig über dich.«

Rehv blickte über ihre Schulter auf die Stadt hinaus. »Ach, alles Mögliche. Größtenteils Geschäfte in der Menschenwelt. Jetzt, wo sich meine Schwester gebunden hat, habe ich mich nur noch um meine Mutter zu kümmern.«

»Wo ist dein Vater?«

Im kalten Grab, wo der Mistkerl hingehörte. »Er ist gestorben.«

»Das tut mir leid.«

Ehlenas warme Augen sahen ihn an, und ihr Blick verursachte ihm Schuldgefühle. Er bereute nicht, dass er seinen Alten umgebracht hatte, aber es tat ihm leid, dass er ihr so viel verheimlichte.

»Danke«, sagte er steif.

»Es geht mich ja nichts an. Dein Leben oder deine Familie. Ich bin nur neugierig, aber wenn du lieber –«

»Nein, es ist nur ... ich rede nicht gern von mir.« Na, wenn das nicht die Wahrheit war. »Ist das ... ist das ein Handy, das da klingelt?«

Ehlena zog die Stirn kraus und löste sich. »Meins. In meinem Mantel.«

Sie stürzte ins Esszimmer, und die Anspannung in ihrer Stimme war deutlich zu hören, als sie dranging. »Ja? Oh, hallo! Ja, nein, ich – jetzt? Natürlich. Und das Witzige ist, ich muss mich noch nicht einmal umziehen, weil ich – Oh. Ja. Hm-hm. Okay.«

Als er durch die Tür des Esszimmers trat, hörte er gerade, wie sie das Handy zuklappte. »Alles in Ordnung?«

»Äh, ja. Nur die Arbeit.« Ehlena kam zu ihm, während sie sich den Mantel überzog. »Wahrscheinlich nur Mitarbeiterkram.«

»Soll ich dich hinfahren?« Gott, zu gerne würde er sie zur Arbeit fahren, nicht nur, weil sie so noch ein bisschen Zeit miteinander hätten.

Ein Mann wollte etwas für seine Frau tun. Sie beschützen. Sich um sie kümmern –

Okay, was sollte der Scheiß? Seine Gedanken bezüglich Ehlena missfielen ihm zwar nicht, aber es war, als hätte jemand eine andere CD bei ihm eingelegt. Und nein, es war nicht der verdammte Barry Manilow.

Obwohl da definitiv etwas Maroon 5 drauf war. Hilfe.

»Ach, ich gehe einfach so, aber danke.« Ehlena blieb kurz an der Schiebetür stehen. »Heute Nacht war so eine … Offenbarung.«

Rehvenge ging noch einmal zu ihr, umfasste ihr Gesicht und küsste sie fest. Als er sich zurückzog, knurrte er tief: »Allein wegen dir.«

Sie strahlte ihn an und leuchtete von innen heraus, und auf einmal wollte er ihr die Kleidung vom Leib reißen, um in ihr zu kommen. In ihm tobte der Drang, sie zu kennzeichnen, und er konnte sich allein damit zügeln, sich zu sagen, dass er genug von seinem Duft auf ihrer Haut hinterlassen hatte.

»Schreib mir eine SMS, wenn du in der Klinik ankommst, damit ich weiß, dass du sicher bist«, bat er.

»Mach ich.«

Ein letzter Kuss, dann war sie durch die Tür und in die Nacht verschwunden.

Als sie Rehvenges Penthouse verließ, flog Ehlena, und nicht nur, weil sie sich über den Fluss zur Klinik materialisierte. Für sie war die Nacht nicht kalt. Sie war frisch. Ihre Uniform war nicht zerknautscht, weil sie sich darauf herumgewälzt hatte, sie war kunstvoll in Falten gelegt. Ihr Haar war nicht zerzaust, es war leger.

Der Anruf der Klinik war keine Störung, er war eine Gelegenheit.

Nichts hätte ihr das Hochgefühl nehmen können. Sie war ein Stern im samtigen Nachthimmel, unerreichbar, unberührbar, erhaben über alle Mühen der Erdgebundenen.

Als sie vor den Garagen der Klinik Gestalt annahm, verlor sie jedoch etwas von ihrem Rosenglanz. Es schien ihr unfair, sich so zu fühlen, nach dem, was in der letzten Nacht passiert war: Sie hätte ihr Leben verwettet, dass Stephans Familie nicht schon wieder Freude empfinden konnte. Sie hatten wahrscheinlich gerade mal das Todesritual beendet. Himmel nochmal ... es würde Jahre dauern, bis sie auch nur annähernd eines Gefühls fähig wären, wie es in ihrer Brust beim Gedanken an Rehv anschwoll.

Wenn überhaupt. Möglicherweise würden seine Eltern nie mehr die Gleichen sein.

Mit einem Fluch ging sie zügig über den Parkplatz und ihre Schuhe hinterließen kleine schwarze Spuren in der dünnen Schneeschicht, die früher am Abend gefallen war. Als Mitarbeiterin brauchte sie nicht lang, um alle Kontrollpunkte bis zum Wartebereich zu passieren, und im Aufnahmebereich streifte sie den Mantel ab und ging direkt zum Empfangstresen.

Der Pfleger hinter dem Computer blickte auf und lächelte. Rhodes war einer der wenigen männlichen Kollegen und ein absoluter Liebling aller Mitarbeiter der Klinik. Er gehörte zu den Leuten, die mit jedem zurechtkamen, und immer für ein Lächeln, eine Umarmung oder ein Highfive zu haben waren.

»He, Mädchen, wie geht es ...« Er runzelte die Stirn, als sie auf ihn zu kam, dann schob er den Stuhl zurück, wie um Abstand zu halten. »Äh ... hallo.«

Verwundert blickte sie sich um, ob sich hinter ihr ein Monster versteckte, so wie er vor ihr zurückwich. »Alles okay bei dir?«

»Ja. Total.« Er sah sie durchdringend an. »Wie geht es *dir*?«

»Gut. Bin froh, dass ich kommen und helfen kann. Wo ist Catya?«

»Sie wartet in Havers Büro auf dich, hat sie, glaube ich, gesagt.«

»Dann werde ich mal schauen.«

»Ja. Cool.«

Sie bemerkte, dass seine Tasse leer war. »Soll ich dir einen Kaffee bringen, wenn ich fertig bin?«

»Nein, nein«, sagte er schnell und hob beide Hände. »Ich hab genug. Danke. Wirklich.«

»Bist du sicher, dass alles in Ordnung ist?«

»Ja. Absolut. Danke.«

Ehlena ging und kam sich wie eine Aussätzige vor. Normalerweise scherzten sie und Rhodes miteinander, aber heute Nacht –

Ach du lieber Himmel. Endlich kam ihr die Erkenntnis. Rehvenge hatte seinen Geruch an ihr gelassen. Das musste es sein.

Sie drehte sich um … aber was hätte sie sagen sollen?

In der Hoffnung, dass es nur Rhodes auffiel, warf sie ihren Mantel im Mitarbeiterzimmer ab, machte sich zu Havers auf und winkte einigen Kollegen und Patienten im Vorbeigehen. Die Bürotür stand offen. Der Arzt saß hinter seinem Schreibtisch, Catya auf dem Stuhl, den Rücken zum Gang.

Ehlena klopfte leise an den Rahmen. »Hallo.«

Havers blickte auf, und Catya blickte über die Schulter. Beide sahen regelrecht krank aus.

»Kommen Sie rein«, brummte der Arzt mürrisch. »Und schließen Sie die Tür.«

Ehlenas Herz begann zu pochen, als sie tat wie geheißen.

Neben Catya stand ein leerer Stuhl und sie setzte sich, weil ihre Knie plötzlich weich waren.

Unzählige Male war sie in diesem Büro gewesen, für gewöhnlich, um den Arzt ans Essen zu erinnern, denn wenn er sich mit den Krankenblättern beschäftigte, verlor er oft jegliches Zeitgefühl. Aber diesmal ging es nicht um ihn, nicht wahr?

Ein langes Schweigen entstand, in dem Havers blasse Augen ihrem Blick auswichen, während er mit den Bügeln seiner Hornbrille herumspielte.

Catya brach als Erste das Schweigen, und ihre Stimme war gepresst. »Bevor ich letzte Nacht ging, machte mich einer der Sicherheitsleute, der die Kameraaufzeichnungen durchgesehen hatte, darauf aufmerksam, dass du in der Apotheke warst. Allein. Er sagte, du hättest Tabletten genommen und sie mitgenommen. Ich habe mir die Aufzeichnung angesehen und in das betreffende Regal geschaut. Es war Penicillin.«

»Warum haben Sie ihn nicht einfach hierhergebracht?«, fragte Havers. »Ich hätte mir Rehvenge sofort noch einmal angesehen.«

Fragen schossen ihr durch den Kopf. Hatte sie wirklich geglaubt, damit davonzukommen? Sie hatte sogar von den Kameras gewusst … und doch hatte sie nicht daran gedacht, als sie gestern Nacht durch die Theke der Apotheke geschlüpft war.

Jetzt würde sich alles ändern. Ihr Leben, das schon vorher ein Kampf war, wäre nicht mehr zu finanzieren.

Schicksal? Nein … Dummheit.

Wie zur Hölle hatte sie das tun können?

»Ich kündige«, sagte sie heiser. »Mit sofortiger Wirkung. Ich hätte es niemals tun dürfen … ich habe mir Sorgen um ihn gemacht, war überspannt wegen Stephan und habe eine schreckliche Gewissensentscheidung getroffen. Ich bedaure es zutiefst.«

Weder Havers noch Catya antworteten, aber das mussten sie nicht. Es ging hier um Vertrauen und das hatte Ehlena missbraucht. Und nebenbei hatte sie gegen eine Reihe von Regeln für die Sicherheit der Patienten verstoßen.

»Ich räume mein Schließfach. Und gehe sofort.«

33

Rehvenge besuchte seine Mutter nicht oft genug.

Dieser Gedanke kam ihm, als er vor dem Haus anhielt, in das sie vor fast einem Jahr umgezogen war. Nachdem *Lesser* in das Familienheim in Caldwell eingedrungen waren, hatte er alle aus dem Haus geholt und sie in diesem Tudorbau weit im Süden der Stadt untergebracht.

Das war das einzig Gute an der Entführung seiner Schwester gewesen – nun, das und die Tatsache, dass Bella in ihrem Retter aus der Bruderschaft einen anständigen Mann gefunden hatte.

Indem Rehv seine Mutter damals aus der Stadt gebracht hatte, waren sie und ihre geliebte *Doggen* den sommerlichen Überfällen der *Lesser* entgangen.

Rehv parkte den Bentley vor dem Herrenhaus, und noch bevor er ausstieg, ging schon die Haustür auf und die *Doggen* seiner Mutter stand im Licht, in geduckter Haltung wegen der Kälte.

Rehvs Budapester hatten glatte Sohlen, deshalb ging er

vorsichtig über die dünne Schneeschicht. »Ist sie in Ordnung?«

Die *Doggen* blickte zu ihm auf, und ihre Augen wurden von Tränen verschleiert. »Die Zeit naht.«

Rehv ging hinein und schloss die Tür hinter sich. Er weigerte sich, das zu hören. »Das ist nicht möglich.«

»Es tut mir sehr leid, Sire.« Die *Doggen* zog ein weißes Taschentuch aus der Tasche ihrer grauen Uniform. »Sehr ... leid.«

»Sie ist noch nicht so alt.«

»Ihr Leben war länger als ihre Jahre.«

Die *Doggen* wusste genau, was in dem Haus vorgefallen war, als Bellas Vater noch bei ihnen geweilt hatte. Sie hatte zerbrochenes Glas und zersplittertes Porzellan aufgefegt. Hatte Verbände angelegt und gepflegt.

»Wahrhaftig, ich ertrage nicht, dass sie geht«, klagte die Dienstmagd. »Ich bin verloren ohne meine Herrin.«

Rehv legte ihr eine taube Hand auf die Schulter und drückte sie sanft. »Das weißt du doch noch gar nicht. Sie hat sich noch nicht von Havers untersuchen lassen. Lass mich zu ihr, okay?«

Als die *Doggen* nickte, ging Rehv langsam die Treppen in den ersten Stock hinauf, vorbei an Familienporträts in Öl, die er aus dem alten Haus hierhergebracht hatte.

Am oberen Treppenabsatz wandte er sich nach links und klopfte an eine Flügeltür. »*Mahmen?*«

»*Hier drinnen, mein Sohn.*«

Die Antwort in der Alten Sprache ertönte hinter einer anderen Tür, und er ging zurück zu ihrem Ankleidezimmer, wo ihn der vertraute Duft von Chanel No. 5 empfing und beruhigte.

»Wo bist du?«, sagte er zu Meter um Meter ordentlich von Bügeln hängender Kleider.

»Ganz hinten, mein liebster Sohn.«

Rehv atmete tief ein, als er an den Reihen von Blusen und Röcken, Kostümen und Abendkleidern vorbeiging. Das typische Parfüm seiner Mutter lag auf allen Kleidern, die nach Farbe und Sorte aufgehängt waren, und der Flakon, aus dem es kam, stand auf dem verschnörkelten Frisiertisch, zwischen Make-up-Tiegeln, Cremes und Puder.

Sie selbst saß vor dem dreiteiligen bodenlangen Spiegel. Und bügelte.

Was mehr als seltsam war und ihn dazu veranlasste, sie genau ins Auge zu fassen.

Selbst in ihrem rosenfarbenen Morgenmantel sah seine Mutter hoheitsvoll aus, das weiße Haar hochgesteckt auf ihrem perfekt proportionierten Kopf, ihre Haltung bezaubernd, wie sie da auf dem Bügelstuhl saß, mit dem großen tropfenförmigen Diamant an der Hand. Auf einer Seite des Bügelbretts, hinter dem sie saß, standen ein Weidenkörbchen und eine Sprühdose Bügelstärke, auf der anderen lag ein Stapel gebügelter Taschentücher. Eben war sie mitten bei einem blassgelben Taschentuch. Das Quadrat war in der Mitte gefaltet und das Bügeleisen zischte, als sie es auf und ab schwang.

»*Mahmen*, was tust du da?«

Okay, eigentlich war das offensichtlich, aber seine Mutter war die Herrin des Hauses. Für solche Tätigkeiten besaß man *Doggen*.

Madalina sah zu ihm auf, die blassen blauen Augen müde, ihr Lächeln mehr Kraftanstrengung als Ausdruck ehrlicher Freude. »Die gehörten meinem Vater. Wir fanden sie, als wir die Kisten vom Speicher des alten Hauses durchgingen.«

Das »alte Haus« war das, indem sie fast ein Jahrhundert lang in Caldwell gelebt hatten.

»Du könntest das von deiner *Doggen* erledigen lassen.« Er ging zu ihr und küsste ihre weiche Wange. »Sie würde dir gerne helfen.«

»Das hat sie gesagt, ja.« Seine Mutter legte ihm eine Hand an die Wange, dann wandte sie sich wieder ihrer Arbeit zu. »Aber das muss ich selbst tun.«

»Darf ich mich setzen?«, fragte er und nickte in Richtung des Stuhls neben dem Spiegel.

»Oh, natürlich, wo sind meine Manieren.« Das Bügeleisen wurde abgestellt, und sie erhob sich langsam von ihrem Stuhl. »Und wir müssen dir etwas zu –«

Er hob die Hand. »Nein, *Maḥmen*, ich habe gerade gegessen.«

Sie verbeugte sich vor ihm und setzte sich wieder. »Ich bin dankbar, dass du kommen konntest, ich weiß, dass du sehr viel zu tun –«

»Ich bin dein Sohn. Wie kannst du glauben, ich würde nicht kommen?«

Das gebügelte Taschentuch wurde säuberlich gefaltet auf den Stapel zu seinen Brüdern gelegt. Dann wurde das letzte verbleibende Tuch aus dem Korb genommen.

Das Bügeleisen stieß Dampf aus, als sie das heiße Metall über das weiße Quadrat gleiten ließ. Während sie sich langsam bewegte, blickte er in den Spiegel. Ihre Schulterblätter zeichneten sich deutlich unter dem Seidengewand ab, ihre Wirbel traten am Nacken hervor.

Als er wieder in ihr Gesicht blickte, sah er, wie eine Träne aus ihrem Auge auf das Taschentuch kullerte.

Oh ... liebste Jungfrau der Schrift, dachte er. Ich bin noch nicht bereit dafür.

Rehv stieß seinen Stock auf den Boden, trat vor sie und kniete nieder. Er drehte den Bügelstuhl zu sich hin, nahm ihr das Bügeleisen ab und stellte es auf die Seite, bereit, sie zu Havers zu bringen, bereit, jede Behandlung zu bezahlen, die ihr mehr Zeit verschaffte.

»*Mahmen, was quält dich?*« Er nahm eines der gebügelten Taschentücher seines Vaters und tupfte die Feuchtigkeit unter ihren Augen ab. »*Sag deinem Sohn, was dein Herz betrübt.*«

Die Tränen wollten nicht versiegen, und er fing eine nach der anderen auf. Sie war wunderschön, selbst in ihrem Alter und wenn sie weinte, eine gefallene Auserwählte, die ein hartes Leben hinter sich hatte und nichtsdestotrotz voller Anmut geblieben war.

Als sie schließlich sprach, war ihre Stimme dünn. »Ich sterbe.« Sie schüttelte den Kopf, bevor er sprechen konnte. »Nein, lass uns ehrlich zueinander sein. Mein Ende ist gekommen.«

Das sehen wir noch, dachte Rehv bei sich.

»Mein Vater« – sie berührte das Taschentuch, mit dem Rehv ihre Tränen getrocknet hatte –, »mein Vater … es ist seltsam, dass ich jetzt Tag und Nacht an ihn denke, aber das tue ich. Er war vor langer Zeit Primal, und er liebte seine Kinder. Seine größte Freude war sein Blut, und obwohl wir zahlreich waren, hatte er zu jedem von uns eine Beziehung. Diese Taschentücher wurden aus seinen Kleidern gefertigt. Wahrhaft, das Nähen lag mir am meisten, und er wusste es und gab mir ein paar seiner Kleider.«

Sie streckte eine knöcherne Hand aus und strich den Stapel glatt, den sie gebügelt hatte. »Als ich die Andere Seite verließ, drängte er mich, ein paar davon mitzunehmen. Ich liebte einen Bruder und war mir gewiss, dass mein Leben nur Erfüllung fände, wenn ich bei ihm war. Natürlich wurde ich dann …«

Ja, es war der *dann*-Part ihres Lebens, der ihr solchen Schmerz verursacht hatte: Dann wurde sie von einem *Symphathen* vergewaltigt und geschwängert und gezwungen,

415

mit Rehv ein Mischlingsmonster zu gebären, das sie irgendwie dennoch an die Brust genommen und geliebt hatte, wie es sich ein Sohn nur wünschen konnte. Und die ganze Zeit über hielt sie der König der *Symphathen* gefangen, während ihr Geliebter aus der Bruderschaft nach ihr suchte – nur um bei einem Befreiungsversuch zu sterben.

Und mit diesen Tragödien war es noch nicht vorbei gewesen.

»Nachdem ich … zurückgegeben wurde, rief mich mein Vater an sein Sterbebett«, fuhr sie fort. »Von all den Auserwählten, von all seinen Gefährtinnen und Kindern wollte er mich sehen. Aber ich wollte nicht zu ihm gehen. Ich ertrug es nicht … ich war nicht die Tochter, die er kannte.« Als ihre Augen Rehvs trafen, lag ein flehentliches Bitten in ihnen. »Ich wollte, dass er gar nichts von mir wusste. Ich war beschmutzt.«

Mann, er kannte dieses Gefühl, aber damit würde er seine *Mahmen* nicht belasten. Sie hatte keine Ahnung, mit welchem Dreck er sich abkämpfte, und sie würde es niemals erfahren, weil klar war, dass er sich hauptsächlich deswegen prostituierte, um ihr die Folter zu ersparen, dass ihr Sohn deportiert wurde.

»Als ich mich weigerte zu gehen, kam die Directrix zu mir und sagte mir, dass er leide. Dass er nicht in den Schleier eintreten würde, bis ich zu ihm käme. Dass er auf ewig am schmerzlichen Rande des Todes verharren würde, wenn ich ihn nicht erlöste. Am nächsten Abend ging ich schweren Herzens zu ihm.« Jetzt mengte sich Wut in den Blick seiner Mutter. »Als ich im Tempel des Primals ankam, wollte er mich im Arm halten, aber ich konnte … es nicht zulassen. Ich war eine Fremde mit einem geliebten Gesicht, das war alles, und ich versuchte von höflichen und entfernten Dingen zu sprechen. Da sagte er etwas, das ich bis vor kurzer Zeit nie ganz verstand. Er sagte: ›Die schwere Seele will nicht gehen, obwohl der Körper versagt.‹ Er war gefangen durch das, was in mir nicht gelöst war. Er hatte das Gefühl, in seiner Rolle versagt zu haben. Er meinte, mein Schicksal wäre vielleicht gnädiger gewesen, hätte er mich dazu gebracht, auf der Anderen Seite zu bleiben.«

Rehvs Kehle schnürte sich zu, ein plötzlicher, schrecklicher Verdacht regte sich in ihm.

Die Stimme seiner Mutter war schwach, aber bestimmt. »Ich ging auf das Bett zu, und er nahm meine Hand. Da erzählte ich ihm, dass ich meinen Sohn liebte und mich mit einen Mann aus der *Glymera* verbinden würde, und dass nicht alles verloren war. Mein Vater forschte in meinem Gesicht, ob ich die Wahrheit gesprochen hatte, und als er zufrieden war, schloss er die Augen und … glitt davon. Ich wusste, wäre ich nicht gekommen …« Sie holte tief Luft. »Wahrlich, ich kann die Erde nicht so verlassen, wie die Dinge stehen.«

Rehv schüttelte den Kopf. »Es ist alles in Ordnung, *Mahmen*. Bella und ihrem Kind geht es gut, und sie sind sicher. Ich bin –«

»*Hör auf.*« Seine Mutter ergriff sein Kinn auf die Art, wie sie es früher getan hatte, als er sehr jung war und gerne Schwierigkeiten machte. »Ich weiß, was du getan hast. Ich weiß, dass du meinen *Hellren* Rempoon getötet hast.«

Einen Moment lang erwog Rehv, ob er weiter lügen sollte, aber das Gesicht seiner Mutter sagte ihm, dass sie die Wahrheit kannte und sich durch keine Worte beeindrucken lassen würde.

»Wie?«, fragte er. »Wie hast du es herausgefunden?«

»Wer sonst hätte es tun sollen? Wer hätte es gekonnt?« Als sie sein Kinn losließ und seine Wange streichelte, hätte er zu gern die Wärme gefühlt. »Vergiss nicht, ich habe dein

Gesicht gesehen, jedes Mal, wenn mein *Hellren* wütend wurde. Mein Sohn, mein starker, mächtiger Sohn. Schau dich an.«

In Anbetracht der Umstände seiner Zeugung hatte Rehv den ernsten, liebenden Stolz nie verstanden, den sie ihm entgegenbrachte.

»Ich weiß auch«, flüsterte sie, »dass du deinen leiblichen Vater getötet hast. Vor fünfundzwanzig Jahren.«

Nun, das ließ ihn wirklich aufhorchen. »Du solltest es nicht erfahren. Nichts von alledem. Wer hat dir davon erzählt?«

Sie nahm die Hand von seiner Wange und deutete auf ihre Frisierkommode, zu einer Kristallschale, von der er immer gedacht hatte, sie benutze sie bei der Maniküre. »Alte Angewohnheit einer Auserwählten Schreiberin. Ich habe es im sehenden Wasser gesehen. Direkt, nachdem es geschehen war.«

»Und du hast alles für dich behalten«, staunte er.

»Doch jetzt kann ich es nicht mehr. Deshalb habe ich dich gerufen.«

Die grässliche Vorahnung setzte wieder ein, der Konflikt zwischen dem Gehorsam gegenüber der Mutter und seiner Überzeugung, dass man seiner Schwester nichts Gutes täte, würde man ihr diese schmutzigen Familiengeheimnisse offenbaren. Bella war ihr Leben lang von diesen Scheußlichkeiten verschont geblieben, und es bestand kein Anlass, das jetzt zu ändern, insbesondere, wenn ihre Mutter im Sterben lag.

Was Madalina *nicht* tat, erinnerte er sich.

»*Mahmen* –«

»Deine Schwester darf es *nie* erfahren.«

Rehv erstarrte und betete, dass er sich nicht verhört hatte. »Entschuldige, wie bitte?«

»Schwöre mir, dass du alles in deiner Macht Liegende tun wirst, damit sie es nie erfährt.« Als sich seine Mutter zu ihm vorbeugte und seine Arme ergriff, sah er an den weiß hervortretenden Knochen an Händen und Handgelenken, wie fest ihr Griff war. »Ich möchte nicht, dass sie damit belastet wird. Du warst dazu gezwungen, und ich hätte es dir erspart, hätte ich die Möglichkeit gehabt, aber das konnte ich nicht. Und wenn Bella es nicht weiß, muss die nächste Generation nicht leiden. Auch Nalla wird diese Bürde nicht tragen. Sie stirbt mit dir und mir. *Schwöre es mir.*«

Rehv starrte in die Augen seiner Mutter und hatte sie noch nie so sehr geliebt.

Er nickte einmal. »*Seht in mein Gesicht und seid Euch versichert, dass ich es schwöre. Bella und ihre Nachkommen werden es nie erfahren. Die Vergangenheit stirbt mit Euch und mir.*«

Die Schultern seiner Mutter entspannten sich unter dem Morgenmantel und ihr Zittern sagte alles über ihre Erleichterung. »Einen Sohn wie dich können sich andere Mütter nur wünschen.«

»Wie sollte das möglich sein?«, sagte er leise.

»Wie sollte es das nicht.«

Madalina sammelte sich und nahm ihm das Taschentuch aus der Hand. »Das hier muss ich wohl noch einmal bügeln, und dann hilfst du mir vielleicht ins Bett?«

»Selbstverständlich. Und ich würde gerne Havers anrufen.«

»Nein.«

»*Mahmen* —«

»Ich möchte ein Dahinscheiden ohne medizinische Eingriffe. Es gibt jetzt ohnehin nichts mehr, was mich retten könnte.«

»Das weißt du doch nicht —«

Sie hob ihre anmutige Hand mit dem Diamantring. »Ich

werde vor Einbruch der morgigen Nacht tot sein. Ich habe es in der Schale gesehen.«

Rehv blieb die Luft weg, seine Lungen verweigerten ihm den Dienst. *Ich bin noch nicht bereit dafür, ich bin noch nicht bereit dafür, ich bin noch nicht ...*

Madalina arbeitete akkurat mit dem letzten Taschentuch, bügelte die Ecken sorgfältig aus, ließ das Eisen langsam vor und zurück gleiten. Als sie fertig war, legte sie das perfekte Quadrat zu den anderen und achtete genau darauf, dass alles säuberlich gestapelt war.

»Das wäre geschafft«, meinte sie.

Rehv stützte sich auf seinen Stock, um aufzustehen, und bot ihr den Arm an. Zusammen wankten sie in ihr Schlafzimmer, beide wackelig auf den Beinen.

»Hast du Hunger?«, fragte er, als er die Decke zurückschlug und ihr ins Bett half.

»Nein, mir geht es gut.«

Ihre Hände arbeiteten zusammen, um Laken, Decke und Überdecke zurechtzuzupfen, bis alles präzise gefaltet war und über ihrer Brust lag. Als er sich aufrichtete, wusste er, dass sie nicht mehr aus diesem Bett aufstehen würde, und der Gedanke war unerträglich.

»Bella muss kommen«, sagte er mit brüchiger Stimme. »Sie muss sich verabschieden.«

Seine Mutter nickte und schloss die Augen. »Sie muss jetzt kommen. Und bitte lass sie das Kind mitbringen.«

Im Wohnhaus der Bruderschaft in Caldwell schritt Tohr in seinem Schlafzimmer auf und ab. Was ein Witz war, wenn man bedachte, wie schwach er war. *Schlurfen* war alles, was er zustande brachte.

Alle zwei Minuten blickte er auf die Uhr. Die Zeit verstrich erschreckend schnell, bis es ihm vorkam, als sei die

Sanduhr der Welt zerbrochen, und Sekunden würden wie Sand in alle Richtungen davonrinnen.

Er brauchte mehr Zeit. Mehr ... Scheiße, aber würde das überhaupt helfen?

Er wusste einfach nicht, wie er das Bevorstehende durchstehen sollte, ahnte aber, dass ihn noch mehr Grübeln auch nicht weiterbrächte. Zum Beispiel konnte er sich nicht entscheiden, ob es besser wäre, einen Zeugen zu haben oder nicht. Der Vorteil war, dass es dadurch noch unpersönlicher wäre. Aber wenn er zusammenbrach, würde es noch einer mehr mitbekommen.

»Ich bleibe.«

Tohr blickte zu Lassiter, der sich auf der Chaiselongue am Fenster lümmelte. Der Engel hatte die Beine an den Knöcheln übereinander gelegt, und ein Kampfstiefel wanderte von Seite zu Seite, eine weitere hassenswerte Erinnerung an das Verstreichen der Zeit.

»Komm schon«, grinste Lassiter. »Ich habe deinen erbärmlichen Hintern nackt gesehen. Was könnte schlimmer sein als das?«

Die Worte waren typisch provozierend, der Ton überraschend sanft –

Das Klopfen an der Tür war leise. Also war es kein Bruder. Und nachdem kein Essensduft unter der Tür hereinwehte, war es auch nicht Fritz mit einem Tablett voller Speisen, deren Bestimmung der Porzellanthron war.

Offensichtlich hatte die Anfrage bei Phury gefruchtet.

Tohr fing an, von Kopf bis Fuß zu zittern.

»Okay, ganz locker.« Lassiter stand auf und kam schnell zu ihm. »Setz dich hierher. Wir wollen das doch nicht in der Nähe vom Bett tun. Komm schon – nein, wehr dich nicht gegen mich. Du weißt, das gehört dazu. Deine Biologie will es, nicht du, du darfst dich nicht deswegen schuldig fühlen.«

Tohr wurde zu einem Stuhl mit steifer Rückenlehne beim Sekretär gezerrt, und das gerade noch rechtzeitig: Seine Knie verloren das Interesse an ihrer Aufgabe und knickten ein, so dass er unsanft auf die geflochtene Sitzfläche fiel und ein Stück wieder hochhüpfte.

»Ich weiß nicht, wie ich das anstellen soll.«

Lassiters Gesicht erschien direkt vor ihm. »Dein Körper wird das für dich erledigen. Halte deinen Kopf und dein Herz da raus und lass deinen Instinkt tun, was getan werden muss. Es ist nicht deine Schuld. Es geht ums Überleben.«

»Ich will aber nicht überleben.«

»Was du nicht sagst. Und ich dachte immer, dieser ganze Selbstzerstörungsblödsinn wäre nur ein Hobby.«

Tohr fehlte die Kraft, um nach dem Engel zu schlagen. Fehlte die Kraft, aus dem Zimmer zu gehen. Fehlte sogar die Kraft zu weinen.

Lassiter ging zur Tür und machte auf. »He, danke für's Kommen.«

Tohr konnte die Auserwählte nicht ansehen, die hereinkam, aber ihre Präsenz ließ sich nicht ignorieren: Ihr zarter, blumiger Duft schwebte ihm entgegen.

Wellsies natürlicher Duft war stärker gewesen, er hatte nicht nur aus Rose und Jasmin bestanden, sondern die Würze gehabt, die ihrem Rückgrat entsprach.

»Mein Herr«, erklang eine Frauenstimme. »Ich bin die Auserwählte Selena und ich bin hier, um Euch zu dienen.«

Ein langes Schweigen breitete sich aus.

»Geh zu ihm«, drängte Lassiter leise. »Wir müssen das hinter uns bringen.«

Tohr vergrub das Gesicht in den Händen, sein Kopf schwenkte lose auf dem Hals herum. Er brachte es gerade noch zustande, ein- und auszuatmen, als sich die Auserwählte zu seinen Füßen auf den Boden setzte.

Durch seine hageren Finger sah er ihre weißen, fließenden Gewänder. Wellsie hatte nicht viel für Kleider übriggehabt. Das Einzige, das sie wirklich gemocht hatte, war das rot-schwarze, in dem sie sich mit ihm verbunden hatte.

Ein Bild von der heiligen Zeremonie erschien vor seinem inneren Auge, und er sah mit schmerzlicher Klarheit den Moment, als die Jungfrau der Schrift seine und Wellsies Hände zusammengeführt und erklärt hatte, dass es eine gute Verbindung sei, eine sehr gute Verbindung. Er hatte solche Wärme empfunden, als er durch die Mutter ihrer Spezies mit seiner Frau verbunden wurde, und das Gefühl von Liebe und Erfüllung und Optimismus hatte sich noch millionenfach gesteigert, als er in ihre wunderschönen Augen blickte.

Ihm war gewesen, als stünde ihnen ein Leben voller Glück und Freude bevor … und doch stand er jetzt mit einem unbegreiflichen Verlust da. Allein.

Nein, schlimmer als allein. Allein, aber drauf und dran, das Blut einer anderen Frau in seinen Körper aufzunehmen.

»Das geht zu schnell«, murmelte er hinter seinen Händen. »Ich kann nicht … ich brauche mehr Zeit …«

»Mein Herr«, sagte die Auserwählte sanft, »ich komme zurück, wenn Ihr das wünscht. Und auch ein weiteres Mal, wenn es dann auch nicht der richtige Zeitpunkt ist. Bitte … mein Herr, ich wünsche nur, Euch zu helfen, nicht Euch zu verletzen.«

Tohr runzelte die Stirn. Sie klang sehr freundlich, und es lag nichts Anzügliches in ihren Worten.

»Sag mir deine Haarfarbe«, bat er durch die Hände.

»Es ist schwarz wie die Nacht und so fest zusammengebunden, wie es meinen Schwestern möglich war. Ich habe mir die Freiheit genommen, es in einen Turban einzuhüllen, obwohl Ihr nicht danach verlangt habt. Ich dachte … es würde vielleicht helfen.«

»Sag mir deine Augenfarbe.«

»Sie sind blau, mein Herr. Ein blasses Himmelblau.«

Wellsies waren Kirschbraun gewesen.

»Mein Herr«, flüsterte die Auserwählte, »Ihr müsst mich nicht ansehen. Erlaubt mir, hinter Euch zu stehen und nehmt mein Handgelenk auf diese Weise.«

Er hörte das Rascheln von weichen Gewändern, und der Duft der Frau umschwebte ihn, bis er schließlich von hinten auf ihn eindrang. Tohr ließ die Hände fallen und sah Lassiters Beine in der Jeans. Die Knöchel des Engels waren wieder verschränkt, dieses Mal, als er an der Wand lehnte.

Ein schlanker Arm, in Weiß gehüllt, erschien vor ihm.

In langsamen Zügen wurde der Ärmel des Kleides hoch und höher gekrempelt.

Das Handgelenk, das zum Vorschein kam, war zerbrechlich, die Haut weiß und zart.

Die Adern unter der Haut schimmerten hellblau.

Tohrs Fänge schossen aus dem Oberkiefer, und ein Knurren entfuhr seinen Lippen. Dieser Mistkerl von Engel hatte Recht. Auf einmal waren alle Bedenken wie weggefegt. Sein Körper war alles und forderte, was er ihm so lange vorenthalten hatte.

Tohr packte ihre Schulter mit einer festen Hand, zischte wie eine Kobra und biss bis auf die Knochen der Auserwählten, wo sich seine Fänge am richtigen Ort verkanteten. Es gab einen erschrockenen Aufschrei und eine kleine Unruhe, aber er bekam nichts mehr mit, als er trank. Seine Schlucke sogen das Blut so schnell in seinen Magen, dass er nicht die Zeit hatte, es zu schmecken.

Er brachte die Auserwählte beinahe um.

Aber das erfuhr er erst später, nachdem Lassiter ihn von

ihr weggezerrt hatte und ihn mit einem Schlag auf den Kopf in eine Ohnmacht beförderte – denn sobald er von der Nahrungsquelle getrennt wurde, versuchte er erneut, auf die Frau loszugehen.

Der gefallene Engel hatte Recht gehabt.

Die schreckliche Biologie war letztlich die Triebfeder und besiegte selbst das standhafteste Herz.

Und den treuesten Witwer.

34

Als Ehlena nach Hause kam, setzte sie ein falsches Lächeln auf, schickte Lusie nach Hause und sah nach ihrem Vater, der »immense Fortschritte bei der Arbeit« machte. Doch sobald sie sich von ihm lösen konnte, verschwand sie in ihr Zimmer und ging online. Sie musste herausfinden, wie viel Geld sie hatten, und zwar bis auf den Penny genau. Und sie glaubte nicht, dass ihr das Ergebnis gefallen würde. Nachdem sie sich auf ihrem Bankkonto eingeloggt hatte, scrollte sie durch die Abbuchungen, die noch anstanden, und zählte zusammen, was in der ersten Woche des Monats fällig würde. Das Gute war, dass ihr Novembergehalt noch ausstand.

Auf ihrem Sparbuch lagen knapp unter elftausend.

Es gab nichts mehr, dass sie noch verkaufen konnte, und keinen Spielraum, um die monatlichen Ausgaben abzuspecken.

Lusie würde nicht mehr kommen können. Was nervig war, denn sie würde die Lücke mit einem anderen Patienten füllen, und wenn Ehlena dann eine neue Anstellung fand, musste sie sich jemand anderes suchen.

Vorausgesetzt, sie fand eine andere Stelle. Ganz bestimmt nicht im Pflegesektor. Eine fristlose Kündigung machte sich nie gut auf dem Lebenslauf.

Warum hatte sie diese verdammten Tabletten gestohlen?

Ehlena saß da und starrte auf den Bildschirm und zählte die kleinen Zahlen wieder und wieder zusammen, bis sie vor ihren Augen verschwammen und nicht mehr zu fassen waren.

»Meine geliebte Tochter?«

Hastig klappte sie den Laptop zu, weil ihr Vater elektronische Geräte nicht gut vertrug, und setzte ein gefasstes Gesicht auf. »Ja? Ich meine: *Ja?*«

»Ich frage mich, ob du vielleicht ein, zwei Absätze meiner Arbeit lesen würdest? Du scheinst angespannt, und ich habe die Erfahrung gemacht, dass solcher Zeitvertreib den Geist beruhigt.« Er kam zu ihr und streckte ihr in galanter Weise den Arm entgegen.

Ehlena stand auf, denn manchmal blieb einem nichts übrig, als sich von jemandem leiten zu lassen. Sie wollte nichts von dem Gefasel lesen, dass er zu Papier gebracht hatte. Ertrug es nicht, so zu tun, als wäre alles in Ordnung. Wünschte, sie könnte ihren Vater zurückhaben, und sei es nur für eine Stunde, damit sie mit ihm über den Schlamassel reden konnte, den sie ihnen beiden eingebrockt hatte.

»Das wäre schön«, sagte sie mit toter, eleganter Stimme.

Sie folgte ihm in sein Arbeitszimmer, half ihm in seinen Sessel und blickte auf die unordentlichen Stapel von Papier. Was für ein Chaos. Schwarze Ledermappen waren so vollgestopft, dass sie aus allen Nähten platzten. Übervolle Aktenordner. Spiralblöcke, aus denen seitlich Seiten wie die Zungen von Hunden heraushingen. Und überall dazwischen einzelne weiße Blätter, als hätten sie versucht davonzufliegen und wären nicht sonderlich weit gekommen.

All das war sein Tagebuch, zumindest beteuerte er das. In Wirklichkeit war es nur haufenweise Unsinn, die Manifestation seiner geistigen Verwirrung.

»Hier. Setz dich, setz dich.« Ihr Vater räumte den Stuhl neben sich frei und schob Schreibblöcke zur Seite, die mit hellbraunen Gummis zusammengehalten wurden.

Sie setzte sich, legte die Hände auf die Knie und drückte fest zu, um nicht auszuflippen. Das Chaos in dem Raum erschien ihr wie ein rotierender Magnet, durch den sich ihre Gedanken und Sorgen nur noch schneller drehten, was sie jetzt absolut nicht brauchen konnte.

Ihr Vater sah sich im Büro um und lächelte entschuldigend. *»So viel Mühe für einen vergleichsweise geringen Ertrag. Es ist fast wie Perlentauchen. Die Stunden, die ich hier hineingesteckt habe, die vielen Stunden, um mein Vorhaben zu erfüllen ...«*

Ehlena hörte kaum zu. Wenn sie die Miete nicht mehr bezahlen konnte, wo sollten sie dann hingehen? Gab es etwas noch Billigeres, das sie nicht mit Ratten und knirschenden Kakerlaken teilen mussten? Wie würde ihr Vater einen Umgebungswechsel verkraften? Liebste Jungfrau der Schrift, in der Nacht, als er das anständige Haus angezündet hatte, in dem sie zur Miete wohnten, hatte sie geglaubt, sie wären ganz unten angelangt. Wie konnte man noch tiefer sinken?

Sie wusste, dass sie in Schwierigkeiten steckte, als ihre Sicht verschwamm.

Die Stimme ihres Vaters fuhr fort, trampelte über ihr angstvolles Schweigen hinweg. *»Ich habe mich stets bemüht, meine Erkenntnisse gewissenhaft aufzuzeichnen ...«*

Ehlena hörte nicht viel mehr.

Sie konnte sich nicht dagegen wehren. Auf dem kleinen

Beistellstuhl, mit sinnlosem Geschwätz von ihrem Vater überschüttet, konfrontiert mit ihrem Fehltritt, weinte sie.

Es ging um so viel mehr als um die verlorene Stelle. Es ging um Stephan. Es ging um das, was mit Rehvenge passiert war. Es war die Tatsache, dass ihr Vater ein Erwachsener war, der ihre Lage nicht verstehen konnte.

Es ging darum, dass sie so allein war.

Ehlena schlang die Arme um sich und weinte. Heisere Schluchzer entrangen sich ihren Lippen, bis sie zu erschöpft war, um irgendetwas zu tun, außer in sich zusammenzusinken.

Schließlich seufzte sie tief und rieb sich die Augen mit dem Ärmel ihrer Uniform, die sie nun nicht mehr brauchte.

Als sie aufblickte, saß ihr Vater kerzengerade in seinem Sessel und sah sie völlig entgeistert an. »*Also wirklich ... meine Tochter.*«

Tja, so war das. Sie hatten vielleicht ihr gesamtes Vermögen und ihre Stellung verloren, aber gegen alte Gewohnheiten war kein Kraut gewachsen. Die Zurückhaltung der *Glymera* bestimmte noch heute ihre Umgangsformen – und deshalb war ein Heulkrampf so schockierend, als hätte sie sich beim Frühstück rücklings auf den Tisch geworfen, damit sich ein Alien aus ihrem Bauch schälen konnte.

»*Verzeih mir, Vater*«, flüsterte sie und kam sich wie ein kompletter Idiot vor. »*Ich glaube, ich sollte mich besser entschuldigen.*«

»*Nein ... warte. Du wolltest doch lesen.*«

Ehlena schloss die Augen und spürte, wie sich die Haut an ihrem ganzen Körper anspannte. In gewisser Hinsicht wurde ihr gesamtes Leben durch seine Geisteskrankheit bestimmt, und obwohl sie dieses Opfer bereitwillig brachte, hatte sie heute Nacht einfach nicht den Nerv, Interesse an etwas so Wertlosem wie seinem »Werk« zu heucheln.

»*Vater, ich ...*«

Eine Schreibtischschublade ging auf und wieder zu. »*Hier, Tochter. Nimm etwas mehr als nur einen Absatz.*«

Mühsam öffnete sie die Lider ...

Und musste sich nach vorne beugen, um sich zu vergewissern, dass sie richtig sah. Zwischen den Händen ihres Vaters lag ein perfekt ausgerichteter Stapel weißer Blätter, ungefähr zwei Zentimeter dick.

»*Das ist mein Werk*«, erklärte er schlicht. »*Ein Buch für dich, meine Tochter.*«

Im Erdgeschoss des Tudorhauses stand Rehv am Wohnzimmerfenster und blickte hinaus auf den sanft abfallenden Rasen. Die Wolken hatten sich verzogen, und ein unmotivierter Mond stand winterhell am Himmel. In seiner tauben Hand hielt er sein neues Handy, das er gerade mit einem Fluch zugeklappt hatte.

Er konnte es nicht fassen. Über ihm lag seine Mutter auf dem Sterbebett, und seine Schwester und ihr *Hellren* hetzten sich ab, um noch vor Sonnenaufgang hier zu sein ... und doch hob die Arbeit ihren hässlichen gehörnten Kopf.

Noch ein toter Drogenhändler. Mit ihm waren es drei in den letzten vierundzwanzig Stunden.

Die Beschreibung, die Xhex ihm gegeben hatte, war kurz und bündig gewesen, wie es ihre Art war. Anders als Ricky Martinez und Isaac Rush, deren Leichen man unten am Fluss gefunden hatte, war dieser Kerl in seinem Auto auf einem Supermarktparkplatz gefunden worden, eine Kugel im Hinterkopf. Was bedeutete, dass jemand das Auto mit der Leiche darin dorthin kutschiert haben musste: Niemand wäre so bescheuert, einen Mistkerl an einem Ort zu erschießen, der todsicher mit Überwachungskameras ausgestattet war. Nachdem der Polizeifunk nichts mehr gemeldet hatte, mussten sie auf die Zeitung und die Morgennachrichten im Fernsehen warten, um mehr zu erfahren.

Aber hier war das Problem und der Grund, warum er fluchte:

Alle drei hatten in den letzten zwei Nächten bei ihm eingekauft.

Weswegen ihn Xhex auch bei seiner Mutter gestört hatte. Das Drogengeschäft war nicht nur dereguliert, sondern komplett *un*reguliert, und das Gleichgewicht, das in Caldwell herrschte, und ihm und seinen Kollegen Geschäfte ermöglichte, war eine äußerst instabile Angelegenheit.

Bei einem großen Tier wie ihm bestanden die Lieferanten aus einer Mischung aus Drogenschiebern aus Miami, New Yorker Hafenimporteuren, Crystal-Laboratorien in Connecticut und Ecstasy-Herstellern auf Rhode Island. Alle waren Geschäftsleute wie er und die meisten von ihnen Unabhängige, das hieß, sie hatten nichts mit der hiesigen Mafia zu schaffen. Die Beziehungen waren gefestigt, und Rehvs Geschäftspartner waren genauso vorsichtig und skrupellos wie er selbst: Für sie bedeutete das Drogengeschäft schlicht die Transaktion von Waren und Finanzen, ein Austausch wie in jedem legalen Wirtschaftssektor. Sendungen kamen zu diversen Wohnsitzen in Caldwell und wurden ins *ZeroSum* gebracht, wo Rally für das Testen, Strecken und Verpacken zuständig war.

Es war eine gut geölte Maschinerie, deren Aufbau zehn Jahre gedauert hatte, und deren Wartung einer Kombination aus gutbezahlten Angestellten, Androhung körperlicher Gewalt, tatsächlichen Abreibungen und einem ständigen Aufbau von Beziehungen bedurfte.

Drei Leichen reichten, um das sensible Gebilde zum Einsturz zu bringen und nicht nur einen wirtschaftlichen Engpass zu verursachen, sondern auch einen Machtkampf auf den niedrigeren Rängen auszulösen, den niemand wollte: Wenn jemand Leute auf seinem Territorium umlegte, würden sich seine Kollegen fragen, ob er eine Disziplinarmaßnahme durchführte oder, schlimmer noch, selbst diszipliniert wurde. Die Preise würden schwanken, Beziehungen würden belastet, Informationen verdreht.

Um diese Sache musste man sich kümmern.

Er musste ein paar Telefonate führen, um seinen Importeuren und Produzenten zu versichern, dass er die Sache in Caldwell unter Kontrolle hatte und die Ereignisse keinen Einfluss auf den Verkauf ihrer Waren hätten. Aber Himmel, warum jetzt?

Rehvs Blick schweifte zur Decke.

Einen Moment lang spielte er mit dem Gedanken, einfach alles hinzuwerfen, nur dass das natürlich Unsinn war. Solange es die Prinzessin in seinem Leben gab, musste er im Geschäft bleiben, denn er würde nicht zulassen, dass dieses Miststück das Familienerbe einheimste. Gott wusste, dass Bellas Vater durch seine finanziellen Fehlentscheidungen genug dazu getan hatte, das Vermögen zu verschleudern.

Solange die Prinzessin auf dieser Erde wandelte, würde Rehv Drogenbaron von Caldie bleiben, und er würde seine Telefonate machen – allerdings nicht im Hause seine Mutter, nicht in der Zeit, die er für seine Familie reserviert hatte. Das Geschäft konnte warten, bis er seiner Familie gedient hatte.

Doch eines war schon jetzt klar: In Zukunft würden Xhex, Trez und iAm ein noch genaueres Auge auf die Dinge haben müssen, denn wenn jemand den Ehrgeiz hatte, die Mittelleute auszuschalten, würde er sich sicher auch an den großen Fischen wie Rehv versuchen. Deshalb war es wichtig für ihn, sich im Club sehen zu lassen. In unruhigen Zeiten war es entscheidend, sein Gesicht zu zeigen, denn seine

Kontakte würden danach Ausschau halten, ob er davonlief oder sich versteckte. Rehv wurde lieber als potenzieller Mörder wahrgenommen, als wie ein Weichei dazustehen, das den Schwanz einkniff und sich hinterm Ofen verkroch, sobald es einmal kritisch wurde.

Ohne weiteren Grund klappte er sein Handy auf und sah nach, ob er irgendwelche Anrufe verpasst hatte. Und wieder: keine Nachricht von Ehlena. Immer noch nicht.

Sie hatte wahrscheinlich einfach nur viel in der Klinik um die Ohren und kam nicht zum Telefonieren. Bestimmt war das der Grund. Und schließlich war ihr Arbeitsplatz nicht in Gefahr, überfallen zu werden. Die Klinik lag abseits und war gut gesichert, und Rehv hätte es sicher erfahren, wäre irgendetwas Schlimmes passiert.

Okay?

Verdammt.

Stirnrunzelnd blickte er auf die Uhr. Zeit für zwei weitere Tabletten.

Er ging in die Küche und spülte das Penicillin gerade mit einem Glas Milch herunter, als Scheinwerfer das Haus streiften. Als der Escalade vor dem Eingang hielt und die Türen aufgingen, stellte Rehv das Glas ab, stemmte den Stock auf den Boden und ging seiner Schwester, ihrem Mann und ihrem Kind entgegen.

Bellas Augen waren bereits rot, als sie hereinkam, denn Rehv hatte ihr unmissverständlich gesagt, was los war. Ihr *Hellren* kam direkt hinter ihr und trug die schlummernde Tochter in seinen riesenhaften Armen. Sein vernarbtes Gesicht war grimmig.

»Meine Schwester«, grüßte Rehv und nahm Bella in die Arme. Während er sie locker hielt, gab er Zsadist die Hand. »Ich bin froh, dass du hier bist, Mann.«

Z nickte mit dem kahlgeschorenen Kopf. »Ich auch.«

Bella löste sich von ihrem Bruder und wischte sich hektisch die Augen. »Ist sie oben im Bett?«

»Ja, und ihre *Doggen* ist bei ihr.«

Bella nahm ihre Tochter und ging hinter Rehv nach oben. An der Schlafzimmertür klopfte er an den Rahmen und wartete, während sich seine Mutter und ihre treue Dienerin vorbereiteten.

»Geht es ihr sehr schlecht?«, flüsterte Bella.

Rehv blickte seine Schwester an und dachte, dass dies eine der wenigen Situationen war, wo er nicht so stark für sie sein konnte, wie er das gerne wollte.

Seine Stimme war heiser. »Es ist Zeit.«

Bella kniff die Augen zusammen, gerade als ihre *Mahmen* sie mit brüchiger Stimme dazu aufforderte, hereinzukommen.

Als Rehv eine der Flügeltüren öffnete, hörte er Bella scharf die Luft einsaugen, aber noch viel deutlicher nahm er das Geflecht ihre Gefühle wahr: Traurigkeit und Panik vermengten sich, verstärkten gegenseitig ihre Wirkung, bis sie einen festen Knoten bildeten. Es war ein Gefühlsmuster, das er sonst nur von Beerdigungen kannte. Und war das nicht auf tragische Weise passend?

»*Mahmen*«, flüsterte Bella und trat ans Bett.

Als Madalina die Arme ausstreckte, leuchtete ihr Gesicht vor Glück. »Meine Lieben, meine geliebten beiden.«

Bella beugte sich herab und küsste ihre Mutter auf die Wange, dann lagerte sie Nalla vorsichtig um. Weil ihre Mutter nicht mehr genug Kraft hatte, die Kleine zu halten, wurde ein Kissen zurechtgelegt, um Nallas Hals und Kopf zu stützen.

Das Lächeln ihrer Mutter war strahlend. »Schaut euch dieses Gesicht an … Sie wird einmal eine große Schönheit werden.« Sie hob eine skelettdünne Hand in Richtung Z.

»Und der stolze Papa, der mit solcher Kraft und Stärke auf seine Frauen aufpasst.«

Zsadist kam ans Bett und nahm die Hand, die sie ihm entgegenstreckte, verbeugte sich und streifte mit der Stirn die Knöchel, wie es zwischen Müttern und Schwiegersöhnen Brauch war. »Ich werde sie stets beschützen.«

»Natürlich. Dessen bin ich mir sicher.« Ihre Mutter lächelte zu dem wilden Krieger auf, der völlig deplatziert wirkte, inmitten all der Spitze, die um das Bett drapiert war – doch dann verließ sie ihre Kraft, und sie ließ den Kopf zur Seite fallen.

»Du bist mein größtes Glück«, flüsterte sie, als sie ihre Enkelin ansah.

Bella setzte sich auf die Bettkante und rieb ihrer Mutter sanft das Knie. Das Schweigen in dem Raum wurde so sanft wie Daunen, webte einen Kokon aus Stille, der sich um sie alle legte und die Spannung löste.

Die Sache hatte nur ein Gutes: Ein sanfter Tod, der zur richtigen Zeit eintrat, war genauso ein Segen wie ein langes, unbeschwertes Leben.

Letzteres war ihrer Mutter nicht vergönnt gewesen. Aber Rehv würde sein Versprechen halten und dafür sorgen, dass der Friede in diesem Zimmer auch erhalten blieb, wenn sie nicht mehr da war.

Bella beugte sich zu ihrer Tochter und flüsterte: »Schlafmützchen, wach auf für *Granhmen*.«

Als Madalina sanft über die Wange der Kleinen strich, wachte Nalla mit einem Gurren auf. Gelbe Augen, so leuchtend wie Diamanten, konzentrierten sich auf das alte, ebenmäßige Gesicht vor ihr, und das Mädchen lächelte und streckte die Händchen aus. Als der Säugling die Finger ihrer Großmutter umschloss, blickte Madalina über die nächste Generation hinweg zu Rehv. In ihrem Blick lag ein Flehen.

Und er wusste genau, was sie brauchte. Er legte die Faust ans Herz, verbeugte sich unmerklich und erneuerte damit seinen Schwur.

Seine Mutter blinzelte, Tränen zitterten an ihren Wimpern, und die Welle ihrer Dankbarkeit lief über ihn hinweg. Obwohl er die Wärme nicht spürte, ließ sich der leichte Anstieg seiner Körpertemperatur daran festmachen, dass er den Zobelmantel aufklaffen lassen konnte.

Rehv wusste außerdem, was er tun musste, um sein Versprechen zu halten. Ein guter Tod war nicht nur schnell und schmerzlos. Ein guter Tod bedeutete, dass man seine Welt in Ordnung hinterließ, dass man mit der Gewissheit in den Schleier eintrat, dass gut für die Geliebten gesorgt war. Dass sie zwar trauern würden, doch dass man alles Nötige gesagt und getan hatte.

Oder nicht gesagt, in ihrem Fall.

Es war das größte Geschenk, das er seiner Mutter geben konnte, die ihn liebevoller großgezogen hatte, als er es verdient hatte, seine einzige Möglichkeit, die Umstände seiner grausamen Geburt zu einem Teil gutzumachen.

Madalina lächelte und stieß einen langen, dankbaren Seufzer aus.

Und alles war, wie es sein musste.

35

John Matthew erwachte, die H&K auf die sich öffnende Tür am anderen Ende von Xhex' kahlem Zimmer gerichtet. Sein Herzschlag war so ruhig wie die feste Hand um den Knauf, und selbst als die Lichter angingen, blinzelte er nicht. Sollte ihm nicht gefallen, wer sich da am Schloss und an der Türklinke zu schaffen machte, würde er dem Eindringling eine Kugel in die Brust schießen.

»Cool bleiben«, mahnte Xhex, kam rein und sperrte sie zu zweit ein. »Ich bin's nur.«

Er legte die Sicherung ein und ließ die Mündung sinken.

»Ich bin beeindruckt«, murmelte sie und lehnte sich an den Türrahmen. »Du erwachst wie ein Kämpfer.«

Wie sie da so am anderen Ende des Raumes stand, muskulös, aber entspannt, war sie die attraktivste Frau, die er je gesehen hatte. Und das hieß, er musste gehen, obwohl sie das Gleiche wollte wie er. Fantasien waren in Ordnung, aber die Wirklichkeit war besser, und er glaubte nicht, dass er sich von ihr fernhalten konnte.

John wartete. Und wartete. Keiner von ihnen bewegte sich.

Okay. Zeit zu gehen, bevor er sich noch zum Idioten machte.

Er schwang die Beine aus dem Bett, aber sie schüttelte den Kopf. »Nein, bleib, wo du bist.«

Okaaaay. Aber das bedeutete, dass er etwas Tarnung brauchte.

Er griff nach der Decke und zog sie sich über den Schoß, denn seine Pistole war nicht das einzige schussbereite Gerät in der Nähe. Wie üblich hatte er einen Ständer, was normal war beim Aufwachen – und außerdem ein Dauerproblem in ihrer Nähe.

»Ich bin gleich zurück«, kündigte sie an, ließ ihre schwarze Lederjacke fallen und ging Richtung Bad.

Die Tür schloss sich, und sein Mund klappte auf.

War das … die Möglichkeit?

Er strich sich das Haar glatt, steckte sich das Hemd in die Hose und arrangierte schnell seinen Schwanz um. Der jetzt nicht nur hart war, sondern zuckte. Als er auf den Ständer blickte, der sich gegen die Knopfleiste seiner Jeans presste, versuchte er dem Ding klarzumachen, dass ihre Aufforderung zu bleiben nicht unbedingt bedeutete, dass sie seine Hüften als Rodeo-Trainer verwenden wollte.

Kurz darauf kam Xhex wieder aus dem Bad und blieb am Lichtschalter stehen. »Hast du was gegen Dunkelheit?«

Er schüttelte langsam den Kopf.

Das Zimmer wurde in Schwarz getaucht, und er hörte, wie sie auf das Bett zukam.

Mit pochendem Herzen und hämmerndem Schwanz rutschte John schnell auf die Seite, um ihr viel Platz zu verschaffen. Als sie sich hinlegte, spürte er jede Nuance der sich bewegenden Matratze, hörte er das leise Schaben ihrer Haare auf dem Kissen, nahm er ihren Duft auf.

Er konnte nicht atmen.

Selbst als sie entspannt seufzte.

»Du hast keine Angst vor mir«, meinte sie leise.

Er schüttelte den Kopf, obwohl sie ihn nicht sehen konnte.

»Du bist hart.«

Oh, Gott, dachte er. Ja, das war er.

Kurz flackerte Panik in ihm auf, ein Schakal, der aus dem Busch sprang und ihn anfauchte. Scheiße, es war schwer zu sagen, was schlimmer wäre: Wenn Xhex die Hand nach ihm ausstreckte und seine Erektion in sich zusammenfiel – wie bei der Auserwählten Layla in der Nacht seiner Transition. Oder wenn Xhex die Hand *nicht* nach ihm ausstreckte.

Sie beendete seine Spekulationen, indem sie sich zu ihm drehte und ihm die Hand auf die Brust legte.

»Ganz ruhig«, flüsterte sie, als er zusammenzuckte.

Als er sich beruhigt hatte, wanderte ihre Hand zu seinem Bauch herunter, und als sie seine Erektion durch die Jeans umfasste, drängten seine Hüften nach oben, und sein Mund öffnete sich zu einem stummen Stöhnen.

Es gab kein Vorspiel, aber er wollte auch keines. Sie öffnete die Knöpfe, befreite seine Erektion und dann hörte man ein Rascheln, als ihre Lederhose zu Boden glitt.

Sie bestieg ihn, legte die Hände auf seine Brust und drückte ihn in die Matratze. Als sich etwas Warmes, Weiches, Feuchtes gegen ihn rieb, waren alle Sorgen vergessen, dass er erschlaffen könnte. In ihm tobte das Verlangen, in sie einzudringen, nichts aus der Vergangenheit durchkreuzte seinen reinen Instinkt.

Xhex erhob sich auf die Knie, nahm ihn in ihre Hände und stellte ihn auf. Als sie sich auf ihn senkte, spürte er einen köstlichen Druck entlang der Länge seines Schwanzes, der ihn elektrisierte und einen Orgasmus auslöste, bei dem er ihr die Hüften entgegenstemmte. Ohne einen Gedanken daran, ob es richtig war, umfasste er ihre Hüften –

Er erstarrte, als er Metall berührte, doch dann war er zu weggetreten. Er konnte nur noch zudrücken, während er immer wieder erbebte und seine Jungfräulichkeit wieder und wieder verlor.

Es war das Verrückteste, was er je gefühlt hatte. Er kannte sich mit Handarbeit aus. Hatte sich selbst seit seiner Transition Tausende Male bearbeitet. Aber das hier war eine ganz andere Nummer. Xhex war unglaublich.

Und das war, bevor sie anfing, sich zu bewegen.

Als er diesen ersten Phantasmorgasmus hinter sich hatte, gab sie ihm eine Minute Verschnaufpause, dann begann sie, die Hüften zu wiegen, vor und zurück. Er schnappte nach Luft. Die Muskeln in ihrem Innern umfassten und entließen seinen Schwanz, der wechselnde Druck machte seine Eier sofort wieder fest und bereit.

Jetzt auf einmal verstand er komplett, warum Qhuinn die Kleider nicht anbehalten konnte. Das hier war gigantisch, insbesondere, als sich John von ihr leiten ließ und sie sich im Gleichklang bewegten. Selbst als der Rhythmus immer schneller und fordernd wurde, wusste er genau, was geschah, und wo welcher Teil von ihnen beiden war, von ihren Handflächen auf seiner Brust zu ihrem Gewicht, das auf ihm lagerte, der Reibung ihres Geschlechts bis zu der Art, wie sein Atem stoßweise in und aus seiner Kehle kam.

Er versteifte sich von Kopf bis Fuß, als er erneut kam, und seine Lippen formten ihren Namen, genau wie in seiner Fantasie – nur drängender.

Und dann war es vorbei.

Xhex stieg von ihm herab und seine Erektion fiel auf seinen Bauch. Verglichen mit dem heißen Kokon ihres Inneren war die weiche Baumwolle seines Shirts wie Sandpapier, und die Raumtemperatur fühlte sich eisig an. Das Bett bewegte sich, als sie sich neben ihm hinlegte, und er drehte sich in der Dunkelheit zu ihr. Er war noch außer Atem, aber er sehnte sich danach, sie in der Pause zu küssen, bevor sie das noch einmal machten.

John streckte die Hand aus und fühlte, wie sie sich versteifte, als er ihren Nacken berührte, aber sie wich nicht zurück. Gott, ihre Haut war weich … so weich. Obwohl sich stählerne Muskeln von den Schultern in den Hals zogen, waren sie von weichem Samt überzogen.

John ging langsam vor, als er den Oberkörper vom Bett aufrichtete, sich über sie beugte und die Hand an ihre Wange führte. Dann umfasste er zärtlich ihr Gesicht und ertastete ihre Lippen mit dem Daumen.

Er wollte es nicht vermasseln. Sie hatte den Großteil der Arbeit geleistet und war sensationell gewesen. Mehr als das, sie hatte ihm sein erstes Mal geschenkt und ihm gezeigt, dass er immer noch ein Mann war, immer noch fähig auszukosten, wozu sein Körper geschaffen war. Wenn er derjenige war, der ihren ersten Kuss herbeiführte, war er entschlossen, es richtig anzufangen.

Er senkte den Kopf –

»So war das nicht gemeint.« Xhex schob ihn zurück, stieg aus dem Bett und verschwand im Bad.

Die Tür schloss sich, und Johns Schwanz fiel auf seinem Shirt zusammen, als er hörte, wie das Wasser anging: Sie wusch ihn von sich ab, beseitigte, was sein Körper ihr gegeben hatte. Mit zitternden Händen stopfte er sein Geschlecht zurück in die Jeans und versuchte, nicht auf die Feuchtigkeit und den erotischen Geruch zu achten.

Xhex kam heraus, nahm ihre Jacke und ging zur offenen Tür. Als Licht aus dem Flur hereinfiel, war sie ein schwarzer Schatten, groß und stark.

»Draußen ist es Tag, für den Fall, dass du nicht auf die Uhr geschaut hast.« Sie schwieg kurz. »Und ich schätze es, dass du meine ... Situation ... diskret behandelst.«

Die Tür schloss sich leise hinter ihr. Das also war der Grund für die Aktion gewesen. Der Sex war eine Gegenleistung dafür, dass er ihr Geheimnis bewahrte.

Himmel, wie hatte er sich einbilden können, dass mehr dahintersteckte?

Voll bekleidet. Kein Kuss. Und er war sich ziemlich sicher, dass er als Einziger gekommen war: Ihr Atem war nicht schneller geworden, sie hatte nicht aufgeschrien, sie war nicht erlöst zusammengesunken, als es vorbei war.

Kein Mitleidsfick. Ein Erkenntlichkeitsfick.

John rieb sich das Gesicht. Er war so dumm. Zu glauben, dass es etwas bedeutete.

So dumm, wie man nur sein konnte.

Tohr erwachte mit einem brüllenden Gefühl im Magen. Der Schmerz war so schlimm, dass er sich in seinem todesähnlichen Schlaf nach dem Nähren die Arme um den Bauch geschlungen und sich zusammengekrümmt hatte.

Als er sich nun zitternd entrollte, fragte er sich, ob wohl etwas mit dem Blut nicht in Ordnung gewesen war –

Sein Magen knurrte so laut, als würde eine Ladung Schutt auf die Kippe entladen.

Der Schmerz ... sollte das Hunger sein? Er blickte an sich herab auf die nach innen gewölbte Grube zwischen seinen Rippen. Strich über die harte, flache Oberfläche. Lauschte einem zweiten Poltern.

Sein Körper verlangte nach Essen, riesigen Bergen von Nahrung.

Er sah auf die Uhr. Zehn Uhr Vormittag. John hatte ihm kein Letztes Mahl gebracht.

Tohr setzte sich auf, ohne sich stützen zu müssen, und ging auf Beinen, die sich merkwürdig fest anfühlten, ins Bad. Er ging zur Toilette, aber nicht, um sich zu übergeben, dann wusch er sich das Gesicht und bemerkte, dass er nichts zum Anziehen hatte.

Er schlüpfte in einen Bademantel und tappte vorsichtig aus seinem Zimmer.

Die Lichter in dem Flur mit den Statuen brachten ihn zum Blinzeln, als hätte sich ein Bühnenscheinwerfer auf ihn gerichtet. Er musste sich erst wieder langsam daran gewöhnen … an alles.

Die marmornen Männer in ihren diversen Posen, die den Flur zu beiden Seiten flankierten, waren genau wie in seiner Erinnerung, so stark und anmutig und fest. Völlig ohne Zusammenhang fiel ihm ein, wie Darius eine nach der anderen erstanden hatte und eine Sammlung aufbaute. Damals, als D in Kauflaune gewesen war, hatte er Fritz zu Auktionen bei Sotheby's und Christie's in New York geschickt, und immer, wenn eines der Meisterwerke in einer Kiste geliefert wurde, eingewickelt in Stoff und gepolstert mit Styroporflocken, hatte der Bruder eine feierliche Enthüllung veranstaltet.

D hatte Kunst geliebt.

Tohr runzelte die Stirn. Wellsie und sein ungeborenes Kind würden immer der schlimmste und erste Verlust seines Lebens sein. Aber er hatte noch mehr Tode zu rächen, nicht wahr? Die *Lesser* hatten ihm nicht nur die Familie genommen, sondern auch seinen besten Freund.

Wut regte sich in seinem Bauch … und löste einen zweiten Hunger aus: nach Krieg.

Mit einer Entschlossenheit und Zielsicherheit, die vertraut und ungewohnt zugleich war, ging Tohr zur Freitreppe und hielt an der fast verschlossenen Tür des Arbeitszimmers inne. Er konnte Wrath dahinter spüren, aber er wollte im Moment eigentlich niemanden sprechen.

Zumindest glaubte er das.

Aber warum hatte er dann nicht einfach in der Küche angerufen und sich etwas zu essen bestellt?

Tohr lugte durch den Spalt zwischen den Flügeltüren.

Wrath schlief an seinem Schreibtisch, sein langes, glänzendes Haar breitete sich über Papierkram, einen Unterarm hatte er als Kissen unter den Kopf geschoben. In der anderen Hand hielt er noch immer die Lupe, die er zum Lesen brauchte.

Tohr trat ein und sah sich um. Als sein Blick auf den Kamin fiel, sah er förmlich, wie sich Zsadist dagegen lehnte, mit ernstem, vernarbtem Gesicht, die Augen schwarz blitzend. Phury war ihm immer nahe gewesen, normalerweise lümmelte er auf dem zartblauen Sofa am Fenster. V und Butch hatten dazu tendiert, die dünnbeinige Couch zu vereinnahmen. Rhage wählte verschiedene Standpunkte, je nach Stimmung ...

Tohr runzelte die Stirn, als er bemerkte, was neben Wraths Tisch stand.

Der hässliche avocadogrüne Sessel mit den abgewetzten Lederkissen ... das war Tohrs Sessel. Der, den Wellsie wegschmeißen wollte, weil er hinüber war. Der, den er ins Büro im Trainingszentrum gehievt hatte.

»Wir haben ihn hierhergeholt, damit John zurück ins Haus kommt.«

Tohr riss den Kopf herum. Wrath hob den Kopf vom Arm, er klang so müde, wie er aussah.

Der König sprach langsam, als wolle er seinen Besucher nicht vertreiben. »Nach dem ... was passiert ist, wollte John das Arbeitszimmer nicht mehr verlassen. Er weigerte sich, irgendwo anders als in diesem Sessel zu schlafen. Was für ein Chaos ... Er reagierte sich im Training ab. Verwickelte sich in Schlägereien. Schließlich habe ich auf den Tisch gehauen und dieses Monstrum hierher verfrachtet, und es wurde besser.« Wrath wandte sich dem Sessel zu. »Früher saß er immer hier und sah mir bei der Arbeit zu. Nach seiner Transition und den Überfällen im Sommer war er nachts natürlich als Kämpfer unterwegs und hat tagsüber geschlafen, also war er nicht mehr so viel hier. Ein bisschen vermisse ich ihn.«

Tohr winselte. Mit dem Jungen hatte er es wirklich vermasselt. Klar, er war nicht in der Verfassung gewesen, es anderes zu machen, aber John hatte ganz schön gelitten.

Litt immer noch.

Tohr schämte sich, als er daran dachte, wie er jeden Morgen in diesem Bett aufgewacht war und jeden Nachmittag, wenn John das Tablett hineinbrachte und bei ihm saß, während er aß – und dann blieb, als wüsste er, dass Tohr das meiste wieder auskotzte, sobald er allein war.

John hatte allein mit Wellsies Tod zurechtkommen müssen. Seine Transition allein durchlaufen. Wer weiß wie viele erste Male allein bewältigen müssen.

Tohr setzte sich auf die Couch von V und Butch. Das Ding fühlte sich überraschend robust an, robuster, als er es in Erinnerung hatte. Er legte die Hände auf die Kissen und drückte zu.

»Es wurde verstärkt, während du weg warst«, erklärte Wrath leise.

Ein langes Schweigen senkte sich über sie, als die Frage, die Wrath stellen wollte, so laut in der Luft hing wie der Widerhall von Glocken in einer kleinen Kapelle.

Tohr räusperte sich. Der Einzige, mit dem er darüber hätte reden können, war Darius, aber Darius war tot. Doch Wrath war ebenfalls jemand, dem er nahestand ...

»Es war ...« Tohr verschränkte die Arme über der Brust. »Es lief ganz gut. Sie hat sich hinter mich gestellt.«

Wrath nickte. »Gute Idee.«

»Ihre.«

»Selena ist okay. Nett.«

»Ich weiß nicht, wie lange es dauert«, sagte Tohr, der nicht einmal über die Frau sprechen wollte. »Bis ich wieder einsatzbereit bin. Ich muss wohl etwas trainieren. Schießen üben. Keine Ahnung, ob sich mein Körper erholt.«

»Mach dir keine Gedanken über die Dauer. Jetzt werde erst mal wieder gesund.«

Tohr blickte auf seine Hände und formte sie zu Fäusten. Es war kein Fleisch auf den Knochen, deshalb zeichneten sich die Knöchel durch die Haut ab wie eine Reliefkarte der Adirondacks, nichts als zerklüftete Gipfel und tiefe Täler.

Vor ihm lag ein langer Weg, dachte er. Und selbst wenn er körperlich wieder in Form kam, blieb er geistig angeschlagen. Egal, wie viel er wog oder wie gut er kämpfte, daran war nichts zu ändern.

Es klopfte laut. Tohr schloss die Augen und betete, dass es keiner der Brüder war. Er wollte keine große Sache daraus machen, dass er zu den Lebenden zurückkehrte.

»Was gibt's, Qhuinn?«, erkundigte sich der König.

»Wir haben John. Also fast.«

Tohr riss die Augen auf und blickte sich verwundert zu dem Jungen in der Tür um. Bevor Wrath etwas sagen konnte, fragte Tohr: »War er verschwunden?«

Qhuinn schien erstaunt, ihn auf den Beinen zu sehen, sammelte sich aber schnell, als Wrath fragte: »Warum habe ich nicht erfahren, dass er verschwunden war?«

»Ich wusste es selber nicht.« Qhuinn kam rein, gefolgt von dem Rotschopf aus der Trainingsklasse, Blay. »Er hat gesagt, dass er heute nicht im Einsatz ist und sich hinlegt.

Wir haben ihm beim Wort genommen, und bevor du mir jetzt die Eier abreißt: Ich bin die ganze Zeit über in meinem Zimmer geblieben, weil ich dachte, er sei in seinem. Sobald ich merkte, dass er nicht da war, habe ich mich auf die Suche begeben.«

Wrath fluchte verhalten, dann schnitt er Qhuinns Entschuldigung ab. »Ist schon gut, Junge. Du wusstest es nicht. Du konntest nichts tun. Wo zum Teufel ist er?«

Tohr hörte die Antwort nicht, weil sein Kopf dröhnte. John da draußen in Caldwell? Allein? Gegangen, ohne jemandem Bescheid zu sagen? Was, wenn etwas passiert war?

Er unterbrach die Unterhaltung. »Warte, wo ist er?«

Qhuinn hielt sein Handy hoch. »Sagt er nicht. In der SMS heißt es nur, er sei in Sicherheit, und dass er uns morgen Nacht treffen will.«

»Wann kommt er heim?«, wollte Tohr wissen.

»Ich schätze« – Qhuinn zuckte die Schultern – »gar nicht.«

J. R. Wards
BLACK DAGGER
wird fortgesetzt in:

BLINDER KÖNIG

Leseprobe

Wrath war in übler Stimmung, und das erkannte er daran, dass die Geräusche des *Doggen,* der die hölzerne Balustrade oben an der Haupttreppe wachste, in ihm den Wunsch erweckte, die ganze verdammte Hütte in Brand zu stecken.

Beth spukte ihm im Kopf herum. Was erklärte, warum er hier hinter seinem Schreibtisch solche Schmerzen in der Brust spürte.

Er verstand ja, warum sie wütend auf ihn war. Er glaubte ja auch, dass er irgendeine Form der Bestrafung verdiente. Er kam nur einfach nicht damit zurecht, dass Beth nicht zu Hause schlief und er seine *Shellan* per SMS fragen musste, ob er sie anrufen konnte.

Der Umstand, dass er seit Tagen nicht geschlafen hatte, trug natürlich auch zu seiner miserablen Verfassung bei.

Und wahrscheinlich sollte er sich auch wieder nähren. Aber ebenso wie beim Sex war auch dieses letzte Mal so lange her, dass er sich kaum daran erinnerte.

Er sah sich im Arbeitszimmer um und wünschte, er könnte den Impuls zu schreien heilen, indem er hinausging und etwas bekämpfte. Seine einzigen Alternativen waren ein Besuch im Trainingszentrum oder ein Besäufnis, und aus Ersterem kam er gerade und auf Letzteres hatte er keine Lust.

Wieder blickte er auf sein Handy. Beth hatte noch nicht zurückgesimst, und seine SMS hatte er vor drei Stunden geschickt. Was in Ordnung war. Sie hatte wahrscheinlich einfach gerade zu tun. Oder sie schlief.

Scheiße, es war überhaupt nicht in Ordnung.

Er stand auf, steckte sein RAZR hinten in die Tasche seiner Lederhose und ging zur Flügeltür. Der *Doggen* im Flur direkt vor dem Arbeitszimmer wienerte manisch das Holz, und der frische Zitrusduft, der dank seiner Bemühungen aufstieg, war überwältigend.

»Mein Herr«, grüßte der *Doggen* und verbeugte sich tief.

»Du machst das großartig.«

»Mit dem größten Vergnügen.« Der Mann strahlte. »Es ist mir eine Freude, Euch und Eurem Haushalt zu dienen.«

Wrath klatschte dem Diener auf die Schulter und joggte dann die Treppe hinunter. Unten steuerte er links durch die Eingangshalle auf die Küche zu und war froh, dass keiner dort war. Er öffnete den Kühlschrank und holte ohne Begeisterung jede Menge Reste und eine halbgegessene Pute hervor.

Dann wandte er sich den Schränken zu –

»Hi.«

Er riss den Kopf herum. »Beth? Was machst du ... ich dachte, du wärst im Refugium.«

»War ich auch. Ich bin gerade zurückgekommen.«

Er runzelte die Stirn. Als Mischling vertrug Beth Sonnenlicht, aber Wrath bekam jedes Mal einen Herzinfarkt, wenn sie tagsüber unterwegs war. Nicht dass er jetzt darauf eingehen wollte. Sie wusste, wie er dazu stand, und außerdem war sie zu Hause und allein das zählte.

»Ich mache mir gerade einen Happen zu essen«, erklärte er, obwohl die Pute auf dem Hackbrett für sich sprach. »Möchtest du auch etwas?«

Himmel, er liebte ihren Geruch. Nachtblühende Rosen. Für ihn heimeliger als jede Zitruspolitur, köstlicher als jedes Parfüm.

»Wie wäre es, wenn ich das für uns übernehme?«, schlug sie vor. »Du siehst aus, als würdest du gleich zusammenklappen.«

Ihm lag schon ein *Nein, mir geht es gut* auf der Zunge, doch er bremste sich. Selbst die kleinste Halbwahrheit würde ihre Probleme nur verschlimmern – und die Tatsache, dass er völlig erschöpft war, war nicht einmal eine kleine Lüge.

»Das wäre super. Danke.«

»Setz dich«, sagte sie und kam zu ihm.

Er wollte sie umarmen.

Er tat es.

Wraths Arme schossen einfach hervor, umschlossen sie und zogen sie an seine Brust. Ihm wurde bewusst, was er getan hatte, und er ließ los, doch Beth blieb bei ihm, dicht an ihn gedrängt. Mit einem Schaudern ließ er den Kopf in ihr duftendes Haar fallen und presste ihren weichen Körper gegen die Konturen seiner harten Muskeln.

»Du hast mir so gefehlt«, murmelte er.

»Du mir auch.«

Als sie sich an ihn sinken ließ, verfiel er nicht dem Irrglauben, dass damit wieder alles gut war, aber er würde nehmen, was er bekommen konnte.

Er lehnte sich zurück und schob die Brille auf den Kopf, damit sie seine nutzlosen Augen sehen konnte. Ihr Gesicht war verschwommen und wunderschön, obwohl ihm der Geruch von frischem Regen, der von Tränen herrührte, gar nicht behagte. Er strich ihr mit beiden Daumen über die Wangen.

»Darf ich dich küssen?«, bat er.

Als sie nickte, umschloss er ihr Gesicht mit den Händen und senkte seinen Mund auf ihren. Der weiche Kontakt war herzzerreißend vertraut und dennoch etwas aus der Vergangenheit. Es schien ewig her zu sein, seit sie mehr als ein Küsschen auf die Wange ausgetauscht hatten – und diese Entfremdung hatte nicht allein er verschuldet. Es war alles. Der Krieg. Die Brüder. Die *Glymera*. John und Tohr. Dieser Haushalt.

Er schüttelte den Kopf: »Das Leben ist uns in die Quere gekommen.«

»Du hast so Recht.« Sie streichelte sein Gesicht. »Es ist auch deiner Gesundheit in die Quere gekommen. Deshalb will ich, dass du dich da drüben hinsetzt und dich von mir füttern lässt.«

»Eigentlich sollte es andersherum sein. Der Mann füttert seine Frau.«

»Du bist der König.« Sie lächelte. »Du bestimmst die Regeln. Und deine *Shellan* möchte dich gerne bedienen.«

»Ich liebe dich.« Er zog sie wieder fester an sich und hielt sie einfach im Arm. »Du musst nicht antworten –«

»Ich liebe dich auch.«

Jetzt war er es, der sich an sie sinken ließ.

»Zeit, dass du etwas isst«, befand sie, zerrte ihn an den rustikalen Eichentisch und zog einen Stuhl für ihn heran.

Er setzte sich, hob mit einem Winseln die Hüften und zog das Handy aus der Gesäßtasche. Das Ding schlitterte über den Tisch und krachte in den Salz- und Pfefferstreuer.

»Sandwich?«, fragte Beth.

»Das wäre toll.«

»Machen wir dir lieber zwei.«

Wrath setzte seine Brille wieder auf, weil ihm die Deckenbeleuchtung Kopfschmerzen verursachte. Als das nicht reichte, schloss er die Augen, und obwohl er nicht sah, wie Beth in der Küche werkelte, beruhigten ihn die Geräusche wie ein Wiegenlied. Er hörte, wie sie Schubladen aufzog und im Besteckkasten kramte. Dann öffnete sich die Kühlschranktür mit einem Seufzer, und Flaschen klimperten aneinander. Das Brotschneidebrett wurde hervorgezogen, und die Plastikverpackung von dem Roggenbrot, das er so mochte, knisterte. Es knackte, als ein Messer durch Salat schnitt …

»Wrath …«

Der leise Klang seines Namens ließ ihn die Augen öffnen und den Kopf heben. »Was …?«

»Du bist eingeschlafen.« Die Hand seiner *Shellan* strich über sein Haar. »Iss jetzt. Danach bringe ich dich ins Bett.«

Die Sandwiches waren genau, wie er sie liebte: mit reichlich Fleisch versehen, zurückhaltend im Bereich Tomate und Salat, ordentlich Mayo. Er aß sie beide, und obwohl sie ihn beleben hätten sollen, machte sich die bleierne Erschöpfung nur noch stärker bemerkbar.

»Komm, gehen wir.« Beth nahm seine Hände.

»Nein, warte«, bat er sie und stand auf. »Ich muss dir noch sagen, was mir heute Abend bevorsteht.«

»Okay.« Ihre Stimme war angespannt, als sie sich innerlich wappnete.

»Setz dich. Bitte.«

Mit einem Quietschen wurde der Stuhl unter dem Tisch hervorgezogen, dann setzte sie sich langsam hin. »Ich bin froh, dass du offen zu mir bist«, murmelte sie. »Was immer es ist.«

Wrath streichelte über ihre Finger und versuchte, sie zu beruhigen, obwohl er wusste, dass seine nächsten Worte sie noch mehr verängstigen würden. »Es gibt da jemanden ... oder höchstwahrscheinlich mehr als einen, aber von einem wissen wir es sicher, der mich töten will.« Ihre Hand spannte sich unter seiner an, und er streichelte sie weiter und versuchte, sie zu entspannen. »Ich treffe mich heute Nacht mit dem Rat der *Glymera,* und ich erwarte ... Probleme. Die Brüder werden alle dabei sein, und wir machen keine Dummheiten, aber ich werde nicht lügen und sagen, dass es ein Nullachtfünfzehn-Treffen ist.«

»Dieser ... jemand ... ist offensichtlich ein Ratsmitglied, oder? Ist es die Sache wert, dass du persönlich hingehst?«

»Der Initiator des Ganzen ist kein Problem.«

»Wie das?«

»Rehvenge hat ihn ausschalten lassen.«

Ihre Hände verkrampften sich erneut. »Himmel ...« Sie atmete tief durch. Und noch einmal. »Oh ... lieber Gott.«

»Die Frage, die uns jetzt alle beschäftigt, ist: Wer steckt noch mit drin? Allein aus diesem Grund ist es wichtig, dass ich mich auf dem Treffen zeige. Außerdem ist es eine Machtdemonstration, und auch darauf kommt es an. Ich laufe nicht davon. Ebenso wenig die Brüder.«

Wrath machte sich auf ein *Nein, geh nicht* gefasst und fragte sich, was er dann tun würde.

Nur dass Beth mit ruhiger Stimme sagte: »Ich verstehe. Aber ich habe eine Bitte.«

Seine Brauen schossen über der Sonnenbrille hervor. »Die wäre?«

»Ich will, dass du eine kugelsichere Weste trägst. Ich zweifle zwar nicht an den Brüdern – aber es würde mir ein etwas besseres Gefühl geben.«

Wrath blinzelte. Dann hob er ihre Hände an die Lippen und küsste sie. »Das kann ich tun. Für dich kann ich das.«

Sie nickte und stand auf. »Okay. Okay … gut. Jetzt komm, gehen wir schlafen. Wir sind beide erschöpft.«

Wrath stand auf und zog sie an sich. Zusammen gingen sie hinaus in die Eingangshalle und überquerten das Mosaik eines blühenden Apfelbaums.

»Ich liebe dich«, sagte er. »Ich liebe dich so sehr.«

Beth fasste ihn fester um die Hüfte und legte das Gesicht an seine Brust. Der bittere, rauchige Geruch von Angst stieg von ihr auf und trübte ihren natürlichen Rosenduft. Und doch nickte sie und sagte: »Deine Königin läuft auch nicht davon, weißt du.«

»Das weiß ich. Das weiß ich doch.«

Lesen Sie weiter in:
J. R. Ward: BLINDER KÖNIG

Entdecken Sie die magische Welt von ...

... J. R. WARD

FALLEN ANGELS

Sieben Schlachten um sieben Seelen. Die gefallenen Engel kämpfen um das Schicksal der Welt. Und ein Unentschieden ist nicht möglich ...

Erster Band: **Die Ankunft**

Seit Anbeginn der Zeit herrscht Krieg zwischen den Mächten des Lichts und der Finsternis. Nun wurde Jim Heron, ein gefallener Engel, dafür auserwählt, den Kampf ein für alle Mal zu entscheiden. Sein Auftrag: Er soll die Seelen von sieben Menschen erlösen. Sein Problem: Ein weiblicher Dämon macht ihm dabei die Hölle heiß ...

BLACK DAGGER

Sie sind eine der geheimnisvollsten Bruderschaften, die je gegründet wurde: die Gemeinschaft der BLACK DAGGER. Und sie schweben in tödlicher Gefahr: Denn die BLACK DAGGER sind die letzten Vampire auf Erden, und nach jahrhundertelanger Jagd sind ihnen ihre Feinde gefährlich nahe gekommen. Doch Wrath, der ruhelose, attraktive Anführer der BLACK DAGGER, weiß sich mit allen Mitteln zu wehren …

Erster Band: **Nachtjagd**
Wrath, der Anführer der BLACK DAGGER, verliebt sich in die Halbvampirin Elisabeth und begreift erst durch sie seine Verantwortung als König der Vampire.

Zweiter Band: **Blutopfer**
Bei seinem Rachefeldzug gegen die finstern Vampirjäger der *Lesser* muss Wrath sich seinem Zorn und seiner Leidenschaft für Elisabeth stellen – die nicht nur für ihn zur Gefahr werden könnte.

Dritter Band: **Ewige Liebe**
Der Vampirkrieger Rhage ist unter den BLACK DAGGER für seinen ungezügelten Hunger bekannt: Er ist der wildeste Kämpfer – und der leidenschaftlichste Liebhaber. In beidem wird er herausgefordert ...

Vierter Band: **Bruderkrieg**
Als Rhage Mary kennenlernt, weiß er sofort, dass sie die eine Frau für ihn ist. Nichts kann ihn aufhalten – doch Mary ist ein Mensch. Und sie ist todkrank ...

Fünfter Band: **Mondspur**
Zsadist, der wohl mysteriöseste und gefährlichste Krieger der BLACK DAGGER, muss die schöne Vampirin Bella retten, die in die Hände der *Lesser* geraten ist.

Sechster Band: **Dunkles Erwachen**
Zsadists Rachedurst kennt keine Grenzen mehr. In seinem Zorn verfällt er zusehends dem Wahnsinn. Bella, die schöne Aristokratin, ist nun seine einzige Rettung.

Siebter Band: **Menschenkind**
Der Mensch und Ex-Cop Butch hat ausgerechnet an die Vampiraristokratin Marissa sein Herz verloren. Für sie – und aufgrund einer dunklen Prophezeiung – setzt er alles daran, selbst zum Vampir zu werden.

Achter Band: **Vampirherz**
Als Butch, der Mensch, sich im Kampf für einen Vampir opfert, bleibt er zunächst tot liegen. Die Bruderschaft der BLACK DAGGER bittet Marissa um Hilfe. Doch ist ihre Liebe stark genug, um Butch zurückzuholen?

Neunter Band: **Seelenjäger**
In diesem Band wird die Geschichte des Vampirkriegers Vishous erzählt. Seine Vergangenheit hat ihn zu einer atemberaubend schönen Ärztin geführt. Nur ist sie ein Mensch, und ihre gemeinsame Zukunft birgt ungeahnte Gefahren …

Zehnter Band: **Todesfluch**
Vishous musste Jane gehen lassen und ihr Gedächtnis löschen. Doch bevor er seine Hochzeit mit der Auserwählten Cormia vollziehen kann, wird Jane von den *Lessern* ins Visier genommen und Vishous vor eine schwere Entscheidung gestellt …

Elfter Band: **Blutlinien**
Vampirkrieger Phury hat es nach Jahrhunderten des Zölibats auf sich genommen, der Primal der Vampire zu werden. Hin- und hergerissen zwischen Pflicht und der Leidenschaft zu Bella, der Frau seines Zwillingsbruders, bringt er sich in immer größere Gefahr ...

Zwölfter Band: **Vampirträume**
Während Phury noch zögert, seine Rolle als Primal zu erfüllen, lebt sich Cormia im Anwesen der Bruderschaft immer besser ein. Doch die Beziehung der beiden ist von Zweifeln und Missverständnissen geprägt, und Phury glaubt kaum daran, seiner Aufgabe gewachsen zu sein.

Dreizehnter Band: **Racheengel**
Der Symphath Rehvenge lernt in Havers Klinik die Krankenschwester und Vampirin Ehlena kennen und fühlt sich sofort zu ihr hingezogen. Doch er verheimlicht ihr seine Vergangenheit und seine Geschäfte, und Ehlena gerät dadurch in große Gefahr ...

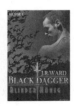
Vierzehnter Band: **Blinder König**
Die Beziehung zwischen Rehvenge und Ehlena wird jäh zerstört, denn Rehvs Geheimnis steht kurz vor der Enthüllung, was seine Todfeinde auf den Plan ruft – und die Tapferkeit Ehlenas auf die Probe stellt, da von ihr verlangt wird, ihn und seinesgleichen auszuliefern ...

SIE WAREN IMMER HIER.
UNTER UNS.
SIE HABEN GEWARTET.
IN DER DUNKELHEIT.
JETZT IST IHRE ZEIT GEKOMMEN …

DIE SAAT

EIN ROMAN WIE
EIN KINO-BLOCKBUSTER –
VON KULTREGISSEUR UND
OSCAR-GEWINNER
GUILLERMO DEL TORO

Leseprobe unter
www.heyne.de

HEYNE

Kim Newman

Die Vampire

Vergesst, was immer ihr über Dracula und seine düstere Sippschaft zu wissen glaubt – dies ist die wahre Geschichte! Eine Geschichte, die damit beginnt, dass der Vampirjäger Abraham Van Helsing versagt: Es gelingt ihm nicht, Graf Dracula in Transsylvanien zu töten. Was verheerende Folgen hat: Der Fürst der Vampire wird zum Prinzgemahl Queen Victorias und versetzt mit seinen blutsaugenden Gesellen das London der Jahrhundertwende in Angst und Schrecken ...

»Ein Höhepunkt in der Geschichte der Horrorliteratur! Newman hat etwas ganz und gar Eigenes geschaffen.«
Publishers Weekly

978-3-453-53296-0

HEYNE